Sandra Schipper
Verreisen mit Urne

In der Grundschule hatte Sandra Schipper zwei Berufswünsche: Tierärztin oder Autorin. Ersteres hatte sich erledigt, nachdem sie erfuhr, dass die Tätigkeit viel Blut und noch mehr Spritzen beeinhaltet. Den Plan B verfolgte sie mit mehr Enthusiasmus. Nach Ausflügen zu Lokalzeitungen, Online-Magazinen und als selbstständige PR-Texterin, veröffentlicht sie nun ihren Debütroman.

Sandra Schipper

Verreisen mit Urne

Roman

PIPER

Mehr über unsere Autoren und Bücher:
www.piper.de

Wenn Ihnen dieser Roman gefallen hat, schreiben Sie uns unter Nennung des Titels »Verreisen mit Urne« an empfehlungen@piper.de, und wir empfehlen Ihnen gerne vergleichbare Bücher.

Wir produzieren nachhaltig
www.piper.de

ISBN 978-3-492-50447-8
Redaktion: Birgit Förster
Covergestaltung: Alexa Kim »A&K Buchcover«
Covermotiv: depositphotos.com (IgorTishenko) und PNGTree
Printed in Germany

Prolog

»Ich brauche keine weitere Suppe, Tracy. Wie oft denn noch?«

Er fühlte sich miserabel, sie sah es deutlich. An den Augen, die milchiger waren als sonst. An seiner Stimme, die an Vehemenz und Ausdruckskraft verloren hatte.

Die Zeichen waren unverkennbar: Archie Wyndham starb.

Andere Menschen hätten diese Information nicht sonderlich aufgeregt aufgefasst. Mr Wyndham war fünfundachtzig Jahre alt, er hatte ein Leben voller materieller Erfüllungen hinter sich. Häuser in den beliebtesten Orten des Planeten, Autos und selbst ein Flugzeug hatte er besessen. Jetzt war er alt, und seine Zeit war gekommen.

Doch Louise war nicht wie die meisten Menschen. Ihre Gefühle für den alten Mann im Krankenbett, der sie mit sturer Präzision Tracy nannte, übertrafen ein normales Nachbarschaftsverhältnis.

»Kein Problem, Archie. Ich werde sie in den Kühlschrank stellen, und die Pflegerin kann sie Ihnen dann später aufwärmen.«

»Spreche ich Chinesisch, Tracy? Ich. Will. Keine. Suppe. Das kann nicht so schwer zu verstehen sein, noch nicht mal für Sie!«

Wie für gewöhnlich ignorierte Louise seine Worte und brachte die Schüssel in die Küche. Sie stellte das Gefäß auf der großen Arbeitsplatte ab und öffnete den Kühlschrank. Alle Regale waren voll, hauptsächlich mit anderen Suppenschüsseln.

Louise zog die Lippen kraus, während ihre Augen von rechts nach links über die sieben bunten Schüsseln wanderten. Sieben. So oft war sie in der vergangenen Woche hier gewesen und hatte ihm Suppe gebracht. Keine davon hatte er angerührt.

Leise seufzend schüttelte sie den Kopf und griff nach einer großen, roten Schüssel mit einer fröhlich lachenden Mickey Mouse darauf. Das war die Suppe vom letzten Sonntag. Louise öffnete den Deckel. Die Geruchswolke von einer sieben Tage alten Kohlsuppe schwappte ihr entgegen. Angewidert verzog sie das Gesicht und schnappte nach Luft. Würgend schloss sie den Deckel so schnell wieder, wie sie ihn geöffnet hatte. Nein, niemals würde Archie das essen. Er lag zwar im Sterben, aber so eilig, diese Welt zu verlassen, hatte er es nicht.

Louise kannte den alten Mann seit fünf Jahren. So lange lebte sie hier im Gebäude, nachdem ihr Ex-Freund sie damals Knall auf Fall verlassen hatte. Sie hatte andere Sorgen, zum Beispiel, wie sie, eine freischaffende Autorin, von jetzt auf gleich eine bezahlbare Behausung in London finden sollte. Schlussendlich mietete sie sich in einer WG ein. Fünf Leute teilten sich eine Wohnung. Doch mehr als ein kleines Zimmer konnte sie sich nicht leisten.

Für ihre Mitbewohner war Archie nur der knurrige, alte Mann, der die viel zu große Penthouse Wohnung besaß. Ein Typ, der ständig den Aufzug blockierte, wenn die Wasserkisten bis in den fünften Stock gebracht werden mussten. Louise traf Archie zum ersten Mal, als er einen Herzanfall im Treppenhaus hatte. Sofort rief sie den Notarzt, der ihn zurück ins Leben holte. Aus einem unerklärlichen Grund fühlte sie sich für den alten Mann verantwortlich. So wie für ihre beiden Stubentiger Peanut und Butter. Peanut hatte sie auf der Straße gefunden, er war angefahren und allein dem Tod überlassen worden, ihre Katze Butter hatte sie bei der Tierrettung entdeckt. Irgendwelche Vollidioten hatten es für witzig gehalten, das arme Wesen anzuzünden und als lebende Fackel zu missbrauchen. Das ehemals weiße Fell war völlig verkohlt, und das linke Ohr war so stark beschädigt, dass nichts als ein kläglicher Stummel davon übrig geblieben war. Doch Butter lebte. Dank Louises Pflege.

Ähnlich ging es ihr mit Archie Wyndham. Er ließ selten ein gutes Wort an den Menschen. Zudem nannte er sie unaufhörlich Tracy. Obwohl sie ihn schon so oft korrigiert hatte.

»Heute war ein anstrengender Tag, aber ich habe endlich die Zusage für die Reportage bekommen, von der ich Ihnen erzählt habe. Meine Chefin war von meinem Pitch offenbar doch beeindruckt.« Munter plapperte Louise drauflos. Laut genug, damit Archie sie im Nebenraum hören konnte. Er mochte ihre Geschichten, dessen war sie sich sicher.

»Grundgütiger, Tracy, sind Sie immer noch da?«

Er hatte nur eine sehr spezielle Art dies zu zeigen. Louise rollte mit den Augen und lächelte. Sie drehte sich um und öffnete zielstrebig den oberen Küchenschrank. Kopfschüttelnd schob sie das Sammelsurium an Bechern und Gefäßen zur Seite, bis sie eine schlanke, weiße Tasse aus Meißner Porzellan mit kitschigem, dunkelblauem Zwiebelmuster in den Händen hielt. Ein Lächeln spielte über ihre Lippen, sie hatte Archies Lieblingstasse gefunden. Sie musste noch mal mit der neuen Haushaltshilfe sprechen, dass die Sachen nicht immer bis in die hinterste Ecke geschoben wurden. Archie mochte seinen Tee aus dieser einen Tasse.

Für sich brühte sie ebenfalls einen Becher auf, war aber bei der Auswahl des Bechers weniger wählerisch. Die Tasse, die sie griff, war aus billiger Keramik, schwarzer Tee hatte im Laufe der Jahre die helle Innenseite beigebraun verfärbt. Am Rand war die grüne Farbe abgeplatzt.

Mit den beiden dampfenden Tassen in der Hand ging sie zurück zu ihm. Sie stellte beide auf einem kleinen Beistelltisch neben seinem Bett ab.

Archies Blick haftete auf den Tassen. Er öffnete die Lippen, als wollte er etwas sagen. Schloss sie aber sofort wieder, ohne die Augen abzuwenden.

Louise wusste, dass er sich zu gerne aus eigener Kraft aufgesetzt hätte, doch seine Muskeln ließen es nicht mehr zu. Doch um Hilfe würde er nicht bitten. Eher hätte er sich die Zunge abgeschnitten.

Ohne einen Kommentar drückte Louise den Knopf, der das Kopfteil des Bettes automatisch sanft nach oben beförderte. Archie beugte sich leicht vor, sodass sie ihm schnell das Kopfkissen aufschlagen konnte. Laut seufzend lehnte er sich wieder an. Er hatte die Augen geschlossen und atmete schwer durch den offenen Mund. Diese kleine Aktion hatte ihn viel wertvolle Energie gekostet.

Louise wartete, bis sich seine Atmung beruhigt hatte und er die Augen wieder öffnete. Behutsam reichte sie ihm die zarte Porzellantasse. Sie ließ ihm Zeit, drängte ihn nicht. Sie wartete, bis seine dünnen, knochigen Finger die Tasse ganz umfassten. Erst dann lockerte sie vorsichtig den Griff. Immer darauf bedacht, im Notfall einschreiten zu können, zog sie ihre Hand weg.

Sie rückte den Stuhl näher an das Bett heran, nahm ihre grüne, ramponierte Tasse und setzte sich neben ihren alten Nachbarn. Ihre Blicke trafen sich für einen kurzen Moment. Der graue Star hatte seine blauen Augen milchig und trüb werden lassen, doch Louise konnte sich vorstellen, welche enorme Ausdruckskraft sie mal gehabt haben mussten. Noch immer brachte er, ohne ein Wort zu sagen, Pfleger und Haushälter zum Schweigen, indem er sie anschaute.

Archie verzog seine schmalen, rissigen Lippen zu einem dezenten Lächeln.

»Was macht dieser ... dieser Fred?« Zitternd nippte er an seinem Tee.

»Frank,« korrigierte sie ihn. »Ist immer noch verschwunden und ein Idiot. Aber ich möchte nicht über ihn reden, davon bekomme ich schlechte Laune.«

Louise seufzte laut auf und setzte die Tasse ab. Frank hatte sie im letzten Sommer sitzen lassen. Pünktlich zu ihrem Geburtstag. Als Geschenk waren ihr einhundertfünfzigtausend Pfund Schulden geblieben. Der Mistkerl hatte auf ihren Namen windige Geschäfte betrieben und bei Buchmachern illegale Sportwetten abgeschlossen. Die wiederum klopften jetzt regelmäßig an ihre Tür, um das Geld einzutreiben, das sie nicht besaß.

Sie hatte alles versucht, um da rauszukommen, doch weil überall ihr Name auftauchte, sah es so aus, als hätte sie bis zum Hals mit dringesteckt.

Ein Anwalt hatte ihr dazu einen Tipp gegeben: »Suchen Sie sich einen neuen Namen aus. Wählen Sie ein Land ohne Auslieferungsabkommen, und holen Sie sich im Darknet einen gefälschten Pass. Dann verschwinden Sie, dorthin, wo es schön ist. Auf die zweitausend Pfund Schulden mehr oder weniger kommt es nun auch nicht mehr drauf an.«

Doch abzuhauen kam für Louise nicht infrage. Schließlich war sie nicht so eine feige Ratte wie Frank. Sie schwor sich, den dubiosen Kreditgebern das Geld zurückzuzahlen, und malte sich gleichzeitig in Gedanken aus, wie sie ihren Ex eines Tages dafür bluten lassen würde. Wenn sie ihn denn jemals fand.

»Auf ewig Single bleiben« stand jetzt auf ihrer To-do-Liste ganz weit oben.

»Na, dann sind wir ja schon zwei mit schlechter Laune«, grummelte Archie und riss Louise aus ihren Gedanken.

Bitter lachte sie auf. Archie verzog keine Miene, aber er zwinkerte ihr zu. Ein leichtes Funkeln erhellte seine milchigen Pupillen, die sonst so voller Traurigkeit waren.

Eine Nachbarin hatte Louise erzählt, dass Archie noch einen Sohn hatte, doch der Kontakt war vor Jahren bereits abgerissen. Oft fragte sie sich insgeheim, was wohl vorgefallen war, dass Vater und Sohn es nicht in einem Raum zusammen aushielten, ja, nicht ein einziges Wort miteinander wechseln konnten. Innerlich zerriss ihr der Gedanke, nie wieder mit ihren Eltern zu sprechen, das Herz. Selbst wenn das Verhältnis zu ihrer Mutter schon bessere Tage erlebt hatte.

»Ich muss los. Wir sehen uns morgen, in Ordnung?« Louise drückte vorsichtig seine pergamentartige Hand. Er erwiderte den Druck erstaunlich stark.

»Um Gottes willen, bringen Sie mir etwa wieder diese grässliche Suppe vorbei?«

»Bis morgen, Archie.«

»Wenn es sich nicht vermeiden lässt.«

1

»Kommen Sie rein, und setzen Sie sich, Miss Moore.« Martin Bigsby war ein fülliger Notar mit grauem, schütterem Haar. Eine zu kleine Brille für den großen, runden Kopf saß schief auf seiner Nase. Er deutete auf einen von zwei Stühlen vor seinem Schreibtisch.

Louise setzte sich hin und strich dabei mehrfach die Falten ihrer Jeans glatt.

»Warum genau bin ich noch mal hier?« Sie spitzte die Lippen und sah sich um.

Alles hier bestand aus dunklem Holz. Die Wände, die Regale, die mit dicken juristischen Wälzern gefüllt waren, der Boden, der bei jedem Schritt knarzte, der Schreibtisch. Martin Bigsby zählte offenbar nicht zum ordentlichen Teil der Bevölkerung, denn die Arbeitsplatte war übersät mit Zetteln und überquellenden Ordnern.

Juristisches Stillleben, schoss es ihr durch den Kopf, und sie biss sich auf die Lippe.

Mittendrin lugte ein Aschenbecher unter einem Buch hervor. Der penetrant blumige Geruch des Raumsprays, das Kopfschmerzen hervorrief. In Kombination mit einem Hauch von Nikotin, verriet er ihr, dass er heimlich geraucht hatte.

»Geduld, Miss Moore. Wir warten nur noch auf Mr Wyndham, und dann können wir Ihre Neugierde stillen.«

»Mr Wyndham? Habe ich nicht erst letzte Woche seine Beerdigung besucht?«

»Wie meinen? Ach so, nein, ich spreche nicht von Sir Archibald Wyndham Senior, sondern von seinem Sohn. Rick.«

»Geht es hier etwa um das Testament?«

»Letzter Wille, ganz recht.« Bigsby stolperte hinter seinen Schreibtisch und ließ sich in seinen weinroten Ledersessel fallen. Der Stuhl ächzte mit dem voluminösen Körper des Notars um die Wette.

»Ich fürchte, dass hier ein Missverständnis vorliegt.« Louise kratzte sich verlegen an der Lippe. »Sehen Sie, Archie, ich meine Mr Wyndham, konnte mich nicht besonders gut leiden.«

Bigsby zuckte mit den Schultern und tupfte sich schwer atmend Schweißperlen von der Stirn. Sich hinzusetzen hatte ihm zugesetzt. Keine Frage, sein Sportpensum war für heute überschritten.

»Offensichtlich hielt er mehr von Ihnen, als Sie glauben.«

»Ja, aber nichts Gutes.«

Bigsby beachtete sie nicht weiter, sondern blätterte indes in einem Ordner hin und her.

Louise knetete ihre Finger. Sie hatte ihre langen Beine übereinandergeschlagen und wippte mit dem rechten Fuß, wie sie es immer tat, wenn sie nervös war. In sekündlichen Abständen schaute sie auf die Uhr an ihrem Handgelenk.

»Verzeihen Sie, Sir, ich möchte ja nicht unhöflich erscheinen, aber ich habe eine Arbeitsstelle. Und zwar eine, die ich besser nicht verlieren sollte. Meinen Sie, dass das hier noch lange dauern wird?«

Louise lächelte ihn an und spielte mit einer Haarsträhne.

Der Notar sah nicht auf.

»Minuten«, sagte er, »es kann sich nur um Minuten handeln.«

»Ja, das dachte ich mir schon. Aber können Sie mir auch die Anzahl der Minuten mitteilen?«

Bigsby schüttelte gedankenverloren den Kopf.

»Können wir nicht einfach schon anfangen? Ich bin mir sicher, was immer mir Mr Wyndham vermacht hat, lässt sich in meiner Handtasche verstauen. Ich werde es auch keinem verraten.«

Immer noch in den Ordner vertieft, hob der Notar die Hand und wog sie kurz hin und her.

Stirnrunzelnd biss sich Louise auf die Unterlippe. Sie konnte diese Geste nicht deuten. Was wollte er ihr damit sagen? *Ja, ich habe sie gehört? Ja, wir fangen sofort an? Nein, wir fangen niemals an? Ja, ich weiß, Sie haben etwas ganz Wichtiges vor, aber ich sitze hier schon drei viertel meines Lebens und werde mit an Sicherheit grenzender Wahrscheinlichkeit in diesem Stuhl irgendwann sterben, also hören Sie auf, mir auf den Geist zu gehen?*

Louise umfasste ihr Knie und wippte weiter mit dem Fuß. Was ihr der alte Mann vererben wollte? Den grünen Teebecher? Oder er ließ ihr nur mal offiziell ausrichten, dass er ihre Suppe gehasst hatte. Abgrundtief.

Die Minuten zogen unbarmherzig langsam vorbei. Louise starrte auf den Sekundenzeiger ihrer Armbanduhr. Förmlich konnte sie den Schlag einer jeden Sekunde spüren. Ihre Augenlider wurden schwer, die Welt um sie herum rückte weit in den Hintergrund. Sie sah nur den Zeiger, wie er tickte. Tickte. Tickte.

Laut polternd wurde die Tür aufgerissen, und Louise wurde abrupt aus ihrer Trance aufgeweckt.

Sie fuhr auf und sah sich mit schreckgeweiteten Augen um.

»Der Verkehr hier in der Gegend ist eine einzige Katastrophe.«

Das war alles. Kein Wort der Entschuldigung, keine Begrüßung. Nichts.

»Guten Morgen«, murmelte sie.

Wie Louise Unhöflichkeit hasste. Sie musterte den Mann im dunkelblauen Anzug, der sich auf den Stuhl neben sie setzte. Groß und schlaksig war er. Sein leicht kantiges Gesicht wurde umrahmt von rotblonden Locken, die ein wenig zerzaust aussahen. Er war Mitte dreißig, vielleicht aber auch Anfang vierzig, Louise hatte immer Schwierigkeiten, das Alter von Männern zu schätzen. Seine Haut sah jugendlich aus, was an den vielen Sommersprossen lag, die sich unterhalb der grüngrauen Augen verteilten. Er saß etwas schräg auf dem Stuhl, die Hände im Schoß verschränkt. *Wie ein Messdiener während der großen Andacht,* schoss es Louise durch den Kopf, und sie grinste breit.

»Foto gefällig?«

Der Mann hatte seinen Kopf in ihre Richtung gedreht und sah sie mit zusammengekniffenen Augen an.

»Wie bitte?«, schrak Louise hoch.

»Möchten Sie ein Foto von mir haben, oder glotzen Sie mich einfach nur so an?«

»Nur so«, brummelte sie unverständlich vor sich hin. Sie hätte sich ohrfeigen können, dass ihr keine schlagfertigere Antwort einfallen war.

Bisher hatte Louise nur eine Person kennengelernt, die Menschen mit wenigen Worten peinlich berührt zurücklassen konnte. Und dieser jemand war letzte Woche beerdigt worden. Keine Frage, sie musste neben Archies Sohn sitzen.

»Mr Wyndham, wie schön, dass Sie es geschafft haben.« Martin Bigsby war aus seiner Lethargie erwacht und erhob sich schwerfällig von seinem thronähnlichen Bürosessel.

»Wenn wir das Ganze bitte schnell hinter uns bringen könnten, ich habe es etwas eilig, Mr Bigsby.«

Um seine Worte zu unterstreichen, streckte Wyndham Junior seinen Arm aus und tippte mehrfach auf seine funkelnde Rolex.

»Aber sicher doch, Mr Wyndham.«

So schnell es Bigsby möglich war, kam er hinter seinem Schreibtisch hervor und griff nach einer Dokumentenmappe aus rotbraunem Leder. Leicht räuspernd schlug er sie auf, bevor er zu reden begann.

»Wir haben uns heute hier versammelt, um den Letzten Willen von Sir Archibald Wyndham zu verlesen. Im Namen meines Mandanten freue ich mich, dass Sie beide, Mr Wyndham und Tracy, in Anbetracht der traurigen Ereignisse erschienen sind. Sir Wyndham hat mich beauftragt, Ihnen diese Videobotschaft zu zeigen.

Genervt rollte Louise mit den Augen. Tracy!

»Tracy?« Rick Wyndham schaute sie abschätzig von der Seite an. »Wer sind Sie eigentlich? Eine Prostituierte?«

Louise schnaubte entsetzt.

»Wie bitte? Ich bin keine Prostituierte!«

»Also sind Sie eine Stripperin?«

Wyndham zog eine Augenbraue hoch.

»Ich bin auch keine Stripperin!«

»Warum heißen Sie dann Tracy?«

»Ich heiße Louise!«

Verwirrt blinzelte der rothaarige Sprössling Martin Bigsby an.

»Also warten wir auf diese Tracy?«

»Ich bin Tracy!«

»Sagten Sie nicht eben, dass Sie keine Prostituierte sind?«

»Stimmt!«

»Also doch eine Stripperin!«

»Nein!«

»Aber Sie heißen Tracy.«

»*Louise!*«

Der Rotschopf runzelte die Stirn und schürzte die Lippen.

Bigsby räusperte sich laut.

»Sosehr ich es bedaure, Ihr reizendes Gespräch zu unterbrechen, aber wir haben noch einiges auf dem Programm stehen, und meine nächsten Mandanten warten schon.«

Der Notar wirkte in diesem Moment wie ein strenger Lehrer vor einer Klasse hormongesteuerter Jugendlicher, die zur Ordnung gerufen werden mussten. Leise brabbelnd presste Louise »Entschuldigung« hervor. Rick Wyndham verschränkte derweil stumm die Arme vor der Brust.

Bigsby wartete, bis sich die Stille im Raum ausgebreitet hatte. Bevor er den Laptop auf seinem unordentlichen Schreibtisch umdrehte, damit seine beiden Gäste auf das Display schauen konnten.

Mit seinen dicken Fingern drückt er wahllos ein paar Tasten. Auf dem Bildschirm geschah aber nichts.

Seine Gesichtsfarbe änderte sich von einem ungesunden Blassgrau hin zu Rosarot. Nach weiteren vergeblichen Versuchen erbarmte sich Louise. Sie gab ihm Tipps, wie er den Mediaplayer auf dem Computer zum Laufen bringen konnte. Kurze Zeit später wurde Mr Wyndham eingeblendet.

Louise schluckte den Kloß herunter, der sich in ihrer Kehle gebildet hatte.

»Wie funktioniert das verdammte Ding denn hier? Was soll das überhaupt sein?«

»Sie müssen einfach hier in die Linse schauen und reden.« Der Mann stand zwar nicht im Blickfeld der Kamera, aber Louise erkannte sofort Martin Bigsbys Stimme.

»Und Sie stehen die ganze Zeit nur dumm da und hören mir zu, oder wie?«

»N-Nein, n-natürlich nicht, S-Sir.«

Beim Lauschen von Archies gewohnt passiv-aggressiver Art rollte sie mit den Augen. Ein leichtes Lächeln huschte über ihr Gesicht. Sie vermisste den grummeligen alten Mann.

Im Video war eine Tür zu hören. Louise mutmaßte, dass Bigsby den Raum verlassen hatte.

»Sohn«, begann Archie wieder zu sprechen, »wenn du das hier siehst, dann ist dein Traum wahr geworden. Ich bin tot.« Er lachte bitter auf. »Aber ob du es glaubst oder nicht, ich bereue, dass ich in deinem Leben keine Rolle mehr spiele. Oder sollte ich besser sagen ›spielte‹?«

Der alte Mann kicherte über seinen eigenen Witz, bevor er fortfuhr.

»Wo war ich stehen geblieben? Ach ja. Du bist da, und ich bin tot. Glaube es mir, ich hätte es auch gerne anders. Ich wollte immer Hundertzwanzig werden, der älteste Mensch der Welt sein. Aber auch diesen Titel müssen nun andere an meiner Stelle tragen.«

Rick Wyndham verdrehte die Augen.

»Dauert dieser Spuk hier noch lange, Mr Bigsby?«

Der Notar zuckte mit den Schultern und deutete auf den Bildschirm.

»... wahrscheinlich verdrehst du gerade die Augen und fragst dich, ob dieser Spuk hier überhaupt kein Ende nimmt. Ich jedenfalls würde es tun ...«

Louise lachte auf, doch als sie von den beiden Männern missbilligend angeschaut wurde, täuschte sie kurzerhand einen Hustenanfall vor.

»Können Sie das nicht vorspulen?«

»Bedaure, Sir. Ihr Vater hat klare Anweisungen hinterlassen.«

»Sohn«, fuhr Video-Archie unbeirrt fort, »mir ist durchaus bewusst, dass die Aussicht auf ein Dreißig-Millionen-Pfund-Erbe das Einzige ist, was dich noch an meiner Person interessiert. Ich beklage mich nicht, mein Junge, ich habe es mir selbst zuzuschreiben. Du hast mich nie als guten Vater angesehen. Aber ich wollte immer nur dein Bestes! Und es ist immerhin etwas aus dir geworden ...«

Wyndham Junior schnaubte verächtlich. Aus den Augenwinkeln sah Louise, wie sich seine Augen verengten und sein Gesicht rot wurde.

»... um es kurz zu machen, denn wir haben alle noch viel zu tun. Du musst arbeiten, und mich besucht gleich eine junge Dame, die mich dazu zwingen wird, irgendeine widerliche Brühe, die sie Suppe nennt, in mich hineinzuwürgen ...«

Louise verdrehte die Augen. Arsch blieb Arsch. Auch im Tod.

»... um es kurz zu machen, Sohn: Du bekommst dreißig Millionen Pfund, das Chalet in Zürich und das goldene Medaillon. Mach damit, was du willst, es soll mir alles recht sein ...«

Postwendend sprang Wyndham Junior von seinem Sitz und klatschte einmal in die Hände.

»Wickeln Sie den Vorgang so schnell wie möglich ab, Mr Bigsby. Meine Daten haben Sie ja.«

»... doch vorher musst du eine Bedingung erfüllen ...«

Rick hielt inne und starrte mit offenem Mund auf den Bildschirm.

»... Du wirst eine Reise unternehmen. Mit mir!«

Archie war näher an die Kamera gerückt, was die Falten unter seinen Augen unwirklich groß erscheinen ließ. Doch Rick achtete nicht auf die Hautstruktur seines Vaters, er starrte mit offenem Mund weiterhin auf das Display.

»Wie soll das gehen? Du bist tot!«, sprach er zu Archies digitalem Bild auf dem Monitor und richtete sich dann sofort an Bigsby: »Oh, bitte sagen Sie mir, dass er nicht mehr lebt!«

Der Notar legte den Zeigefinger an seinen Mund und deutete mit der anderen Hand auf den Laptop.

»… natürlich nicht mich persönlich, wenn du das jetzt befürchtet hast, keine Sorge, ich lebe nicht mehr, sondern meine Asche!«

Rick plumpste zurück auf den Stuhl. Schadenfroh bemerkte Louise, dass ihr alter Nachbar es zum Abschluss seines Lebens geschafft hatte, ein letztes Mal alle durcheinanderzubringen. Sie war so fasziniert von diesem Schauspiel, dass sie kurz vergaß sich zu fragen, warum sie eigentlich hier saß.

»… ich habe meine Urne bereits bestellt. Sie ist aus einem enorm leichten Material gefertigt, sodass du sie ohne Probleme transportieren kannst. Ich werde dir mehrere Orte nennen und auch die Art und Weise, wie du dorthin reisen wirst. Alles wird für dich organisiert werden. Auf dieser Reise wirst du verschiedene Menschen treffen, von denen ich mich nicht mehr persönlich verabschieden konnte. Am Ende werden sich auf Mallorca unsere Wege trennen. An einer bestimmten Stelle auf der Insel, die ich dir zu einem späteren Zeitpunkt mitteilen werde, wirst du die Urne öffnen und meine Asche über das Mittelmeer verstreuen. Du hast dafür genau sieben Tage Zeit. Solltest du zu spät auftauchen, dann erbst du keine einzige Münze. Gleiches gilt selbstverständlich auch, falls du überhaupt nicht in Erscheinung trittst. Kommst du auf die Idee, eine Abkürzung nehmen zu wollen, dann vergiss es gleich wieder, denn – du wirst da möglicherweise ein Muster erkennen – so wirst du nichts erben und mein gesamtes Vermögen geht an den Tierschutzverein. Kennst du den Laden? Zauberhaft. Sie haben sich darauf spezialisiert, kranke Viecher zu retten. Sie mögen keine Menschen. Sehr sympathisch, sage ich dir, sehr sympathisch.«

Archie seufzte und rückte wieder weiter von der Kamera fort.

»Wo war ich stehen geblieben? Ach ja. Du wirst reisen, bla, bla, bla, verschiedene Orte ansteuern, bla, bla, bla, sieben Tage Zeit, bla, bla, bla, keine Abkürzungen, et cetera, et cetera. Versuche auch erst gar nicht, mich zu verscheißern, und ich weiß, dass dir das durch den Kopf geht, immerhin bist du mein Sohn. Tracy wird schon dafür Sorge tragen, dass du dich an die Absprachen halten wirst …«

Wie vom Donner gerührt richtete Louise sich auf. Sämtliche Farbe war ihr aus dem Gesicht gewichen.

»Wie bitte?«

»Tracy«, fuhr Archie fort und sprach unumwunden mit Louise. Ihr war, als starrte er mit seinen wachen blauen Augen direkt durch die Kamera in ihre. »Drei Jahre lang habe ich jeden Tag Ihre verdammte Suppe essen müssen. Lassen Sie es mich Ihnen schonend beibringen: Sie sind eine hundsmiserable Köchin! Manche Suppen waren so grauenhaft, dass ich kurz davor war, das Amt für Seuchenschutz zu informieren!«

»Und dafür wollen Sie mich jetzt bestrafen?«

»... Sie begleiten meinen reizenden Sohn auf der Reise und passen auf, dass er keine krummen Dinger dreht ...«

»A-aber, ich habe Termine! Eine Arbeitsstelle! Ich muss Geld verdienen, damit ...«

»... Und damit Sie die Schulden loswerden, die Ihnen dieser Bastard von Fred oder Frank hinterlassen hat, bekommen Sie als Gegenleistung dafür zweihunderttausend Pfund von mir. Rechnen Sie, Tracy! Sie können doch wohl rechnen? Es bleibt etwas übrig, falls Sie noch mal so einen Verlierer beherbergen wollen. Für jetzt wäre erst mal alles gesagt. Wir sprechen uns nach der ersten Station wieder. Martin wird alles Weitere organisieren. Gute Reise!«

Archie stand auf und verließ das Blickfeld der Kamera.

Kreidebleich starrte Louise auf den Bildschirm, der das leere Wohnzimmer ihres Nachbarn zeigte. Zweihunderttausend Pfund. Zweihundert. Tausend. Pfund. Sie konnte nicht glauben, was sie da gehört hatte. Zwar wusste sie schon vorher, dass Archie etwas zu vererben hatte, doch nie im Leben hatte sie damit gerechnet, dass er sie berücksichtigen würde. Vor ihrem inneren Auge sah sie die Zahl, die ihr so unglaublich groß erschien. Zweihunderttausend Pfund. Mit einem Schlag wäre Louise alle ihre Probleme los. Nie wieder müsste sie an Frank denken.

»Vielleicht könnte ich es einrichten«, hörte sie sich selbst sagen.

»Habe ich es doch geahnt. Sie sind ein Gold Digger!« Verächtlich stieß Rick Wyndham die Luft aus. Mit dieser Abwertung im Blick war die Ähnlichkeit zu seinem verstorbenen Vater nicht mehr zu übersehen. Er war die junge Kopie eines Archie Wyndhams. Nur mit grünen anstatt blauen Augen.

»Wie nennt man noch mal Kinder, die sich nicht um ihre Eltern kümmern, aber das ganze Geld trotzdem abstauben wollen? Ich komme gerade nicht drauf ...«, theatralisch fuchtelte Louise mit ihrer Hand vor seinem Gesicht, bis sie innehielt und sagte: »Ich hab es: Undankbare Brut!«

Triumphierend grinsend starrte sie ihm in die Augen. Sie verengten sich, und seine Lippen zitterten, aber er hielt dem Blick stand.

»Warum sind Sie hier?« Ansatzlos drehte er sich zu Martin Bigsby um und zeigte auf Louise. »Warum ist die hier?«

Schulterzuckend schüttelte der Notar mit dem Kopf.

»Weil Ihr verehrter Herr Vater sich dies so gewünscht hat.«

»Wer sagt denn, dass ich die dabeihaben will?«

»Wie bereits erwähnt, es handelt sich hier um den letzten Willen Ihres Vaters. Ich befürchte, dass ein Fernbleiben von Miss Tracy indiskutabel ist.«

»Warum denken Sie eigentlich, dass ich überhaupt mit Ihnen verreisen will?«

»Na, Sie sind doch hinter meines Vaters Geld her!«

»Und Sie sind doch hinter Ihres Vaters Geld her!«

Aufrecht setzte sich Louise auf die Kante des Stuhls, naserümpfend hob sie den Kopf und äffte dabei Ricks Tonfall nach.

Er stutzte.

»Machen Sie mich etwa nach?«

»Mache ich das?«, entgegnete sie leicht lispelnd.

Rick presste die Lippen zusammen und atmete hörbar durch die Nase. Die Farbe in seinem Gesicht war fast schon karmesinrot. Er verschränkte die Arme vor seiner Brust und erwiderte nichts mehr. Innerlich kochte er, Louise konnte es deutlich sehen. Vor ihrem inneren Auge sah sie Dampf aus seinen Ohren aufsteigen wie in alten Tom-und-Jerry-Episoden. Die lächerliche Vorstellung brachte sie zum Grinsen.

Laut räuspernd rief sich Bigsby den beiden in Erinnerung.

»Wenn ich Sie darauf aufmerksam machen dürfte, dass Ihr Zug zur ersten Destination morgen früh um zehn Uhr fünfzig von King's Cross abfährt.«

»Morgen?«, riefen Wyndham Junior und Louise im Chor.

Bestätigend nickte Bigsby den beiden zu.

»Richtig. Wir treffen uns eine halbe Stunde vor Abfahrt in der großen Halle. Dort werde ich Ihnen die Fahrkarten überreichen. Mister Wyndham hat mir einen ganz genauen Ablaufplan diktiert. Sie werden an jedem Ort Menschen treffen, von denen er wollte, dass Sie beide sie kennenlernen. Am Ende wird mich Miss Moore kontaktieren und mir mitteilen, ob alles nach Plan verlaufen ist. Weder bei der Wahl der Verkehrsmittel darf geschummelt werden, noch dürfen Treffen ausgelassen werden. Nur wenn alles so durchgeführt wurde, wie es Mister Wyndham Senior gewünscht hat, werden Sie – Mister Wyndham Junior – das Erbe antreten können. Miss Moore, Sie bekommen Ihren Anteil in voller Höhe ausschließlich dann, wenn Mister Rick Wyndham das Ziel auf Mallorca erreicht hat.«

»A-aber, ich kann mir nicht einfach so spontan freinehmen«, stotterte Louise.

»Gehen Sie einfach zu Ihrem Boss, und sagen Sie ihm, Sie tanzen heute nicht an der Stange.«

»Zum letzten Mal: Ich bin keine Stripperin!«

»Den Gegenbeweis sind Sie mir bisher schuldig geblieben.«

Unbeachtet von den beiden war der Notar zur Tür gegangen und räusperte sich wieder lautstark.

»Vielen Dank, dass Sie zwei zu dieser frühen Stunde vorbeigekommen sind. Wenn Sie mich jetzt entschuldigen mögen, auf mich wartet ein weiterer Termin.«

Bigsby öffnete die schwere, hölzerne Tür, die knarzend über den Boden schleifte, und deutete mit einer Armbewegung nach draußen.

»Wir sehen uns morgen früh.«

2

»Du willst Urlaub nehmen? So spontan? Das geht nicht, Schätzchen, wir brauchen dich hier!«

Wie Louise es befürchtet hatte, lehnte Karen Bolder ihren Vorschlag ab. Die ständig überdrehte Chefredakteurin des Magazins *Women's Comfort* schüttelte den Kopf.

»Ich weiß, und ich würde dich auch nicht fragen, wenn es nicht wirklich wichtig wäre.«

»Schätzchen, wie stellst du dir das denn vor? Ganz ehrlich, wir haben eine Ausgabe zu füllen.«

»Aber ich arbeite doch eh die meiste Zeit von zu Hause aus. Ich könnte dir meine Texte von unterwegs schicken.«

Karen blinzelte Louise über den Rand ihrer quietschbunten Brille, die vom Stil her sonst vor allem Fünfjährige im Kindergarten trugen, an.

»Aber du kannst nicht von unterwegs recherchieren. Wie stellst du dir das vor?«

Louise trat von einem Fuß auf den anderen. Sie mochte keine Konfrontationen. Um Ärger machte sie am liebsten immer einen großen Bogen. So auch jetzt. In der U-Bahn hatte sie sich den ganzen Weg über die Worte zurechtgelegt, die sie Karen sagen wollte. Ihre Strategie war es, zu erklären, dass nicht die Redaktion ihr Arbeitsplatz sei, sondern die gesamte Welt.

Solange sie nur einen funktionierenden Laptop und eine ordentliche WLAN-Verbindung hätte. Die Tatsache, dass sie als Vergütung für die Reise mal eben zweihunderttausend Pfund kassieren würde, wollte Louise vorerst lieber für sich behalten. Die Sache mit der Recherche hatte sie sich nicht vorher überlegt. Jetzt hieß es Improvisieren.

»Ich – ich könnte heute vorarbeiten. Es sind nur zwei Interviews nötig, die kann ich notfalls auch per Handy machen.«

Das war ein wenig gelogen, denn Louise hatte die Gespräche schon geführt. Vor Wochen hatte sie in der Redaktionskonferenz eine Idee zu einem Artikel gepitcht, die ausnahmsweise mal nicht in der Luft zerrissen wurde: Nutzgärten auf Londons Stadtbalkonen. Hierzu hatte sie alle Informationen gesammelt und musste diese nur in die Tasten hauen. Louise spielte mit den Fingern und hielt den Blick gesenkt. Karen schüttelte den Kopf so heftig, dass ihre Locken durch die Luft schwangen.

»Nein, nein, Louise, so läuft das nicht bei uns. Wir arbeiten hier in der Redaktion oder gar nicht. Ich möchte nicht, dass die Qualität unserer Zeitschrift darunter leidet, wenn du über den halben Kontinent reist.«

Women's Comfort war ein kleines Magazin. Hauptsächlich bestand es aus Modetipps, Promigeschichten und Kochrezepten. Ein paar Seiten Kreuzworträtsel rundeten das Blatt ab.

Die Auflage war so gering, dass Louise manchmal zweifelte, ob es überhaupt von Leuten gelesen wurde.

Nachdem ihr erster Artikel abgedruckt worden war, sprang sie damals morgens aufgeregt zum Zeitungskiosk um die Ecke, um die Ausgabe zu kaufen.

Drei Mal fragte der Verkäufer nach dem Titel. Letztendlich hatte er eine Ausgabe des Magazins bestellt, da er die Zeitschrift nicht kannte. Selbst jetzt hatte er immer nur ein Exemplar exklusiv für Louise parat. Die meisten skandalösen Enthüllungen über Celebritys waren von vorne bis hinten anhand von Paparazzi-Fotos ausgedacht. Von welcher Qualität Karen sprach, war Louise ein Rätsel.

Oft hatte sie sich gefragt, warum die Redaktion nicht laufend von Unterlassungsklagen überschüttet wurde.

Teilweise waren die Geschichten hart an der Grenze des guten Geschmacks. Im Falle eines jungen europäischen Prinzen, der nach einem Wasserskiunfall ins Koma gefallen war, schlug Karen zu.

Gleich mehrfach verfasste sie eine Titelstory über dessen tragisches Ableben. Zwei Jahre später aber erwachte er und erholte sich prächtig. Louise fragte Karen, ob sie es nicht moralisch verwerflich fände, einen echten Menschen quasi sterben zu lassen. Daheim bangte seine Familie um das Überleben.

»Emotionen, Schätzchen, stell dir vor, wie die Eltern und Geschwister trauern *würden*. So etwas interessiert die Leserin von heute. Nicht die Wahrheit. Realität haben die Menschen zu Hause genug, die müssen wir ihnen nicht noch erzählen.« Auf diese Antwort hatte Louise nichts mehr zu erwidern. Sie beschloss, dass *Women's Comfort* nur eine Station auf der Durchreise ihrer hoffnungsvollen journalistischen Karriere sein würde.

Jetzt, zehn Jahre später, schrieb sie immer noch Diättipps und dachte sich Horoskope aus.

»Wenn ich nicht mitreisen darf, dann verliert Rick Wyndham sein gesamtes Erbe, und er hing so sehr an seinem Vater.«

Louise setzte auf eine neue Taktik, denn Karen hatte mit ihr kein Mitleid. Aber vielleicht mit einem wildfremden Mann, der um seinen kürzlich verstorbenen Papa trauerte.

»Sagtest du Rick Wyndham?« Karen schaute auf und ließ den Stift in ihrer Hand fallen.

»Ja, er soll seines Vaters Asche mit auf die Reise nehmen und sie dann irgendwo im Mittelmeer verstreuen. Wieso, kennst du ihn etwa?«

»Schätzchen, die erste Frage lautet: Wieso kennst du ihn? Und zweitens: Er soll was machen?«

»Du erinnerst dich an den alten Mann, den ich regelmäßig besucht habe? Das war Archie, sein Vater. Und ja, es war sein Letzter Wille, dass seine sterblichen Überreste vor Mallorca im Meer verstreut werden. Von seinem Sohn.«

»Archie? Du meinst, dein merkwürdiger alter Nachbar war Archibald Wyndham? Warum hast du das denn nie erzählt?«

Verwirrt von Karens Reaktion zuckte Louise mit der Schulter.

»Ich wusste nicht, dass es irgendwie wichtig wäre.«

»Aber sein Sohn ist Rick! Wynd! Ham!«

Enthusiastisch betonte Karen jede Silbe dieses Namens. Es kostete Louise ihre komplette Konzentration, um nicht mit den Augen zu rollen.

»Ich weiß nicht, worauf du hinauswillst, Karen.«

Jetzt war es die Chefredakteurin, die ungeduldig an die Decke starrte.

»Du hast echt keine Ahnung, wer das ist, oder?«

Louise kaute auf ihrer Unterlippe herum und schüttelte leicht den Kopf.

»Unfassbar! Da hat man eine Reporterin beschäftigt, die auf einer Goldgrube sitzt, und sie weiß nichts davon! Instinkt, Schätzchen, du brauchst besseren Instinkt!«

Schuldbewusst zupfte Louise an ihrem Ärmel.

»Vielleicht sollte ich häufiger einen Blick in das Magazin werfen«, schoss es ihr durch den Kopf.

Wie wild tippte Karen auf die Tastatur ihres Laptops ein, bis sich ihr Gesicht erhellte. Sie hatte gefunden, was sie gesucht hatte.

»Da!«

Triumphierend drehte sie das Notebook herum, damit Louise den Bildschirm sah.

Zwischen blinkenden Pop-ups war ein Foto von einer Jacht.

An Deck stand ein großer, schlanker Mann in einem weißen Hemd, der damit beschäftigt war, zu telefonieren. Neben ihm rekelte sich eine blonde Modelschönheit im Bikini. Die Qualität des Bildes war unterirdisch, wie Fotos von Paparazzi es im Regelfall immer waren. Dennoch erkannte Louise den Mann sofort. Sie hatte ihn vor wenigen Stunden im Büro des Notars getroffen.

»Verlobung unter Palmen: Finanzgenie Rick Wyndham und Bloggerin Nora Paxton *in Love!*«

Laut las Louise die Überschrift vor.

»Finanzgenie«, echote es in ihrem Kopf, und sie unterdrückte ein abschätziges Kichern, *»ja, so siehst du auch aus.«*

Karen stand auf. In einem Satz sprang sie um ihren Schreibtisch herum.

»Weißt du, was? Das wird *deine* Story!«

»Äh, was genau?«

Louise schaute ihre Chefin an, dabei musste sie den Kopf senken, denn Karen ging ihr nur bis zur Brust. Sie mochte es nicht, wenn sie so nah vor ihr stand, es gab ihr das Gefühl ein tollpatschiger Riese zu sein.

»Na, Rick Wyndham ist jetzt deine Story. Wie ist er drauf? Wann wird er Nora heiraten? Gibt es irgendwelche dunklen Geheimnisse? Wie war sein Verhältnis zu seinem Vater?«

»Ich weiß nicht, ob das eine gute Idee ist. Was mache ich mit dem Pflanzenartikel?«

Der bloße Gedanke bereitete ihr Unbehagen. Wyndham war ein Idiot, keine Frage, aber im Gegensatz zu Karen fühlte sich Louise an journalistische Standards gebunden.

»Vergiss die Pflanzen. Ehrlich, ich war von Anfang an der Meinung gewesen, dass es sich dabei um ein langweiliges Thema handelt. Ein Zeilenfüller, nichts weiter. Aber Rick Wyndham, das ist es, was unsere Leserinnen interessiert.«

Mit einer Hand zeichnete sie imaginäre Worte in die Luft.

»Ich kann es förmlich schon vor mir lesen, Schätzchen. Ein begehrter Junggeselle, reich und erfolgreich, auf den Spuren seines geliebten Vaters, dessen letzten Wunsch er ihm erfüllen will. Und am Ende wartet seine große Liebe auf ihn. Diese Geschichte hat alles, was wir bei *Women's Comfort* benötigen. Tragik, Liebe, Sex.«

»Sex? Warum sollte ich mit ihm über sein Sexleben sprechen?«

»Warum soll ich überhaupt mit ihm über irgendwas sprechen?«, fragte sich Louise, behielt es jedoch für sich.

»Klar doch, jeder spricht über Sex. Damit werden wir unsere Auflage durch die Decke gehen lassen! Aufgepasst, Welt! *Women's Comfort* übernimmt von jetzt an!«

Karen hatte ihre winzigen Hände um Louises Arme gelegt und kniff eifrig zu. Für so eine kleine Person hatte sie eine erstaunliche Kraft, und Louise unterdrückte mit Mühe einen Schmerzensschrei.

»Also gibst du mir frei, wenn ich dir eine Story über Rick Wyndham liefere?«

Karen schüttelte so heftig mit dem Kopf, dass ihre Haare durch die Luft schwangen, wie in einer Shampoowerbung.

»Nein, ich gebe dir nicht frei, du wirst schließlich arbeiten. Und ich erwarte nicht weniger als vier Seiten Text. Plus Fotos, natürlich! Damit machen wir groß auf! *Ganz groß!*«

Louise presste die Lippen zusammen und nickte leicht. Sie wusste nicht, was sie von diesem Deal halten sollte, in den sie eingewilligt hatte. Allerdings wollte sie Karen nicht vor den Kopf stoßen, denn sie erhielt Archies Geld nur dann, wenn das *Finanzgenie* keinen Mist baute. So wie sie Wyndham einschätzte, war er unberechenbar. Dementsprechend empfand sie es als unklug, den Job bei der Zeitschrift zu riskieren.

»Einverstanden,« hörte sie sich sagen, und ihre Chefin klatschte, aufgeregt auf und ab hüpfend, in die Hände.

3

»Du musst nach Mallorca? Aber wir wollten auf die Malediven fliegen.«

Schmollend schob Nora die Unterlippe vor.

»Ich weiß«, entgegnete Rick, »aber mein Vater hatte offensichtlich ganz andere Pläne für mich.«

»Ricky, du hast es mir aber versprochen. Ich brauche dich für die Insta-Story.«

Rick wusste mit den Begriffen, die Nora den ganzen Tag über von sich gab, nichts anzufangen. Ständig lag sie ihm mit der sogenannten ›Insta-Story‹ in den Ohren, aber er hatte keinen blassen Schimmer, was das war.

»Flieg doch einfach schon mal vor, und ich komme dann in einer Woche nach.«

»Aber ich habe schon überall gepostet, dass wir gemeinsam hinfliegen. Wie sieht das denn jetzt aus?«

»Wie soll es schon aussehen? So, als würdest du allein fliegen und ich würde nachkommen.«

Nora verdrehte die Augen und legte den Kopf schief. Sie fügte sich perfekt ein in den lichtdurchfluteten Wohnraum mit seinen strahlend weißen Möbeln. Mit ihrem weißen Hosenanzug, der hellen, fast durchsichtig schimmernden Haut und den blonden Haaren sah sie aus wie gemalt.

»Ich verstehe nicht, warum du nicht direkt mitkommen kannst. Dein Vater ist tot, seine Asche kannst du auch in zwei Wochen noch in den Atlantik kippen.«

»Mittelmeer.«

»Wie bitte?«

»Mallorca liegt nicht im Atlantik. Es liegt im Mittelmeer.«

»Das ist Mansplaining, Darling!«

»Nein, das ist Geografie.«

Rick mochte vieles an Nora, ihre Allgemeinbildung brachte ihn aber des Öfteren an den Rand der Verzweiflung.

»Ich habe dir außerdem doch schon erklärt, dass ich nur Vaters Geld erbe, wenn ich diese Reise jetzt antrete. Glaubst du etwa, dass ich mich darum reiße?«

Rick ließ sich auf die weiße Coach fallen und vergrub sein Gesicht in den Händen. Dieser Tag war zu viel für ihn.

»Aber das kann er doch nicht machen.« Wenn Nora maulte, klang sie wie eine Katze, die um Futter bettelte. »Ich bin sicher, dass es nicht legal ist, was er von dir verlangt. Du solltest das dringend von einem Anwalt prüfen lassen.«

Sie setzte sich zu Rick und strich ihm sanft über den Rücken. Durch den dünnen Stoff seines Seidenhemdes spürte er ihre kühlen Finger.

»Nora, glaubst du etwa, das wäre nicht das Erste gewesen, was ich getan habe? Es ist nichts zu machen, das Erbe gilt als abgewiesen, wenn ich seinen bescheuerten Plan nicht befolge.«

»Und was wird aus unserer Hochzeit am Strand? Ich habe den Fotografen schon gebucht.«

Rick hob den Kopf und sah seiner Verlobten in die Augen.

»In einer Woche besitzen wir dreißig Millionen Pfund. Ich bin mir sicher, dass wir dem Fotografen ein Ausfallhonorar zahlen und umbuchen können.«

Nora seufzte.

»Da hast du recht. Egal, ich werde dich begleiten. Auf Mallorca wird es bestimmt auch den ein oder anderen Spot für ein Foto geben.«

Rick schürzte die Lippen.

»Ja, weißt du, da wäre noch etwas. Du kannst nicht mitkommen.«

»Wie meinst du das? Dein Vater will, dass du allein dorthin fliegst?«

»Nicht ganz, ich soll eine Frau mitnehmen. Sie war seine Freundin oder was auch immer. Und wir fliegen auch nicht direkt nach Mallorca, sondern reisen vorher durch halb Europa.«

Nora zog ihren Arm zurück und rückte ein Stück zur Seite.

»Was denn für eine Frau?«

»Keine Ahnung, sie und mein Vater hatten irgendeine abartige Beziehung. Er hat sie ebenfalls in seinem Testament bedacht, und sie soll aufpassen, dass ich mich auch wirklich an die Anweisungen halte. Sogar nach seinem Tod vertraut er mir nicht, ist das zu fassen?«

Bitter lachte Rick auf.

»Wie sieht sie aus?«

»Gewöhnlich, absolut gewöhnlich.« Er zuckte die Achseln. »Glaube mir, ich hätte viel lieber dich an meiner Seite als diese vulgäre Person.«

Pünktlich um zehn Uhr zwanzig trafen Louise und Rick fast zeitgleich am Bahnhof King's Cross im Herzen der Londoner City ein. Sie hatte den schlaksigen Mann mit den rotblonden Locken sofort erkannt, der mit einem kleinen Trolley durch die Menschenmenge huschte. Um nicht mit ihm reden zu müssen, verringerte sie ihr Tempo und schlenderte langsam in Richtung des Treffpunktes.

Sie würde sich früh genug mit ihm unterhalten, aber in diesem Moment benötigte sie ihre Ruhe vor den Kommentaren des Aristokratensohns. In einer Ecke erspähte sie Martin Bigsby. Der Notar schaute abwechselnd ungeduldig auf seine Uhr und suchend in die Menge.

So wie Louise ihren verstorbenen Nachbarn kannte, bekam auch Bigsby sein Honorar erst zum Schluss.

Sie stellte sich vor, dass das finanzielle Risiko des Notars einzig an Wyndham Junior lag. Einem Menschen, der mit seinem Vater schon vor ewigen Zeiten abgeschlossen hatte.

Rick erreichte Bigsby als Erster. Zur Begrüßung nickte er ihm stumm zu.

Sie umklammerte den Griff ihres Koffers fester. Alles in ihr hätte am liebsten sofort wieder kehrtgemacht.

»Zweihunderttausend Pfund, Louise, zweihunderttausend Pfund!«

Wie ein Mantra murmelte sie diese Worte vor sich hin.

Kurz schloss sie die Augen. Sie nahm einen tiefen Atemzug. Als sich ihr Herzschlag beruhigt hatte, ging sie auf die beiden Männer zu. Sie zwang sich zu einem Lächeln.

»Guten Morgen!«

Der beleibte Notar strahlte sie an. Wyndham Junior blinzelte kurz in ihre Richtung und musterte sie mit einem geringschätzigen Blick von oben bis unten, bevor er sich an Bigsby wandte.

»Also los. Wir sind hier, Mr Bigsby. Jetzt lassen Sie die Katze aus dem Sack. Wo schickt mich mein seniler, alter Vater hin?«

»Nicht so schnell, Mr Wyndham.«

Der Notar bückte sich und hob eine weinrote Baumwolltasche hoch, auf der mit fetten weißen Buchstaben *7h3 B17ch!* geschrieben stand. Louise biss sich auf die Lippen. Ihr Ex Frank hatte die meiste Zeit des Tages damit verbracht, im Internet zu surfen. Sichere Passwörter bestanden seiner Meinung nach immer aus Zahlen, Groß- und Kleinbuchstaben. »Am besten suchst du dir ein Wort aus, an das du dich leicht erinnern kannst. Dann ist die Gefahr geringer, dass du es im Laufe der Zeit vergisst. Dann wandelst du einige Buchstaben in Zahlen um. Zum Beispiel schreibst du 3 anstatt E. Auf diese Weise merkst du dir sichere Passwörter spielend.« Das hatte er ihr oft erklärt.

Inzwischen war ihre Wut auf Frank grenzenlos. Diesen Tipp aber hatte sie weiterhin beherzigt. Das Passwort für ihr E-Mail-Programm lautete seither *P47h371cL053r* – Pathetic Loser, erbärmlicher Verlierer. Somit fiel es ihr nicht schwer, die Ansammlung von Ziffern und Buchstaben auf der Tasche zu entziffern: The Bitch!

Louise bezweifelte, dass dem Notar die Bedeutung bewusst war. Feierlich überreichte er die Tasche an Rick.

»Bitte, Mr Wyndham. Hier sind die Überreste Ihres Vaters.«

Mit Widerwillen im Blick nahm Rick den Beutel an sich und öffnete ihn.

»Eine Urne«, kommentierte er mit einem Hauch Enttäuschung in der Stimme und zog die Lippen kraus.

Louise verdrehte die Augen.

»Was haben Sie denn erwartet? Dass Archie wie eine Origami-Serviette gefaltet wurde, damit er in den Beutel passt? Als Schwan zum Beispiel?«

Rick zog scharf die Luft ein, doch bevor er etwas erwidern konnte, sprang Bigsby dazwischen.

»Der erste Punkt Ihrer Reise wird Brighton sein. Hier sind Ihre Tickets. Vor Ort werden Sie im *Firefly Inn* absteigen. Ihr Vater hat verfügt, dass Sie von dort aus *Annie's Café* aufsuchen.«

Der Notar reichte ihnen die Fahrkarten.

»*Firefly Inn, Annie's Café.* Verstanden«, wiederholte Louise eifrig nickend. Kurz stutzte sie. »Was genau war noch mal meine Rolle bei dem Ganzen?«

»Sie bleiben an Mr Wyndhams Seite, bis er die Aufgabe abgeschlossen hat. Sie dokumentieren. Wie Sie das machen, da hat Ihnen Mr Wyndham Senior freie Hand gelassen. Bilder, ein Video, ein schriftlicher Bericht; was immer Sie wünschen. Stellen Sie nur sicher, dass die Regeln nicht verletzt werden.«

Unauffällig deutete er auf Rick, der damit beschäftigt war, die Urne mit Archies Asche gründlich zu inspizieren. Louise hatte nicht den Eindruck, dass er dem Gespräch folgte.

»Welche Regeln?«, wollte sie von dem Notar wissen.

»Nun, die sind schnell erklärt. Erstens, die Art der Verkehrsmittel ist von Sir Wyndham genau vorgegeben worden. Abweichungen davon oder von der Route sind nicht erlaubt.«

Louise zückte ihr buntes Notizbuch. Hastig schrieb sie alles auf.

»Zweitens, die Unterkunft wird nicht geändert. Egal aus welchen Gründen. Hier gibt es klare Anweisungen. Drittens besuchen Sie alle Menschen, die ich Ihnen im Laufe der Reise nenne, persönlich. Ausnahmslos! Viertens ist der Zeitplan einzuhalten. Wenn Sie nicht am Mittwoch um 22 Uhr am Hafen in Barcelona auftauchen, gilt die Mission als gescheitert.«

Louise und Rick schauten ihn wortlos an.

»Keine Sorge! Ihr Vater hat alles perfekt geplant. Es wird nichts schieflaufen.« Bigsby strahlte über das ganze Gesicht. »Und jetzt ist es an der Zeit, dass ich Ihnen eine gute Reise wünsche. Viel Erfolg, wir werden uns bald wiedersehen. Beeilen Sie sich, denn Ihr Zug verlässt den Bahnhof in genau zehn Minuten.«

Der Notar dackelte davon. Louise schaute ihm nach, bis er in der Menge verschwand.

»Sie wollen, dass ich mich hier hinsetze? Soll das ein Witz sein?«

Kaum hatten Louise und der Millionenerbe in spe den Zug betreten, ging sie los, die Beschwerde-Arie. Sie rollte mit den Augen. Zu voll, zu übelriechend, zu dreckig. Sie hörte nur mit halbem Ohr hin.

»Was passt Ihnen denn jetzt schon wieder nicht?«

»Sehen Sie das etwa nicht?«

Mit weit aufgerissenen Augen deutete er auf die Sitze vor ihnen. Egal, wie lange sie auf das starrte, worauf Rick zeigte, sie hatte keinen blassen Schimmer, was er meinte. Alles, was sie sah, waren zwei gepolsterte Sitzflächen.

»Ich befürchte, ich benötige etwas mehr Information.«

»Na, da! *Da!*« Rick nahm jetzt beide Hände zu Hilfe, um ihr sein Anliegen zu verdeutlichen. Verständlicher wurde es für Louise nicht.

Sie schüttelte den Kopf und sah ihn an. Hinter den beiden vergrößerte sich die Schlange von ungeduldigen Passagieren, die zu ihren Plätzen drängten, aber nicht vorbeikamen. Von dem missmutigen Gemurmel um ihn herum ließ sich Rick nicht stören.

»Wieso sehen Sie das nicht? In welcher Scheune sind Sie denn großgezogen worden?«

Genervt stemmte Louise einen Arm in die Hüfte.

»Entweder setzen Sie sich jetzt, oder Sie bleiben stehen. Wofür Sie sich entscheiden, ist mir gleichgültig. Aber lassen Sie mich mit Ihren Allüren in Frieden, und gehen Sie beiseite. Andere Menschen möchten vorbei, die haben weniger Verständnis für Ihre Befindlichkeiten als ich! Grundgütiger!«

Das Blut pumpte sich seinen Weg durch Louises Halsschlagader. Sie formte ihre Hände zu Fäusten. Tief grub sie die Fingernägel in die Handfläche. Es erforderte ihre gesamte Willenskraft, um den eingebildeten Schnösel nicht lauthals anzubrüllen. Zu ihrem Erstaunen setzte er sich prompt hin.

Seine Augen wurden groß, und er starrte sie mit einer Mischung aus Überraschung und Entrüstung an. Innerlich mutmaßte sie, dass nicht allzu viele Menschen bisher den Mumm hatten, sich gegen ihn aufzulehnen.

Jetzt saß er. Am Fenster, wo sonst? Auf Louises Lieblingsplatz. Sie liebte es, nach draußen zu schauen und die Landschaft vorbeiziehen zu sehen. Durch die Glasscheibe sah die Welt so friedlich aus. Von der harten Realität war nichts zu erkennen. Für ein paar Stunden war sie frei.

Doch sie war froh, dass ihr unfreiwilliger Reisepartner für einen Augenblick die Klappe hielt. Dies zu zerstören, war kein Fensterplatz der Welt wert.

Seufzend ließ sie sich auf dem Sitz neben ihm nieder.

Die Stille hielt nicht lang an. Der Zug hatte noch nicht den Bahnhof verlassen, da beschwerte er sich weiter. Über den Zustand der Sitze, den Zug und alle Mitreisenden. Doch nuschelte er seinen Unmut jetzt leise vor sich hin. Zwischendurch schnappte sie einzelne Wörter auf.

»Viehtransporter ... noch nie so anspruchslos gereist ... Bazillenschleuder ...«

Louise starrte auf ihre Hände. Innerlich verfluchte sie sich dafür, dass sie nichts zu lesen dabeihatte. Warum hatte sie nicht schnell am Zeitungsstand in King's Cross ein Buch oder eine belanglose Zeitschrift gekauft?

»Herrgott noch mal, halten Sie niemals still? Haben Sie vergessen, Ihr Ritalin einzunehmen?«

Louise zuckte erschrocken zusammen.

»Ich habe doch gar nichts gemacht, Sie sind derjenige mit Millionärstourette, der an allem und jedem hier etwas zu meckern hat.«

»Sie wippen mit dem Fuß, das ist unerträglich.«

Louise zog die Beine näher zu sich an den Sitz.

»Entschuldigung«, murmelte sie.

Angestrengt kniff Rick die Augen zu.

»Jetzt hören Sie aber mal auf, soll das sieben Tage lang so weitergehen?«

Unabsichtlich hatte Louise so laut gesprochen, dass zwei Reihen vor ihr eine Frau den Kopf nach hinten drehte, um zu sehen, woher die Ruhestörung kam.

Rick öffnete ein Auge und blinzelte sie argwöhnisch an.

»Ich bin nicht hier, um Freundschaften zu schließen, aber danke schön.«

»Meinen Sie etwa, ich bin hier, weil Sie so ein warmherziger, witziger, sympathischer und charmanter Mensch sind? Als ob ich nichts Besseres zu tun hätte, als eine Woche an ihre Seite gefesselt zu sein. Aber es ist jetzt, wie es ist. Weder Sie noch ich können es ändern. Lassen Sie uns das Beste aus dieser Situation machen.«

Rick setzte sich auf. Sein Rücken war kerzengerade, jeder Orthopäde wäre vor Begeisterung an die Decke gehüpft.

»Ich bin gespannt, was schlagen Sie vor? Ein Gespräch?«

Louise ignorierte den abfälligen Tonfall seiner Stimme.

»Das wäre zum Beispiel keine schlechte Idee.«

»Und worüber möchten Sie sprechen? Suppenrezepte? Make-up-Tutorials aus dem Internet? Pole-Dance-Tipps?«

»Wissen Sie, es ist erstaunlich. Die ganze Zeit schon habe ich das Gefühl, dass Ihr Vater direkt neben mir sitzen würde, und das kommt nicht daher, dass Sie seine Asche im Arm spazieren fahren.«

Spöttisch lächelnd deutete sie auf die weinrote Baumwolltasche auf seinem Schoß.

Rick stutzte.

»Wie meinen Sie das?«

»Ach, nur so. Sagen wir, dass ich genau weiß, von welcher familiären Seite Sie Ihren umwerfenden Charme geerbt haben.«

Eindringlich stierte er sie an, als wartete er darauf, dass sie ihre Erklärung weiter ausführen würde.

Zufrieden lehnte sich Louise in ihren Sitz zurück. Ein Grinsen breitete sich auf ihrem Gesicht aus. Sie schloss die Augen, verkniff sich aber einen weiteren verbalen Seitenhieb nicht.

»Falls Sie die dreißig Mille nicht erben, weil Sie es nicht mal schaffen, sich eine ganze Woche am Riemen zu reißen, und die Sache in den Wind werfen, dann bleibt Ihnen doch wenigstens diese Erkenntnis. Sie sind haargenau wie Ihr Vater. Das ist beruhigend, oder? Archie lebt in Ihnen weiter.«

Sie stellte sich schlafend. Sie musste ihm nicht ins Gesicht schauen, um zu wissen, dass er unter seinen Sommersprossen blass wurde.

»Ich bin nicht wie mein Vater«, knurrte er nach einer ganzen Weile vor sich hin. »Ich bin überhaupt nicht wie er.«

Louise biss sich auf die Unterlippe. Die gleichmäßigen Fahrgeräusche des Zuges wirkten wie ein Wellnessbad. Langsam entspannte sie sich, bis sie einnickte.

»Die Fahrkarten, bitte!« Louise zuckte zusammen. Sie sah auf ihre Armbanduhr. Dreißig Minuten waren seit der Abfahrt vergangen. Eine friedliche halbe Stunde.

»Endlich, ich dachte schon, Sie lassen sich hier gar nicht mehr blicken. Bringen Sie mir bitte einen Scotch.«

Der Kontrolleur nahm Louise die Tickets aus der Hand. Seine Augenlider flackerten irritiert.

»Meinen Sie das ernsthaft, oder ist das ein Witz?«

Louise rollte die Augen.

»Der macht keine Witze. Niemals. Glauben Sie mir, das ist sein völliger Ernst.«

»Sir, wir haben ein Bistro vorne im Zug. Ich bin nicht informiert darüber, welchen Alkohol sie dort verkaufen.«

Ricks Nasenflügel bebten.

»Und? Soll ich selbst dorthin gehen?«

»D-das machen die a-anderen Gäste auch.«

»Was ist das für ein erbärmlicher Service hier. Ich werde mich beschweren. Wie ist Ihr Name?«

»O-Oliver, Sir.«

Der Schaffner trat von einem Fuß auf den anderen. Die Flecken auf seiner Haut, die er unter einem kleinen Bärtchen versteckte, glühten rot.

»Jetzt machen Sie aber mal einen Punkt«, sprang Louise dem überforderten jungen Mann zur Seite, »das hier ist ein Zug von der National Rail, nicht der Orientexpress. Wenn Sie was zu trinken wollen, kaufen Sie demnächst im Supermarkt eine Flasche Fusel und stecken Sie die in die Tasche zu Ihrem Vater.«

»Ich habe nicht mit Ihnen gesprochen! Warum mischen Sie sich immer in alles ein?«

»Weil Sie ein aufgeblasener Idiot sind!«

Unbemerkt von den Streithähnen nutzte der Schaffner die Gunst der Stunde, um sich schnell zu entfernen. Die Diskussion hielt an, bis sie den Bahnhof von Brighton erreichten und – sehr zur Freude der anderen Fahrgäste – endlich ausstiegen.

4

Brighton war ein bezaubernder Küstenort direkt am Ärmelkanal. Unter der Woche lag der Kleinstadtflair in der Luft über den kleinen, verwinkelten Gassen von *The Lanes.*

Es wirkte fast schon beschaulich, doch es gab einen Haken.

Jedes Wochenende reisten die Bewohner Londons in das Städtchen und verwandelten Brighton zum lauten Mittelpunkt der hippen Latte-macchiato-Szene.

Louise war dennoch gerne hier, denn dieser Zauber, den der Ort versprühte, zog sie in den Bann. Aber eben nur dann, wenn es nicht so überfüllt war. Hektische Londoner, die egoistisch durch die Gegend rannten, hatte sie zu Hause schon genügend.

Zwei Großstädter bahnten sich ihren Weg durch die bunten Straßen und zogen dabei alle Blicke auf sich. Rick hastete vorneweg, der geöffnete, dunkelbeige Wollmantel wehte mit jedem seiner schnellen Schritte. Er hatte den Kragen nach oben gestellt und den Hals mit einem dunkelblauen Schal aus feinstem Cashmere, wie Louise im Zug bemerkt hatte, vor dem kühlen Meereswind geschützt. Sein kleiner Trolley einer Designermarke, die ihr zwar nichts sagte, aber sicherlich teuer war, schwebte fast lautlos über den Asphalt.

Hinter ihm hatte Louise trotz ihrer langen Beine Schwierigkeiten, das hohe Tempo zu halten. Ihr morgens in aller Eile zusammengebundener Pferdeschwanz drohte sich mit jedem Schritt aufzulösen. Einige dunkle Strähnen hatten sich schon gelöst und wehten ihr in die Augen. Dabei verhedderten sie sich mit dem Gurt ihrer Laptoptasche, die sie über Kreuz umschlungen hatte. Laut polternd zog sie einen riesigen, neongrünen Koffer hinter sich her. Eine große, goldene Kanone prangte in der Mitte: das Wappen ihres Lieblingsklubs FC Arsenal.

Dennoch galten die Blicke nicht ihrem Auftritt, sondern dem ovalen Gefäß in Ricks Händen.

Er hatte die Urne aus schimmerndem Platin aus der roten Baumwolltasche genommen und trug sie offen vor sich her.

Was gegen die Tasche spräche, hatte Louise ihn gefragt. Eine Antwort hatte sie von ihm nicht erhalten. So vermutete sie, dass der rote Beutel schlicht und ergreifend nicht teuer genug aussah. Mit einem großen Gucci-Logo wäre er kein Problem für ihn gewesen.

Schnell marschierte Rick Wyndham voran, als würde er den Weg in- und auswendig kennen.

»Waren Sie schon mal hier?«

Louise joggte, um mit ihm Schritt zu halten.

»Ja«, brummte er einsilbig zurück.

Kurz wartete sie, ob eine Erklärung folgen würde, doch die kam nicht. Den Blick geradeaus gerichtet, eilte er weiter.

»Sie kennen den Weg, nehme ich an?«

Rick nickte.

»Hm.«

»Warum, meinen Sie, hat Ihr Vater uns nach Brighton geschickt?«

Mit jedem Wort japste Louise nach Atemluft. Insgeheim ohrfeigte sie sich selbst dafür, seit Jahren für die Mitgliedschaft des Fitnessstudios zu zahlen, ohne nur einen Fuß dort hineingesetzt zu haben.

»Mich.«

»Wie bitte?«

»*Er* hat *mich* hier hingeschickt. *Sie* sind nur mein Babysitter, weil *er mir* nicht traut.«

Louise keuchte. Ihr Gesicht war hochrot angelaufen.

»In Ordnung, dann frage ich so: Was ist Ihrer Meinung nach der Grund, weshalb Ihr Vater *Sie* hierherschickt?«

»Wonach sieht es denn aus? Er will mich offenbar aus dem Grab heraus quälen. Meine gesamte Kindheit und Jugend waren ihm nicht genug.«

Hörbar knirschte er mit den Zähnen. Sie hatte einen wunden Punkt getroffen. Vor ihrem inneren Auge sah sie Karen aufgeregt mit dem Kugelschreiber winken.

»Nicht aufgeben jetzt! Du hast hier den Beginn deiner Story! Bleib dran! Kitzle die Infos aus ihm raus. Frag weiter, immer weiter. Hach, ist das aufregend! Damit machen wir auf. Ganz! Groß!«

Gedanklich schob sie die übermotivierte Karen zur Seite.

Während sie weiter hinter ihm herhetzte, suchte sie fieberhaft nach einer Taktik, wie sie vor ihm verborgen halten konnte, was sie vorhatte. Außerdem lag es in den Sternen, ob er ihr überhaupt so private Dinge anvertraute. Fragen über seinen Vater? Zu geradeaus. Über die Mutter? Zu gewagt und zu früh. Obwohl es in ihren Fingern kribbelte zu erfahren, was aus Mrs Wyndham geworden war. Archie hatte sie ihr gegenüber nie erwähnt. Alles, was sie brauchte, war der Knallerbeginn für ein investigatives Interview.

»Sie haben sich nicht verstanden, stimmt das?«

Sobald die Worte ihren Mund verlassen hatten, schlug sie sich innerlich vor die Stirn.

Rick Wyndham blieb stehen. Er sah sie schräg an, als wäre sie irre.

»Nein, nicht doch! Wie kommen Sie darauf? Weil ich den Mann seit fünf Jahren ignoriere? Weil er mich mit einem Babysitter auf Reisen schickt, um mich in einem Akt der Schikane damit zu beauftragen, seine Asche in der Weltgeschichte zu verteilen? Nein, im Ernst. Wir hatten ein liebevolles Vater-Sohn-Verhältnis. Geprägt von unendlichem Respekt und gegenseitiger Unterstützung für unser beider Lebensentscheidungen.«

»Sie hätten auch einfach ›Nein‹ sagen können, wie ein vollkommen normaler Mensch«, maulte Louise ihn an.

Rick quittierte ihre Bemerkung mit einem leichten Grunzen und setzte seinen Weg in Richtung Hotel fort. Sie entschied sich dazu, nicht weiter mit ihm über das Thema zu sprechen.

»Es tut mir leid, Sir, ich habe weder auf den Namen Rick Wyndham eine Reservierung vorliegen noch für eine Louise Moore.«

Der Mitarbeiter an der Rezeption des *Firefly Inn* schaute in das große Auftragsbuch vor ihm und schüttelte mit dem Kopf.

»Das kann nicht sein«, erwiderte Rick, »wir haben die Anweisung erhalten, uns hier bei Ihnen im Hotel zu melden. Schauen Sie bitte noch einmal nach.«

»Ich muss nicht nachschauen, ich werde beim zweiten Mal nichts anderes finden. *Sir!*«

Der Rezeptionist und Rick sahen sich in die Augen. Niemand war gewillt wegzusehen.

Schmunzelnd drehte sich Louise zur Seite. Wyndham war auf jemanden getroffen, der von seiner Arroganz gänzlich unbeeindruckt blieb. Am liebsten hätte sie ihm dafür laut applaudiert.

»Es *muss* aber eine Reservierung vorliegen«, warf Rick indessen ein und holte Louise aus ihren Gedanken zurück, »vielleicht wurde sie nur nicht aufgeschrieben.«

Entrüstet plusterte sich der Mann hinter dem Tresen auf.

»Ich bin persönlich für die Reservierungen verantwortlich!«

»Ja, das sagen Sie bereits.« Ungerührt zuckte Wyndham mit den Achseln.

»Wollen Sie etwas behaupten, dass ich meine Arbeit nicht korrekt ausführe?«

Er stützte seine Arme auf dem Tisch ab und beugte sich leicht vor.

Rick trat ebenfalls einen Schritt nach vorn.

»Einer von uns beiden macht seinen Job nicht vernünftig. Und von mir ist hier nicht die Rede!«

»Vielleicht läuft die Reservierung unter Tracy Moore?«

Louise sprang dazwischen, bevor die beiden Männer sich einen Faustkampf wegen einer nicht vorhandenen Reservierung lieferten.

Zügig schaute der Portier wieder in sein großes Buch.

»Nein, bedaure«, sagte er nach einigen Sekunden des Wartens, »keine Tracy Moore.«

»Was ist mit nur Tracy, ohne Nachnamen?«

Archie hatte sich nie um ihren Namen geschert, für ihn war sie immer nur Tracy gewesen.

»Weder Tracy Moore noch irgendeine andere Tracy. Wir sind im Übrigen kein Stundenhotel. Wir reservieren die Zimmer nur auf komplette Namen.«

Vom Kopf bis zu den Zehenspitzen musterte er Louise und rümpfte die Nase. Sie errötete, während Rick neben ihr sein Lachen mit einem Hustenanfall zu kaschieren versuchte.

»Was genau ist daran lustig? Und seit wann heißen alle Nutten Tracy?«

Rick antwortete ihr nicht, mit den Gedanken schien er woanders zu sein.

»Ich verstehe das nicht«, murmelte er in ihre Richtung, doch mehr zu sich selbst, »mein Vater hat uns ausdrücklich hierhergeschickt. Warum kennt hier niemand meinen Namen?«

Abwesend kratzte er sich am Kinn.

»Haben Sie eine Reservierung auf Sir Archibald Wyndham?«

Widerwillig schaute der Portier erneut in das Buch vor ihm. Er suchte jede Zeile ab, und seine Augen wanderten dabei von rechts nach links. So viele Namen konnten gar nicht darin enthalten sein, denn es handelte sich um ein kleines Boutique-Hotel und nicht um eine Fünf-Sterne-Herberge mit achttausend Betten, aber trotz allem nahm er sich für die Überprüfung ausgiebig Zeit.

Auf der zweiten Seite wurde er fündig und nickte eifrig.

»Ja, hier ist ein Zimmer auf Sir Archibald Wyndham den Dritten gebucht. Ist das Ihr Vater?«

Rick schüttelte mit dem Kopf.

»Nein«, raunte er mit gesenkter Stimme, »das bin ich.«

Der Mann hinter der Rezeption nickte zustimmend. Er stiefelte ins Büro, um die Schlüssel zu holen.

Lauthals lachte Louise auf, als der Rezeptionist außer Hörweite war.

»Der Dritte? Ernsthaft?« Zwanghaft wiederholte sie den Namen. »Ihr Name lautet allen Ernstes Sir Archibald Wyndham? Der Dritte? Heißt das, dass es drei von Ihrer Sorte gibt?«

Ricks Hautton glich sich in Sekundenschnelle seiner roten Haarfarbe an.

»Nein«, blaffte er um Beherrschung bemüht zurück, »denn die anderen beiden sind tot. Sie kennen meinen Vater? Den Mann, auf dessen Testamentsverlesung Sie gestern waren? Sie haben für ihn an der Stange getanzt.«

Louise ignorierte den Kommentar.

»Archibald Wyndham der Dritte. Tut mir leid, der Name wird auch beim vierten Hören nicht besser.«

»Es ist eine ehrenvolle Tradition. Söhne erhalten die Namen von Vorfahren, die Großes für das Haus geleistet haben!«

Gekränkt hob Rick den Kopf so hoch an, dass Louise im in die bebenden Nasenlöcher sehen konnte.

»Aber warum um Himmels willen denn *der Dritte?* Ist das in Ihren Kreisen wie mit Software? Sind Sie die verbesserte Version Ihres Vorgängermodells? Haben Sie den Betatest schon durchlaufen? Sind Sie jetzt Archibald Wyndham 3.0?«

»Machen Sie sich über meinen Namen lustig, wie Sie wollen. Jemand wie Sie wird unsereins eh nicht verstehen.«

»Oh, ich begreife bei dem Namen schon, warum Sie Ihren Vater so hassen. Von jetzt an nenne ich Sie Archie, den Dritten.«

»Unterstehen Sie sich«, zischte er sie entrüstet an, »mein Name ist Rick! Nicht Archie! Und egal, was Sie mir einreden wollen, ich bin kein bisschen wie mein Vater!«

Das aufgeregte Flimmern in den Augen brachte Louise zum Schweigen. Fasziniert bemerkte sie, dass seine Iris ein sattes Grün beinhaltete, keine Spur mehr von dem grauen Schatten.

Sofort spürte Louise, dass sie zu weit gegangen war. Ihr sonst so selbstsicheres Gegenüber war verletzt.

»Entschuldigung, ich wollte nicht ...«

»Hier ist der Schlüssel zu Ihrem Zimmer, Sir.«

Unbemerkt von den beiden war der Portier zurückgekehrt. Er reichte einen silbrigen Gegenstand mit einer kleinen Libelle.

»Ich hätte auch gerne einen.«

Louise hielt ihm die geöffnete Handfläche hin.

»Bedaure, Ma'am. Pro Zimmer ist nur ein Schlüssel vorgesehen.«

»Kein Problem. Ich möchte nur einen Schlüssel zu meinem Zimmer haben.«

Verwirrt blickte der Mann sie an.

»Ihr eigenes Zimmer? Aber, es ist doch nur eines gebucht worden. Ein Doppelzimmer. Hier steht es!«

Zur Verdeutlichung seiner Worte hielt er das schwere Reservierungsbuch in die Höhe. Einige Zettel lösten sich aus den Seiten und flatterten sanft auf die Schreibtischplatte.

Rick und Louise wechselten einen kurzen Blick.

»Wie bitte?«, sagten beide entsetzt im Chor.

»Das kann nicht sein, dann hätte ich gerne ein weiteres Zimmer auf eigene Kosten gebucht!«

Nie im Leben wollte Louise die Nacht in einem Raum mit Rick Wyndham verbringen. Die Zugfahrt hatte ihr schon gereicht.

»Bedaure, wir sind komplett ausgebucht.«

»In Ordnung, dann werde ich nebenan im Hotel übernachten!«

Louise drehte sich auf dem Absatz um und war schon auf dem Weg zur Tür hinaus, als der Portier ihr hinterherrief.

»Da werden Sie kein Glück haben, Ma'am. Haben Sie nichts von dem großen Orthopädenkongress gehört, der in den nächsten Tagen in Brighton stattfindet? Sämtliche Unterkünfte sind bis auf das letzte Bett ausgebucht.«

Bedauernd hob er die Schultern, doch Louise war sich sicher, dass er das nicht ernst meinte.

»Man munkelt«, fuhr er fort, »dass inzwischen sogar die Stufen auf den Treppenhäusern und die Besenkammern vermietet wurden. Aber unter den Brücken soll es das ein oder andere freie Plätzchen hier geben.«

Grunzend lachte er über seinen eigenen Witz auf, hielt aber sofort inne, als er in die kalkbleichen Gesichter von Louise und Rick schaute.

»Sie dürfen eh nicht das Hotel wechseln, schon vergessen? Keine Abweichungen vom Plan! Sie haben es sogar aufgeschrieben und dennoch nicht daran gedacht?«

Louise rollte seufzend mit den Augen.

»Dann bleibt uns nichts anderes übrig, als dass wir uns für diese Nacht ausnahmsweise ein Zimmer teilen.«

Rick riss die Augen weit auf und wandte sich dem Rezeptionisten zu.

»Da muss es doch eine andere Möglichkeit geben! Sie erzählten da etwas von Besenkammern?«

Schmallippig schüttelte der Mann den Kopf. Sein Adamsapfel bebte leicht. Er war mit der Geduld am Ende.

Mit einer Hand fuhr sich Rick durch die dichten, rotblonden Locken.

»Hören Sie, ich kann auf keinen Fall mit Ihnen auf einem Zimmer übernachten!«

Louise runzelte die Stirn.

»Wieso, sind Sie keusch?«

»Wie bitte?«

»Schnarchen Sie?«

»Nein, aber ...«

»Dann sehe ich keinen Grund, der dagegen spricht. Sie schlafen auf der Couch, und ich nehme das Bett.«

Der Portier räusperte sich laut.

»Das geht nicht, Ma'am.«

»Was soll denn das schon wieder heißen?«

Louise hatte sich abrupt umgedreht und fuhr den Mann hinter dem Tresen feindselig an.

»Das bedeutet, dass es in Ihrem gebuchten Zimmer keine Couch gibt. Nur ein Bett. Und einen Stuhl.«

Hörbar schnappte Wyndham neben ihr nach Luft.

»Der Tag wird von Minute zu Minute besser.«

»Wenn du denkst, dass es nicht schlimmer kommen kann, passiert das hier!«

Rick hatte die weiße Tür zum Zimmer 12 geöffnet und sah mit angewiderter Miene hinein.

»Also, ich finde es nett.«

Louise lugte über seine Schulter in den kleinen, in Blau und Weiß gehaltenen Raum.

Rick rollte mit den Augen.

»Selbstverständlich finden Sie das. Sie haben keinerlei Ansprüche. Von Stil ganz zu schweigen.«

Sie hörte über seinen Kommentar hinweg und schob sich an ihm vorbei ins Zimmer.

Die blaue Tapete an den Wänden hatte sich an einigen Kanten gelöst. Die weiße Farbe an den kunstvoll verschlungenen Borten war im Laufe der Jahre einem leichten Beige gewichen. Ein Sekretär stand direkt vor dem Fenster, mit Ausblick auf den regen Küstenort.

Louise entdeckte eine Sektflasche mit zwei Gläsern, daneben ein kleines, mit roten Herzen verziertes Kärtchen. Sie hob die Karte auf und lachte lautlos auf, als sie den Text las:

Willkommen im Firefly Inn – dem Ort, an dem die Romantik zu Hause ist!

Sanft fuhr sie mit den Fingern über das hell lackierte Holz des Sekretärs. Gedankenverloren sah sie aus dem Fenster.

Hier konnte sie schreiben. Oder ein Wochenende mit Frank verbringen. Ein kleiner Splitter löste sich von der Oberfläche und grub sich schmerzhaft in die Haut unter ihrem Fingernagel.

»Au!«

Instinktiv zog sie die Hand weg und steckte sich den Finger in den Mund. Das war die gerechte Strafe für ihren Gedanken an diesen Idioten.

»Das darf doch nicht wahr sein!«

Rick stöhnte entnervt auf.

»Ifft nifft fo flimm, ifft nur ein kleiner Fplitter.«

Sie saugte den Splitter aus der Haut, überrascht von der nicht enden wollenden Menge an salzigem Blut, die dabei aus der klitzekleinen Wunde floss.

»Nicht so schlimm? Ich bitte Sie!«

Entrüstet hatte er die Hände in die Hüfte gestemmt.

Fragend schaute Louise ihn an. Sie brauchte einen Augenblick, bis sie begriff, dass er nicht von ihrer Verletzung sprach.

Fuchtelnd deutete er auf das Bett in der Mitte des Raumes. Es war winzig, nicht größer als Queensize. Der Stil des Gestells mit mickrigen Löwentatzen als Füßen passte sich perfekt in das Ambiente ein. Zwei kleine Spitzenkissen waren neckisch auf einer hellen Decke platziert.

Einer einzigen Decke!

Schlagartig vergaß Louise den Splitter.

»Oh, bitte! Wie viel Romantik ist hier denn noch versteckt?«, rief sie aus.

»Habe ich doch gesagt!« Rick rollte genervt die Augen. »Hören Sie eigentlich überhaupt nicht zu?«

»Schreien Sie mich nicht an, ich habe es nicht an den Ohren. Dann müssen wir eben improvisieren.«

Louise schlug den Überwurf zur Seite. Zum Vorschein kam eine dünne Wolldecke.

»Na bitte«, stellte sie triumphierend fest, »jeder kann sich zudecken. Problem gelöst.«

Rick rümpfte die Nase und schüttelte vehement mit dem Kopf.

»Nein, also nein! So kann doch kein Mensch schlafen!«

»Jetzt haben Sie sich nicht so. Waren Sie etwa noch nie beim Camping?«

Missbilligend blinzelte er sie schräg von der Seite an. Louise seufzte laut.

»Natürlich waren Sie das nicht. Was frage ich auch so blöd? Egal, wir haben später genügend Zeit, um über die Schlafmodalitäten zu diskutieren.« Sie sah auf die Uhr. »Wir müssen gleich los. Wie hieß das Café? Ellie's?«

»*Annie's*. Es ist *Annie's Café*.«

Rick grummelte missmutig, den Blick fest auf das Bett gerichtet.

»Haben Sie eine Adresse, die ich hier eingeben kann?«

»Nicht nötig. Ich kenne den Weg.«

Ohne auf Louise zu warten, drehte er sich auf dem Absatz um und schritt zur Tür.

Er riss sie auf, und ohne zurückzublicken, lief er den Gang entlang. Die Tür schnellte zurück, und Louise stolperte dagegen.

»Aua! Danke fürs Aufhalten. Wirklich sehr freundlich von Ihnen«, grantelte sie. Doch Rick war bereits außer Hörweite.

Es waren keine vierundzwanzig Stunden vergangen, seit sie Wyndham Junior zum ersten Mal getroffen hatte, und schon jetzt sehnte sie sich dem Ende der Reise entgegen.

Dem Tag, an dem sie ihn zum letzten Mal sehen musste.

Schweigend liefen Louise und Rick nebeneinander durch die engen Gassen. Wieder beeilte sie sich, um bei seinen großen Schritten auf einer Höhe zu bleiben. Doch sie gewöhnte sich so langsam daran.

Zu Louises Erleichterung entschied Rick, die Urne lieber in der roten Tasche zu tragen.

Wyndham eilte schnurstracks von einer Straße zur nächsten. Ohne zwischendurch zu zögern. Keine Frage, er kannte die Strecke in- und auswendig.

Am Ende eines schmalen Wegs mit aufwendig verzierten Handwerksboutiquen bog er scharf nach links ab. Louise hetzte hinter ihm her. In der Ferne sah sie das Spiegelbild der untergehenden Sonne im Wasser. Sie verlangsamte das Tempo und starrte wie gebannt auf die glitzernde Oberfläche. Verzückt lächelte sie. Das Meer! Schon als Kind hatte Louise es geliebt. Die salzige Luft, das tosende Rauschen, alles.

Tief atmete sie ein, doch was ihr in die Nase stieg, waren die Abgase der vorbeirauschenden Autos.

Hustend verzog sie das Gesicht.

Wyndham drehte sich nicht einmal um, um zu sehen, ob alles in Ordnung war, doch das hatte sie auch nicht anders erwartet.

Stur marschierte er weiter geradeaus.

»Waren Sie schon mal hier?«

»Ja.«

»In *Annie's Café?*«

»Ja.«

Louise verdrehte die Augen und wäre um Haaresbreite über einen Stein gestolpert, der auf dem Gehweg lag. Wyndham blockte jede ihrer Gesprächsbemühungen im Keim ab. *»Das wird ja noch spannend«*, dachte sie grummelig.

»Ich war als Kind häufiger mit meinem Vater in der Gegend«, schwatzte sie weiter. »Die Großmutter hat in einem Dorf in der Nähe gelebt. Immer wenn wir sie besucht haben, sind Dad und ich nach Brighton zum Pier gefahren. Wir haben Zuckerwatte gegessen, bis wir Bauchschmerzen hatten. Ich mag das Zeug überhaupt nicht. Aber ist es nicht komisch, wie Dinge, die man nicht mag, gleichzeitig zu den besten Erinnerungen zählen?«

»Hm.«

»Waren Sie immer gerne am Pier?«

Rick blieb so abrupt stehen, dass Louise vor seine Schulter prallte.

»Erzählen Sie mir gerne mehr von Ihren putzigen Anekdoten, aber nerven Sie mich nicht.«

Finster blinzelte er sie an.

»Was soll ich denn sonst machen? Sie sagen mir ja nicht mal, wohin wir jetzt gehen!«

»Was interessiert Sie das? Sie sind nur hier, weil Sie auf mich aufpassen. Keine weiteren Infos erforderlich.«

Er wandte sich ab und setzte seinen Weg fort.

»Wollen Sie eine Woche hier die Rolle des Ekels spielen? In Ordnung!«

Grimmig den Kopf schüttelnd folgt sie ihm wieder. Stumm stapften sie weiter des Weges.

Louise sah sich um. Die Häuser waren klein in dieser Gegend. Vor allem die weiß getünchten Fassaden mit den ozeanblauen Türen erinnerten sie an das Mittelmeer. Zumindest an den Teil, den sie aus Zeitschriften kannte. Sie war wenig gereist in ihrem Leben. In ihrer Kindheit hatte sie manche Sommer in Frankreich bei den Verwandten ihrer Mutter verbracht. Drei, vier, vielleicht fünf Mal. So genau erinnerte sie sich nicht. Niemals war sie an der Mittelmeerküste gewesen, doch so wie hier stellte sie es sich an der Côte d'Azur vor.

»Wir sind da.«

Rick Wyndham blieb vor einem der malerischen Häuser stehen. Er deutete auf einen mit Efeu behangenen Rundbogen vor einem kleinen Garten. Die Gräser wuchsen kreuz und quer. Louise war sich nicht sicher, ob dieser Anblick beabsichtigt war oder hier jemand kein Händchen für Gartenarbeit hatte. Doch es wirkte einladend.

Louise schaute hoch und entdeckte ein rundes, blaues Metallschild, das an zwei Ketten im leichten Küstenwind baumelte. *Annie's Café* war darauf zu lesen.

Blumenranken bahnten sich ihren Weg über die weiße Fassade. Auf der kleinen Terrasse war Platz für eine Handvoll Tische und Stühle. An einigen Stellen war der weiße Lack ein wenig abgeblättert und brachte das gusseiserne Metall zum Vorschein.

Mit hängenden Schultern blieb Rick vor dem Eingang stehen. Schwer atmend fixierte er den Türknauf.

»Worauf warten Sie, Wyndham? Besseres Wetter?«

Ohne eine Antwort abzuwarten, schlängelte sich Louise an ihm vorbei und öffnete die Tür.

Ein angenehmer Duft, eine Mischung aus soeben gemahlenem Kaffee und frisch gebackenen Plätzchen, schlug ihr entgegen und kitzelte in ihrer Nase. Louise sah sich um. Der Gastraum war nicht sonderlich groß.

Sie dachte zurück an den achtzigsten Geburtstag ihrer geliebten Granny. Fünfzig Leute waren zu Besuch gekommen, und alle hatten eine Sitzgelegenheit in dem winzigen Wohnzimmer gefunden. »Platz ist in der kleinsten Hütte«, hatte ihre Großmutter immer gesagt. Sie hatte recht behalten.

Annie's Café erinnerte sie an diese Situation. Zwischen kleinen Tischchen und Stühlen, die denen auf der Terrasse ähnelten, waren antik anmutende Sitzgruppen platziert. Überall an den Wänden hingen Schwarz-Weiß-Fotos und altmodische Wandteller. Louise lächelte selig. Sie schloss die Augen und hörte die schlurfenden Schritte ihrer Granny in der Küche.

»Hier möchte ich einziehen«, schwärmte sie entzückt.

Rick runzelte die Stirn.

»Zu den ganzen Touristen? Sie sind leicht zufriedenzustellen. Anderseits stammen Sie auch aus einem Kuhstall. Ein stark besuchtes Café ist da für Sie schon eine beachtliche Verbesserung der Lebensumstände.«

Louise zog eine Grimasse und funkelte ihn grimmig an.

»Na, schau mal einer an, wer da ist!«

Die volltönende, laute Stimme einer Frau riss Louise aus ihren Gedanken und ließ die Gespräche der Gäste kurz verstummen.

Hinter dem Tresen kam eine korpulente, etwa siebzig Jahre alte Dame hervor. Sie strahlte über das ganze Gesicht. Ihre roten Wangen glänzten, als sie die Schürze abnahm und achtlos auf die Arbeitsfläche warf.

Mit weit ausgebreiteten Armen steuerte sie direkt auf die beiden zu. Überrumpelt öffnete Louise ebenfalls ungelenk die Arme, doch kurz bevor die Frau sie erreichte, bog sie ab. Sie fiel Rick um den Hals, der hinter ihr optisch verschwand.

»Ricky!«

»Hallo, Tante Annie.«

»Wie lange warst du nicht mehr hier? Fünfzehn Jahre? Sechzehn? Schau dich an, wie dürr du bist. Isst du denn nicht genug?«

»Neunzehn Jahre. Danke, ich esse ausreichend!«

Eine gefühlte Ewigkeit später löste sich Annie von ihrem Neffen. Prüfend musterte sie ihn von oben bis unten.

»Zur Sicherheit werde ich dir einen Apfelkuchen backen.«

Rick lächelte sie an, und das Grün in seinen Augen leuchtete.

Jetzt erst bemerkte sie Louise. Mit wachen Augen sah sie sie an. Warmherzig strahlte sie über das ganze Gesicht.

»Nora!«

Bevor Louise reagieren konnte, hatte Annie ihre Arme wie ein Krake um sie geschlungen. Sie drückte so fest zu, dass Louise Probleme hatte zu atmen.

»Ich hatte mir dich anders vorgestellt. Irgendwie ... ich weiß nicht, wie ich es nett formulieren soll ... dümmer?«

»Ich bin nicht Nora«, presste Louise nach Luft ringend hervor.

»Das ist Louise, Tante Annie, Dads *Freundin!*«

Mit Zeige- und Mittelfingern zeichnete Rick Anführungsstriche in die Luft. Annie achtete nicht auf den spöttischen Unterton in seiner Stimme.

»Ach, bist du die berühmte Suppenköchin? Aber war dein Name nicht Tracy?«

»Lange Geschichte«, winkte Louise ab.

Sie zu erklären hätte den Rahmen eindeutig gesprengt.

Annie lachte.

»Kann ich mir vorstellen. Archie war schon ein spezieller Fall. Aber er hat immer in den höchsten Tönen von dir gesprochen, wenn wir zusammen telefoniert haben. Was zweimal im Jahr der Fall war. Zu meinem und zu seinem Geburtstag.«

Verblüfft fiel Louise die Kinnlade herunter.

»Ich glaube, Sie verwechseln mich mit jemandem.«

Verdutzt runzelte Annie die Stirn.

»Waren Sie nicht seine Nachbarin?«

»Nein, ich meine – doch!«

»Und haben Sie ihm nicht jahrelang täglich eine Schüssel Suppe vorbeigebracht?«

»Ja, aber ich …«

»Dann ist eine Verwechslung unmöglich. Willkommen, Kindchen. Archies Freunde sind meine Freunde!«

Annie ließ Louises Arm los und wandte sich ihrem Neffen zu. Spielerisch boxte sie ihm in den Oberarm.

»Und nun zu dir, junger Mann. Was fällt dir ein, dich hier für so lange Zeit nicht blicken zu lassen? Meinst du, dass so ein Verhalten seiner einzigen Tante gegenüber angemessen ist?«

»Aua!«

Mit schmerzverzogener Miene rieb sich Rick den Arm.

»Stell dich nicht so an, ich habe dich doch kaum berührt!«

Sie drehte sich zu Louise um und zwinkerte ihr schelmisch zu.

»So sind sie, die Wyndham-Männer. Immer wird aus einer Mücke ein Elefant gemacht.«

Louise kicherte. Annie war erfrischend anders. Zum ersten Mal begegnete sie einer Person, die nicht vor Ehrfurcht erstarrte, wenn ein Wyndham vor ihr stand.

»Ich mag Sie«, gestand sie wie aus der Pistole geschossen, und Annie lachte herzlich.

»Danke, Liebes.«

Ihr Blick fiel auf die Tasche in Ricks Hand.

»Hast du mir ein Geschenk mitgebracht?«

»Wie man es nimmt.«

Rick öffnete den Beutel und hielt ihn ihr so hin, dass sie die darin befindliche Urne erkennen konnte.

Sofort änderte sich ihr Blick. Ihre Augen wurden feucht.

»Ach, Archie, kommst du mich doch ein letztes Mal besuchen, alter Freund?«

Behutsam holte sie den Behälter mit der Asche aus der Tasche hervor und drehte diesen einen Augenblick lang stirnrunzelnd in ihren Händen.

»Überraschend schwer für eine Urne. Ist das gute Stück etwa aus Platin?«

»Ja«, antwortete Rick knapp.

»Passend zu Archie. So kannten wir ihn. Wenn er diese Welt schon verlassen musste, dann wenigstens mit Stil.«

Seufzend grinste sie.

»Dann werden wir unserem Freund einen Ehrenplatz geben.«

Zielstrebig schritt sie mit der Urne im Arm durch den Gastraum, direkt hin zu dem kleinen Kamin am anderen Ende. Sie ließ sich nicht von den erschrockenen Augenpaaren der Gäste irritieren.

Vorsichtig schob sie ein paar Bilderrahmen und Porzellanfiguren zur Seite und stellte das Aschegefäß in der Mitte ab.

»Von hier aus kann Archie das gesamte Geschehen überblicken. Dieser Platz würde ihm gefallen.«

»Mitten im Café? Ist das dein Ernst, Tante Annie?«

Argwöhnisch trat Rick von einem Fuß auf den anderen.

»Sicher, warum denn nicht? Archie gehörte zur Familie und dadurch allein hat er sich diesen Ort verdient.«

»Ich bin mir nicht sicher, ob das Gesundheitsamt das auch so sieht.«

Annie winkte abwertend ab.

»Du machst dir zu viele Gedanken, Ricky.«

Sie drehte sich auf dem Absatz um und entfernte sich. Zurück ließ sie Rick und Louise, die mit offenen Mündern auf die Urne starrten. Die meisten Gäste widmeten sich indessen wieder angeregt ihren Gesprächen.

»Nun«, gab Louise zu bedenken, »wenn man nicht weiß, was es ist, fällt es gar nicht auf. Ich meine, es könnte eine Vase sein. Eine hässliche Vase, aber eine Vase.«

»Grotesk!« Rick schüttelte den Kopf.

Kurz entschlossen erklärte Annie das Café zur geschlossenen Gesellschaft. Sie stellte sich in die Mitte des Raumes und klopfte energisch auf einen der Tische.

»Darf ich kurz um Ihre Aufmerksamkeit bitten?«

Augenblicklich verstummten die Gespräche, und alle Köpfe drehten sich in ihre Richtung.

»Alle mal herhören«, rief sie, »wir hatten einen Trauerfall in der Familie.«

Unterbrochen wurde sie vom bestürzten Gemurmel der Gäste.

»Kein Grund, um Trübsal zu blasen«, fuhr sie fort und lächelte, »lasst uns das Leben zelebrieren! Wir haben nur das eine. Sie sind alle herzlich eingeladen, um mit uns allen zu feiern.«

Ein Raunen ging durch die Reihen, begleitet von Applaus. Louise war begeistert von Annies Charme. Die meisten Leute wandten sich diskret dem Ausgang zu. Nur vereinzelt blieben ein paar Zaungäste sitzen.

Es dauerte nicht lang, bis sich der kleine Gastraum erneut füllte. Annie hatte telefoniert und, wie sie sagte, »ein paar wenige Freunde und Bekannte eingeladen«.

Louise verzog sich in eine Ecke. Sie beobachtete, wie immer mehr Leute in das Café drängten und vor der Urne innehielten.

Unbeholfen trat Rick Wyndham in der Mitte des Raumes von einem Fuß auf den anderen. Er schüttelte Hände, umarmte jeden und wurde immer wieder in die Wangen gekniffen wie ein Dreijähriger.

Louise fiel auf, dass er die meisten Leute kannte, denn er führte viele Gespräche. Er lächelte! Verblüfft schüttelte sie den Kopf. Dass er sich auf die Trauergäste so einließ, passte nicht in das Bild, das sie von dem schnöseligen Aristokratensohn hatte. Sie waren alle so normal. Niemand hatte übermäßig teure Kleidung an. Eine Frau, die Louise auf Anfang fünfzig schätzte, trug einen Blazer von einer Discounterkette. Sie erkannte die Jacke, weil in ihrem Kleiderschrank in London genau die Gleiche hing. Aus der Hosentasche holte sie ein kleines Notizbuch hervor. Sie hatte es zu Hause eilig in die Tasche gepackt, bevor sie sich auf den Weg zu King's Cross gemacht hatte. Auf der ersten Seite prangte in großen Lettern RICK WYNDHAM AKA THE BITCH!!! Bis auf diese Worte war das gesamte Büchlein leer. Louise hatte sich vorgenommen, dass sie hier alles, was ihr über ihren nervigen Reisebegleiter auffiel, notieren würde, damit sie eine brauchbare Geschichte zu Papier bringen konnte.

Sie zückte einen Kugelschreiber.

- Rick Wyndham: merkwürdig … merkwürdig.
- Selten jemanden getroffen, der so einen an der Waffel hat
- Mag die reale Welt nicht, mag niemanden, der kein Geld besitzt
- Warum kennt er diese Leute???

»Woher kennen Sie denn unseren lieben Archie?«

Eine Frau, die Louise auf circa fünfundneunzig schätzte, hatte sich neben sie gestellt und plauderte munter drauflos. Ihre wachen Augen versuchten dabei, einen Blick in Louises Notizbuch zu erhaschen. Lächelnd klappte sie es zu und versteckte es hinter ihrem Rücken.

»Archie war mein Nachbar. Und woher kannten Sie beide sich?«

»Woher wir uns kannten? Ach, Kindchen, alle hier kennen Archie. Er wird bald unsere Donna heiraten!«

Louise runzelte die Stirn.

»Wie bitte?«

»Na, er wird Donna heiraten! Donna Fairchild! Sie wissen doch, das bildhübsche Mädchen am anderen Ende der Straße.«

»Florence, ich habe ein extragroßes Stück Kuchen für dich. Setze dich doch hierher.«

Annie war Louise zur Seite gesprungen und führte die zittrige Dame zu einem kleinen Tisch, an dem mehrere alte Frauen saßen.

»Du musst Florence entschuldigen, sie lebt seit einiger Zeit in der Vergangenheit. Als hätten die letzten vierzig Jahre gar nicht existiert.«

Annie seufzte.

»Kein Problem, meine Großmutter war dement. Für meine Mutter war es schwierig,« gab Louise zurück.

»Ja, für die Angehörigen ist es das immer. Wir trösten uns damit, dass sie sich ein Jahr ausgesucht hat, in dem sie glücklich war.«

Louise nickte.

»Wer war denn diese Donna Fairchild? War das Archies Frau?«

Annies Augen leuchteten auf.

»Stimmt genau! Donna war meine Schwester. Sie hat damals im *Firefly Inn* gearbeitet, einem kleinen Hotel in der Nähe. Dort hat sie Archie kennengelernt. Wusstest du, dass sie ihn anfangs überhaupt nicht ausstehen konnte?«

Annie lachte lauthals auf.

»Echt?«

»Ja, wirklich. Sie meinte, dass er einer dieser versnobten Bänker sei, die sich im Grunde um niemanden kümmern würden als um sich selbst. Allein schon, dass er sich überall als Archibald Wyndham der Zweite vorstellte, war für sie ein Grund, sich über ihn lustig zu machen.«

Louise kicherte.

»Klingt nach einer sympathischen Frau. Unrecht hatte sie nicht.«

»Er entpuppte sich aber doch als ein herzensguter Mensch. Sonst hätte Donna ihn niemals geheiratet.«

Louise biss sich auf die Unterlippe.

»Um ehrlich zu sein, hatte ich immer angenommen, dass seine Frau aus … na ja, *seinen* Kreisen kam.«

Annie schüttelte den Kopf.

»O nein, sie war bodenständig. Das ganze Gehabe dieser Leute war ihr zuwider.«

»Tja, und dennoch wurde schließlich Archibald Wyndham der Dritte geboren.«

Louise rollte die Augen und deutete theatralisch in Ricks Richtung. Annie schüttelte sich vor Lachen.

»Ja, dieser Name wird in der dritten Generation nicht besser, oder? Aber das ist nicht seine Schuld.«

»Ich habe nichts gegen den Namen per se, aber gegen die Art, wie er mit Menschen umgeht, schon.«

Nachdenklich sah Annie in Ricks Richtung. Er war immer noch dabei, sich Geschichten anzuhören und herzen zu lassen.

»Geh nicht so hart mit ihm ins Gericht. Der Junge hatte es nicht leicht. Nachdem meine Schwester starb, wurde Archie schwieriger, als er ohnehin schon war. Du kanntest meinen Schwager, ich muss dir nichts erzählen. Er hatte keinen leichten Charakter. Immer hat er erst gesprochen und im Nachhinein überlegt. Wenn er überhaupt nachgedacht hat.« Annie rollte die Augen und wischte sich seufzend die Hände an der Schürze ab. »Er wurde nicht umgänglicher, als Donna fort war. Sie war so etwas wie sein Gewissen, mitunter sein Sprachfilter.«

Gedankenverloren grinste sie Louise an.

»Immer wenn sie merkte, dass er gerade dabei war, etwas Unüberlegtes zu sagen, kniff sie ihm in den Arm. Doch als Donna nicht mehr da war, wies ihn niemand mehr in die Schranken. Plötzlich war er allein mit einem kleinen Jungen. Prinzipiell konnte er mit Kindern nichts anfangen. Ich denke, dass er ihn im Rahmen seiner Möglichkeiten erzogen hat, aber er hat immer sehr viel von Rick verlangt. Rick sollte grundsätzlich überall der Beste sein. Was zählte, war Leistung. Was sonst? Er ist selbst so groß geworden. Gefühle zu zeigen, war nicht sein Ding. Der

Junge dagegen war schon immer sensibel. Im Internat hat er wundervolle Kurzgeschichten geschrieben und mir geschickt.«

Verwundert hob Louise eine Augenbraue.

»Er hat Geschichten geschrieben?«

»O ja, aber irgendwann hatte er damit aufgehört. Ich weiß nicht, warum.«

Seufzend schüttelte Annie den Kopf.

»Was machst du denn beruflich, Liebes?«

»Ich bin Redakteurin.«

Louise hasste die Bezeichnung ›Journalistin‹. Das Blatt, bei dem sie arbeitete, war weit entfernt von allem, was sie unter dem Begriff Journalismus verstand. Außerdem tippte sie vornehmlich Kuchenrezepte ab und erfand Horoskope, die, wie sie hoffte, niemals jemand las.

»Oh, das klingt aber spannend«, erwiderte Annie mit einem Ausdruck ehrlichen Interesses in ihrem Gesicht. »Schreibst du für irgendeine Zeitung, die ich kenne?«

Verlegen starrte Louise auf ihre Handflächen.

»Och, ich bin freiberuflich tätig. Mal hier, mal dort.«

Kaum hatte die Lüge ihren Mund verlassen, schoss ihr das Blut in die Wangen.

Zu Louises Erleichterung zeigte sich Annie mit dieser Antwort zufrieden und hakte nicht weiter nach.

In der anderen Ecke des Raumes hatte Florence ein neues Opfer gefunden. Rick. Sie zog und zupfte ihm unaufhörlich am Ärmel. Louise grinste, als Rick immer einen Schritt nach hinten machte und Florence daraufhin einen nach vorn setzte, bis er sich selbst mit dem Rücken an die Wand manövriert hatte. Hilflos sah er sich um.

»Im Ernst, ich hätte mir die Archibalds hier nie vorgestellt.«

Annie lugte über den Rand ihrer Brille.

»Welchen der zwei?«

»Alle beide!«

»Warum?«

Louise machte eine ausladende Bewegung mit den Armen. »Das alles hier, die Menschen, die Umgebung. Es ist so … normal.«

Annie gluckste.

»Ich meine das im positiven Sinne«, schob Louise hastig hinterher.

»Keine Sorge, ich habe das schon verstanden.«

»Archie hat mal gesagt, dass er Menschen nicht leiden kann, deshalb wundert es mich, dass so viele hier zur Gedenkfeier vorbeigekommen sind.«

Der Ausdruck in Annies Gesicht wurde ernst.

»Nun, er hat zwar immer betont, wie sehr er Menschen verabscheut, aber seine Handlungen haben eine andere Sprache gesprochen. Siehst du das ältere Pärchen dort drüben?«

Annie deutete durch den Raum auf einen Mann und eine Frau, die schweigend an einem Tisch saßen. Im Gegensatz zu all den anderen, die sich munter unterhielten, wirkten sie still und zurückgezogen.

»Das sind Fred und Miranda. Vor ein paar Jahren gab es einen furchtbaren Kabelbrand in ihrem kleinen Eigentumshäuschen. Alles, was sie besaßen, verbrannte in dieser Nacht. Die Versicherung weigerte sich, zu zahlen, weil sich herausstellte, dass in der Police ein formeller Fehler war. Sie sollten den Neuaufbau allein finanzieren. Aber wie hätten sie das anstellen sollen? Sie haben doch nur eine mickrige Rente.«

Annie schüttelte den Kopf.

»Als Archie davon erfuhr, hat er ihr Haus sofort wiederaufbauen lassen. Nichts wollte er zurückbezahlt haben.«

Überrascht sah Louise auf.

»Davon hat er mir nie erzählt.«

Breit grinsend nickte Annie.

»Ja. Direkt im Anschluss hat er die Versicherung in Grund und Boden verklagt und dafür gesorgt, dass der Sachbearbeiter gefeuert wurde, nicht aber, ohne sich bei Fred und Miranda vorher persönlich zu entschuldigen.«

Louise lachte auf.

»Das klingt eher nach dem Archie, den ich kannte.«

Nachdenklich sah sie zu Rick. Florence hatte immer noch nicht von ihm abgelassen und redete in einer Tour auf ihn ein. Dabei hatte sie sich so groß, wie es ihr mit einem Meter achtundvierzig Körperlänge möglich war, vor ihm aufgebaut. Bedrohlich wedelte sie mit dem Zeigefinger vor seinem Gesicht herum.

»Ein Jammer, dass er sich nicht gut mit seinem Vater verstanden hat«, seufzte Annie.

»Warum genau ist der Kontakt zwischen den beiden denn abgebrochen?«

Louise witterte ihre Chance, mehr über die Familiengeschichte der Wyndhams in Erfahrung zu bringen.

Doch Annie zuckte nur mit den Schultern.

»Archie war ein sturer Bock. Wenn ihm etwas nicht gepasst hat, dann hat er es dem Menschen ewig vorgehalten.«

Zustimmend nickte Louise. Die Erinnerung an einen Einkauf, den sie für den alten Mann erledigt hatte, schoss ihr durch den Kopf.

»Bringen Sie Tee mit«, hatte er sie beauftragt. »Welchen?«, hatte sie gefragt. »Irgendeinen«, hatte er geantwortet. So griff sie ins Regal und kaufte schwarzen Tee. Irgendeinen. Mitgebracht hatte sie Darjeeling anstatt English Breakfast Tea. Eine Katastrophe, die er ihr regelmäßig unter die Nase gerieben hatte.

»Wie sich herausstellt, ist sein Sohn leider genauso stur. Schade, so viel hat er von der Mutter geerbt, doch ausgerechnet die Sturheit hat ihm sein alter Herr überlassen. Ein Jammer!«

Leicht mit dem Kopf schüttelnd entfernte sich Annie und ließ Louise allein.

Um zwei Uhr leerte sich das Café langsam. Jeder hatte sich von Archibald, einem Freund, Nachbarn, Gönner und Unterstützer der Gemeinschaft, verabschiedet. Zum Schluss saßen die drei allein an einem Tisch mitten im Raum.

Annie sah auf die Uhr.

»Es ist spät, ihr müsst früh los.«

Gähnend runzelte Rick die Stirn.

» Wieso früh? Wir haben gar keine Anweisungen bekommen.«

Fragend schaute er zu Louise, die ebenfalls nur die Schultern zuckte.

»Ach so«, grinsend stand Annie auf, »stimmt, ich habe ja etwas für euch!«

Sie verschwand in die Küche und kehrte kurz darauf mit einem Tablet zurück.

»Hier«, lächelnd reichte sie es Rick, »das Video hat Archie mir vor seinem Tod geschickt. Er hat mir verboten, dass ich es mir anschaue, aber was soll ich sagen? Ich muss doch wissen, ob ich in irgendwelche dubiosen Geschäfte verwickelt werde. Oder ob es sich um Pornografie handelt. Nicht wahr?«

Verschmitzt zwinkerte sie Louise zu und hob entschuldigend die Schultern.

Argwöhnisch beäugte Rick den tastaturlosen Computer in seinen Händen.

»Was ist das, Tante Annie?«

»Ein Tablet«, warf Louise trocken ein. »Man nutzt es, um im Internet zu surfen oder sich lustige Videos ansehen.«

Die Worte waren sarkastischer aus ihr herausgekommen, als sie es beabsichtigt hatte. Aber es war spät, und die Augen fielen ihr immer wieder zu.

»Das sehe ich.« Genervt blitzte er sie an.

»Dann fragen Sie doch nicht so blöd«, blaffte sie zurück.

»Es reicht!« Annie schlug mit der Hand auf den Tisch. Erschrocken zuckten Rick und Louise zusammen. »Ihr zwei seid wie Florences Wellensittiche. Die haben sich gegenseitig die Federn ausgerissen!«

»Entschuldigung«, murmelten beide im Chor.

Annie schloss die Augen und atmete tief durch. »Jetzt seht euch mal Archies Video an.«

Beide nickten. Louise rückte ihren Stuhl näher an Ricks heran, damit sie besser auf das Display schauen konnte. Dann drückte er auf »Play«.

»Sehr gut, Junge. Du hast es geschafft, deine Tante nach all den Jahren mal wieder zu besuchen. Zu freundlich, dass du mich mitgenommen hast, denn ich war schon ewig nicht mehr hier. Wo hat die alte Schachtel mich hingestellt? Ich hoffe doch nicht, auf diesen grässlichen Kamin, neben all den unsäglichen Fotos? Würde ihr aber ähnlich sehen. Sie hat nie auf mich gehört. Oder generell das Gegenteil davon getan. Macht aber nichts. Annie ist trotzdem eine wichtige Person in meinem Leben. Und in deinem, Rick. Nach Donnas Tod hat sie nicht nur mir geholfen, sondern sich darum gekümmert, dass du immer einen Ort hattest, an den du fahren konntest, wenn du es bei mir mal wieder nicht ausgehalten hast. Ja, guck mich nicht so an, hast du gedacht, dass ich das nicht gemerkt hätte? Annie wird bestimmt eine ganze Reihe von Leuten eingeladen haben. Die meisten hätte ich ohne deine Mutter niemals kennengelernt. Donna hat mir eine mir bis dahin vollkommen unbekannte Welt gezeigt. Nachdem sie starb, wusste ich nicht, wohin mit mir. Und mit dir. Ich war seither nicht mehr oft in Brighton, aber die Menschen dort haben mich nicht vergessen. Sie haben mir geschrieben oder mich angerufen. Allen vorweg deine Tante Annie. Wir waren immer ein Teil ihrer Familie, auch wenn wir streng genommen nicht mehr dazugehörten. Sie hat uns nie vergessen. Und deshalb bitte ich dich, dass du sie nicht vergisst. Deine Tante Annie und die ganzen Menschen, die in dem Viertel wohnen. Haben sie dir das Gefühl gegeben, dass du zu ihnen gehörst? Dann mache sie alle zu einem Teil deines Lebens. Das Erbe wird genug für alle aber…«

Mitten im Satz wurde Archie von einem Hustenanfall unterbrochen. Sein Gesicht verfärbte sich rot, während er würgend hustete.

»Verdammt noch mal! Verfluchter Husten!«

Lautstark stieß Archie eine Armada von Verwünschungen aus, bis er sich wieder beruhigt hatte. Louise hätte ihm am liebsten durch den Bildschirm auf den Rücken geklopft. Rick hingegen sah nur augenrollend auf die Rolex an seinem Handgelenk.

»Tracy!«

Mit fester Stimme keifte Archie in das Mikrofon, sodass der Ton leicht übersteuerte. Sofort saß Louise kerzengerade und schaute gebannt auf den Monitor.

»Sie haben meinen Sohn bis hierhin begleitet. Ich bin mir sicher, dass Sie sich blendend verstanden haben. Ihre Aufgabe hat an dieser Stelle Annie für Sie übernommen. Nichts für ungut, Ihre Zeit wird kommen. Habe ich Ihnen schon mal gesagt, dass Annie vor vielen Jahren eine Ausbildung zur Sterneköchin absolviert hat? Sie hat in den besten Küchen dieser Welt Speisen für Könige und andere Staatsleute kreiert. Dass Ihre Fertigkeiten, sagen wir mal, ausbaufähig sind, wissen Sie hoffentlich selbst. Annie kann Ihnen den ein oder anderen Tipp geben, damit Sie in Zukunft nicht noch weitere Nachbarn mit Ihren grausamen Kochkünsten an den Rand einer Lebensmittelvergiftung bringen!«

»Das ist ein Mal passiert«, stöhnte Louise auf, »ein einziges Mal, und es war nicht meine, sondern seine Schuld! Ich hatte ihm gesagt, dass er die Suppe sofort essen und nicht eine ganze Woche lang im Kühlschrank stehen lassen sollte.«

Annie gluckste vergnügt.

»Wenn es dich tröstet, ich habe damals nur in einem Vier-Sterne-Restaurant gekocht. 1980 im heutigen Mumbai. Und Archie mochte mein Essen nicht. Es ist das erste Mal, dass er sich positiv über meine Kochkünste geäußert hat. Ärgere dich nicht.«

»Psst!«

Tadelnd hielt sich Rick einen Zeigefinger vor den Mund. Annie hob entschuldigend die Hände, und die Frauen wandten ihre Aufmerksamkeit wieder dem Video zu.

»... morgen fahrt ihr nach Dover. Vor dem Hotel wird ein Auto auf euch warten, das Bigsby gemietet hat. Jedenfalls hoffe ich, dass er es geschafft hat, denn der Dicke ist nicht sehr schlau. Wie dem auch sei, Ihr fahrt bis zum Hafen. Um sieben Uhr vierzig verlässt die Fähre den Anleger und setzt nach Calais über. Von dort reist ihr mit dem Bus weiter bis nach St. Michel.«

Bei dem Wort »Bus« zog Rick laut hörbar die Luft ein. Louise linste zu ihm herüber. Stocksteif hatte er sich aufgesetzt, und seine Augen waren vor Schreck weit geöffnet.

Sie biss sich auf die Unterlippe und verkniff sich ein Grinsen. Mit Genugtuung stellte sie fest, dass dem Herrn Aristokraten der

Gedanke an dieses Transportmittel nicht gefiel. Das würde lustig werden.

Louise beugte sich leicht zu ihm hinüber.

»Und plötzlich hört sich Zugfahren verführerisch an, nicht wahr?«

Zu ihrem Vergnügen zog Rick eine gequälte Grimasse.

»... jetzt verabschiedet euch von Annie, und zurück ins Hotel mit euch. Euch steht eine bequeme Nachtruhe bevor!«

Wieder schnappte Archie nach Luft und lief rot an. Dieses Mal nicht, weil er hustete, sondern weil er sich vor Lachen nicht mehr einkriegte.

Mitten in seiner Lachattacke wurde der Bildschirm dunkel.

Annie schluckte und räusperte sich.

»So!« Sie schlug mit beiden Händen auf ihre Oberschenkel und setzte sich auf. »Ich werde euch jetzt ein Taxi rufen.«

Rick und Louise folgten ihrem Beispiel.

»Danke, Tante Annie.«

Unbeholfen umarmte er seine Verwandte.

»Gerne, Neffe! Komm mich bald wieder besuchen. Damit meine ich in diesem Jahrzehnt, hörst du?«

Rick nickte.

»Ich werde mich bald bei dir melden!«

Sie knuffte ihren Neffen in die Seite und warf ihm einen warmherzigen Blick zu.

»Sicher wirst du das.«

Annie lächelte sanft. Louise merkte, dass sie nicht davon ausging, den Sohn ihrer verstorbenen Schwester so bald wieder zu Gesicht zu bekommen.

Weder wirkte sie darüber verbittert noch wütend oder enttäuscht. Sie kannte die Wyndham-Männer bloß.

5

»Was ist in Saint Michel?«

Fröstelnd stand Louise am Straßenrand und rieb sich die Oberarme, während sie auf das Taxi warteten.

Rick zuckte die Schultern.

»Keine Ahnung. Ich habe noch nie von diesem Ort gehört.«

Er hatte seinen Trenchcoat zugeknöpft und den Kaschmirschal umgebunden. Im Gegenteil zu ihr zitterte er nicht. Nicht mal ein kleines bisschen.

Lautstark durchbrach der dröhnende Motor eines Autos die friedliche Stille der Nacht. Durch das grelle Licht der Scheinwerfer blinzelnd, erkannte Louise ein Taxi.

Langsam kam der Wagen zum Stehen.

»'n Abend«, grüßte der Mann durchs offene Seitenfenster, »wo soll's denn hin?«

»Zum *Firefly Inn.*«

Ehe Rick etwas sagen konnte, hatte Louise das Reden übernommen. Sie war gerade im Begriff, die Tür zu öffnen, als der Blick des Fahrers auf das ovale Gefäß in Ricks Armen fiel. Sofort verfinsterte sich seine Miene.

»Ist das etwa eine Urne?«

»Nein, eine aus Edelmetall gefertigte Handtasche für Männer. Der letzte Schrei im GQ Magazin, sollten Sie sich zulegen, äußerst praktisch. So viel Stauraum. Für Geld, Telefon, Make-up. Ein Traum.«

Ohne mit der Wimper zu zucken, schaute Rick ihm ins Gesicht. Der Fahrer kratzte sich unschlüssig an der Stirn.

»Natürlich ist das eine Urne, was denn sonst?«

Entnervt verdrehte Rick die Augen.

Energisch winkte der Fahrer ab.

»Sorry, ich nehme keine Toten mit.«

»Warum nicht?«

»Schlecht fürs Karma«, brummte er.

»Wieso? Wird Ihr Staubsauger an der Asche meines Vaters zugrunde gehen? Es wäre allerdings nicht die erste unschuldige Seele, die er auf dem Gewissen hat.«

»Ich fahre keine Toten in meinem Taxi! Ich bin schließlich kein Bestattungsunternehmen!«

Ohne ein weiteres Wort abzuwarten, beugte er sich über den Beifahrersitz und zog die Tür kraftvoll zu. Dabei riss er Louise den Griff schmerzhaft aus der Hand.

»Aua! Idiot!« Lautstark schimpfend rieb sie sich das schmerzende Handgelenk.

Der Fahrer hörte nicht mehr zu. Der Motor heulte auf, und mit quietschenden Reifen düste er davon in die Nacht.

Zurück ließ er Rick und Louise mit ratlosen Gesichtern.

»Was halten Sie von einem Spaziergang zum Hotel, Miss Moore?«

»Wunderbare Idee, Mister Wyndham, das wollte ich Ihnen auch vorschlagen.«

Rick, der die Urne fest umklammert im Arm hielt, seufzte tief, als er sich in Bewegung setzte. Sie schlurften eine Weile schweigend nebeneinanderher. Louise massierte ihr schmerzendes Handgelenk und humpelte zudem leicht. So langsam dämmerte es ihr, dass sie sich für den Trip durch das Unbekannte mit einem verhinderten Millionenerben besser keine neuen Schuhe angezogen hätte. Mit jedem Schritt plusterte sich die Blase unter ihrem rechten Fuß auf. Wie mit tausend Nadeln gefüllte Luftpolsterfolie. Bei jeder Berührung mit dem Boden zog der Schmerz bis in die Magengegend. Etwas Weiteres wuchs in ihrem Bauch. Krabbelte langsam, aber beständig in ihr hoch, wie in einem Vulkan. Wut!

»Das ist alles Ihre Schuld.«

Aggressiv blaffte Louise ihren Begleiter an. Erschrocken sprang Rick einen Schritt zur Seite. In der Entfernung wurde ein Hund aus seinem Schlaf gerissen und bellte.

»Wieso denn das jetzt?«

»Sie wollten die Urne nicht in der Tasche tragen.«

»Von dem Tragegurt bekomme ich Rückenschmerzen.«

»So ein Blödsinn!«

»Wenn es Sie so stört, warum haben Sie dann nicht die Urne getragen? Ich hatte es Ihnen angeboten.«

»Wie bitte?« Louise lachte krächzend auf. »Zu Ihrer Information: Wenn Sie sagen ›Miss Moore, möchten Sie diese Urne tragen? Ich stelle Sie Ihnen gerne zur Verfügung‹, dann nennt sich das ein Angebot. ›Hier, nehmen Sie das Ding, und tragen Sie es gefälligst‹ ist es nicht. Das, Mr Wyndham der Dritte, nennt sich ein Befehl.«

»Meine Güte, sind Sie empfindlich. Ich habe Ihnen die Wahl gelassen. Sie haben mit ›Nein‹ geantwortet.«

»Wie komme ich dazu, die Urne durch die Gegend zu schleppen? Das ist Ihr Vater!«

»Aber Sie haben für ihn an der Stange getanzt. *Tracy!*«

»Zum letzten Mal, mein Name ist Louise! Sie aufgeblasener ...«

»Ruhe, ihr Chaoten, oder ich lasse Paco raus! Keine Sorge, der will nur spielen!«

Über ihnen hatte ein Anwohner ein Fenster geöffnet und lehnte sich wutentbrannt auf den Sims. Neben ihm quetschte sich ein Hund mit beiden Vorderläufen dazu. Bedrohlich knurrte er. Sogar aus der Entfernung sah Louise die spitzen Zähne, die er fletschend zeigte.

»Ich befürchte, dass das Paco ist«, raunte sie.

Rick schluckte hart und nickte.

»Haut endlich ab!« Der Mann am Fenster brüllte weiter. »Verdammtes arbeitsloses Pack!«

»Entschuldigung, Sir! Kommt nicht wieder vor.«

Schnell hasteten die beiden weiter durch die kühle Nacht in Richtung Pension. Rick sprach den ganzen Weg über kein Wort, und Louise entschied sich dafür, nicht nachzufragen.

»Nehmen Sie das Bett, ich schlafe auf dem Stuhl.«

»Wenn Sie meinen.«

Gleichgültig zuckte Louise mit den Schultern. Gähnend warf sie sich ihren Lieblingspyjama mit den kleinen Pandabären, die über eine Wiese tollten, über die Schulter. Schlurfend verschwand sie in das winzige Badezimmer, um ihre Zähne zu putzen. Den Schlafanzug hatte sie vorher extra noch schnell gewaschen, weil sie dringend etwas benötigte, was ihre Laune auf dieser Reise hob.

Als sie wieder zurückkam, hatte Rick seinen knapp einen Meter neunzig langen Körper um die zwei mickrigen Stühle geschlungen. Louise fiel die Schlangenfrau ein, die sie in ihrer Kindheit mal im Zirkus gesehen hatte. Die bog ihre Gliedmaßen in alle unmöglichen Richtungen. Sie hatte gelächelt, als wäre es eine Leichtigkeit, den Körper in diese Positionen zu drehen.

Rick lächelte nicht.

Seine Beine ragten über den zweiten Stuhl hinaus, und er hing merkwürdig verdreht auf der Sitzfläche.

Krampfhaft hielt er die Augen geschlossen und beachtete Louise nicht, wie sie sich unter die Decke kuschelte. Sie wälzte sich eine Weile, bis sie die perfekte Schlafposition gefunden hatte.

»Grundgütiger, können Sie nicht endlich Ruhe geben?«

Rick brummte sie missmutig an, ließ die Augen aber geschlossen.

»Psst. Sie schlafen schon«, flüsterte Louise zurück.

»Sehr witzig.«

»Gute Nacht, John-Boy.«

Rick knurrte undeutlich eine Antwort, die sie nicht verstand.

Louise rollte sich zur Seite und knipste das Licht aus. Sobald die Dunkelheit über sie einbrach, übermannte sie die Müdigkeit. Der Tag hatte eine ganze Menge Energie gekostet. Sie schloss die Augen und war bereit, in einen tiefen, kurzen Schlaf zu fallen.

»Au, verdammt!«

Unter Schmerzensrufen, begleitet von lautem Stöhnen, drehte sich Rick auf seinem Stuhl hin und her. Immer wenn Louise kurz davor war, einzuschlafen, wurde sie wieder aus ihrer Trance gerissen.

Sie fuhr herum und tastete nach dem Lichtschalter.

Der Raum tauchte in ein gleißend weißes Licht.

»Hey, was soll das?«

Rick schirmte die Helligkeit mit seiner Hand von den Augen ab. Missbilligend verzog er das Gesicht.

»Es reicht!«, rief Louise. »Morgen früh müssen wir um zwanzig vor acht in Dover sein. Jetzt ist es kurz vor drei! Ich weiß nicht, ob Sie rechnen können, aber es bleiben nicht viele Stunden übrig, um zu schlafen, denn wir müssen ja auch noch dorthin kommen. Außerdem kennen Sie mich nicht, wenn ich nicht geschlafen habe, ich habe dann eine Scheißlaune! Die wollen Sie gar nicht kennenlernen. Allerdings sind Sie auf dem besten Wege dahin, wenn Sie sich weiter hin und her drehen und dabei stöhnen, als wären Sie ein lahmendes Pferd auf dem Weg zum Metzger! Geht das in Ihren verbohrten Schädel rein?«

»Es ist nicht sonderlich bequem, auf einem Stuhl zu nächtigen!«

»Ach wirklich? Dann haben Sie bitte endlich die Güte und kommen Sie ins Bett, denn dafür sind Betten da!«

Misstrauisch blinzelte Rick zu ihr rüber.

»Sie wollen auf dem Stuhl schlafen?«

»Nein!«

»Dann auf dem Boden?«

»Bestimmt nicht!«

Energisch tippte sich Louise den Zeigefinger an die Stirn.

»Ich befürchte, ich verstehe nicht ...«

»Wir werden uns das Bett teilen, Sie Idiot!«

»Das Bett teilen? Sie meinen, ich? Mit Ihnen? Dadrinnen? Nein, das geht nicht.«

Louise massierte sich den Nasenflügel.

»Warum? Schnarchen Sie etwa?«

Pikiert richtete sich Rick auf.

»Nein!«

»Sehen Sie, ich auch nicht. Zumindest nicht, wenn ich nüchtern bin.«

Er rührte sich nicht von der Stelle.

»Zwar bereue ich es, aber ich habe keinen Alkohol getrunken! Jetzt kommen Sie schon her, damit wir endlich schlafen können!«

Demonstrativ rutschte Louise bis an die Außenkante des Bettes und deutete auf die leere Seite neben sich.

Zögerlich schnappte sich Rick die dünne Decke und stand auf. Louise konnte seine Knochen knacken hören, als er sich aufrichtete. Mit krummem Rücken und einer Hand im Kreuz schlich er zum Bett.

»Aber kommen Sie nicht auf merkwürdige Ideen. Zwischen uns wird nichts passieren!«

Louise rollte die Augen.

»Ich werde mich gerade so beherrschen können, Lady Wyndham.«

Das Bett sackte ein wenig nach unten, als sich Rick neben Louise legte. Sie drehte sich auf die Seite und rutschte bis an die Kante.

Ohne ein weiteres Wort zu sagen, schloss sie die Augen. Sofort versank sie in einen tiefen, traumlosen Schlaf.

Viel zu laut, viel zu schrill. Der Wecker riss Louise unbarmherzig aus ihrem Schlaf. Mit geschlossenen Augen tastete sie auf der Nachtkonsole nach ihrem Smartphone und schlug dreimal hart auf das Display, bis das höllische Gerät endlich Ruhe gab.

Die plötzliche Stille entspannte sie, und die Schwere der Nacht zog sie zurück ins Land der Träume. Doch etwas nagte an ihr. Wo war sie? Es roch nicht nach zu Hause, die Matratze war zu weich, der Lichtschein kam aus der falschen Seite des Raumes. Alles an dieser Situation war merkwürdig.

Müde drehte sie sich wieder um und kuschelte sich dabei in Franks Arme. Es kitzelte sie, als er ihr einen Kuss in den Nacken hauchte.

»Morgen«, murmelte sie schlaftrunken.

»Guten Morgen«, kam es von der anderen Seite des Bettes ebenso verschlafen zurück.

Ruckartig riss Louise die Augen auf. Das Blut pumpte abwechselnd siedend heiß und eiskalt durch ihre Adern. Wie eine innerliche Kneippkur.

Etwas stimmte nicht.

Atemlos starrte sie auf die filigrane Männerhand, die sie umklammert hatte. Die gehörte definitiv nicht zu Frank.

Vorsichtig drehte sie sich um. Das graugrüne Augenpaar, das sie anstarrte, war ebenfalls vor Entsetzen weit geöffnet.

»Was zum ...?«

Mit einem Satz sprangen sie zeitgleich aus dem Bett.

»Das ist Ihre Schuld!«

Rick keifte sie an. Mit einem Schlag war die Müdigkeit verschwunden.

»Wie bitte? Meine Schuld? Wer ist denn auf Kuschelkurs gegangen?«

»Sie haben gesagt, dass wir uns das Bett teilen sollen!«

Rick zog eine Grimasse und äffte Louises Tonfall nach.

»Hören Sie sich selbst zu? So rechtfertigen Mörder und Vergewaltiger ihre Taten! Bullshit-Bingo, die Victim Blaming Edition.«

»Hören Sie doch auf, die Unschuld in Person zu spielen, Sie wissen, was ich meine, Miss Moore!«

»Nein, weiß ich nicht. Und warum sind Sie eigentlich nackt?«

Erst jetzt fiel ihr auf, dass Rick bis auf die Unterhose ausgezogen war. Als sie sich schlafen gelegt hatte, trug er einen seidenen Pyjama.

Verlegen zog er sich die Überdecke vor die Brust.

»Mir wurde warm, da habe ich ihn ausgezogen. Warum?«

»Weil das gruselig ist!«

»Die Temperatur hier im Zimmer ist zu hoch!«

»Ich gehe jetzt ins Badezimmer. Wenn ich wieder rauskomme, dann sind Sie hoffentlich angezogen!«

Mit puterrotem Gesicht schnappte sich Louise ihre Sachen aus dem Koffer und verschwand im Bad.

Sie riss die Tür kraftvoll hinter sich zu, damit diese theatralisch knallte, doch auf halbem Wege drosselte der flauschige Teppichboden die Geschwindigkeit. Louise zog ungeduldig an dem Griff, bis die Tür sanft und leise ins Schloss fiel.

Sie lehnte sich an die kalten Fliesen und starrte in den Spiegel. Ihre Wangen waren glutrot, ein Kontrast zu den dunklen Augenringen. Ihr Herz pumpte unter Höchstanstrengung das Blut durch die Venen und prallte dabei mit jedem Schlag schmerzhaft gegen den Brustkorb.

»Fantastisch«, brummte sie, »eine Nacht mit dem Typen und ich bin um dreißig Jahre gealtert.«

Tief atmete sie ein. Langsam beruhigte sie sich und spürte erleichtert, wie jeder Herzschlag langsamer wurde und sich ihre Muskeln entspannten. Noch einmal nahm sie einen tiefen Atemzug, bevor sie zur Zahnbürste griff.

Louise hatte sich in fünfzehn Minuten restauriert. Oder jedenfalls ihr Äußeres so weit wiederhergestellt, dass sie sich halbwegs wohlfühlte. Ihre Haare hatte sie eilig zu einem unordentlichen Dutt zusammengebunden. Mehr Zeit blieb ihr nicht, bis Rick ungeduldig an die Badezimmertür klopfte.

Eine halbe Stunde später standen sie gemeinsam auf dem Parkplatz vor dem kleinen Hotel.

»Und jetzt?«

Rick fuhr sich mit der Hand durch die Haare. Mehrere Autos standen in Reih und Glied vor ihnen.

»Jetzt werden wir den Mietwagen nehmen und nach Dover fahren. Haben Sie das etwa schon wieder vergessen?«

»Sehr lustig, Miss Moore. Woher wissen Sie, welches Fahrzeug unseres ist? Wir sollten auf den Fahrer warten.«

Nervös schielte er auf seine Rolex.

»Von Pünktlichkeit scheint der nichts zu halten.«

Louise zuckte fröstelnd mit den Schultern. Die Kälte hatte sich in den letzten Stunden verstärkt. Sie rieb sich die Arme und zog die Jacke zu. Weder die Übermüdung noch die Tatsache, dass sie aus einem gnadenlos überhitzten Hotel nach draußen traten, machten die Sache besser.

»Ich würde sagen, wir nehmen das Auto, das zu diesem Schlüssel passt.«

»So, und jetzt werden Sie von Tür zu Tür gehen und hoffen, dass sich ein Wagen öffnen lässt, oder wie?«

Louise drückte auf den Knopf des schwarzen Blocks in ihrer Hand. Ein sanftes Piepen ertönte vom anderen Ende des Parkplatzes, und das grelle Licht zweier Scheinwerfer eines grauen Passats erhellte die Nacht.

Mit offenem Mund blieb Rick wie angewurzelt stehen.

»Ernsthaft, Wyndham. Wie kommen Sie eigentlich durchs Leben?«

Kopfschüttelnd stapfte Louise an ihm vorbei und hievte ihren Koffer in den Kofferraum, während Rick von einem Fuß auf den anderen trat.

»Worauf warten Sie denn jetzt schon wieder? Auf Weihnachten?«

»Auf den Fahrer!«

Louise runzelte die Stirn.

»Von was für einem Fahrer reden Sie da die ganze Zeit?«

»Der, der uns nach Dover bringen wird.«

»Ich bin die Fahrerin. Kommen Sie jetzt?«

»Sie fahren? Im Ernst? Haben Sie überhaupt eine Berechtigung zur Personenbeförderung?«

»Sie meinen einen Führerschein?«

Rick rollte mit den Augen.

»Sie wissen genau, was ich meine!«

»Ehrlich gesagt, ist es mir egal. Es ist Viertel vor fünf. Morgens. Ich habe noch keinen Kaffee getrunken. Wenn Sie nicht sofort Ihren millionenschweren Hintern in den Wagen bewegen, dann werden Sie mich von einer anderen Seite kennenlernen!«

Beleidigt zog Rick eine Grimasse, umklammerte die Urne seines Vaters fester und setzte sich auf den Beifahrersitz.

»Vulgär«, flüsterte er aufgebracht und legte sich umständlich den Gurt an.

Zweieinhalb Stunden später erreichten sie den Hafen von Dover. Louise stellte den Wagen auf dem Parkplatz der Vermietung ab.

»Sie fahren wie eine Geisteskranke!«

Rick taumelte aus dem Passat heraus und hielt sich am Türrahmen fest.

»Ich hatte Vorfahrt! Was kann ich dafür, dass dieser Spinner direkt vor mir rauszieht?«

»Ich bin sicher, dass er seine Gründe dafür hatte. Wahrscheinlich wollte er Ihnen entkommen.«

»Sie haben doch gar nichts gesehen, Sie hatten ständig die Hände vor den Augen!«

»Ich habe genug mitbekommen, um zu wissen, dass Ihnen das Leben nichts wert ist!«

»Was regen Sie sich eigentlich auf? Wissen Sie, wie schwierig es ist zu fahren, wenn jemand neben einem sitzt, der die ganze Zeit schreit und winselt wie ein kleiner Affe im Käfig?«

Missmutig stemmte Louise die Koffer aus dem Fahrzeug. In Dover war es windig. Sofort bereute sie ihre frühmorgendliche Entscheidung, die kastanienbraune Mähne offen zu tragen. Ständig wehten ihr die Haare in die Augen. Laufend war sie damit beschäftigt, sich einzelne Strähnen hinter die Ohren zu klemmen, die sich direkt wieder lösten. Zudem verfingen sich Büschel voller Haare im Tragegurt ihrer Laptoptasche, die sie sich umständlich umgeworfen hatte, und jedes Mal, wenn sie den Kopf drehte, hatte sie das Gefühl, als würde sie sich selbst skalpieren.

Bisher war sie nicht dazu gekommen, ihren Computer zu benutzen, doch für die Überfahrt nach Calais hatte sie sich vorgenommen, sich eine Stunde hinzusetzen und zu schreiben. Karen würde sie unter Garantie bald nerven, wo der erste Entwurf ihrer Geschichte blieb. Als gingen ihr momentan nicht schon genug Dinge auf den Geist.

Sie warf einen Blick zur Seite. Rick stand neben dem Kofferraum. Er hatte seinen Schal mit einer Schlaufe so eng um den Hals gezogen, dass es aussah, als wollte er sich strangulieren. Louise widerstand dem Verlangen, fester an dem Seil aus feinstem Cashmere zu ziehen. Sie stemmte einen Arm in die Seite und taxierte ihn mit zugekniffenen Augen.

»Mein Koffer«, brummte er.

Louise hob eine Augenbraue. Ihre Lippen wurden schmal.

»Wie bitte?«

»Ich will meinen Koffer haben!«

»Klar doch.« Louise trat einen Schritt zur Seite. Mit einer ausladenden Handbewegung deutete sie auf den Inhalt des Kofferraums.

»Bedienen Sie sich.«

Verdutzt schaute er in ihr grinsendes Gesicht. Kurz zögerte er, bis er selbst seinen Koffer herauszog.

»Fein gemacht, Wyndham.«

Schief grinste sie ihn an und klatschte in die Hände.

»Sprechen Sie nicht mit mir, als wäre ich ein Hund.« Knurrend zog Rick seinen Koffer an ihr vorbei.

»Braves Verhalten muss durchaus mal gelobt werden. Kleinen Kindern drückt man auch einen Lolli in die Hand, wenn sie von sich aus etwas richtig gemacht haben. Positive Konditionierung und so.« Feixend schloss Louise den Kofferraum und folgte Rick.

Die Fähre stand schon am Anleger. Alles verlief reibungslos, und nach kurzer Wartezeit am Check-in betraten sie das Schiff.

Leise motzte Rick vor sich hin, als sie über die Gangway ins Innere schlichen.

»Warum wir nicht einfach durch den Eurotunnel fahren, bleibt ein Rätsel meines Vaters.«

»Zug, Wyndham, durch den Eurotunnel fahren Sie mit dem Zug. Sie hassen Züge, schon vergessen?«

Rick schnaubte verächtlich.

»Sehen Sie sich um. Es grenzt an ein Wunder, dass dieser Kahn noch schwimmt. Es sieht hier aus wie in einer Diskothek im Jahre 1973 bei Tageslicht.«

»Mag sein.« Müde seufzend warf Louise einen Blick auf die Uhr. »In eineinhalb Stunden werden wir in Calais ankommen. Ich würde sagen, wir treffen uns beim Ausschiffen hier an dieser Stelle wieder. Bis dahin sind wir kurz voneinander befreit.«

»Das ist der erste vernünftige Vorschlag, der aus Ihrem Mund kommt. Ich werde die Rettungsboote unter die Lupe nehmen.«

Die beiden sahen sich an und nickten sich gegenseitig zu. Louise wandte sich um und suchte sich ein lauschiges Plätzchen in einer nicht allzu lauten Ecke. Rick verschwand in die entgegengesetzte Richtung.

»Endlich!«

Sie atmete auf.

Am anderen Ende des Schiffs entdeckte sie eine behagliche Sitzecke im Salon, die von niemandem besetzt war. Selig lächelnd legte sie ihre Tasche ab und machte es sich auf dem großen Sofa gemütlich. Für einen kurzen Moment sank sie mit geschlossenen Augen in das weiche Polster. Ricks Abwesenheit befreite Louise von einer fünf Tonnen schweren Last. Das leise Brummen der Schiffsmotoren wirkte beruhigend. Fast schlummerte sie ein.

Seufzend öffnete sie die Augen und holte den Laptop aus der Tasche. Zum Arbeiten blieb ihr nicht viel Zeit. Sie erstellte ein leeres Dokument im Textprogramm und schrieb den ersten Satz.

Rick Wyndham … Wer bist Du?

Für Louise war der erste Satz immer der schwierigste Teil des Schreibens. Oft saß sie stundenlang frustriert vor einem leeren Blatt Papier und hätte am liebsten geheult, weil sie keinen gescheiten Einstieg in den Artikel fand. Sobald sie diese Hürde überwand, schrieb sich der Rest meist wie von allein.

Sie starrte auf die fünf Wörter, die sie tadelnd verhöhnten. Es fiel ihr nichts ein. Was genau wusste sie schon über diesen Kerl?

Ich bin ein aufgeblasener Vollidiot und muss zu allem einen dämlichen Kommentar in die Welt hinausplärren.

Louise las den ersten Satz noch einmal und grinste. Wyndham Junior war wie einer dieser russischen Social Media Bots, die jede Unterhaltung nach einem Schlagwort scannten, nur um dann ihre programmierten Texte darunterzutweeten, in der Hoffnung, einen digitalen Krieg anzuzetteln. Mit einem Unterschied: Diese Bots konnte man blockieren, aber bei Wyndham hatte sie bisher keinen Ausschalter gefunden.

Seufzend zückte sie ihr Notizbuch und blätterte in den Aufzeichnungen.

- so aufgeblasen, der schwimmt sogar in Milch
- tierisch arrogant
- trägt die Nase so hoch wie die Titanic kurz vorm Untergang

Louise schürzte die Lippen. Wenn sie ehrlich zu sich selbst war, dann waren ihre Aufzeichnungen wenig gehaltvoll.

Bisher hatte ihr die Zeit gefehlt, um signifikante Fakten zu notieren.

Sie dachte zurück an Annies Geschichten. Die Aussagen über Ricks Familie waren hoch spannend, wie ein Puzzle, das sich vor ihr ausbreitete.

Wenn sie genauer über die Wyndhams nachdachte, dann war das alles ein einziges, nicht durchschaubares Mysterium. Abgesehen davon, dass sie Rick nicht kannte und nach den wenigen Stunden, die sie mit ihm verbracht hatte, nicht erpicht darauf war, ihn näher kennenzulernen. Und je mehr sie über Archie in Erfahrung brachte, desto deutlicher wurde es, dass sie ihn ebenfalls kein Stück gekannt hatte. Bis auf die Tatsache, dass er ein reicher Mann war, der grimmig und stets schlecht gelaunt die Menschen in seiner Umgebung anbrüllte.

Wie Donna Wyndham, geborene Fairchild in dieses Puzzle passte, war ihr schleierhaft.

Tod der Mutter: Wendepunkt für die Wyndham-Männer?

Louise rieb sich nachdenklich am Nasenflügel. Ihre Neugierde war so groß, dass sie mehr in Erfahrung bringen musste. Doch woher sollte sie diese Informationen bekommen? Sie sah sich um. Zwei Kinder spielten Verstecken. Ein kleines Mädchen hatte sich hinter einem Sessel hingehockt und sah ihr direkt in die Augen. Mit einer flehenden Geste deutete sie ihr an, sie nicht zu verraten. Louise zwinkerte ihr zu und schloss sich mit dem Finger den Mund ab. Den imaginären Schlüssel warf sie sich über die Schulter. Das Mädchen feixte.

Als Louise an ihr vorbeisah, entdeckte sie ein ihr wohlbekanntes Symbol. Einen Schneemann, der auf den Kopf gestellt worden war. Unten ein Punkt, darüber drei gleichmäßig größer werdende Bögen. Das internationale Zeichen für WLAN.

Louise schlug sich mit der Handfläche hörbar auf die Stirn.

»Das Internet«, murmelte sie vor sich hin.

Warum war sie da nicht schon eher drauf gekommen? Die Fähre verfügte über eine freie WLAN-Verbindung. Kopfschüttelnd öffnete sie den Browser und tippte den Namen *Donna Wyndham* in die Suchmaschine ein.

Eine Vielzahl von Ergebnissen wurde ihr angezeigt. Meistens waren es Artikel über Archie, und Donna wurde – wenn überhaupt – nur nebenbei als seine Partnerin erwähnt. Louise rollte die Augen. Wie oft wurde die Ehefrau in der Öffentlichkeit nicht als richtige Person beschrieben? Immer war sie nur das nette Anhängsel des Mannes. Donna Wyndham konnte sich bei diesen Autoren dafür bedanken, wenigstens mit ihrem Namen genannt zu werden.

Ein Artikel war jedoch komplett Donna Wyndham gewidmet. Louise betrachtete das Bild. Sie hatte Archies Frau nie getroffen, doch erkannte sie sie sofort. Gut gelaunt strahlte ihr die Dame auf dem Foto entgegen. Durch die groben Pixel des Bildes erkannte Louise die wachen grüngrauen Augen. Ihr Lächeln war von Wärme und Aufrichtigkeit geprägt, und die offenen roten Haare wehten ihr ins Gesicht. Louise schloss sie sofort ins Herz.

Der Bericht handelte von einer Spendenaktion für obdachlose Kinder und Jugendliche, die Donna initiiert hatte.

Im Gegensatz zu diversen Prominenten, die gerne ihr Gesicht auf der ein oder anderen Gala für die eigene Vermarktung in die Kamera halten, hat Donna Wyndham mehr vor. Sie unterstützt nicht nur das Obdachlosenheim mit Spenden, sie arbeitet hier regelmäßig selbst. »Diese jungen Menschen wachsen abseits unserer Gesellschaft auf«, erklärt die Society-Lady, »wenn wir sie nicht unterstützen und unter unsere Fittiche nehmen, dann habe sie keinerlei Perspektiven.«
Donna Wyndham macht mobil in der gehobenen Londoner Gesellschaft. Nicht überall trifft sie dabei auf Verständnis. »Sollen die kleinen Rotzlöffel doch arbeiten gehen, die nutzen Mrs Wyndhams Gutmütigkeit doch nur aus«, sagte Lady Margaret Weatherly auf Anfragen unserer Redaktion. Sie war dem Event ferngeblieben und wird in Zukunft nicht für die DW-Stiftung zur Verfügung stehen, wie sie durch einen Anwalt mitteilen ließ. An Donna Wyndham prallt die Kritik ab. »Ich wünsche Lady Weatherly alles Gute. Sie wird ihre Gründe haben.« Eventuell sei ein Kardiologe der richtige Ansprechpartner, so Wyndham, denn er könne die kalte Steinschicht ihres Herzens gründlich untersuchen. Was Lady Weatherly von diesem Vorschlag hält, ist uns bis dato nicht bekannt. Donna Wyndham wird …

»Mann über Bord! Mann über Bord!«

Aufgeregt kam ein junger Mann in den Salon gelaufen. Sein Gesicht war kalkweiß. Sofort breitete sich ein lauter Geräuschteppich aus Murmeln und entsetzten Schreien aus. Louise schlug den Laptop zu.

»Was ist passiert?«

Sie schrie fast, um gegen die Geräuschkulisse anzukommen. Draußen ertönte das Horn des Schiffes. Der Boden unter ihren Füßen vibrierte hart, als die Motoren abrupt stoppten.

»Draußen ist ein Mann über die Reling gegangen. Womöglich ein Selbstmörder. Jetzt ist er im Wasser. Mitten im Ärmelkanal!«

»O Gott«, entfuhr es Louise. Sie folgte einer Reihe von Menschen, die in einer merkwürdigen Mischung aus sensationsgeiler

Neugierde und tiefer Abscheu vor dem, was sie dort erwartete, nach draußen drängten.

An Deck sah sich Louise nach den rotblonden Locken ihres Begleiters um, doch konnte sie Rick nirgends entdecken.

»Dort unten, im Wasser! Da schwimmt einer!«

Louise wuselte sich bis an das Geländer vor, wobei sie zwei kleine Jungen zur Seite schob, die sich leidenschaftlich um den besten Platz stritten. Jetzt hatte sie sich mit ihren ein Meter achtzig Körperlänge vor die Jungen gedrängelt, und keiner von beiden hatte eine optimale Sicht. Betrübt schauten sie zu Louise hoch, die nur kurz mit den Schultern zuckte.

Ihre Blicke folgten denen der anderen Menschen an Deck. Um sie herum zückten einige Leute aufgeregt ihre Mobiltelefone und filmten munter drauflos. Angestrengt scannte sie die aufgewühlte Oberfläche der matschig-grauen See nach dem Schiffbrüchigen. Dann sah sie den hilflos zappelnden Mann.

Vor Schreck zur Salzsäule erstarrt, wich ihr sämtliche Farbe aus dem Gesicht.

»Das ist doch ein Witz«, entfuhr es ihr entsetzt.

»Hilfe! Bitte helfen Sie mir!«

Wild ruderte Rick mit den Armen, um nicht unterzugehen. Doch mit jeder Bewegung schlug ihm das Wasser der stürmischen Nordsee ins Gesicht. Immer wieder verschwand sein Kopf für kurze, nervenaufreibende Augenblicke in den Fluten.

»Gehen Sie zur Seite!«

Zwei Männer schoben sich durch die glotzende Menschenmenge. Aufgrund ihrer Uniformen mutmaßte Louise, dass es sich um Mitarbeiter der Crew handelte. Einer hatte einen Rettungsring gegriffen, den er in Ricks Richtung warf.

»Greifen Sie zu, wir holen Sie raus«, rief einer der beiden. Louise war sich nicht sicher, ob Rick ihn überhaupt hörte, denn die Lautstärke hier draußen war enorm.

Krampfhaft versuchte Rick, den orangefarbenen Ring zu erreichen. Mit den Armen rudernd griff er nach dem rettenden Reifen. Aus der Ferne sah Louise zu, wie er ihn mit den Fingerspitzen berührte, doch eine Welle schwappte über seinen Kopf und schwemmte das Utensil weiter fort. Nägel kauend beobachtete Louise, wie er von den Fluten hin und her geschleudert wurde wie ein zappelndes Stück Holz. Ein weiteres Mal gelang es ihm, sich dicht an den orangefarbenen Reifen vorzuarbeiten, doch auch dieses Mal machte eine Welle alles zunichte. Rick ging unter, und quälend lange Sekunden vergingen, bis sein Kopf wieder zu sehen war.

Beim dritten Anlauf hatte er Erfolg dabei, den Rettungsring zu schnappen. Er schlang beide Arme darum.

Erleichtert atmete Louise aus. Erst jetzt wurde ihr bewusst, dass sie die ganze Zeit über die Luft angehalten hatte.

Einige Meter vor Rick tauchte ein kleines Schlauchboot auf. Es schwankte mit jeder Wellenbewegung fürchterlich, und Louise biss sich auf die Lippe. Ein Teil von ihr wollte sich abwenden, ein anderer konnte nicht wegschauen. Langsam und beschwerlich näherte es sich dem schiffbrüchigen Passagier. Rick hielt den Rettungsring fest umklammert und hatte Mühe, den Kopf über Wasser zu halten.

Nach einer weiteren Welle, die das Schlauchboot bedenklich zur Seite kippte, erreichte es ihn, und die beiden Retter zogen ihn in die kleine Gummischale. Zügig nahmen sie Kurs zurück in Richtung Fähre.

»Was für ein Idiot«, murmelte ein älterer Mann neben Louise verärgert. »Wegen dieses Typen laufen wir jetzt zu spät in Calais ein, wetten?«

Louise schüttelte mit gesenktem Blick den Kopf.

»Leute gibt's«, brummelte sie zurück.

»Ich möchte wissen, was das für ein Idiot ist, damit ich ihn in Grund und Boden verklagen kann.«

Er schaute sich das eben gefilmte Geschehen auf dem Smartphone an. Unauffällig warf Louise einen Blick über seine Schulter. Zwar war die Qualität der Aufnahme gestochen scharf, aber die Darsteller waren nur stecknadelgroße Punkte in der grauen See.

Louise schickte ein Stoßgebet zum Himmel. Sie hoffte, dass die Filme der anderen Passagiere genauso unbrauchbar waren.

»Ja, das möchte ich auch wissen.«

Leise entfernte sich Louise von der Reling, bis sie sicherstellte, dass niemand ihr folgte. Dann rannte sie unter Deck.

»Sie können hier nicht durch, der Bereich ist nur für Crew-Mitglieder!«

Louise sah den jungen Mann an, der sich ihr in den Weg stellte. Das Schild am Revers des blauen Overalls verriet seinen Namen. Aaron.

»Entschuldigung, aber der Verrückte, den Sie da vorhin aus dem Wasser gezogen haben ... Das ist mein ... mein ...« Angestrengt suchte Louise nach dem passenden Wort. »Nun, ich kenne den Typen!«

Irritiert blinzelte er sie an.

»Ist das Ihr Partner?«

»Nein!«, bellte Louise so laut, dass er erschrocken einen Schritt zurückwich.

Sie atmete kurz tief durch und linste auf sein Namensschild. »Ich meinte das nicht so. Ich wollte nur sagen: O Gott, nein!«

»Also sind Sie eine Freundin von ihm?« Ratlos kratzte sich der Schiffsjunge am Kopf.

»Sagen wir: Bekannte.«

Selbst diese Umschreibung war für Louises Geschmack zu hoch gegriffen.

»Jetzt verstehe ich!« Seine Miene hellte sich auf.

»Prima«, grinste Louise, »bringen Sie mich zu ihm?«

»Nein.« Aaron schüttelte den Kopf. »Sorry, aber ich habe meine Anweisungen.«

Louise stutzte.

»Was sind denn das für Anweisungen? Sind wir hier etwa im Krankenhaus?«

»N...nein.«

Aaron stotterte und senkte dabei den Blick. Er errötete leicht. Vereinzelt sprießen kleine Büschel von Bartstoppeln auf seiner bleichen Haut. Zu viele, um von einer gelungenen Rasur zu sprechen, und zu wenige, als dass man es einen Bart hätte nennen können. Sie schätzte ihn auf achtzehn, maximal neunzehn Jahre alt. Er trat von einem Fuß auf den anderen und vermied es weiterhin, ihr in die Augen zu schauen. Louise erinnerte sich an etwas, was Karen mal zu ihr gesagt hatte: »Willst du an den Kern einer richtig guten Story kommen, finde das schwächste Glied in der Kette. Und das sind immer Männer! Aber nicht irgendwelche, sondern junge. So jung, dass sie in diesem Moment lieber bei ihrer Mutter wären, als sich mit dir zu unterhalten!«

»Warum?«, hatte Louise gefragt.

»Weil, egal was du denen erzählst, sie dir glauben werden, da du sie an ihre Mama erinnerst. Mütter lügen niemals!«

Louise schürzte die Lippen. Sie sah den Augenblick gekommen, Karens Theorie zu testen.

»Aaron, ich verrate Ihnen ein Geheimnis. Möchten Sie es hören?«

Der Schiffsjunge hob unschlüssig die Schultern.

»Ja?«

Kurz vergewisserte sich Louise, dass sie beide allein waren, und machte dann einen Schritt auf ihn zu.

»Aaron, ich habe geflunkert. Die Wahrheit ist, dass ich den Mann doch ein wenig besser kenne, als ich vorhin gesagt habe. Wissen Sie, ich bin Nora Paxton, die Verlobte von Rick Wyndham. Wir sind inkognito hier, denn ich bin Bloggerin. NoraLovesStyle. Ist so eine Instagram-Geschichte, vielleicht haben Sie schon mal davon gehört?« Louise war erstaunt, wie leicht ihr es fiel, diese Lüge zu erzählen. Aaron machte nicht den Eindruck, als wüsste er, wie Nora Paxton aussah. Vermutlich kannte er nicht einmal ihren Blog. Zumindest war das Louises Hoffnung. Sie biss sich auf die Unterlippe. Aarons Gesichtsfarbe war noch immer in ein frisches Zartrosa getunkt, doch grinste er jetzt breit.

»Nora Paxton? Die Influencerin, die mit den Haien taucht? Krass!«

Überrascht wich Louise einen Schritt zurück.

»Sie kennen Nora ... ich meine ... Sie kennen *mich?*«

»Ja, aber na klar, ich weiß, wer Sie sind! Zoe, das ist meine Freundin, hat Ihren Kanal abonniert. Deshalb arbeite ich hier Doppelschichten, damit wir auch nach Barbados fliegen können. Echt jetzt, die Insta-Story von da war echt *on fleek!*«

»Danke«, presste Louise lächelnd hervor, »das war genau mein Bestreben, dass das Ergebnis ... *on fleek* ist.«

Plötzlich stutzte der junge Crewmitarbeiter argwöhnisch.

»Aber haben Sie nicht blonde Haare?«

Jetzt wechselte Louises Gesicht die Farbe zu einem dezenten Rot. Sie schluckte und ballte die Fäuste, wie sie es als Schulkind gerne vor Prüfungen getan hatte, um sich zu konzentrieren. Um Zeit zu gewinnen, fingierte sie einen Hustenanfall.

»Perücke«, stieß sie hervor und klopfte sich auf den Brustkorb. »Wie gesagt, Rick und ich sind inkognito unterwegs. Wir wollen nicht von jedem erkannt werden.«

»Ah, ich verstehe.«

Aaron war mit der Erklärung zufrieden und grinste wieder breit.

»Bringen Sie mich jetzt bitte zu meinem ... äh, Verlobten?«

Eifrig nickte der junge Mann.

»Klaro, aber darf ich Sie kurz um etwas bitten?«

Aaron kramte auffällig lange in seiner Westentasche. Louise verkrampfte sich. In Sekundenbruchteilen sah sie vor ihrem inneren Auge, was der unscheinbare, postpubertäre Junge in der neongelben Warnweste alles von ihr verlangen könnte. Nichts davon gefiel Louise.

»Kommt drauf an.«

Sie grinste angestrengt.

»Ein Selfie? Echt jetzt, Zoe wird ausflippen!«

Er zückte sein Smartphone und wedelte damit vor Louises Nase. Erleichtert atmete sie auf.

»Klar, warum nicht?«

»Cool!«

Sofort hatte er seinen Arm um sie gelegt und hielt das Gerät in Position.

Instinktiv knautschte Louise die Lippen zu einem Kussmund. Sie hatte mal gelesen, dass das sogenannte Duck Face die bevorzugte Pose von diesen Influencerinnen war. Warum, konnte sie sich nicht erklären. Ihrer Meinung nach sah damit jede Person, egal wie attraktiv oder intelligent, extrem behämmert aus.

»Cheeeeeeeeese!«

Neben ihr grinste Aaron infantil und aufgeregt. Louise fragte sich, was seine Freundin Zoe dazu sagte, wenn er ihr das Bild von sich, Arm in Arm mit einer fremden Frau, zeigte. Sie fühlte sich schuldig, denn er navigierte sich selbst damit gnadenlos in sein eigenes Unglück.

»Wie ist Ihr Verlobter eigentlich über Bord gegangen?«, fragte er sie, während sie den Gang hinuntereilten.

Louise schüttelte seufzend den Kopf.

»Wissen Sie, Aaron, genau das würde ich gerne herausfinden.«

Aaron führte Louise den Gang hinunter bis in den Bauch des Schiffes. Am anderen Ende erblickte sie Rick, der zitternd und bibbernd in eine Decke eingewickelt war. Die rotblonden Locken hingen klatschnass in seinem Gesicht, seine vor Kälte blau gefärbten Lippen bebten. Er sah aus wie ein junger Hund, der zum ersten Mal geduscht worden war und das Erlebnis ganz und gar nicht erbaulich fand.

Sofort breitete sich in Louises Hals ein gewaltiger Kloß aus. Sie versuchte, ihn herunterzuschlucken, was ihr nicht gelang.

»Rick! Schatz! Was um Himmels willen hast du gemacht? Wolltest du dir etwa die Schiffsschrauben ansehen?«

Irritiert schaute er zu ihr hoch, war aber nicht imstande, darauf zu reagieren. Zu sehr zitterte er vor Unterkühlung.

Wie ein Häufchen Elend kauerte er auf der Bank und bot einen wahrlich furchtbaren Anblick. Seufzend hockte Louise sich neben ihn, legte den Arm um ihn und rubbelte über die metallische Rettungsdecke. Zu ihrer Überraschung leistete er keinen Widerstand.

»Das würde ich allerdings auch gerne erfahren!« Eine Frau in weißer Uniform kam mit energischen Schritten auf sie zu. Unter der Bluse zeichneten sich deutliche Muskeln ab und unterstrichen ihr Auftreten als Respektsperson zusätzlich.

»Denise Lacroix, ich bin die Kapitänin dieses Schiffes.«

Sie schüttelte Louise so fest die Hand, dass die kleinen Knochen in ihren Fingern knackten. Louise biss sich auf die Lippe und befreite ihre ohnehin schon lädierte rechte Hand aus den erbarmungslosen Fängen der Seefrau vor ihr.

»Nora Paxton«, presste sie gequält hervor, »und das ist Rick Wyndham.«

Überrascht sah er auf und öffnete den Mund. Unauffällig trat Louise ihm vor das Schienbein.

»Au!«

»Ich weiß, *Honey*, die Kälte verursacht dir Schmerzen, oder?«

Denise Lacroix runzelte angespannt die Stirn. Mit finsterer Miene näherte sie sich Rick.

»Was um alles in der Welt haben Sie getan?«

Rick, der wie ein Zitteraal in Louises Armen hing, öffnete den Mund.

»R-r-r-in-n-n-n…«

Louise und die Kapitänin tauschten fragende Blicke aus.

»Wie bitte? Du musst versuchen, etwas deutlicher zu sprechen, *Honey!*«

Trotz seines miserablen Zustands brachte es Rick fertig, Louise bei dem Wort *Honey* einen vernichtenden Blick zuzuwerfen.

»R-r-r-innn-n-n…«, versuchte er noch mal zu sprechen.

»Rinn? Was soll das sein, ein Rinn?«

Verständnislos schüttelte Denise Lacroix den Kopf.

Rick ballte seine Hände zu Fäusten.

»R-r-r-in-n-n!«

Unkontrolliert zitterten die Buchstaben einzeln aus seinem Mund.

»Wir verstehen dich nicht!«

Louise hatte die Stimme erhoben, als läge das Problem darin, dass Rick sie nicht hören konnte.

Er hob seine Hand und deutete mit der anderen auf den nackten Ringfinger.

»R-r-r-in-n-n!«, wiederholte er abermals und presste das unverständliche Wort in ähnlich hoher Lautstärke hervor wie Louise zuvor.

»Sprichst du von dem Ring? *Honey?*«

Er zitterte am ganzen Körper, doch Louise meinte zu sehen, wie er zustimmend mit dem Kopf nickte.

Ungläubig starrte ihn Kapitänin Lacroix mit offenem Mund an.

»Wollen Sie mir sagen, dass Sie einen Ring verloren haben und deshalb in die Nordsee gesprungen sind?«

»V-v-v-erl-l-lobungsr-r-r-ing. *Schatz!*«

Er schaute zu Louise.

»Ernsthaft? Du bist von Bord gesprungen, weil du *unseren* Ring verloren hast? O *Honey*, dann doch lieber die Schiffsschrauben beobachten, du bist ja wirklich wie die alte Frau in *Titanic.*«

Rick gab grunzende Geräusche von sich, und Louise war sich nicht sicher, ob es daran lag, dass ihm so kalt war, oder ob er sie verfluchte. Vielleicht war es eine Mischung aus beidem.

»Sir, das war mehr als leichtsinnig von Ihnen. Wissen Sie eigentlich, was alles hätte passieren können? Das Schiff hier ist kein Spielzeug, und der Ärmelkanal ist bestimmt kein Planschbecken.«

»W-w-as Sie nicht s-s-sagen.«

Langsam kehrte der Sarkasmus zurück in seine Aussprache, stellte Louise erleichtert fest. Somit ging es ihm von Minute zu Minute wieder besser. Sie musste grinsen.

»Halten Sie das hier etwa für einen Witz, Sir?«

Kapitänin Denise Lacroix hingegen konnte der Situation nichts Lustiges abgewinnen. Grimmig hob sie mahnend den Zeigefinger.

»N-n-ein, n-n-atürlich n-n-nicht, Sir«, entgegnete der klitschnasse Millionär.

»Die Aktion wird Ihnen selbstverständlich in Rechnung gestellt. Machen Sie sich auf einen saftigen Betrag gefasst. Und zur Anzeige werden wir Ihren Ausflug auch bringen, sonst denkt demnächst jeder, er könne von meinem Schiff einen Hechtsprung in die See machen. Aber so nicht. So! Nicht!«

»Die Rechnung können Sie gerne aufsetzen, Miss Lacroix, aber wäre es möglich, eventuell auf die Anzeige zu verzichten? Ich meine, sehen Sie sich meinen Verlobten doch an. Er wird sich wahrscheinlich noch eine heftige Erkältung holen. Und sein Lieblingsmantel ist auch ruiniert, er hat aus seiner Verfehlung sicherlich gelernt.«

Unschlüssig rieb sich Lacroix am Kinn.

»Na gut. Ich werde mir das mit der Anzeige noch einmal überlegen. Aber die Rechnung für die Rettungsaktion wird kommen! Außerdem werden wir Calais nun nicht pünktlich erreichen und müssen eine Strafe im Hafen bezahlen. Auch diese Kosten werden wir auf Sie umlegen.«

»Absolut kein Problem.«

Louise schenkte der Kapitänin ein entwaffnendes Lächeln und wandte sich dann an Rick.

»Nicht wahr? *Honey?*«

»G-g-geht in-n-n Ordnung. *Sch-sch-schatz!*«

Die Kapitänin nickte zustimmend.

»Dann hätten wir das geklärt. Jetzt sollten Sie zusehen, dass Sie aus Ihren nassen Klamotten rauskommen. Sie werden sich sonst noch den Tod holen! Ich werde jemanden beauftragen, Ihr Gepäck hierherzubringen.«

Plötzlich wurde das Blut in Louises Adern siedend heiß.

»Das Gepäck! Und Archie! Wo ist Archie?«

Lacroix runzelte die Stirn.

»Ist noch jemand mit Ihnen an Bord?«

Louise schüttelte den Kopf.

»Ja und nein. Wie man es nimmt, jedenfalls. Wir transportieren die Asche seines verstorbenen Vaters aufs Festland.«

Lacroix stöhnte auf.

»Also befindet sich auf meinem Schiff auch noch irgendwo unbeaufsichtigt eine Urne mit der Asche eines toten Menschen darin? Ich kann gar nicht erwarten, dass Sie beide endlich mein Schiff verlassen.«

»H-h-ab ich schon. S-s-ie ha-ha-haben mich zurückgeholt.«

Louise lachte kurz auf, war aber sofort wieder still, als sie von der Schiffsführerin strafend angeschaut wurde.

6

Eine halbe Stunde später lief die Fähre endlich in Calais ein. Rick und Louise wurde nahegelegt, den Rest der Fahrzeit lieber unter Deck im Crewbereich zu verbringen, anstatt zurück nach oben zu gehen.

»Viele Ihrer Mitreisenden sind ganz und gar nicht erfreut darüber, dass wir ihretwegen Verspätung haben. Wenn ich Sie wäre, würde ich mich da oben nicht blicken lassen«, hatte die Kapitänin den beiden mit Blick auf Rick geraten, bevor sie wieder zurück auf die Brücke verschwunden war.

Ein Crewmitglied hatte ihnen alle Sachen gebracht. Zu Louises Erleichterung waren ihr Laptop und der Koffer ebenfalls dabei.

Selbst die Urne war unversehrt geblieben, aber gut. Wer stiehlt schon eine grottenhässliche Vase mit einem Haufen menschlicher Asche darin?

Rick durfte sich in den Waschräumen der Schiffscrew duschen und zog sich trockene Sachen an. Sein edler Mantel aber hatte, soweit Louise das beurteilen konnte, ein für alle Mal das Zeitliche gesegnet.

Traurig hielt Rick das ehemals beige Objekt im Arm, während sie unbemerkt von den anderen Reisenden von Bord gingen.

»Ruiniert, er ist komplett ruiniert.«

»Kaufen Sie sich doch einfach einen neuen Mantel«, machte Louise einen ungeschickten Versuch, ihn aufzuheitern.

Entrüstet sah er sie an.

»Ich soll einfach einen neuen Mantel kaufen? Das war ein Alexander McQueen! Und zwar ein Original! Er hat ihn mir persönlich 2008 geschenkt, als Zeichen unserer Freundschaft. Der Mantel war ein Unikat und ist durch nichts zu ersetzen.«

Betreten presste Louise die Lippen zusammen. Sie konnte sich nicht entscheiden, was sie abwegiger fand: dass Rick Wyndham über ein Jahrzehnt lang den Mantel eines verstorbenen Stardesigners getragen hatte oder dass Rick Wyndham Freunde hatte.

»Tut mir leid, das wusste ich nicht«, flüsterte sie ihm zu.

Rick schüttelte den Kopf und seufzte.

»Sie können ja nichts dafür. Das war schließlich meine Schuld.«

»Echt jetzt? Könnten Sie das noch mal wiederholen? Es war nicht meine Schuld? Wow.«

»Warum wundert Sie das?«

Louise zog überrascht eine Augenbraue hoch.

»Na, weil ich doch sonst bei Ihnen an allem die Schuld habe. Immer. Ich dachte, so will es das Gesetz. Also, ich meine das wyndhamsche Gesetz.«

»Pfft. So ein Blödsinn. Sie fühlen sich einfach immer nur angegriffen, so ist das.«

Vorsichtig hielt er den tropfenden Mantel von seinem Körper fern. Zu seiner Erleichterung hatte sich Louise bereit erklärt, Archie so lange im Arm zu tragen, wie er mit dem Kleidungsstück kämpfte.

»Es gibt Neuigkeiten: Wenn sich Menschen in Ihrer Gegenwart ständig angegriffen fühlen, dann könnte es vielleicht daran liegen, dass Sie sie auch alle ständig angreifen. Haben Sie mal Ihre Wortwahl reflektiert? Ich tippe mal auf Nein.«

Abrupt blieb Rick stehen, und Louise stolperte ihm in den Rücken.

»Wollen Sie mir allen Ernstes weismachen, dass ich mich hinterfragen sollte, weil es Menschen gibt, die die Wahrheit einfach nicht vertragen? Auch ich habe Neuigkeiten für Sie, Miss Moore: Wenn Menschen hinter allem einen Angriff sehen, dann ist es deren Problem. Claude E. Shannon und Warrick Weaver könnten Ihnen dazu einiges erzählen, aber ich bezweifle, dass Sie die beiden kennen.«

Louise schloss die Augen und atmete tief durch.

»Eins, zwei, drei ...«

»Was brabbeln Sie denn jetzt schon wieder vor sich hin?«

»Vier! Fünf! Sechs! Ich versuche mir ins Gedächtnis zu rufen, dass Sie vor nicht einmal einer Stunde beinahe ertrunken wären und dass ich kurz – ganz kurz – froh darüber war, dass Sie nicht gestorben sind. Langsam bereue ich es aber auch schon. Wo wir gerade dabei sind: Was ist eigentlich wirklich passiert?«

»Wie bitte?«

Rick setzte seinen Weg fort und hob den Kopf, sodass seine rotblonden Locken in der Luft zu tanzen schienen.

»Sie wollen mir doch nicht wirklich erzählen, dass Sie dem Ring Ihrer Verlobten hinterhergesprungen sind, oder? Davon mal abgesehen, ich bin mir ziemlich sicher, dass Sie auch vorher keinen Ring getragen haben.«

»Ich weiß nicht, wovon Sie sprechen!« Rick reckte das Kinn nach vorn. »Da hinten ist der Busbahnhof, ich gehe davon aus, dass Sie alle Unterlagen für die Weiterfahrt besitzen?«

Louise kicherte.

»Weichen Sie mir ruhig aus, ich werde es noch rausbekommen.«

»Da gibt es nichts herauszubekommen. Ich kann mir beim besten Willen nicht zusammenreimen, was Sie meinen. Darf ich Sie um einen Gefallen bitten, Miss Moore?«

»Mal sehen, erst sind Sie unverschämt, und dann möchten Sie etwas von mir.«

»Bitte!«

»Ich werde in nichts einwilligen, wenn ich nicht weiß, worum es geht.«

Rick seufzte.

»Können gewisse Teile dieses Morgens bitte unter uns bleiben?«

»Welcher denn? Der Teil, in dem sie über Bord gegangen sind und gerettet werden mussten, oder der Teil, in dem Sie über den wahren Grund gelogen haben?«

Rick rollte die Augen.

»Alles!«

Flehend sah er sie an.

»Bitte! Ich meine es ernst!«

Louise biss sich auf die Lippe. Einerseits war die Geschichte Gold wert und Karen würde mit Sicherheit in die Hände klatschen, wenn sie davon erfahren würde, andererseits tat ihr Rick leid. Sie sah das Flehen in seinen Augen und wollte ihn nicht öffentlich demütigen. Egal, was für eine unausstehliche Nervensäge er auch war.

»Klar, warum nicht? Von mir erfährt es niemand.«

»Gut. Danke.«

Schweigend setzten die beiden ihren Weg in Richtung Überlandbus fort.

»Warren«, warf Louise zusammenhanglos inmitten der Stille ein.

Rick legte die Stirn in Falten und sah seine Begleiterin schräg von der Seite an.

»Ernsthafte Frage: Sind Sie als Kind eigentlich mal irgendwann auf den Kopf gefallen?«

»Nein, aber Ihre Antwort unterstützt gerade perfekt das Sender-Empfänger-Modell, von dem Sie vorhin sprachen.«

Fragend schaute Rick sie an.

»Wie meinen Sie das?«

»Nun, ich habe eine Information gesendet, und Sie haben eine Information empfangen. Doch anscheinend war meine gesendete Nachricht nicht mit Ihrer empfangenen identisch, denn sonst hätten Sie verstanden, was ich Ihnen damit sagen wollte.«

Rick rollte mit den Augen.

»Und was genau wollten Sie mir mit dem wunderbaren Wörtchen *Warren* mitteilen?«

»Na, dass der Modellentwickler, dessen Arbeit Sie mir vorhin absprachen zu kennen, nicht Warrick hieß, sondern Warren. Warren Weaver war das mit dem Shannon-Weaver-Modell. Oder auch Sender-Empfänger-Modell genannt. Wurde in den 1940er-Jahren entwickelt und ist bis heute Standard in der Kommunikationslehre. Aber Sie haben natürlich recht, Mr Wyndham. So etwas kann jemand wie ich selbstverständlich nicht wissen.«

Mit offenem Mund starrte er sie ungläubig an. Es hatte ihm offenbar die Sprache verschlagen, wie Louise mit reichlich Genugtuung feststellte. Feixend zwinkerte sie ihm zu. Sie ließ ihn stehen und marschierte an ihm vorbei. In ihrem Rücken spürte sie, wie er sie mit seinen Augen durchbohrte. Grinsend setzte sie sich die Sonnenbrille auf und strich sich eine dunkle Strähne aus dem Gesicht.

7

Die Busfahrt nach St. Michel war kein echtes Vergnügen. Selbst für Louise war es eine Zumutung, in dem zu engen Fahrgastraum eingepfercht zu sein. Sie konnte nicht mal im Sitz ein wenig runterrutschen, um es sich gemütlich zu machen, da ihre Knie gnadenlos in die Rücklehne des Vordermannes gepresst wurden. Zu ihrer Verwunderung war Rick die gesamten drei Stunden über still geblieben.

Und das, obwohl die Frau vor ihm ihren Sitz bis zum Anschlag zurückgeklappt hatte und er, bedingt durch seine Größe, noch um einiges unbequemer saß als Louise. Dösend beobachtete sie aus dem Fenster, wie die Bäume vorbeirauschten.

»Haben Sie die Adresse?«

Ricks Stimme riss Louise aus ihren Gedanken.

»Ja, Moment!«

Umständlich versuchte sie, an ihre Tasche zu kommen, die sie unter den Sitz gequetscht hatte. Fluchend stieß sie dabei Rick versehentlich den Ellenbogen in die Rippen und sich selbst den Kopf am Haltegriff des Vordersitzes.

»Madame Lorraine Garde, wohnhaft in 21, Avenue Ferdinand de Lesseps, 39770 Saint Michel«, las sie vor. »Haben Sie eine Ahnung, wer das ist?«

»Nicht die geringste.« Nachdenklich griff er nach dem Zettel mit der Adresse in Louises Hand und studierte sorgfältig den Inhalt.

»Waren Sie denn schon mal hier?«

»In St. Michel? Nein. Der Ort und die Gegend hier sind mir vollkommen unbekannt. Ich kenne von Frankreich nur Paris und die Côte d'Azur.«

»Was meinen Sie, warum schickt Archie Sie dann hierhin?«

»Die Frage lautet doch eher: Warum schickt mein Vater mich überhaupt quer über einen Kontinent, den er nicht schnell genug verlassen konnte? Immerhin war er schließlich glühender Anhänger des Brexits. Ganz ehrlich, Miss Moore, ich weiß es nicht. Er will mich eventuell ärgern, oder er hatte schlichtweg nur gehörig Spaß daran, sich diesen Quatsch auszudenken. Alternativ liegt es aber auch im Bereich des Möglichen, dass er mir irgendeine seiner merkwürdigen Lektionen erteilen wollte, die nur in seinem traurigen Kopf Sinn ergaben. Wir werden es früher oder später erfahren. Vielleicht, jedenfalls. Vielleicht aber auch nicht.«

Rick schüttelte leicht den Kopf und seufzte leise.

»Aber gab es denn nichts an ihm, an das sie sich gerne erinnern?«

Überrascht hob Rick die Augenbrauen und blickte sie an.

»Was soll es denn Positives gegeben haben?«

»Na, irgendwas. Eine Erinnerung. Ein Gefühl. Ich meine, mein Vater hat uns verlassen, als ich elf war. Er hat sich seither nicht mehr blicken lassen, bis auf den obligatorischen Anruf zu meinem Geburtstag und die Postkarte zu Weihnachten. Aber wenn ich an meine Kindheit denke, dann sehe ich gemeinsame Urlaube oder Besuche bei meiner Großmutter. Ich erinnere mich daran, wie er mir das Fahrradfahren beigebracht hat und mir meinen ersten Computer geschenkt hat, damit ich schreiben konnte. Solche Sachen halt. Es ist leicht, sich nur auf das Negative zu konzentrieren und das Positive dabei vollkommen außer Acht zu lassen.«

Grunzend kicherte Rick.

»Sie und ich haben unterschiedliche Erinnerungen an unsere Väter. Bei gemeinsamen Urlauben hat meiner meistens in irgendwelchen Seminarräumen gesessen und gearbeitet, weil ›von Faulheit ist noch niemand groß geworden, mein Sohn‹, Fahrradfahren hat mir das Kindermädchen beigebracht, und als er mir einen Computer geschenkt hatte, wollte er, dass ich sofort eine eigene Firma gründe, damit ich lerne, auf eigenen Beinen zu stehen. Oh, und erwähnte ich schon, dass ich damals gerade zwölf war? Es war übrigens kein Argument für ihn, dass ich lieber Musiker werden oder mit meinen Freunden Fußball spielen wollte.«

Mit großen Augen schaute Louise zu Rick.

»Was ist?«

»Nichts, ich kann mir nur nicht vorstellen, dass Sie mal Fußball gespielt haben, das ist alles.«

»Sie sollten anfangen richtig zuzuhören, Miss Moore. Ich habe *nicht* Fußball gespielt, ich *wollte* Fußball spielen. Großer Unterschied! Mein Vater hat sich eingemischt und es mir untersagt. Ein solches Hobby sei ein sinnloser Zeitvertreib, und wenn ich schon mein kostbares Leben verschwenden wolle, dann solle ich lieber einen Sport ausüben, der meine Fähigkeiten schärfe. Also musste ich das Fechten trainieren.«

Grinsend nickte Louise ihm zu.

»Fechten, ja, das passt schon eher zu Ihnen. So dekadent und standesgemäß.«

»Ich habe es gehasst«, gab Rick unumwunden zu, »deshalb bin ich auch nicht mehr hingegangen.«

»Okay, also halten wir mal fest: Radfahren haben Sie vom Personal gelernt, Urlaube haben Sie nie gemeinsam verbracht, anstatt zum Fußball mussten Sie zum Fechten.« Louise zählte jeden Punkt an ihren Fingern ab. »Aber es muss doch irgendetwas geben, was Ihnen als Kind Spaß gemacht hat. Irgendwas. Ich meine, auch wenn alle Zeichen dagegensprechen, sind Sie doch immer noch ein menschliches Wesen, und Menschen machen doch ab und zu einfach mal Sachen nur, weil sie Freude bereiten.«

Rick lächelte müde.

»Ich fürchte, dass Sie nicht verstehen, Miss Moore. In meiner Familie wurde nichts nur *zum Spaß* gemacht. Alles musste einen Grund haben, ein finanzielles Ziel verfolgen, sonst wurde es nicht weiter durchgeführt. Ich beschwere mich nicht, es ist nun mal so, wie es ist.«

Demonstrativ schloss Rick die Augen und döste. Für ihn war die Unterhaltung zu Ende.

»Hmm.«

Nachdenklich widmete sich Louise wieder dem Anblick der Landschaft, die am Fenster vorbeizog. Da fiel ihr etwas ein, was Annie erwähnt hatte.

»Schreiben, Sie haben doch gerne geschrieben, oder?«

Argwöhnisch öffnete Rick ein Auge.

»Wer hat Ihnen denn das erzählt?«

»Ihre Tante Annie hat so was erzählt, als wir in Brighton waren. Sie sagte, dass an Ihnen ein kleiner Schriftsteller verloren gegangen sei und Sie ihr häufig Kurzgeschichten zu lesen gegeben hätten.«

»Damit lässt sich aber kein Geld verdienen.«

»Hallo? Ich schreibe auch!«

»Womit wir auch einen Beweis hätten.«

Louise verdrehte die Augen.

»Es geht nicht um mich, sondern um Sie. Trotzdem haben Sie gerne geschrieben. Sehen Sie, Rick, auch Sie hatten eine Sache, die Ihnen Spaß gemacht hat.«

Louise grinste triumphierend und boxte ihn, der die Augen wieder geschlossen hatte, leicht in den Arm.

»In Ordnung. Sie haben mich. Es hat mir Spaß gemacht. Zufrieden?«

»Ja, schon«, gab sie zu und widmete sich wieder der französischen Landschaft.

»Ich wette, sie waren gut, Ihre Geschichten«, murmelte Louise vor sich hin.

Rick hob kurz die Schultern und ließ sie wieder fallen.

»Hm.«

Saint Michel war ein Dorf und selbst dafür winzig. Fünfzig Kilometer von Dijon entfernt. Die kleinen Fachwerkhäuschen und das grobe Kopfsteinpflaster deuteten auf eine weit zurückgehende Vergangenheit hin. Zurück in eine Zeit, in der edle Ritter um keusche Burgfräulein bei pompösen Turnieren antraten, während gleichzeitig die bäuerliche Bevölkerung ums tägliche Überleben kämpfte. Die Avenue Ferdinand de Lesseps hatten die beiden Reisenden schnell gefunden. Ohnehin gab es nur eine Handvoll Straßen in diesem Örtchen.

Laut polternd zog Louise ihren schweren Koffer über das unebene Kopfsteinpflaster. Ein älteres Pärchen blieb stehen, um zu sehen, woher der Krach kam. Mit unverhohlener Neugier beäugten sie die Fremden.

»Können Sie nicht ein bisschen leiser sein? Die Leute gucken schon alle!«

Der vorauseilende Rick Wyndham drehte sich zu ihr um und schüttelte tadelnd den Kopf.

»Meinen Sie etwa, ich hätte Spaß daran?«, ächzte Louise zurück. Einmal mehr verfluchte sie ihre Entscheidung, nicht leichter gepackt zu haben.

»Es hat den Anschein, ja. Sonst würden Sie sich wenigstens bemühen, nicht so einen Lärm zu veranstalten.«

Leise fluchte Louise vor sich hin. Ihre Sonnenbrille hing schief auf der Nase, doch die konnte sie nicht geraderücken, weil sie beide Hände für den Koffer benötigte. Ihr Haar hatte sich verselbstständigt und hing in filzigen Zotteln an ihrem Kopf herunter.

»Wie war noch mal die Adresse?«

Rick stoppte und schaute sich eine Reihe von Häusern mit weißer Fassade an.

»21, Avenue Ferdinand de Lesseps«, antwortete Louise wie aus der Pistole geschossen. Die Adresse in dem Brief hatte sich in ihr Hirn gebrannt.

»Hier ist es.«

Rick nickte in Richtung einer Haustür, die mit Efeu bedeckt war. Daneben deutete ein winziges Schild mit einer Einundzwanzig darauf hin, dass sie ihr Ziel erreicht hatten.

Louise schauderte es. Sie verabscheute Efeu, ihrer Meinung nach war es das gruseligste Gewächs auf diesem Planeten. Alles, was es konnte, war zu wachsen. In sämtliche Richtungen. Mordsmäßig schnell.

Wenn sie in Hotels übernachtete, die diese abscheuliche Schlingpflanze an der Fassade hatten, bekam sie Albträume. Zögernd blieb sie auf dem Bürgersteig stehen.

»Wollen Sie da Wurzeln schlagen, oder gedenken Sie, sich hierherzubemühen?«

Ungeduldig trommelte Rick mit den Fingern auf die Urne in seinen Händen.

»Da ist Efeu!«

Sie zeigte auf die grünbehangene Tür.

Irritiert runzelte Rick die Stirn und sah abwechselnd zwischen der Pflanze und Louise hin und her.

»Was Sie nicht sagen. Und jetzt?«

»Ich mag keinen Efeu.«

»Sie sollen den nicht essen.«

Louise rollte die Augen und trat von einem Fuß auf den anderen.

»Sie wissen, was ich meine.«

Rick biss sich auf die Unterlippe und schüttelte den Kopf.

»Um der Diskussion willen, sagen wir mal Nein. Ich verstehe nicht, worauf Sie hinauswollen.«

»Das Zeug ist gruselig! Es wächst und wächst und verschlingt alles, was sich ihm in den Weg stellt.«

Schaudernd zog sie den Reißverschluss ihrer Jacke fester zu.

Rick schmunzelte.

»Ich bin sicher, dass dieser Efeu ein rechtschaffenes Exemplar ist und es nicht auf eine Entführung abgesehen hat. Oder auf einen Mord. Jetzt kommen Sie schon her.«

Argwöhnisch näherte sich Louise der Tür. Die grünen Ranken ließ sie dabei nicht aus den Augen.

Leise kicherte Rick neben ihr.

»Ehrlich, ich habe schon vieles gehört. Angst vor Spinnen oder Käfern, engen Räumen, Höhe und vorm Fliegen, aber nichts übertrifft bisher Angst vor Efeu! Gibt es einen lateinischen Fachausdruck dafür?«

Wütend funkelte Louise ihren Begleiter an. Sie war gerade im Begriff, etwas zu erwidern, da öffnete sich die Tür und eine elegante Dame mit schulterlangem, silberweißem Haar trat heraus.

»Kann ich Ihnen helfen?«

Sie sprach mit einem hörbaren französischen Akzent.

»Ähm, ja ...« Rick stotterte überrascht.

»Wir sind auf der Suche ..., wir suchen ... ich bin ... das ist ...«

»Was mein sprachloser Begleiter Ihnen mitzuteilen versucht, ist, dass wir Lorraine Garde suchen. Wir kommen aus London, und uns wurde gesagt, dass sie hier wohnt.«

Mit einer Mischung aus Argwohn und Neugier blickte die Dame zwischen den beiden hin und her.

»Eventuell. Es kommt darauf an, wer das wissen möchte.«

»Ja, natürlich.« Rick lächelte sie an. »Es klingt vielleicht etwas merkwürdig, aber mein Vater hat uns nach seinem Tod Ihre Adresse genannt, und deshalb sind wir jetzt hier.«

»Wie meinen Sie das? Nach seinem Tod?«

»Im Testament«, präzisierte Rick.

Ungeduldig trommelte die Frau an den Türrahmen.

»Und noch immer weiß ich nicht, wer Sie zwei überhaupt sind.«

»Verzeihung. Ich bin Rick Wyndham, und das ist Louise Moore, eine Freundin meines verstorbenen Vaters. Archibald Wynd...«

Ehe Rick den Satz beenden konnte, hatte Lorraine die Tür mit voller Wucht zugeschlagen. Der Knall vibrierte in Louises Ohr und erzeugte ein heftiges Fiepen.

»Das beantwortet wohl die Frage, ob sie Archie kannte.« Sie rieb sich ihr schmerzendes Ohr.

»In der Tat. Diese Reaktion hat mein Vater in vielen Menschen hervorgerufen.«

Louise klingelte an der Tür.

»Was machen Sie da?«

Aufgebracht versuchte Rick ihre Hand wegzuziehen.

»Wonach sieht es denn aus? Ich drücke auf die Klingel!«

»Lassen Sie das«, zischte er sie an.

»Wieso? Sind Sie etwa nicht neugierig?«

»Wenn Sie mich so fragen: Nein, absolut nicht! Wir waren hier, jetzt können wir wieder gehen. Schluss, aus, fertig!«

Rick drehte sich um, doch Louise griff nach seinem Arm. Ungelenk wand er sich, sodass sie nur den Stoff seines Ärmels zu fassen bekam und daran zog.

»Jetzt warten Sie doch mal!«

»Lassen Sie mich los!«

Ruckartig öffnete sich die Tür wieder, und die elegante Frau stand erneut vor ihnen.

»*Mon dieu,* Sie sind ja immer noch hier! Verschwinden Sie, oder ich werde die Polizei rufen!«

Louise ließ Ricks Arm los und wandte sich der Frau zu. In fließendem Französisch plapperte sie drauflos. Rick verstand nur Satzfetzen, zu wenig, um sich einen Sinn zusammenreimen zu können. Immer wenn er meinte, seinen Namen zu hören, horchte er auf. Innerlich verfluchte er es, im Französischunterricht nicht besser aufgepasst zu haben.

Louise verdrehte theatralisch die Augen und kicherte. Fasziniert sah Rick von einer Frau zur anderen. Lorraine Garde schob sich lachend eine silberne Strähne hinters Ohr. Sie legte den Kopf schief und taxierte ihn, der mit offenem Mund danebenstand, von oben bis unten.

»Bitte, Madame Garde. Nur für einen Moment«, beendete Louise ihre Rede auf Englisch.

Aus den Augenwinkeln bemerkte sie, wie Rick sie verblüfft beobachtete. Sie presste die Lippen stramm aufeinander, um nicht zu grinsen.

Seufzend öffnete Lorraine Garde die Tür. Mit einer stummen Geste deutete sie den beiden an, einzutreten.

»Sie sprechen Französisch?«

Louise zuckte mit den Schultern.

»Comme ci, comme ça.«

Mit großen Augen sah Rick sie an. Seine Mundwinkel zuckten leicht.

»Das bedeutet: ›*Es geht so*‹«, übersetzte sie für ihn.

»Ich weiß, was das heißt«, zischte er ihr leise zu.

Louise rollte die Augen.

»Ach so, ich dachte, Sie hätten einen Schlaganfall. Meine Großmutter war Französin, da schnappt man das ein oder andere Wort halt auf.«

Louise trat über die Schwelle und verschwand im Inneren. Rick folgte ihr und vermied es dabei, Lorraine in die Augen zu schauen.

»Merci, Madame Garde. Je suis … je suis trés désolé … de vous … de vous … déranger.«

Rick stotterte und umklammerte die Urne fester. Louise schmunzelte. Sie wusste nicht, ob es an der Sprache oder der resoluten Französin lag, aber der sonst so selbstsichere Mann wirkte wie ein kleiner Schuljunge, der an der Tafel Brasilien irgendwo in der Taiga verortet hatte.

»Bemühen Sie sich nicht, ich spreche Ihre Sprache«, wurde er von Lorraine unterbrochen. Eine silberne Strähne fiel in ihr Gesicht, als sie den Kopf schräg zur Seite neigte und Rick mit wachen Augen musterte.

»Sie haben Glück, die Gene Ihrer Mutter waren sehr dominant.«

Triumphierend grinsend drehte er sich in Louises Richtung.

»Dennoch sehe ich viel von Archibald in Ihnen. Die Ähnlichkeit ist verblüffend. Ihre Haltung, die Art, wie Sie sprechen. Sogar Ihre Augen, obwohl sie nicht blau sind, erinnern mich an Ihren Vater.«

Ricks Lächeln erstarb, was wiederum Louise zum Grinsen brachte.

»Entschuldigen Sie, wo sind nur meine Manieren? Nehmen Sie Platz. Möchten Sie etwas zu trinken? Einen Kaffee vielleicht, oder mögen Sie lieber Tee, so wie Archibald?«

Lorraine führte die beiden durch den langen Korridor hindurch bis in einen geräumigen Salon. Überrascht sah Louise sich um. Die immense Größe des Hauses hatte sie von außen nicht erwartet.

Beide nahmen auf einer weißen Sitzbank Platz, deren vier Füße die Pfoten von Löwen darstellten.

Rick verneinte die Frage nach Getränkewünschen, doch Louise bat um Wasser. Lorraine verschwand in der Küche am Ende des Ganges. Kurze Zeit später kam sie mit drei Gläsern und einer großen, gläsernen Karaffe zurück. Schmal geschnittene Gurkenscheiben schwammen in der kristallenen Flüssigkeit.

Sie goss das Wasser ein und setzte sich gegenüber den beiden auf einen Sessel.

»Ist das die Asche Ihres Vaters?«

Lorraine zeigte auf die Urne in Ricks Arm. Er nickte kurz.

»Ich wusste nicht, dass er gestorben ist.« Nachdenklich nippte sie an ihrem Wasserglas. »Aber ich hatte auch schon lange nichts mehr von Archibald Wyndham gehört. Oder gesehen.«

»Woher kannten Sie eigentlich meinen Vater?«

Lorraines Augen verengten sich.

»Wie ich sehe, hat er mich Ihnen gegenüber nie erwähnt.« Seufzend trank sie einen Schluck. »Nicht überraschend, aber trotzdem irgendwie ... wie sagt man? Kränkend.«

Rick stellte die Urne zur Seite und griff nach dem Wasserglas.

»Ich kenne das Gefühl«, murmelte er leise. Missmutig drehte er das Glas in seinen Händen. Louise rutschte auf ihrem Platz hin und her. Die Stille, die sich ausbreitete, legte sich wie ein dichter Nebel auf den Raum. Sie sah Lorraine und Rick an. Niemand der beiden sagte ein Wort.

»Wie haben Sie und Archie sich kennengelernt?«, unterbrach Louise das unangenehme Schweigen.

»Oh, das war vor langer Zeit. In Paris«, erinnerte sich Lorraine. Ihre Augen glänzten bei der Erinnerung. »Ich hatte versucht, als Model Fuß zu fassen, doch das war nicht von Erfolg gekrönt.«

Leise lachte sie auf.

»Jedenfalls habe ich später in der Agentur gearbeitet. Ich war die Assistentin des Fotografen. Kein Traumjob, aber einer, mit dem ich meine Rechnungen bezahlen konnte. Eines Tages stand Archibald im Büro, er war ein Bekannter meines Chefs. Er hatte traurige Augen, also erzählte ich ihm einen Witz. Um ihn aufzuheitern. Was soll ich sagen? Es hat funktioniert. Er meinte, ich wäre seine Retterin. So kamen wir ins Gespräch. Archibald blieb den ganzen Sommer über in Paris, und wir haben viel gelacht.«

Fragend legte Rick die Stirn in Falten.

»Wann war das?«

»1986.«

Hörbar holte er Luft und fuhr sich mit einer Hand durch die rotblonden Locken.

»Das kann nicht sein«, er schüttelte vehement mit dem Kopf, »das war das Jahr, in dem ...«

»... seine Frau verstarb.« Lorraine beendete den Satz. Sie faltete die Hände in ihrem Schoß und sah ihn sanft an. »Er hat es mir Tage später erzählt. Wie gesagt, ich hatte gemerkt, dass er von einer tiefen Traurigkeit erfüllt war. Wenn Sie mit sensiblen Künstlern zu tun haben, dann bekommen Sie ein Gespür dafür, ob jemand nur miesepetrig oder traumatisiert ist. Wissen Sie, Archibald hat nicht gerne über seine Gefühle gesprochen. Ich denke, dass er sie als eine Art Schwachstelle angesehen hat.«

Louise wandte sich zu Rick und berührte ihn vorsichtig am Arm.

»Waren Sie mit in Frankreich?«, wisperte sie ihm zu.

Stumm kaute Rick auf seiner Unterlippe herum und schüttelte kaum merkbar den Kopf.

Louise versuchte, sich vorzustellen, was in seinem Inneren vorging. Erst war die Mutter verstorben, dann hatte sich der Vater für einen Sommer nach Frankreich abgeseilt. Ohne seinen einzigen Sohn.

»Zu diesem Zeitpunkt hatte er mir noch nicht gesagt, dass er ein Kind hatte«, fuhr Lorraine leise fort.

Verächtlich stieß Rick die Luft aus.

»Was für eine Überraschung. Ich bin sicher, die lästige Tatsache, dass er einen Sohn hatte, war ihm kurz entfallen. Besagten Sommer verbrachte ich im Internat, da kann man so eine Kleinigkeit schon mal vergessen.«

Lorraine lächelte milde.

»Seien Sie nachsichtig mit ihm. Es war eine schwierige Zeit, er hatte zuvor seine Ehefrau begraben müssen.«

»Stimmt. Für ihn war es besonders hart. Eine Halbwaise leidet deutlich weniger, denn sie hat ja immerhin noch ein Elternteil übrig, oder?«

Nervös kichernd griff er zum Wasserglas und nahm einen tiefen Schluck. Gierig saugte er dabei ein Stück Gurke auf, das in seinem Hals hängen blieb. Er rang nach Luft. Röchelnd packte er Louises Arm und deutete panisch auf seinen Hals.

Sie reagierte sofort, indem sie ihm fest auf den Rücken schlug. Erfolglos. Mit hochrotem Kopf wand er sich wie ein Aal, röchelte und krächzte wie ein sterbender Fisch an Land.

Geistesgegenwärtig sprang Lorraine von ihrem Stuhl auf und stellte sich hinter den zappelnden Rick. Sie legte den Arm um seinen Brustkorb, und bevor er reagieren konnte, hatte sie seinen Körper hochgehebelt.

Im hohen Bogen flog das grüne Gurkenstück über das teure Mobiliar hinweg und blieb an der hellen Holztür kleben.

Erschöpft hustete Rick und atmete dabei hörbar tief ein und aus. Sein Gesicht hatte die Farbe eines gekochten Hummers angenommen, und Schweißperlen kullerten ihm von der Stirn hinab in die Augen, sodass er blinzelte.

»Danke«, presste er hervor, nachdem sich seine Atmung beruhigt hatte. »Mir reichen diese Nahtoderfahrungen so langsam.«

»Ich habe in der Schulzeit nebenbei als Bademeisterin in einem Schwimmbad gejobbt. Die Grundlagen vergisst man nicht. Praktisch, so ein Heimlich-Griff.«

Sie zuckte wie beiläufig die Schultern.

»Ja, äußerst nützlich«, krächzte er. »Sie können meinen Arm jetzt wieder loslassen, Miss Moore.«

Reflexartig öffnete Louise ihre Hände. Sie hatte gar nicht bemerkt, dass sie seinen Arm wie ein Schraubstock umklammert hatte.

»'tschuldigung«, murmelte sie und spürte, wie sie rot im Gesicht wurde.

»Wie dem auch sei, nach diesem Sommer habe ich Archibald nie wiedergesehen.« Sie stieß einen tiefen Seufzer aus, als sie zum eigentlichen Thema zurückkehrte.

»Aber offenbar haben Sie einen tiefen Eindruck auf Archie hinterlassen, sonst hätte er nicht gewollt, dass wir Sie besuchen kommen.«

»Hm.« Lorraine zuckte die Achseln und lächelte dabei wissend, jedoch hatte Louise Schwierigkeiten, ihr Lächeln zu deuten.

»Ich verstehe allerdings nicht«, gab Rick zu bedenken, »warum Sie die Tür zugeschlagen haben, nachdem Sie den Namen meines Vaters hörten. Ich meine, nach dem, was Sie uns erzählt haben, haben Sie doch keine negativen Erinnerungen an ihn.«

»Wie ich schon sagte, ich habe seit vielen Jahren keinen richtigen Kontakt mehr zu ihm gehabt, und das letzte Mal, dass ich ihn persönlich sah, war in jenem besagten Sommer. Menschen verändern sich, und ich war mir unschlüssig, ob ich ihn wieder in meinem Leben haben wollte.«

Von der weit entfernten Wohnungstür drangen Geräusche in den Salon. Es klang, als würde ein Schlüssel klappernd im Schloss umgedreht. Die efeubehangene Tür quietschte laut, als sie geöffnet wurde.

»Salut Maman!«

Eine Frauenstimme erklang vom vorderen Teil des Hauses.

»Nous sommes ici, bébé, wir sind hier hinten!«

Mit kräftiger Stimme antwortete Lorraine.

Sofort näherte sich das klackende Geräusch von Absätzen, die über gefliesten Boden wanderten, in Richtung des Salons. Eine junge Frau mit blondem Haar, das ihr bis zur Hüfte reichte, betrat den Raum. Sie trug ein äußerst knappes Kleid, das den Blick auf ihre sehr langen, sehr makellosen Beine freigab. Louise stellte sich vor, wie sie aussehen würde, wenn sie so ein Kleid tragen würde. Wahrscheinlich nicht so selbstbewusst, dachte sie achselzuckend. Vermutlich würde sie ständig an den Seiten daran ziehen, in der Hoffnung, dass es länger würde. Sie bewunderte die Frau für ihr Selbstbewusstsein. Aus den Augenwinkeln stellte Louise fest, dass Rick die Blondine von oben bis unten scannte.

»Ah, *invités.*« Sie lächelte aufrichtig und hatte blitzschnell Louise rechts und links ein Küsschen auf die Wange gehaucht.

Etwas an ihren Augen kam Louise auf seltsame Weise vertraut vor, so als wäre es keine Fremde, die ihr gegenüberstand, sondern jemand, den sie schon seit vielen Jahren kannte. Dann wandte sich die Frau Rick zu, um die Prozedur an ihm zu wiederholen. Unbeholfen hob er die Arme, doch eh er sich versah, hatte die Frau ihm zwei Küsschen geschenkt.

»Josephine, das sind Louise und Rick aus London. Sie sind hier, um mit mir über einen alten Freund aus den Achtzigerjahren zu sprechen.«

»Wie schön! *Mamans* Geschichten aus Paris von damals sind einfach die besten! Schade, dass wir direkt nach meiner Geburt hierhergezogen sind.«

»Verzeihen Sie meine Neugier, aber wann war das denn genau?«

Louises journalistische Spürnase war instinktiv geweckt.

»Im Frühjahr 1987.«

»Sie sind so blass, geht es Ihnen nicht gut?«

Besorgt tätschelte Josephine Garde Ricks Arm. Ihm war sämtliche Farbe aus dem Gesicht gewichen, und er schien nicht mehr in der Lage zu sprechen. Louise war überrascht. Die blauen Augen der jungen Frau kamen ihr deshalb so bekannt vor, weil sie diese von ihrem Vater geerbt hatte. Archie Wyndham.

Mit einem Schlag wurde Louise bewusst, warum er sie hierhergeschickt hatte.

In ihrer Hosentasche vibrierte plötzlich ihr Telefon. Erschrocken holte sie es hervor und schaute auf das Display. Karen Bolder.

»Was für ein Timing,« dachte Louise und drückte den Anruf weg. Vor ihrem inneren Auge konnte sie Karen sehen, wie sie über diese neue Information förmlich ausflippte. Bisher hatte Louise ihr gar nichts weitergeleitet, und sie mutmaßte, dass Karen momentan schon daran arbeitete, ihre Kündigung zu schreiben.

Diesen Gedanken schob sie schnell wieder beiseite.

»*Bébé,* ihm geht es gut. Ich hätte ihn nur darauf vorbereiten sollen, dass du heute vorbeikommst. Er ist Archies Sohn.«

Josephine stutzte.

»Wirklich? Ich wusste gar nicht, dass mein Bruder uns besuchen kommt.«

Lorraine schüttelte den Kopf.

»Ich auch nicht. Archibald ist verstorben.« Sie zeigte auf die Urne, die inzwischen mitten auf der Kaffeetafel thronte.

Mit großen Augen starrte Josephine auf das graue Gefäß.

»Ja, ich weiß.«

Lorraine legte den Kopf schief.

»Woher weißt du das?«

Ohne den Blick von der Urne abzuwenden, zuckte die junge Frau mit den Schultern.

»Ein Mann namens Martin Bigsby hat mich letzte Woche angerufen und es mir erzählt. Allerdings hat er mir nicht gesagt, dass mein Bruder vorbeikommen würde.«

»Warum hast du mir nichts davon gesagt, Schatz?«

Josephine seufzte.

»*Maman,* du hast immer behauptet, dass du nichts mehr von ihm hören willst. Warum hätte ich dir das also erzählen sollen?«

Lorraine presste die Lippen zusammen und sagte nichts mehr.

»Bleibt die Urne jetzt etwa hier?«

»Nein, keine Sorge, die nehmen wir gleich wieder mit.«

Beschwichtigend sah Louise die blonde Frau an.

»Ich glaube, ich muss hier raus!«

Rick sprang vom Sofa auf, griff sich die Urne vom Tisch und lief mit großen Schritten in Richtung Haustür.

»Entschuldigung, er ist manchmal ein wenig emotional.«

Louise zuckte mit den Schultern und stand ebenfalls auf, während Lorraine und Josephine Garde fragende Blicke austauschten, und lief hinter Rick her.

Louise fand ihn draußen, an eine Wand gelehnt. In seiner Hand glimmte eine Zigarette. Zitternd zog er daran.

»Sie rauchen?«

Überrascht zog Louise die Augenbrauen hoch. Sie konnte sich nicht daran erinnern, dass sie ihn jemals mit einer Zigarette gesehen hatte.

»Nein, ich habe aufgehört.«

»Funktioniert ja richtig gut, wie?«

»Für Notfälle habe ich immer eine Schachtel dabei. Und die ganze Geschichte hier qualifiziert sich hervorragend als Notfall. Finden Sie nicht auch?«

Nachdenklich drehte er den weißen, qualmenden Stängel zwischen seinen Fingern.

Louise schürzte die Lippen.

»Darf ich auch eine haben?«

Unbeeindruckt zuckte Rick mit den Schultern und reichte ihr die Schachtel. Sie fischte eine heraus und ließ sich von ihm Feuer geben.

»Danke.«

Louise nahm einen tiefen Zug von der Zigarette und schloss die Augen. Sie fühlte, wie das Nikotin sich in ihren Lungenflügeln ausbreitete und sich mit lebensnotwendigem Sauerstoff vereinte. So böse und doch so gut. Kurz hielt sie inne, bevor sie ausatmete, um den Rauch aus ihrem Körper zu entlassen.

»Gott, habe ich das vermisst«, gestand sie und lehnte sich an die Wand. Es war lange her, dass sie das letzte Mal geraucht hatte, damals war sie Studentin gewesen. Inzwischen hatte sie ihre Nikotinsucht durch Schokolade und Kaffee substituiert. Schlecht für die Figur, aber besser für die Gesundheit.

Besorgt schaute sie Rick an, der mit den Gedanken weit weg schien.

»Alles okay?«

»Hm. Schwer zu sagen, ich bin als Einzelkind hierhergekommen und habe nun eine jüngere Schwester, wie soll es mir da gehen? Hervorragend natürlich.«

»Ich frage nur, weil ...«

»Dann habe ich erfahren, dass mein Vater sich direkt nach dem Tod meiner Mutter einen schönen Liebessommer in Paris gegönnt hat, während ich im Internat allein klarkommen musste. Ist doch alles grandios, wieso sollte ich mich da anstellen?«

Seine Stimme wurde mit jedem Wort lauter und wütender.

»Und um der ganzen Sache noch die Kirsche obendrauf zu setzen, war er noch zu feige, um es mir persönlich zu sagen, und schickt mich auf diese Reise, damit ich es von wildfremden Französinnen erfahre. Nein, wirklich, es könnte mir nicht besser gehen, Miss Moore!«

Er schluckte und wuschelte sich mit der Hand durch die Haare.

Louise biss sich auf die Lippe.

»Wenn Sie darüber sprechen möchten, dann höre ich gerne zu.«

Augenrollend sah er hoch.

»Nein, ich will nicht darüber sprechen! Ich will nicht darüber nachdenken! Herrgott noch mal, ich wünschte, dass ich die Geschichte niemals gehört hätte!«

»Okay.«

Nickend zog sie an ihrer Zigarette und schnippte die Asche fort.

Eine Weile standen sie nebeneinander an die Wand gelehnt. Schweigend. Rauchend.

»Wie ich schon mal gesagt habe, hat mein Dad meine Mum und mich verlassen, als ich elf war«, unterbrach Louise die Stille. »Er ist verschwunden und hat eine neue Familie gegründet. Die alte war ihm nicht mehr wichtig. Ich habe noch zwei Halbbrüder, Zwillinge. Wissen Sie, wann ich von ihnen erfahren habe?«

Rick hob die Schultern und senkte sie wieder.

»Wann?«

»An Weihnachten, als sie zwei Jahre alt waren. Ich hatte ihn angerufen und gefragt, ob ich die Feiertage bei ihm verbringen könnte, weil ich mich mit meiner Mum nicht sonderlich gut verstanden habe zu dieser Zeit. ›Aber das geht nicht, Erbse‹, hat er gesagt, ›ich habe doch Kinder, um die ich mich kümmern muss.‹ Das hat mich wie ein Schlag getroffen. Er hat mich nicht mehr als sein Kind angesehen, er hat mich einfach ausgetauscht. Nachwuchs 2.0.«

Louise nahm einen weiteren tiefen Zug aus ihrer Zigarette. Der Aschering hatte inzwischen schon fast den Filter erreicht, und sie spürte die Wärme der Glut an ihrem Finger. Mit einer geübten Bewegung schnippte sie die Kippe weg.

»War doch auch kein übler Tausch für ihn. Ein einzelnes, nerviges Mädchen, das nie das tat, was ihr gesagt wurde, gegen gleich zwei Jungen, die nicht nur niedlicher aussahen, sondern auch den Familiennamen weitertragen konnten. Väter sind eben einfach scheiße.« Sie zuckte mit den Schultern und verschränkte die Arme vor der Brust. »Nur für den Fall, dass Sie dachten, dass Ihrer da eine Ausnahme gewesen sei.«

Rick zog die Augenbrauen hoch.

»Also wenn das jetzt eine Motivationsrede war, dann sollten Sie das vielleicht noch mal üben.«

»Immerhin wissen Sie jetzt, dass Sie nicht der einzige Mensch sind, der aus einer dysfunktionalen Familie stammt.«

»Allerdings würde Ihr Dad Sie wahrscheinlich nicht über den halben Kontinent jagen, um dunkle Familiengeheimnisse zu lüften.«

»Nein, jedoch ist auch die Chance verschwindend gering, dass er mir irgendwann dreißig Millionen Pfund vermacht. Ein kaputtes Radio, ja, aber mit Sicherheit kein Geld.«

»Na gut.« Rick warf die Zigarettenkippe auf den Boden und trat die glimmende Glut mit seinen Lackschuhen aus. »Wissen Sie, was, Tracy? Sie sind gar nicht so übel. Für eine Stripperin.« Frech grinste er sie an.

Louise rollte die Augen und boxte ihm in die Seite.

»Ich werde jetzt Bigsby anrufen, und dann nichts wie weg von hier.«

»Miss Moore! Ich freue mich, dass Sie es nach St. Michel geschafft haben. Irgendwelche Vorkommnisse?«

Durch das Telefon hindurch war Bigsbys freundliches Lächeln zu hören. Louise zögerte kurz und warf einen Blick zu Rick. Er war ebenfalls mit seinem Handy beschäftigt.

»Nein, Mr Bigsby. Die Reise verlief wie am Schnürchen. Keine Probleme.«

»Gut, gut. Ja, wirklich. Sehr gut. Was hat Madame Garde Ihnen beiden erzählt?«

Louise runzelte die Stirn.

»Oh, sie hat über dies und jenes gesprochen. Haben Sie ein bestimmtes Thema im Sinn?«

Hörbar atmete der Notar ein.

»Keine Ahnung. Alte Geschichten vielleicht? Oder neue ... Verwandtschaftsverhältnisse?«

Louise drehte sich zur Seite, damit Rick sie nicht hörte, und zischte leise ins Telefon.

»Kommen Sie, Mr Bigsby. Sie wissen doch genau, dass Lorraine Garde eine Tochter namens Josephine hat. Die wiederum einen Halbbruder hat, der Rick Wyndham heißt.«

Am anderen Ende der Leitung kicherte der Notar erleichtert.

»Glückwunsch, Sie haben die Aufgabe gelöst. Ich werde Ihnen in den nächsten Minuten ein neues Video von Sir Wyndham senden. Alles Weitere erfahren Sie später.«

»Moment mal!« Louise wechselte das Telefon von einem Ohr zum anderen. »Was reden Sie da von ›Aufgabe bestanden‹? Seit wann müssen wir irgendwelche Aufgaben bestehen? Ich dachte, die Aufgabe sei es, die Leute auf Ihrer Liste zu besuchen. Und das ist alles!«

Rick, der sich abseits in eine Ecke gestellt hatte, hob aufmerksam den Kopf.

»Oh, Sie besuchen nur die von Mr Wyndham gewünschten Menschen. Was Sie dabei herausfinden, ist Bonus.«

»Bonus«, raunte Louise in den Hörer, »Unbekannte Geschwister sind wirklich ein toller *Bonus.*«

Sie verzog den Mund zu einem Grinsen und nickte Rick zu.

»Ich gebe nur wieder, was Mr Wyndham mir aufgetragen hat, Miss Moore.«

»Ja, und genau dazu noch was: Wäre Archie noch am Leben, dann würde ich ihm den Hals umdrehen für das, was er mit seinem Sohn hier abzieht. Wie feige von ihm, nie ein Wort über Josephine zu verlieren und ihn vollkommen ahnungslos hierherzulocken. Ich hoffe, dass er sich in der Hölle, oder wo auch immer er sich befindet, für dieses Verhalten schämt.«

»Dazu kann ich nichts sagen, Miss Moore. Aber ich werde Ihnen jetzt das Video senden. Einen schönen Aufenthalt. Meine besten Grüße an den jungen Mr Wyndham.«

Ehe Louise ein weiteres Wort sagen konnte, hatte der Notar aufgelegt.

»Was hat er gesagt?«

Rick blinzelte sie an. Die tiefe Abendsonne schien ihm direkt ins Gesicht, und er schirmte sie mit der Hand ab.

»Das Übliche. Wir bekommen eine weitere Videobotschaft von Archie.«

Rick seufzte.

»Nichts möchte ich jetzt lieber sehen als das selbstgefällig grinsende Gesicht meines Vaters. Wo übernachten wir eigentlich, Miss Moore?«

Louise stutzte. Das war eine Sache, über die sie sich bisher keine Gedanken gemacht hatte.

»Gute Frage. Davon hat Bigsby nichts erwähnt.«

»Ich werde nicht zurück in dieses Haus gehen, Miss Moore! Das kann er vergessen!«

Rick fuhr sich mit der Hand durch die Haare.

»Beruhigen Sie sich mal, Wyndham.« Halbherzig tätschelte sie ihm den Rücken. »Archie wird Sie bestimmt nicht dazu verdammen, mit seiner Affäre und Ihrer daraus resultierenden Halbschwester unter einem Dach zu schlafen. So mies war nicht mal Ihr Dad.«

Hysterisch lachte er auf.

»Sie kannten ihn aber schon, oder?«

Louise stieß einen Seufzer aus. Rick hatte recht, es sah Archie ähnlich, dass er seinen Sohn dazu verdonnerte, hier zu übernachten. Ihr Nachbar war glücklich gewesen, wenn sich alle um ihn herum stritten. Oft hatte er bei seinen wenigen Gesprächen mit der Nachbarschaft im Treppenhaus Gerüchte gestreut, dass zum Beispiel Mrs Franklins Hund in die preisgekrönten Orchideen von

Mr Taylor gegenüber gepinkelt hatte, die deshalb allesamt eingegangen waren. Louise konnte sich daran erinnern, wie Mr Taylor und Mrs Franklin sich stundenlang im Hausflur gezofft hatten. Mr Taylor verlangte, dass Mrs Franklin die zigtausend Pfund ersetzte und am besten gleich ihre »Töle« einschläfern ließe, damit der Menschheit im Haus weiteres Übel durch diesen Höllenhund erspart bliebe. Mrs Franklin konterte, dass Mr Taylor seine grässlichen Blumen selbst fressen solle, dass diese nichts wären als unkontrolliert wild wachsendes Unkraut und dass ihr Hund Peables in der ganzen Angelegenheit das einzige unschuldige Opfer sei.

Archie hatte das alles mit reichlich Genuss beobachtet und sich dabei diebisch amüsiert. In Wahrheit hatte er die preisgekrönten Orchideen jeden Tag mit einem Gemisch aus Kaffee, Cola und Badreiniger gegossen, bis die armen Pflanzen braun wurden. Mr Taylor konnte sich nicht erklären, warum seine geliebten Blumen, eine nach der anderen, in die ewigen Jagdgründe eingingen, und klagte Archie oft sein Leid. Wenn es etwas gab, was der alte Mann mehr hasste als exotische Pflanzen, dann war es das ewig kläffende, zähnefletschende Wesen von einem Hund.

»Es ist so traurig, was mit Ihren hübschen Blumen geschieht«, hatte Archie dem verzweifelten Pflanzenpapa mit geheucheltem Mitgefühl erzählt, »sie haben uns alle so viel Freude bereitet. Sogar Peables war jeden Tag dort in den Büschen zu finden.«

Von da an entwickelte die Geschichte ein mächtiges Eigenleben. Mrs Franklin zog mit Peables sogar in ein Wohnprojekt für alte, alleinstehende Menschen, weil ihr klitzekleiner Pinscher im Wohnhaus zur Persona non grata erklärt worden war.

Der Einzige, der sich bei der ganzen Geschichte nicht schlecht fühlte, war Archie.

»Sind Sie jetzt zufrieden?«, hatte Louise ihn daraufhin gefragt. Als Antwort hatte sie nur ein Lachen und Schulterzucken kassiert.

Das sanfte Vibrieren ihres Telefons holte Louise zurück in die Gegenwart.

Bigsby hatte die Videonachricht verschickt.

Unschlüssig hielt sie das Mobiltelefon in ihrer Hand und starrte es an.

»Wollen Sie die Nachricht wirklich jetzt gucken?«

Rick seufzte laut.

»Ich werde wohl nicht darum herumkommen.«

»Sicher, aber Ihre Laune wird sich dadurch wahrscheinlich nicht bessern.«

Er rollte die Augen.

»Zeigen Sie schon her. Ob ich mir die Botschaft jetzt ansehe oder später, ist auch egal. Abgesehen davon ist meine Laune momentan eh schon im Keller, viel tiefer geht es nicht. Deshalb ist jetzt der ideale Zeitpunkt.«

Louise nickte anerkennend und strich sich eine Strähne hinters Ohr.

»Ich muss sagen, Wyndham, ich bewundere Ihren Optimismus.«

Sie drückte auf Play.

»Sohn«, ertönte Archies bekannte Stimme, »du hast es bis hierher geschafft und hörst dir trotzdem noch meine Nachricht an. Respekt! Ich gehe davon aus, dass du Lorraine und Josephine bereits kennengelernt hast. Gut so! Glaube nicht, dass ich dir das Geheimnis vorenthalten wollte, aber die beiden waren glücklicher ohne mich in ihrem Leben. Wozu hätte ich dir von ihnen also vorher erzählen sollen, wenn der Kontakt eh keinen Bestand gehabt hätte. Ich weiß, ich weiß, du machst dir Sorgen, dass du dein Erbe teilen musst. Schockschwerenot! Das würdest du ja gar nicht überleben, habe ich recht? ...«

Unauffällig schielte Louise zu Rick hinüber, um seine Reaktion zu sehen. Er hatte seine Kiefer so fest zusammengepresst, dass die Knochen unter der Haut hervortraten. Louise schluckte. Rick war wütend, und sie konnte es ihm nicht mal übel nehmen.

»... wie dem auch sei. Für Josephine habe ich schon vor langer Zeit finanziell vorgesorgt. Da hast du nichts zu befürchten. Wer weiß, vielleicht versteht ihr euch ja gut, wenn ihr euch über euren schlechten Vater austauscht. So. Nun zum nächsten Punkt auf der Reise. Du wirst nach Deutschland fahren, genauer gesagt nach Koblenz. Noch genauer zum ›Von-Frankenheim-Gut‹. Hier werden zwei alte Freunde von mir auf dich warten, Rainer und Maria von Frankenheim. Probiere den Wein, aber sei vorsichtig. Nicht zu viel, denn er macht willenlos. Du verstehst schon, oder? Willenlos! Zwinker, zwinker.«

Archie schüttelte sich vor Lachen, als hätte er soeben etwas Witziges von sich gegeben.

Die beiden tauschten einen ratlosen Blick aus.

»Verstehen Sie, was er damit sagen will, Miss Moore?«

»Wieso ich? Er war doch Ihr Vater!«

»Ja, aber ich habe ihn nicht mit Suppe gefüttert!«

»Sehr witzig.«

»Witziger als das, was er erzählt hat.«

Louise zuckte die Achseln.

»Auch wieder wahr.«

Stumm standen sie angelehnt an der Mauer.

»Entschuldigung, können wir reden?«

Eine helle Frauenstimme zerriss die Stille. Louise sah auf. Unbemerkt von den beiden hatte sich Josephine angeschlichen.

Rick nickte mit ernster Miene. Das Grün war aus seinen Augen verschwunden, bemerkte Louise. Jetzt waren sie aschgrau und wirkten müde.

»Ich denke schon.«

Louise stieß sich von der Wand ab.

»Na, dann lasse ich Sie beide mal allein. Sie haben sicherlich viel zu besprechen.«

»Bleiben Sie ruhig«, hielt Rick sie auf, »eventuell müssen Sie Mr Bigsby später alles bis ins kleinste Detail berichten.«

Sie sah zwischen den Geschwistern hin und her. Josephine hatte einen unverbindlichen Ausdruck im Gesicht. Was für eine großartige Pokerspielerin sie wäre, schoss es Louise durch den Kopf.

»Es tut mir sehr leid, dass wir uns auf diese Art kennenlernen«, flötete Josephine ruhig. »Ehrlich, ich wollte dich schon ganz lange treffen. Seit ich weiß, dass meine Familie nicht nur aus meiner Mutter und mir besteht.«

Rick fischte noch eine Zigarette aus dem Päckchen und zündete sie umständlich an. Er zog hastig daran.

»Was hat dich aufgehalten?«

Josephine zuckte die Achseln.

»Nun, zum einen habe ich Archibald zum ersten Mal getroffen, als ich sechzehn Jahre alt wurde. Meine Mutter hat mich allein großgezogen und so gut wie nie von meinem Vater geredet. Selbst dann nicht, wenn ich sie gefragt habe. Sie meinte immer, dass wir unser Leben allein auf die Reihe bringen können. Ohne Mann.« Sie rollte die Augen. »Das Geld für unser Haus und meine Ausbildung hat sie aber gerne angenommen, wie ich später erfuhr.«

»Das beantwortet meine Frage nicht«, unterbrach Rick ihre Erzählung.

Sie schüttelte den Kopf.

»So weit war ich noch nicht. An meinem sechzehnten Geburtstag bekam ich einen Brief. Von Archibald. Meine Mutter war außer sich, aber ich wollte ihn unbedingt kennenlernen. Also habe ich ihn getroffen.« Nervös griff sie sich in die Haare. »Es war komisch, dass dieser Mann mein Vater sein sollte. Er hat mir sehr viel erzählt, vor allem von dir und wie stolz er auf dich war.«

Rick lachte auf.

»Wie bitte? Stolz auf mich?«

Sie nickte.

»Ja, ja, *vraiment,* natürlich. Archibald hat erwähnt, dass du bei einer kleinen Firma angefangen hattest, die fast in Konkurs gegangen war und die durch deine Arbeit heute zu einem der größten Unternehmen in der IT-Branche gehört. Das fand er sehr beeindruckend. Zumindest habe ich das so verstanden.«

Kopfschüttelnd zog er an seiner Zigarette.

»Das musst du falsch verstanden haben, aber erzähle ruhig weiter.«

»Wie dem auch sei«, fuhr sie fort, »ich habe dich gegoogelt und hätte dich zu gerne angerufen, aber das hat nicht funktioniert.«

»Wieso? War Vater dagegen?«

Josephine schüttelte kräftig den Kopf.

»Nein, ganz und gar nicht. Er meinte, wenn ich dich kennenlernen wollte, dann würde er sich freuen. Aber ich habe mich nicht getraut.«

Sie wurde rot und schaute verschämt auf den Boden.

»Ich meine, was hättest du von mir gedacht? Dass ich nur eine von diesen Leuten wäre, die an Archibalds Geld wollten? Dass ich eine Lügnerin wäre?«

Rick warf den Zigarettenstummel auf den Boden und trat die Glut aus.

»Nichts von alledem hätte ich gedacht, im Gegenteil. Ich hätte mich sehr gefreut.«

Louise biss sich auf die Unterlippe und vermied es, einen Kommentar abzulassen. Die junge Frau hatte recht mit dem, was sie dachte. Mit an Sicherheit grenzender Wahrscheinlichkeit hätte Rick genauso auf seine kleine Halbschwester reagiert.

»Wie schön«, strahlte Josephine, »dann können wir uns jetzt richtig kennenlernen. Leider sind meine Mutter und ich miserable Köchinnen, aber es gibt hier einen sehr guten Lieferdienst.«

Rick warf Louise einen Blick zu.

»Das müssen wir leider verschieben, denn Miss Moore und ich können nicht bleiben. Wir werden bereits in Deutschland erwartet.«

»Oh, dann natürlich ein anderes Mal.« Josephine hatte Mühe, ihre Enttäuschung zu verbergen. »Aber um eines klarzustellen: Ich möchte keinen Cent von deinem Geld. Archibald hat sehr großzügig in meine Ausbildung investiert und *Maman* und mich immer finanziell unterstützt. Alles andere steht dir zu.«

8

Der Zug in Richtung Koblenz verließ erst am nächsten Morgen den Bahnhof. Louise und Rick verabschiedeten sich von den beiden Frauen.

»Ich hoffe, dass wir Sie jetzt nicht allzu schockiert haben«, sagte Lorraine.

Sie lächelte verbindlich nett und bot den Reisenden ein Bett für die Nacht. Beide lehnten freundlich ab.

»Mich kann nichts schockieren«, murmelte Rick.

»Ich hoffe, dass wir uns bald wiedersehen!« Überschwänglich drückte Josephine ihrem Halbbruder zwei Küsschen auf die Wange. Sie lächelte Louise an.

»Ich bringe meinen Freund Etienne mit, dann haben wir ein Viererdate!«

»Wir sind nicht zusammen!« Im Chor schmetterten Rick und Louise ihr den Satz mit einer so gewaltigen Lautstärke entgegen, dass sie zusammenzuckte.

»*Mon Dieu,* ist ja gut«, erwiderte sie erschrocken, »es machte einen anderen Eindruck, das ist alles.«

»Mein Vater, oder besser gesagt, unser Vater hatte einen seltsamen Sinn für Humor, deshalb sind wir beide zusammen hier. Um ehrlich zu sein, wir kennen uns überhaupt nicht«, stellte Rick klar.

»Ich verstehe«, Josephine nickte zustimmend. Louise erkannte an ihrem verwirrten Blick, dass sie gar nichts verstand.

Dennoch schrieb sie ihre Handynummer auf eine Serviette und gab sie der jungen Frau.

»Ich würde mich freuen, wenn du zu meiner Familie gehören würdest, du bist *trés* cool«, wisperte die Französin ihr zum Abschied ins Ohr.

9

»Wir sollten ein Hotel nehmen.«

Rick gähnte. Seit zwei Stunden warteten sie schon an der einzigen Bushaltestelle in St. Michel. Der letzte Linienbus nach Dijon sollte laut Fahrplan vor fünf Minuten abgefahren sein.

»Erst einmal wäre es schön, wenn wir zurück in der Zivilisation ankämen.«

Angesteckt von Ricks Müdigkeit, gähnte auch Louise ausgiebig. Der lange Tag steckte ihr in den Knochen.

»Der Bus kommt bestimmt noch.«

Rick warf einen sehnsüchtigen Blick auf seine Rolex.

»Und wenn nicht, dann schlafe ich eben hier im Sitzen ein. Macht mir nichts, ich bin müde.«

»Ja, sicher machen Sie das. Sie sind solche Umstände bestimmt gewohnt. Wahrscheinlich halten Sie auch einen Plastikstuhl für puren Luxus.«

Louise schloss die Augen und machte es sich auf der harten Holzbank so gemütlich, wie es ihr möglich war.

»Wissen Sie, Wyndham, machen Sie sich nur lustig über mich. Im Gegensatz zu Ihnen kann ich mich mit solchen Situationen aber arrangieren. Sie gehen sofort unter und schreien nach Hilfe, wenn man Ihnen das Federkissen unter dem Hintern wegzieht.«

»Tut mir leid, nicht jeder kann auf dreckigen Kohlen groß geworden sein. Sie wissen doch, es kann nicht nur Häuptlinge geben, Miss Moore, es muss auch Indianer geben. Wie gut, dass ich niemals zu den Indianern zählte.«

Louise drehte sich zu Rick um.

»Sie wissen schon, dass es kulturell problematisch ist, wenn Sie sich als Häuptling und mich als Indianer bezeichnen, nicht wahr, Mister Wyndham? Der Dritte?«

Rick rollte genervt mit den Augen.

»Ich wusste, es war ein Fehler, dass ich Sie über meinen Namen informiert habe.«

»Soweit ich mich erinnere, haben Sie mir nicht gesagt, wie Sie heißen. Sie haben es dem dämlichen Typen im *Firefly Inn* gesagt. Wenn, dann war es Archie, der Sie dazu gezwungen hat, sich zu outen.«

Verächtlich schnaubend verschränkte Rick die Arme vor der Brust.

»Genau. Archie.«

Louise sah ihn schief an.

»Sie wissen übrigens auch, dass Sie das Erbe teilen müssen, oder?«

»Mit wem?«

Louise klopfte an die Urne.

»Na, mit Josephine! Sie ist *Ihre* Schwester und *seine* Tochter.«

»Sie haben das Mädchen gehört. Sie will keinen Cent von dem Erbe, also warum sollte ich dann mit ihr teilen?«

»Mal überlegen, Wyndham. Vielleicht, weil es das Richtige wäre? Außerdem hat sie einen gesetzlichen Anspruch auf das Geld.«

»Was soll sie denn mit fünfzehn Millionen Pfund anstellen?«

»Keine Ahnung, was wollen Sie eigentlich mit 30 Millionen Pfund anstellen? Darin baden? Wie Dagobert Duck?«

»Das lassen Sie mal meine Sorge sein.«

»Klar, aber fünfzehn Millionen Pfund sind immer noch mehr, als sie jemals ausgeben können. Wo ist also der Unterschied zu dreißig Millionen?«

»Es sind fünfzig Prozent weniger!«

Louise pfiff anerkennend durch die Zähne.

»Klasse, Wyndham. Das Internat und die Business School haben sich tatsächlich bezahlt gemacht. Rechnen können Sie!«

Rick warf einen Blick auf die Urne, die sich vor seinen Füßen befand.

»Ich sollte dagegentreten und seine Asche einfach hier an dieser Bushaltestelle lassen.«

»Machen Sie das nicht«, warnte Louise, »er wird als Geist zurückkommen und die Fahrgäste heimsuchen. Wollen Sie das tatsächlich? Dann wäre das aber wirklich Ihre Schuld.«

Rick gab ein grollendes Geräusch von sich, blieb aber ansonsten stumm.

Sie warteten eine geschlagene Stunde, ohne dass nur ein einziger Wagen die Straße entlangkam.

»Aufwachen!«

Rick schüttelte sie energisch.

»Wie? Was ist los?«

Louise grunzte, als sie unsanft aus ihren Träumen gerissen wurde. Ein langer Speichelfaden tropfte aus ihrem Mundwinkel auf den Kragen ihrer Jacke. Benommen sah sie sich um. Sie musste eingeschlafen sein.

»Der Bus kommt.«

Angewidert musterte er die verschlafene Frau neben sich. Louise wischte sich mit dem Ärmel die Spucke vom Kinn. Sie verdrehte die Augen bei Ricks Reaktion. Nora, die überaus perfekte Influencerschönheit, würde niemals mit offenem Mund schlafen.

Wahrscheinlich würde sie ohnehin nie schlafen, denn das würde ihre Frisur zerstören.

»Nora schläft wie jeder vernünftige Mensch auch. Sie sieht dabei aber nicht aus wie ein Schimpanse aus dem zoologischen Garten!«

Entrüstet wandte sich Rick von ihr ab, und Louise wurde rot. Ihr wurde bewusst, dass sie ihren letzten Gedanken laut ausgesprochen hatte.

Rick stand auf und gab dem Busfahrer mit einem Handzeichen zu verstehen, dass sie mitfahren wollten.

Der Bus hielt an, und die Türen öffneten sich. Kurz erkundigte sich Louise auf Französisch, ob er bis zum Busbahnhof, dem Gare de Dijon, fuhr. Der Mann hinterm Steuer bejahte dies mit einem kurzen Kopfnicken und ließ die beiden Fahrgäste einsteigen.

Seufzend plumpste Louise in die harte Plastikschale eines Sitzes und lehnte ihren Kopf an die Scheibe. Sofort schloss sie wieder die Augen, doch das grelle Neonlicht im Fahrgastraum schimmerte erbarmungslos durch ihre Lider hindurch.

»'tschuldigung, wenn ich etwas über Ihre Verlobte gesagt habe«, murmelte sie benommen, »ich rede manchmal im Schlaf.«

»Sie reden immer. Und zwar zu viel. Punkt.«

Stocksteif saß Rick neben ihr. Er hatte den Rücken durchgestreckt, und die Urne thronte auf seinem Schoß.

»Na, wenn Sie das sagen, dann wird es ja wohl stimmen«, murmelte Louise gähnend. Sie vermisste nichts sehnlicher als ihr gemütliches Bett und ihre beiden Katzen, die immer wieder versuchten, sie von der Matratze zu drängen. Womit sie in mehr Fällen Erfolg hatten, als es Louise lieb war zuzugeben. Was Peanut und Butter wohl gerade trieben? Ob die beiden Fellfreunde überhaupt bemerkten, dass ihr Frauchen seit geschlagenen zwei Tagen nicht mehr zu Hause war? Vor der Abreise hatte Louise mit Horatiu, ihrem rumänischen Mitbewohner, abgesprochen, dass er sich um die beiden kümmern würde. Zumindest hoffte sie es inständig. Auch wenn das Gespräch ziemlich seltsam abgelaufen war, wie ihr im Nachhinein bewusst wurde.

»Horatiu, ich fahre für eine Woche weg, fütterst du bitte Peanut und Butter?«

Der Rumäne lachte sie freundlich an und nickte.

»Reise. Ja, schön!«

»Stimmt, aber meine Frage war, ob du dich um die beiden Katzen kümmern könntest, bitte?«

Zum Verdeutlichen hatte sie Peanuts hochgehoben und ihrem Mitbewohner vor die Nase gehalten. Das Wort »Katze« wiederholte sie lauter, als wäre ihr Gegenüber allein durch die angezogene Lautstärke in der Lage, die Fremdsprache korrekt zu erfassen.

»Ja, ja. Katze«, bestätigte Horatiu intensiv nickend und lächelte.

Dass diese Information angekommen war, konnte Louise nur hoffen. Niemand in der WG wusste etwas über Horatiu, bis auf die Tatsache, dass er aus Rumänien stammte, jeden Morgen in aller Frühe das Haus verließ und abends spät zurückkehrte. Louise und ihre Mitbewohner nahmen an, dass er an der Londoner Universität studierte. Über sein Studienfach gab es unterschiedliche Meinungen. Von Computerwissenschaften bis hin zu Anglistik kursierten die verschiedensten Theorien. Horatiu selbst war immer freundlich, aber er redete wenig. Zu Hause schloss er sich in seinem kleinen Zimmer ein und war quasi unsichtbar. Der ideale Mitbewohner in einer Zweckgemeinschaft. Oder wenn man einen Mord begehen wollte, schoss es Louise durch den Kopf. Horatiu würde schweigen wie ein Grab, da war sie sich sicher.

»Sie haben mir übrigens keine Antwort gegeben.«

Ricks Stimme unterbrach Louises Gedankenfluss, der sie fast ins Land der Träume hatte abdriften lassen.

»Wie lautete denn die Frage?«

Müde rieb sie sich die Nase und weigerte sich die Augen zu öffnen.

»Warum sprechen Sie so gut Französisch?«

»Meine Großmutter stammte aus Nantes.«

»Ich dachte, sie käme aus Südengland.«

Widerwillig öffnete sie die Augen und blinzelte Rick an.

»Ernsthaft? Ich darf nur *eine* Großmutter haben? Ich habe Neuigkeiten für Sie, Sherlock: Meine Mutter hatte ihrerseits auch Eltern. Einen schottischen Vater und eine französische Mutter. Ergo: Ich besitze eine Großmutter, die aus Frankreich stammt. Verrückt, oder?«

»In der Tat«, brummelte er, »ich habe Sie nicht für eine Schottin gehalten.«

Gedankenverloren kratzte er mit den Fingernägeln über die Urne.

Wieder.

Und noch einmal.

Das Geräusch fraß sich in Louises Gehörgänge.

Ruckartig setzte sie sich auf und funkelte ihn genervt an.

»Können Sie das bitte unterlassen?«

»Kommt darauf an.«

»Ach ja? Und auf was, bitte schön?«

»Hören Sie dann auch auf, mit Ihrem Bein zu wackeln, als hätten Sie eine seltene Krankheit, für die eine Spendengala ins Leben gerufen werden müsste?«

Ertappt zuckte Louise zusammen. Soweit es der geringe Sitzabstand zuließ, schlug sie die Beine übereinander.

»Sie sind einfach viel zu empfindlich«, maulte sie.

Anstatt zu antworten, setzte Rick ein weiteres Mal die Fingernägel am oberen Rand der Urne an und fuhr quälend langsam mit ihnen über die gerillte Oberfläche. Dabei sah er ihr provozierend in die Augen.

Sie hielt sich die Ohren zu.

»Aufhören, aufhören! Ist ja schon gut, ich höre auf zu wippen, aber lassen Sie das bloß sein! Sie Sohn des Höllenfürsten!«

»Ich weiß nicht, was Sie meinen.« Diabolisch grinsend zog er die Augenbrauen hoch. »Vielleicht sind *Sie* einfach nur zu empfindlich.«

Zwei Stunden waren sie schon in dem unbequemen Linienbus eingeschlossen. Nach dreißig Minuten meldete sich Louises Blase. Sie presste die Beine zusammen und rutschte auf ihrem Sitz hin und her. Angestrengt versuchte sie, sich auf ihre Atmung zu konzentrieren.

Sie erinnerte sich an einen Artikel, den Karen mal geschrieben hatte. Über mentale Übungen, die helfen sollten, den Harndrang zu unterdrücken.

Vergebens.

Je häufiger sie den Satz »Ich muss nicht auf Toilette, ich bin die Herrscherin über meine eigene Blase!« vor sich hin brabbelte, desto dringender wurde das Verlangen, sich zu erleichtern. Innerlich verfluchte sie das Marketing ihres Arbeitgebers. *Women's Comfort,* der Ratgeber für alles im Leben, lautete der Slogan. Ein Witz, wie Louise grollend feststellte.

»Warum wackeln Sie denn jetzt schon wieder so komisch herum? Können Sie nicht mal eine Minute stillsitzen? Sie sind ja wirklich grauenhaft.«

»Ich muss mal.«

»Sie müssen mal was?«

»Wie was? Sind Sie wirklich so schwer von Begriff, oder tun Sie nur so? Ich muss pinkeln!«

Sobald sie den Satz ausgesprochen hatte, bildeten sich kleine, kalte Schweißperlen auf ihrer Stirn. Am liebsten hätte sie geweint, in der Hoffnung, dass die austretende Flüssigkeit aus ihren Augen gleichzeitig ihre Blase entlasten würde.

Rick stöhnte auf.

»Das ist ein ja tolles Timing. Warum konnten Sie denn vorhin nicht gehen?«

»War ich doch! Aber ›vorhin‹ war vor drei Stunden und zwei Flaschen Wasser!«

Allein das Wort »Wasser« erhöhte den Druck in ihrem Unterleib.

»Halten Sie ein«, schlug Rick vor, und Louise stöhnte entnervt auf.

»Was glauben Sie eigentlich, mache ich gerade?«

»Dann denken Sie halt an etwas anderes, es ist nicht sehr hilfreich, daran zu denken, dass man muss.«

»Was Sie nicht sagen, Sie Genie!«

Verärgert wandte Louise sich ab und fixierte einen Punkt an der Scheibe.

»Und? Wirkt es? Oder müssen Sie immer noch so nötig für kleine Mädchen?«

»Ich hatte keine Zeit es auszuprobieren, weil Sie mich ständig daran erinnern, dass ich pinkeln muss!«

»Dann lenken Sie sich doch ab!«

»Ich versuche es!«

Der Busfahrer warf einen Blick in den Rückspiegel, schüttelte mit dem Kopf und murmelte etwas Unverständliches vor sich hin.

»Schon gut! Sie müssen nicht gleich laut werden, ich will Ihnen doch nur helfen.«

Beleidigt drehte Rick den Kopf zur Seite.

»Und ich bin Ihnen auch sehr, sehr dankbar dafür, aber um ganz ehrlich zu sein: Niemand kann mir gerade helfen.«

Louise schloss die Augen. Sie versuchte, den stechenden Schmerz in ihrer unteren Körperhälfte zu ignorieren, doch es gelang ihr nicht komplett.

Verzweifelt summte sie eine Melodie vor sich hin. Einen Song von einer Rockband, die sie durch ihre dauerwütenden Teenagerjahre gebracht hatte. Mit Postern des Sängers hatte sie ihr ganzes Zimmer tapeziert. Warum ihr ausgerechnet dieser Song jetzt einfiel, war ihr ein Rätsel. Ricks Stimme unterbrach ihr stilles Mantra.

»Here and there you'll find some common faces, in beautiful places, they're beautiful faces …«

Verwundert hielt sie inne und drehte sich zu ihm um. Rick hatte sein Mobiltelefon in der Hand und tippte eine Nachricht. Geistesabwesend trällerte er dabei genau jenen Song, der in ihrem Kopf spukte.

»… tight and ready for their daily daydreams, going somewhere, but leading nowhere …«, sang sie die nächste Strophe des Liedes.

Rick hielt inne und sah zu ihr.

»… their faces smile but there are tears, they're talking, secret tears are talki-hi-hing …«, sang er weiter.

»Oh, they're walking, yes they're walki-hi-hing … Isn't it funny though? Isn't it sad at the same, same time …«, setzte Louise fort.

Beide grinsten sich an und stimmten zusammen den Refrain an:

»I'm drowning in my sleep, I'm dying in my dreams, but how can I explain to you, I never felt more and more alive? Oh, these are really, really crazy, crazy times!«

Überrascht boxte Louise ihm in die Seite.

»Sie kennen *The Evil Saints?*«

»Kennen? Ich kann *Crazy Times* ohne Notenblatt auf dem Klavier spielen.«

Louise kicherte.

»War ja klar, dass Sie auch noch Klavier spielen können.«

Verlegen schürzte Rick die Lippen.

»Ich war sogar richtig gut. Aber sagen wir mal so, ich habe damit angefangen, als es hieß, ich solle nicht Fußball spielen. Fechten war nicht meine erste Wahl als adäquates Hobby. Gegen das Klavier hatte mein Vater erst einmal nichts einzuwenden.«

Louises Gesicht hellte sich auf.

»Also hatten Sie doch ein Hobby, das Ihnen Spaß gemacht hat. Ich wusste es doch.«

Zufrieden grinste sie ihn an.

»Korrekt, es hat mir Freude bereitet. Für eine Weile.«

»Was ist dann passiert?«

Rick tippte auf die Urne auf seinem Schoß.

»Archibald Wyndham der Zweite ist passiert. Er hat gemerkt, dass ich Talent hatte, und von da an musste ich professionellen Privatunterricht nach der Schule nehmen. Wenn er seinen einzigen Sohn schon an die schönen, aber brotlosen Künste verlor, dann mussten wenigstens Auftritte in der Royal Albert Hall garantiert sein.«

Louise zog eine Grimasse.

»Das klingt nicht nach Spaß.«

Gleichgültig zuckte Rick mit der Schulter. »Ich habe es nicht hinterfragt. Allerdings stellte sich heraus, dass mir Chopin, Bach und Brahms weitaus weniger lagen als *The Evil Saints.*«

»Was haben Sie dann gemacht?«

Stirnrunzelnd sah er sie an.

»Wie meinen Sie das?«

»Na, offensichtlich sind Sie kein Star-Pianist geworden, der in der Royal Albert oder der Carnegie Hall spielt.«

Er zog eine Augenbraue hoch.

»Sind Sie sicher? Woher wollen Sie das wissen?«

Louise unterdrückte den Drang, mit den Augen zu rollen.

»Ach, jetzt kommen Sie nicht schon wieder mit diesem ›Eine Frau von Ihrer Herkunft‹-Klassenquatsch. Ich bin kulturell nicht so unterentwickelt, wie Sie denken.«

»Nein, ganz und gar nicht«, winkte er aufgebracht ab. »Ich denke nicht, dass Sie kulturell unterentwickelt sind oder sonst wie, äh … gewickelt sind. Ihre Möglichkeiten waren nur … limitiert.«

Louise setzte sich ruckartig auf und verschränkte die Arme vor der Brust.

»Bitte was? Meine Möglichkeiten waren *limitiert?* Entschuldigung, ich komme aus Bromley. Wir waren vielleicht nicht stinkreich, aber niemand von uns hat jemals am Hungertuch genagt. Manchmal frage ich mich wirklich, was in Ihrem Kopf so alles vorgeht.«

Rick atmete hörbar aus.

»Warum wollen Sie mich eigentlich ständig falsch verstehen, Miss Moore?«

»Ich will überhaupt niemanden falsch verstehen, wenn überhaupt drücken Sie sich nahezu ständig missverständlich aus. Allerdings weiß ich nun wirklich nicht, was an ›limitierte Möglichkeiten‹ oder ›dass jemand wie *Sie* so was weiß, hätte ich nicht vermutet‹ anders zu begreifen ist als der eigentliche Wortsinn. Die Sprachtheorien sind in dieser Hinsicht klar formuliert. Wir nutzen für jeden Sinn und Begriff ein Symbol in Form eines Wortes. Das wiederum dient dem richtigen Verständnis und wird innerhalb einer Gruppe, die diese Symbolik ebenso verwendet, auch als das verstanden, was damit angedeutet wurde.«

Mit offenem Mund starrte Rick sie an.

»Wovon reden Sie da eigentlich?«

»Was weiß ich denn. *Ich. Muss. Auf. Die. Toilette.*«

10

Quälend lange Minuten vergingen, bis der Bus endlich in den Bahnhof *Gare de Dijon* einfuhr. Die Türen öffneten sich, und Louise schoss wie von der Tarantel gestochen ins Freie, auf der Suche nach einer Toilette.

Sie hatte Rick mit dem Gepäck zurückgelassen, und er stand ein wenig ratlos am Bussteig und drehte sich im Kreis.

Auf einer Bank lungerte eine Gruppe junger Männer herum. Sie hatten den Lautsprecher eines Handys voll aufgedreht.

Französischer Hip-Hop plärrte hart über den gesamten Platz.

Rick hatte keine Ahnung von dieser Art von Musik. Je älter er wurde, so hatte er festgestellt, desto mehr waren Songs, die sich ihm nicht erschlossen, die reinste Lärmbelästigung. Aber er wollte sich nicht als alter Knacker outen, deshalb ertrug er den Krach innerlich leidend. Und schweigend.

Zwei der Jungen hatten den seltsam steif dastehenden Mann mit dem merkwürdigen Gefäß im Arm bemerkt. Einer von beiden hob den Kopf und linste unter seiner Kappe zu Rick hinüber.

Der Junge mit der Baseballkappe schlurfte betont lässig auf ihn zu und rief ihm auf halbem Weg etwas auf Französisch entgegen.

Angestrengt kramte Rick in der hintersten Ecke seines Gedächtnisses nach den letzten Brocken Schulfranzösisch und ärgerte sich, dass er damals im Unterricht nicht besser aufgepasst hatte.

»Pardonne? Je ne ... je ne sais ... pas! Parlez-vous anglais?«

»Er will eine Zigarette haben«, hörte er hinter sich Louise sagen. Sie war von der Toilette zurück.

»Eine Zigarette«, entfuhr es Rick entsetzt, »aber der ist doch mit Sicherheit noch nicht mal fünfzehn. Ich meine, schauen Sie ihn doch an, der sieht aus wie zwölf.«

Louise kniff ihm in den Arm.

»Jetzt geben Sie ihm schon Ihre verdammte Zigarette! Oder wollen Sie, dass wir auch noch ausgeraubt werden?«

Widerwillig griff Rick in die Jackentasche nach der Schachtel. Er öffnete den Deckel, fischte einen Glimmstängel fein säuberlich zur Hälfte heraus und hielt ihn dem Jungen vor die Nase.

Der Bursche grinste. So breit, dass er sich ohne Schwierigkeiten eine Banane horizontal in den Mund hätte schieben können, schoss es Louise durch den Kopf. Er griff die gesamte Schachtel, holte die hervorstehende Zigarette mit den Lippen raus und steckte sich eine weitere Kippe in den engen Raum zwischen seinem Segelohr und der Kopfbedeckung. Die Packung verschwand in seiner Hosentasche.

»Merci«, nuschelte er und schlurfte betont lässig zurück zu seinen Freunden.

»Hey, meine Zigaretten«, protestierte Rick, doch Louise hielt ihn am Ärmel zurück.

»Glauben Sie mir, eine Schachtel Kippen ist ein kleiner Preis im Vergleich zu dem, was uns noch alles hätte blühen können.«

»Ich bin in meinem Leben noch nie so gedemütigt worden«, maulte er, »und das von einem Kind. Einem *Kind!*«

Teilnahmslos schlurfte Louise neben ihm her.

Auf der Toilette hatte sie in den Spiegel gesehen und war erschrocken. Ihre Augen waren angeschwollen und rot unterlaufen. Falten an den Lidern verhöhnten sie lautstark: »Ja, Fräulein. Du bist so alt, wie du dich fühlst. Du glaubst, du wirst immer jünger geschätzt? Vergiss es, das wird nie wieder geschehen!«

Der Hautton ihres Gesichts schimmerte matt und grau im erbarmungslosen Licht der Neonlampe. Was sie benötigte, war eine gehörige Portion Schlaf. Hysterisch lachte sie auf. Ja klar. Schlaf. Das war das Einzige, auf das sie in der nächsten Zeit nicht zu hoffen brauchte.

»Haben Sie gehört, Louise? Ich sagte, von einem Kind!«

»Ich habe Sie schon beim ersten Mal verstanden«, entgegnete sie mürrisch. »Warum haben Sie überhaupt so exponiert dagestanden? Alles an Ihnen hat doch geschrien: ›Raub mich aus, überfall mich!‹.«

»Gar nicht wahr.« Schmollend schob er die Unterlippe nach vorn und sah dabei aus wie ein kleiner Junge, dem jemand sein Eis geklaut hatte.

»Wie Sie meinen.«

Louise hatte keine Energie, um sich mit dem groß gewachsenen Aristokraten zu streiten. Sie war nur müde.

»Wann fährt der Zug, Miss Moore?«

Louise blieb stehen und kramte ihr Handy aus ihrer Laptoptasche hervor.

»Um fünf nach zehn. Na großartig.«

Sie warf einen Blick auf die Zeitanzeige des Telefons und stöhnte auf.

Vier Uhr fünfundzwanzig.

»Das sind über fünf Stunden«, entfuhr es Rick entsetzt.

Spöttisch schüttelte Louise mit dem Kopf.

»Sagen Sie bloß. Sie sind nicht nur ein Meisterdetektiv, sondern auch ein grandioser Mathematiker. Archimedes wäre vor Neid erblasst.«

»Sie sind müde, da lasse ich Ihnen diesen schnippischen Kommentar mal durchgehen. Aber denken Sie bloß nicht, dass Sie die Einzige hier sind, die unter dieser Situation leidet. Wir sollten uns für die fünf Stunden ein Hotel nehmen. Da vorn habe ich Schilder gesehen.«

Louise runzelte die Stirn.

»Sie wollen, dass wir uns ein Hotel nehmen. Für fünf Stunden?«

Fragend legte er den Kopf schief und sah sie stirnrunzelnd an.

»Ja, was ist daran falsch?«

»Okay, ich frage Sie noch mal. Vielleicht kommen Sie ja von selbst drauf: Sie wollen, dass wir uns ein *Hotel* nehmen. Für *fünf* Stunden?«

Rick kratzte sich an der Schläfe. An seinem Gesichtsausdruck war abzulesen, dass er angestrengt nachdachte.

»Was schlagen Sie vor? Etwa dass wir hier auf einer Bank am Bahnsteig nächtigen wie die Clochards?«

»Ich werde trotzdem nicht mit Ihnen in ein Hotel gehen, dass die Zimmer stundenweise vermietet. Neuigkeit, Wyndham: Nicht alle Hotels in Bahnhofsnähe gehören der Familie von Paris Hilton!«

Sie sah sich um. Außer ihnen waren nur vereinzelt Menschen am Bahnhof zu sehen, die entweder spät von der Arbeit kamen oder früh wieder dorthin fuhren. Teilnahmslos, ohne auf die paar Betrunkenen und Obdachlosen zu achten, waren sie auf dem Weg zu ihren Zügen.

»Da ist eine Bank, da können wir uns ausruhen.«

Louise zeigte auf eine Sitzreihe in der hinteren Ecke des Bahnhofsgebäudes.

»Igitt!« Rick verzog angewidert das Gesicht. »Da soll ich mich hinsetzen?«

Gleichgültig zuckte Louise mit den Schultern.

»Setzen Sie sich, bleiben Sie stehen, was immer Sie möchten. Ich werde mich jetzt ausruhen«, brummte sie.

Sie nahm Kurs auf die Bank und fragte sich im gleichen Moment, ob das so eine gute Idee war. Rundherum stapelte sich der Müll. Eine leere Fast-Food-Tüte lag einsam und verlassen in der Mitte der Sitzfläche. Mit spitzen Fingern zog Louise die Papiertüte herunter. Drei kleine Pommes kullerten über das Metall, eine davon war deutlich sichtbar angebissen. Ein Gemisch aus Mayonnaise und Ketchup leuchtete ihr in verschiedenen Klecksen entgegen.

Louise zog eine Schnute.

»Na, immer noch überzeugt davon, dass Sie hier sitzen wollen?«

»Sicher doch. Ein Tuch, ein paar Spritzer Wasser, vielleicht noch eine ganze Flasche Desinfektionsmittel drübergesprüht, und schon ist es hier urgemütlich. Sie werden sehen!«

Sie sah zu Rick und grinste. Er stand auf Zehenspitzen neben der überquellenden Mülltonne, den Trolley hatte er sich an den

Unterarm gehängt, die Urne trug er im anderen Arm, wie eine Babypuppe.

»Sie sehen aus wie die Queen, wenn sie Staatsgäste empfängt, die sie nicht ausstehen kann.« Sie zeigte auf den Koffer. »Was soll das? Ich dachte, das Teil hat Rollen?«

Entrüstet schürzte Rick die Lippen, rückte jedoch keinen Millimeter von der Stelle.

»Meinen Sie, ich würde den Trolley hier auf dem Boden abstellen? Das ist MCM!«

Louise rollte mit den Augen. Aus ihrer Tasche zog sie ein Paket Feuchttücher und Desinfektionsspray hervor.

»Wie reizend, haben Sie ihn schon mit Ihrem Mantel namens McQueen bekannt gemacht? Vielleicht heiraten die beiden und bekommen ein Kind. Herzlichen Glückwunsch, es ist eine Reisejacke. Die können Sie dann Chanel nennen.«

»Sehr witzig!«, kommentierte er abschätzig schnaubend.

»Wenn die beiden heiraten, wird mein Koffer zur Hochzeit eingeladen? Sein Name ist Louise Vuitton.« Breit grinste sie ihn an. »Verstehen Sie, Wyndham? *Louise* Vuitton!«

Rick seufzte.

»Ja, ich habe verstanden«, entgegnete er gelangweilt.

»Sieht aber nicht so aus.«

Louise entfernte den Schmutz von der Sitzfläche und sprühte großzügig das Desinfektionsspray darüber. Dabei übertrieb sie es, und die Bank verschwand für einen Augenblick im Nebel. Über den Gestank von Exkrementen und Dosenbier legte sich der beißende Geruch von Zitrone und Chemie.

»So, fertig!« Zufrieden betrachtete sie ihr Werk. »So gut wie neu. Gleiche Bank minus neunundneunzig Prozent aller Bakterien.«

Louise setzte sich hin und machte es sich umgehend gemütlich. Ihre Jacke funktionierte sie zur Decke um, die Laptoptasche zum Kopfkissen.

»Was ist, Wyndham? Wollen Sie da Wurzeln schlagen?«

Unschlüssig trat Rick von einem Bein auf das andere.

»Fünf Stunden. Und die Uhr tickt weiter.«

Zögernd gab er nach und ließ sich auf den freien Platz neben Louise nieder. Stocksteif saß er auf der Kante, die Füße parallel zueinander, das Gefäß mit der Asche auf seinem Schoß.

Sie blinzelte ihn an.

»Warum sitzen Sie da wie Forrest Gump? Ich habe die Rückenlehne desinfiziert.«

»Es ist ungemütlich. Ich kann so nicht schlafen«, maulte er sie an.

»Dann lassen Sie es bleiben«, knurrte sie zurück.

»Mache ich auch!«

»Gute Nacht, Wyndham.«

»Mh.«

Louise rollte mit den Augen und versuchte, eine bequeme Schlafposition einzunehmen. Was im Sitzen nicht leicht war. Schon gar nicht, mit einem Menschen neben sich, der wie eine Statue dasaß.

Sie wälzte sich von einer Seite zur nächsten. Den Versuch, die Laptoptasche zum Kopfkissen zu machen, hatte sie bald aufgegeben. Sie stützte den Kopf mit der Hand, doch auch diese Position gab sie schnell wieder auf.

»Grundgütiger! Jetzt winden Sie sich nicht hin und her wie ein Schäferhund mit Hirnschaden. Das macht mich noch wahnsinnig!«

Ricks Stimme hallte laut in den sonst so stillen Mauern des Bahnhofs wider.

»Einfach, für Sie zu sagen«, maulte Louise zurück, »Sie müssen ja nur Ihr System auf Stand-by stellen.«

Rick verdrehte die Augen.

»Also gut!«, stöhnte er genervt auf.

Verwirrt gähnte sie.

»Also gut was?«

»Lehnen Sie sich schon an meine Schulter.«

Louise richtete sich auf.

»Wie bitte? Wie kommen Sie auf die Idee, dass ich mich an Ihre Schulter anlehnen will? Haben Sie die letzten dreißig Jahre Feminismus verschlafen? Frauen brauchen keine Männer!«

»Hören Sie, Sie wollen schlafen, und ich möchte meine Ruhe haben. Beides funktioniert nur, wenn Sie sich ausnahmsweise mal nicht drehen und wenden wie ein Aal im Trockenbecken. Deshalb bitte, bitte, Miss Moore! Tun Sie uns beiden den Gefallen, und lehnen Sie sich an!«

Louise zögerte kurz.

»Na gut, wenn Sie es vorschlagen. Aber nur für einen Moment.«

Vorsichtig lehnte sie sich an seinen weichen Pullover an. Misstrauisch vermied sie es, ihr gesamtes Gewicht auf seine Schulter zu legen, und war darauf gefasst, dass er sich wehrte. Doch das tat er nicht. Mit jedem seiner Atemzüge hob sich ihr Kopf auf seinem Brustkorb sanft auf und ab. Langsam glich sich ihre Atmung der seinen an. Im Hintergrund hörte sie das gleichmäßige Klacken der Bahnhofsuhr. Louise schloss die Augen. Sie fiel in einen tiefen, traumlosen Schlaf.

»Verdammt noch mal! Louise!«

Rick sprang mit einem Satz von seinem Platz auf, sodass sie unsanft zur Seite fiel.

»Was ist los?«

Verwirrt rieb sie sich die Augen. Sie brauchte einen Augenblick, um zu realisieren, wo sie war.

Inzwischen war der Bahnhof voll mit Menschen, die sich alle hektisch ihre Wege zu den unterschiedlichsten Zielen bahnten.

»Wir kommen zu spät zum Gleis!«

Aufgebracht raffte Rick seine Sachen zusammen.

Louise gähnte und streckte den Rücken aus. Eine Bewegung, die sie sofort wieder bereute, denn jeder Muskel in ihrem Oberkörper war verspannt und schmerzte.

»Entspannen Sie sich, Rick. Es kann doch nicht so spät …«

Sie schaute auf die Uhr und war mit einem Schlag hellwach. Neun Uhr siebenundfünfzig!

»Ach du Scheiße, Rick! Wir verpassen den Zug!«

Mit einem Satz sprang sie auf, warf sich die Laptoptasche über Kreuz um den Hals und stopfte sich ihre Jacke unter den Arm.

»Sag ich doch die ganze Zeit!«

Sie lief los und bahnte sich den Weg durch die Leute. Hin und wieder kassierte sie einen missbilligenden Blick und ein wenig schmeichelndes Wort, wenn sie jemanden zur Seite drängte, was sie stets mit einem kurzen »Pardon« quittierte.

Am Gleis angekommen, stand der TGV nach Straßburg bereits da. Erleichtert drückte sie den Türöffner und stieg ein.

Atemlos folgte ihr Rick. Direkt hinter ihr schloss sich die Tür, und der Zug setzte sich in Bewegung.

»Wie konnte das überhaupt passieren, Wyndham?«

Louise brauchte ein wenig, um sich von dem Schock zu erholen.

»Ich bin eingeschlafen.«

Rick japste hörbar nach Luft.

»Ich dachte, Sie könnten in der Umgebung nicht schlafen.«

»Offensichtlich kann ich es wohl doch.«

Auf dem Weg zu ihren Plätzen erspähte Louise ihr Spiegelbild in der Glasscheibe des Schnellzuges. Sie bot ein Bild des Grauens. Die Haare lagen kreuz und quer, ihre Augen waren verquollen von der kurzen Nacht, und die Haut war aschfahl. Schnell wandte sie den Blick wieder ab. Sie warf ihre Laptoptasche in das obere Gepäckfach und setzte sich hin.

»Kaffee, ich brauche einen Kaffee«, stöhnte sie.

»Eine Dusche wäre mir weitaus lieber«, grummelte Rick. Verstohlen roch Louise an ihren Achseln und verzog das Gesicht.

»Der Vorteil ist, dass wir beide stinken.«

Rick runzelte die Stirn.

»Was soll daran von Vorteil sein?«

Louise hob die Schultern.

»So können wir uns halt gegenseitig nicht riechen. Denken Sie positiv!«

11

Irgendwo zwischen Mülhausen und Colmar vibrierte Louises Telefon. Sie hatte es in aller Eile in ihre Hosentasche gesteckt.

Ohne auf das Display zu schauen, war ihr klar, wer anrief. Es konnte nur eine Person sein. Karen. Bisher hatte Louise noch immer nichts Brauchbares abgeliefert.

Kurz entschuldigte sie sich bei Rick, der das Klingeln gleichgültig zur Kenntnis nahm, stand dann auf und suchte einen Ort, um ungestört zu telefonieren.

Seufzend drückte Louise auf das grüne Symbol ihres Telefons. Es nutzte ja nichts. Sie musste sich früher oder später den drängenden Fragen ihrer Chefredakteurin stellen.

»Hallo Karen, hier ist Louise Moore«, presste sie hervor.

»Verzeihung, spreche ich tatsächlich mit Louise Moore?« Die Stimme ihrer Chefin war voller Sarkasmus. »Ich bin ein wenig überrascht, denn ich kannte mal eine Louise Moore. Sie hat hier gearbeitet, müssen Sie wissen, doch dann war sie auf einmal spurlos verschwunden. Keine E-Mail, kein Anruf, nichts!«

Louise kniff die Augen zusammen.

»Ich weiß, ich weiß! Es tut mir leid, Karen, wirklich. Aber ich hatte bisher keine Gelegenheit, mich bei dir zu melden.«

»Wie geht die Story voran?«

Direkt kam die Redakteurin auf den Punkt.

»Gut, gut«, log Louise und versuchte dabei so optimistisch wie möglich zu klingen, »sehr gut, um genau zu sein. Wir sind gerade im Zug nach Straßburg.«

»Straßburg?«, wiederholte Karen überrascht, »was ist mit Mallorca geschehen?«

»Die Insel besuchen wir am Ende unserer Reise durch Europa. Die genauen Stationen kennen wir nicht. Nach jeder Aufgabe erfahren wir, wohin die Reise als Nächstes geht.«

»Wie nett.«

Im Hintergrund hörte Louise das Klackern einer Tastatur.

»Deshalb rufe ich aber nicht an, Schätzchen.«

»War mir schon bewusst, Karen.«

»Wie ist er denn so?«

Louise runzelte die Stirn.

»Wie ist wer?«

»Na, dein Millionenerbe. Hast du schon etwas über ihn und Nora Paxton herausfinden können? Wann werden die beiden heiraten? Wird es eine große Hochzeit geben? Ist Nora schon schwanger? Vielleicht sogar mit Zwillingen? Bekommt *Women's Comfort* die Exklusivrechte, um über das Megaevent zu berichten?«

Karens nicht enden wollender Redeschwall überforderte Louise.

»Äh, wir haben noch nicht über Nora gesprochen.«

»Wie bitte? Wie kannst du mit ihm rund um die Uhr zusammen sein und nicht eine einzige Frage über seine Verlobte stellen? Bist du Journalistin, Louise?«

»Nun ja, wir waren sehr beschäftigt.«

»Beantworte meine Frage! Bist du Journalistin, Louise?«

Sie stockte kurz. Es widerstrebte ihr, den Job bei *Women's Comfort* als »Journalismus« zu betiteln. Selbst Karen war für sie mehr eine Märchentante, die fiktionale Kurzgeschichten aus wahren Begebenheiten verfasste, anstatt eine echte Vertreterin der seriösen Presse. Dennoch wusste sie, dass Karen ihren Posten bei der Frauenzeitschrift ernst nahm. Deshalb widersprach sie ihr lieber nicht.

»Ja, Karen, ich bin eine Journalistin!«

»Dann stelle gefälligst auch Fragen, Mädchen! Und zwar die richtigen!« Die Redakteurin seufzte laut, bevor sie fortfuhr: »Falls nicht, Louise, tut es mir leid. Aber dann müssen wir uns darüber unterhalten, ob diese Arbeit hier in der Redaktion für dich wirklich noch infrage kommt.«

Louise schluckte hart. Die Stelle bei *Women's Comfort* war alles andere als ihr Traumjob, aber immerhin konnte sie von den paar Kröten ihre Miete bezahlen. Und wer weiß, falls Rick noch weitere Halbgeschwister präsentiert würden, ob er die Reise wirklich zu Ende brächte.

»Es ging bisher halt sehr viel um seinen Vater. Die beiden hatten ein schwieriges Verhältnis zueinander. Ich meine, hallo? Er schickt seinen einzigen Sohn auf eine Tour durch Europa! Wie es jetzt aussieht, in der Absicht, sich zu rehabilitieren.«

»Das ist auch alles ganz rührend, Louise«, ging Karen dazwischen, »aber wir brauchen etwas mit mehr Romantik. Und Drama. Drama ist wichtig. Ich kann nicht fassen, dass ich dir so was erzählen muss.«

Louise senkte den Blick und fuhr sich mit der Zunge über die Lippe.

»Nein, natürlich musst du mir das nicht erklären. Ich weiß schon, was du meinst.«

»Dann musst du auch liefern, Schätzchen!«

Louise schnalzte mit der Zunge. Nichts hasste sie mehr, als »Schätzchen« genannt zu werden.

»Das werde ich, versprochen!«, murmelte sie in den Hörer. »Aber es ist nicht meine Schuld, er spricht nicht über Nora.«

»Schätzchen, Männer reden nie von sich aus. Deshalb ist es deine Aufgabe nachzuhaken. Das unterscheidet die Erstklassigkeit vom ganzen Rest.« Im Hintergrund klapperte eine Tastatur. Louise war beeindruckt, dass Karen es schaffte, sie zeitgleich zur Schnecke zu machen und einen Artikel zu tippen.

»Du musst dich entscheiden, Süße«, fuhr Karen fort, »bist du erstklassig, oder gehörst du zum jämmerlichen Rest? Wie gesagt, wenn du nicht ablieferst, dann ist *Women's Comfort* nicht das Richtige für dich.«

Louise knirschte mit den Zähnen.

»Ich werde mir Mühe geben.«

»Wunderbar«, flötete Karen in die Leitung. »Dann haben wir uns ja endlich verstanden, nicht wahr? Allerdings läuft uns die Zeit bis zur nächsten Ausgabe davon. Lass uns kurz darüber sprechen, was es über Rick Wyndham, dem heißen Junggesellen, alles zu berichten gibt. Du hast ihn die letzten beiden Tage begleitet, was kannst du berichten, das für unsere Leser im Ansatz interessant sein könnte?«

Louise überlegte kurz.

»Gar nichts«, entgegnete sie, »nachdem er aus dem Ärmelkanal gerettet wurde, haben wir uns nur über seinen Vater unterhalten, aber es war wirklich nichts Spektakuläres dabei.«

Das Klackern im Hintergrund hörte auf.

»Warte, sagtest du gerade, dass Rick Wyndham aus dem Ärmelkanal gerettet wurde? Das erzählst du erst jetzt?«

Die Stimme der Chefredakteurin ertönte schrill und laut aus der Hörmuschel.

Louise biss sich auf die Zunge, ihre Atmung setzte für einen Moment aus.

»Ähm …«, stotterte sie, »ich … ich weiß nicht, was du meinst.«

»Louise, Schätzchen, ist das etwa Rick Wyndham, der auf den ganzen viralen Videos auf blubber zu sehen ist? Warum erfahre ich das erst jetzt? Das ist die Geschichte des Jahrhunderts!«

»Habe ich nicht gesagt«, rief Louise hektisch dazwischen.

»Aber du hast gerade eben erwähnt, dass Rick Wyndham aus dem Ärmelkanal gerettet wurde.«

»Karen, ich … dich … verstehen … Funkloch … Bye!«

Schnell presste Louise den Daumen auf den roten Hörer und trennte die Verbindung. Ehe ihre Chefin sie zurückrief, schaltete sie das Handy aus.

Sie kaute auf ihrer Unterlippe.

»Du dumme, dumme Nuss!«

»Wie bitte?« Eine ältere Dame mit Rollator, die sich an ihr vorbeischob, baute sich entrüstet vor ihr auf und stemmte ihre zitternde Hand in die Seite.

»Entschuldigung, Sie waren nicht gemeint«, murmelte Louise. Mit gesenktem Kopf ging sie zurück zu ihrem Platz.

Friedlich war Rick in seinem Sitz versunken und schnarchte leise. Stumm beobachtete Louise, wie er mit offenem Mund schlief. Er wirkte auf sie verletzlich, wie ein kleiner Welpe, der zu früh von seiner Mutter getrennt worden war.

Karens Stimme echote in ihrem Kopf. *»Dann musst du auch liefern, Schätzchen!«*

Schlagartig dämmerte es ihr, dass sie das anscheinend unfreiwillig in die Tat umgesetzt hatte.

In ihrem Hals bildete sich ein Kloß, der sich rasant ausbreitete und ihr dadurch das Atmen erschwerte. Immer schneller pochte ihr Herz. Sie zog am engen Rundhalsausschnitt ihres Pullovers, in der Hoffnung, so besser Luft zu bekommen. Verzweifelt sah sie sich um. Die Fenster waren alle zu und ließen sich in diesen hochmodernen, neuen Zügen nicht öffnen. Aber an der Deckenleiste erspähte sie die Knöpfe für die Belüftung. Hektisch drehte sie einen auf volle Kraft auf und richtete ihn genau auf ihr Gesicht aus.

Die Luft war angenehm kühl auf ihrer verschwitzten Haut. Langsam beruhigte sich ihre Atmung, und ihr Herz klopfte wieder im normalen Rhythmus. Sie schloss die Augen.

»Louise?«

»Äh, ja?«

Ruckartig schreckte sie hoch. Rick hatte seinen Kopf zur Seite gewandt und die Augen geschlossen.

»Louise! Nicht! Erst desinfizieren!«

Ein Grinsen huschte über ihr Gesicht. Rick Wyndham redete im Schlaf und nannte sie beim Vornamen!

»Keine Sorge, ich schenke Ihnen eine Flasche Desinfektionsmittel. Dann können Sie die Viren und Bakterien selbst wegsprühen.«

»Das ist fein«, seufzte er leise und lächelte zufrieden.

»Louise?«

»Ja?«

»Unser Geheimnis. Du hast es versprochen. Denk daran. Bitte!«

Sie schluckte und presste die Lippen aufeinander.

»Ja«, flüsterte sie. »Versprochen ist versprochen.«

Sie drehte sich um und sah aus dem Fenster. Sie war eine lausige Lügnerin. Aber dass sie nicht mal ein Geheimnis für sich behalten konnte, war eine neue Erkenntnis. Auch für sie selbst.

12

»Eines schwöre ich Ihnen, Miss Moore, wenn dieser ganze Mist vorbei ist, dann werde ich nie wieder in einen Zug steigen. Oder in einen Bus!«

Rick drückte den Rücken durch und rieb sich mit schmerzverzerrtem Gesicht die Bandscheibe.

»Schon klar, Sie lassen sich den ganzen Tag über auf der Sänfte tragen.«

Sie schaute sich um. Die Gegend raubte ihr den Atem. Ein Weinhügel reihte sich an den nächsten. Von der Haltestelle aus, an der sie der Busfahrer rausgelassen hatte, konnte sie direkt ins Tal sehen.

»Wow«, entfuhr es ihr, »das ist ja gigantisch!«

Rick zog seinen Koffer hinter sich her.

»Wir sind nicht hier, um Urlaub zu machen.«

Louise zuckte mit den Schultern.

»Sie vielleicht nicht, ich genieße ab und zu das, was ich zu Gesicht bekomme. Das Leben ist zu kurz, um die Schönheit der Welt nicht zu schätzen.«

»Ich werde diese Schönheit erst wieder genießen, wenn ich meinen Vater mit einem Tritt ins Mittelmeer befördert habe.«

Rick hielt Louise die Urne vor die Nase und schüttelte das Gefäß leicht.

Mit einem tiefen Seufzer wandte sie sich ab.

»Na gut, kommen Sie schon. Wir müssen laut meiner Navigationsapp die Straße weiter hochgehen.«

Rainer und Maria von Frankenheims Hof lag ein wenig abseits der Straße, umgeben von Weinbergen und Feldern. Das Wohnhaus war schon auf den ersten Blick von herrschaftlicher Größe.

Louise kniff die Augen zusammen, weil das Weiß der Außenfassade durch die Sonnenstrahlen sie blendete. Unter ihren Schuhsohlen knarrte der helle Kies. Sie konnte den grünen Koffer wegen des sanften Widerstands des Bodenbelags kaum ziehen. Vor dem Haus standen zwei schwarze SUVs mit Anhängerkupplung in der Einfahrt. Von der rechten Seite vernahm sie das stampfende Geräusch von Pferdehufen. Sie sah auf. Ein Rappe mit wehender Mähne galoppierte über die grüne Wiese der Koppel in ihre Richtung. Kurz vor dem Zaun bremste das Tier ab, sprang auf die Hinterläufe und wieherte aufgeregt. Rick schreckte zusammen und stellte sich hinter Louise.

»Ganz ruhig, Collins!«

Ein junger Mann mit ebenso schwarzen Haaren wie das Tier näherte sich und kletterte auf den Holzzaun. Das Pferd beruhigte sich zusehends und schlenderte im Schritttempo auf den Mann zu.

»Ihr müsst Collins entschuldigen«, sagte der Mann lachend, »er denkt, er wäre ein Wachhund und kein Pferd.«

»Kein Problem«, winkte Rick ab.

Louise zog eine Augenbraue hoch.

»Kein Problem?«, wiederholte sie ungläubig. »Und ich dachte schon, Sie hätten sich hinter mir versteckt.«

Rick zog eine Grimasse.

»Wohnen Sie hier?«, wechselte er das Thema und wandte sich an den jungen Mann.

Dieser nickte.

»Ich bin Tom.« Er hob zum Gruß die Hand. »Ich arbeite hier auf dem Hof der von Frankenheims.«

»Ich bin Rick Wyndham, das ist Louise Moore. Bist du hier für die Pferde zuständig?«

»Ja. Das heißt auch. Ich mache alles, was hier auf dem Hof anfällt. Ich bringe euch zu Frau von Frankenheim. Sie wird überrascht sein, dass ihr schon da seid.«

Die beiden Reisepartner tauschten einen Blick aus.

»Ist die Urne da Teil eurer Show?« Im Gehen deutete Tom auf das Gefäß in Ricks Armen.

»Show? Es handelt sich hierbei um die Asche meines Vaters«, stellte Rick klar, »aber ja, quasi ist sie Teil unserer *Show,* wenn du es so betiteln möchtest. Seltsame Wortwahl, aber gut.«

»Asche des Vaters? Dude, das ist eine weirde Story. Voll abgefahren. Die alten Säcke werden draufstehen.«

»Okay.«

Verwirrt schaute Rick Louise an, die ebenfalls nur mit dem Kopf schüttelte.

Tom drückte auf die Klingel. Die Melodie von *Bonanza* ertönte, und Louise lachte kurz laut auf.

»Wegen der Pferdezucht«, grinste Tom sie an.

Quietschend öffnete sich die Tür. Die Haare der korpulenten Frau waren so streng zu einem Dutt zusammengedreht, dass die Gesichtshaut am Haaransatz spannte. Louise strich bei diesem Anblick eine Strähne hinters Ohr, die sich aus ihrem unordentlichen Pferdeschwanz befreit hatte.

»Was ist?«

Rick zuckte zusammen bei der dunklen, lauten Stimme.

»Frau von Frankenheim, Ihre Gäste sind hier.«

Überrascht bemerkte Louise, wie der junge Stallbursche den Blick automatisch auf den Boden gerichtet hatte. Das Grinsen in seinem filigranen Gesicht war einem ernsten Ausdruck gewichen.

Maria von Frankenheim musterte die beiden Fremden von oben bis unten. Ihr Blick war unangenehm, fast durchdringend. Louise hielt sich schützend die Laptoptasche vor ihren Körper.

»Ihr seid aber früh dran«, bemerkte die Hausherrin, »ich hatte nicht vor heute Abend mit euch gerechnet.«

Rick stutzte.

»Sie haben uns erwartet, Frau von Frankenheim?«

»Klar, was für eine Frage. Ich habe euch schließlich bestellt.« Zwar antwortete sie auf Ricks Frage, ihre Augen fixierten jedoch weiterhin Louises Körper.

»Du bist aber ganz schön speckig«, bemerkte sie und legte den Kopf schief.

Vor Entrüstung klappte Louise die Kinnlade runter.

»Wie bitte?«

»Macht nichts, ich dachte nur, dass du etwas weniger füllig wärst. Siehst aber trotzdem ganz gut aus.«

Louise schnappte nach Luft. Innerlich fluchte sie, weil ihr nichts Schlagfertiges einfiel, was sie erwidern konnte. Sie hörte Rick neben sich husten.

»Ganz im Ernst, ich verstehe nicht, warum meine Figur hier zur Debatte steht.«

Die füllige Frau mit der tiefen Stimme baute sich vor ihr auf. Sie verschränkte die Arme vor der Brust, trat einen Schritt nach vorn und sah auf Louise herab. Diese schluckte hart, sie war es nicht gewohnt, dass Menschen größer waren als sie. Männer ab und zu, ja. Aber Frauen übertrafen in den seltensten Fällen ihre ein Meter achtzig.

»Sie sind ganz schön frech, auch davon stand nichts im Portfolio.«

»Portfolio? Entschuldigung, ich bin keine von Ihren Stuten, die sie nach Stockmaß einkaufen können.

Von Frankenheim öffnete den Mund, um zu antworten, doch Rick kam ihr zuvor.

»So amüsant ich diese Unterhaltung auch finde, ich befürchte, Frau von Frankenheim, dass Sie uns verwechseln.«

Die Hofbesitzerin stierte Louise lange in die Augen, bis sie Rick ansah.

»Ach ja? Wer seid ihr denn dann? Also, wenn ihr etwas verkaufen wollt, dann seid ihr hier bei mir falsch!«

Rick schüttelte den Kopf.

»Nein, nein. Wir verkaufen nichts.«

Maria von Frankenheim stemmte ihre fleischigen Hände in die Seite.

»Seid ihr etwa von den Zeugen Jehovas?«, bellte sie. »Dann macht, dass ihr vom Hof kommt. Aber ganz schnell! Hier wird niemand bekehrt!«

»Was? Nein, wir sind auch keine Zeugen Jehovas.« Beschwichtigend hob Rick die freie Hand. Er lächelte sie breit an und gab den Blick auf all seine Zähne frei. Beeindruckt stellte Louise fest, dass sie so weiß wie Wandfarbe waren.

»Mein Name ist Rick Wyndham, und das ist meine ..., meine ...«

Auf der Suche nach dem richtigen Wort fixierte er den Blumenkasten neben der Tür.

»Das ist meine ..., ich meine, das ist Louise Moore. Wir sind hier, weil mein Vater, Archibald Wyndham, uns geschickt hat.«

Rick suchte in Maria von Frankenheims Gesichtsausdruck irgendein Anzeichen dafür, dass sie wusste, wovon er sprach. Er fand es nicht. Ihre Miene war regungslos und hart.

»Wer soll das sein? Archibald Wyndham. Noch nie gehört.«

»Vielleicht kennt Ihr Mann Archie?«

Louise schaltete sich ein, bereute es aber zugleich, denn die stechenden Augen der Frau durchbohrten sie wieder stumm.

»Rainer ist doch Ihr Mann, oder?«

»Rainer ist mein Bruder!«

»Oh. Verzeihung.«

Sofort schoss das Blut in Louises Wangen, und sie spürte die Hitze, während sie rot wie eine Tomate wurde.

»Eventuell können Sie Ihren Bruder doch mal fragen?«

Ohne mit der Wimper zu zucken sah Maria von Frankenheim zwischen Rick und Louise hin und her. Zum Schluss seufzte sie laut.

»Meinetwegen. Kommt rein. Aber nichts anfassen! Ich hole Rainer! RAINER! BESUCH FÜR DICH!«

Rick deutete Louise mit dem Kopf an, dass sie vorgehen sollte.

»Bitte sehr. *Ladies first!*«

Louise schüttelte den Kopf und lächelte künstlich.

»Nein, gehen Sie ruhig vor. Ich bin Feministin.«

»Aber nicht doch, das wäre unhöflich. Gehen Sie vor.«

»Papperlapapp, ich bin emanzipiert. Sie gehen als Erstes.«

»Nein, Sie!«

»Nein, Sie!«

»Rein oder raus! Ist mir egal, aber die Tür gehört zu! Ich will keine Fliegen im Haus haben!«

Der tiefe Bass Maria von Frankenheims ließ die beiden zusammenzucken. Zeitgleich machten sie einen Schritt über die Schwelle und verhakten sich dabei im Türrahmen.

Die Hausbesitzerin rollte kopfschüttelnd mit den Augen.

»RAINER!«

Die gewaltige Stimme dröhnte laut in Louises Ohren.

»Was ist denn?«

Vom anderen Ende des Flurs waren Schritte zu hören, im gleichen Moment kam ein fast glatzköpfiger, älterer Mann um die Ecke.

»BESUCH FÜR DICH!«

»Maria, bitte schrei nicht so. Meine Ohren funktionieren bestens.«

Er sah zu Rick und Louise. Seine Augen waren stahlblau und glänzten. Was er an Haaren auf dem Kopf zu wenig hatte, das machte sein dichter, weißer Bart wieder wett.

»Wen haben wir denn hier?«

Freundlich lächelte er die beiden an.

»Das ist Rick, der Sohn von irgendeinem Archibald. Und die hier«, sie deutete mit dem Kopf abfällig in Louises Richtung, »nennt sich Maurice.«

»Louise«, korrigierte sie schnell, doch der Weihnachtsmann achtete nicht auf sie.

»Archibald ... Archibald ... ich kenne keinen Archibald.«

Fragend zog Rainer von Frankenheim die glänzende Stirn kraus.

»Archibald Wyndham«, vervollständigte Rick den Namen, »mein Vater hat gesagt, dass sie beide sich kennen würden.«

Das Gesicht des Mannes erhellte sich.

»Archie! Ja, sicher kenne ich Archie Wyndham. Wie geht es dem alten Halunken?«

Rick fuhr sich mit der Zunge über die Lippen und hielt die Urne hoch.

»Er hat abgenommen und ist ein wenig grau um die Nase.«

Rainer von Frankenheim hörte auf zu lächeln. Bedauern spiegelte sich in seinen hellen Augen wider.

»Oh. Wie schade. Davon habe ich gar nichts mitbekommen. Aber die Wahrheit ist, dass wir schon seit vielen Jahren keinen Kontakt mehr hatten. Er hatte diese Frau kennengelernt. Diana oder Dana.«

»Donna«, korrigierte Rick.

»Richtig, Donna. Reizende Person. Sie hatten uns kurz nach der Hochzeit besucht. Schwesterchen, du erinnerst dich doch an Donna und Archie, oder?«

Maria von Frankenheim grunzte nur.

»Die Engländer? Na, das ist aber schon gefühlte hundert Jahre her. Hattest du ihm nicht ein Geschäft angeboten?«

Rainer kniff die Augen zusammen und lachte so herzhaft, dass seine Barthaare lustig tanzten.

»Ja, stimmt. Er war von unserem Wein begeistert, also bot ich ihm an, dass er den Vertrieb in der englischen Hauptstadt für uns übernehmen könnte. Aber er meinte, dass die Londoner keinen vernünftigen Wein erkennen könnten. Seine Meinung war, dass man ihre Nasen mal in das Glas tunken müsste, um ihnen Geschmack beizubringen. So wie man Welpen in ihren eigenen Urin stupst, damit sie trocken werden.«

»Ja, das klingt ganz nach unserem Archie«, stellte Louise amüsiert fest, und Rick grinste.

»Also hat mein Vater abgesagt?«

»Ja, leider. Dabei hätten wir seine Unterstützung wirklich gut gebrauchen können. Er war ein gerissener Geschäftsmann.« Rainer von Frankenheim seufzte. »Aber gut, ich hatte es verstanden. Und wir haben noch andere Vertriebswege erschließen können. Was macht denn Donna jetzt?«

»Nichts. Sie ist auch gestorben.«

»Oh, das tut mir leid für Sie.«

Rick winkte ab.

»Das muss es nicht. Es ist schon lange her.«

»Dann sind Sie jetzt Vollwaise.«

Rick runzelte die Stirn.

»So habe ich das noch gar nicht betrachtet, aber ja.«

Rainer schürzte nachdenklich die Lippen und wandte sich Louise zu.

»Und wie passen Sie in die Geschichte?«

»Ich habe Archie Suppe gekocht.«

»Soso.« Rainer kratzte sich am weißen Bart und nickte.

Louise biss sich auf die Lippen. Sie fühlte sich, als hätte sie soeben eine Wassermelone getragen.

»Wisst ihr, was? Archies Freunde sind auch unsere Freunde. Wir veranstalten heute Abend eine Party, und wir würden uns freuen, wenn ihr unsere Gäste wärt.«

Begeistert von seiner eigenen Idee, klatschte Rainer von Frankenheim in die Hände. Seine Schwester hingegen wirkte eher kritisch.

»Aber Rainer, meinst du wirklich? Der Kreis ist doch sehr ... exklusiv gehalten!«

»Stell dich nicht so an, Maria. Platz ist in der kleinsten Hütte, und die beiden sind schließlich nicht irgendwelche Leute, sondern der Sohn und die Nachbarin von Archie Wyndham. Außerdem hast du auch die Jansens eingeladen, obwohl du weißt, dass ich die nicht ausstehen kann.«

Maria von Frankenheim murmelte etwas Unverständliches vor sich hin, schüttelte den Kopf und ging.

»Aber sie sollen hier nichts anfassen! Und die Urne kommt mir auch nicht auf den Tisch!«

Widerwillig brachte Maria von Frankenheim die beiden Gäste nach oben ins Gästezimmer. Sie gab sich nicht einmal Mühe zu verbergen, dass sie von der Situation alles andere als begeistert war.

Louise und Rick liefen hinter ihr die Treppe hoch. Die Wände waren gepflastert mit vergilbten Fotos. Kinder und Erwachsene in altmodischer Kleidung. Manche Personen lachten, andere starrten ausdruckslos in die Kamera. Alle hatten eine gewisse Ähnlichkeit mit Maria und Rainer von Frankenheim.

»Hübsch haben Sie es hier.«

Verzweifelt versuchte Louise die Besitzerin des Hofs in ein Gespräch zu verwickeln.

»Ja.«

»Wohnen Sie schon lange hier?«

»Ja.«

Louise schnalzte mit der Zunge. Eine Konversation war mit dieser Frau anscheinend nicht möglich.

Das Gästezimmer lag in der ersten Etage am anderen Ende des Flurs.

»Um zwanzig Uhr empfangen wir unsere Gäste. Ich werde Tom schicken, damit er euch abholt.«

»Gibt es eine Art Dresscode?«

Rick war die ganze Zeit über still neben Louise und Maria von Frankenheim hergelaufen. Erst jetzt meldete er sich wieder zu Wort.

Die dicke Frau musterte ihn von oben bis unten und fuhr sich mit der Zunge genüsslich über die Lippen.

»Nein. Ich würde vorschlagen, dass du dir etwas *Leichtes* anziehst.«

Sie grinste anzüglich und wackelte aus dem Raum. Ihre beiden Gäste ließ sie verwundert zurück.

»Was war denn das?«

Ratlos schüttelte Louise den Kopf.

»Keine Ahnung, ich habe auch nicht so ganz verstanden, was sie von uns will.«

Rick seufzte.

»Nein, ich auch nicht. Um ehrlich zu sein, kann ich mir auch keinen Reim darauf machen, warum mein Vater uns ausgerechnet hierher zu diesen äußerst merkwürdigen Menschen schickt. Nichts deutet bisher darauf hin, dass wir besonders viel Neues über Archibald und sein Leben erfahren werden.«

»Warten wir es mal ab, Wyndham. Immerhin war von Frankenheim ein alter Freund deines Vaters und beinahe ein Geschäftspartner. Vielleicht wollte Archie, dass Sie den Weinhandel in London doch noch auf die Beine stellen.«

»Wer weiß, es würde ihm ähnlich sehen.«

Rick ließ sich auf das Bett fallen und schloss die Augen.

»Aber ein paar Stunden können wir uns wenigstens noch ausruhen, bevor wir uns daranmachen, das Rätsel zu lüften.«

Gegen acht Uhr klopfte Tom an der Tür. Louise, die in Ermangelung galatauglicher Kleidung auf eine Bluse zur Jeans zurückgegriffen hatte, hoffte, dass sie sich nicht allzu fehl am Platz fühlen würde.

»Welche Gäste sind denn geladen? Frau von Frankenheim wollte uns nicht sagen, wie wir uns anziehen sollen.«

Tom, der selbst eine schwarze Lederhose und ein weißes T-Shirt trug, musterte Louise von oben bis unten.

»Keine Sorge«, antwortete er lächelnd, »es gibt bei der Bekleidung kein Richtig oder Falsch. Im Gegenteil. Dein Outfit sieht richtig süß aus. Taylor Swift hatte letztens etwas ganz Ähnliches an. Habe ich in der *Women's Comfort* gelesen.«

Louise hob die Augenbrauen.

»Ernsthaft? Du liest die *Women's Comfort?*«

Tom strahlte sie an.

»Klar, das ist quasi mein Elixier. Alles, was ich über das Leben wissen muss, steht in diesem Magazin.«

Louise blieb stehen, was Rick, der mit seinem Handy am Ohr hinterhergetrabt war, überraschte. Er stolperte und krachte ihr in den Rücken.

»Du kennst *Women's Comfort?* Die britische Zeitschrift?«

»Aber sicher! Die Ratgeber sind super. Zugegeben, die Geschichten über Promis sind echt alle *over the top* und schon ziemlicher Quatsch, aber alles über Mode ist zum Beispiel echt eine Goldgrube. Weißt du, ich will nämlich Modedesign studieren.«

»Ich schreibe für *Women's Comfort!*«

Tom griff ihre Hand und strahlte sie an.

»Echt jetzt? Das ist ja großartig! Was denn zum Beispiel?«

»Letztens habe ich einen Bericht über Strickjacken im Wandel der Zeit verfasst.«

»Den habe ich gelesen! Wow! Jetzt verstehe ich. Du bist Louise Moore, dein Essay über gesunde Ernährung am Arbeitsplatz war großartig. Ich habe auch die von Frankenheims versucht davon zu überzeugen, zum Beispiel frisches Wasser mit Gurkenscheiben bereitzustellen, aber sie fanden die Idee nicht so gut.«

Krampfhaft kramte Louise in ihrer Erinnerung, was sie in den Artikel geschrieben hatte. In Tom hatte sie einen Fan gefunden, der mehr über ihre Arbeit wusste als sie. Aus den Augenwinkeln nahm sie wahr, wie Rick die Stirn in Falten legte. Toms Enthusiasmus gefiel ihr.

Auf dem Weg nach unten zitierte er aus den unterschiedlichsten Artikeln, die er kürzlich in der *Women's Comfort* gelesen hatte.

»Ich wusste gar nicht, dass Sie Reporterin sind«, raunte Rick Louise ins Ohr.

Sie zuckte die Schultern.

»Sie haben auch nie gefragt.«

»Touché.«

Zu Louises Verwunderung war die Party im Keller des großen Hauses.

Tom führte sie eine dunkle Treppe hinunter. Die einzigen Lichtquellen waren Fackeln an den Wänden, die in einigen Metern Abstand voneinander aufgehängt waren. Zuerst mutmaßte Louise, dass es sich um Attrappen handelte oder um lebensechte LED-Leuchten. Bis sie zu nah an der Wand vorbeiging und die Hitze der Flammen ihre Haut erglühen ließ.

»Wo bringst du uns hin? In einen Folterkeller?«

Rick lachte über seinen eigenen Scherz und boxte Louise in den Arm. Gequält verzog sie ihr Gesicht zu einem Grinsen.

»Party«, murmelte der zuvor so redselige Stallbursche wortkarg.

Tief im Kellerverlies tummelten sich die ersten Gäste. Die Damen trugen fast alle lange Abendroben, die Herren Smoking.

»Na toll«, grummelte Louise und sah an ihrem »süßen« Taylor-Swift-Outfit herunter. Innerlich verfluchte sie sich dafür, dass sie nicht wenigstens ein abendtaugliches Kleid mitgenommen hatte.

»Was ich nicht verstehe«, flüsterte Rick ihr vorwurfsvoll ins Ohr, »Sie haben einen Wandschrank als Reisegepäck dabei, aber zum Anziehen haben Sie nichts, also wirklich rein gar nichts mitgenommen.«

»Verrückt, oder?«

Louise zog eine Schnute. Rick sah aus, wie ein Mitglied des alten Geldadels auszusehen hatte. Sein maßgeschneiderter Anzug saß perfekt und faltenfrei, während sie feststellte, dass sogar ihre Jeans knitterte.

Das ganze Szenario mit all den schicken Menschen passte gar nicht so recht in das Bild, das Louise von den von Frankenheims hatte. Die beiden waren so rustikal gekleidet und hatten nicht den Eindruck gemacht, dass sie so ein feines Event ausrichten könnten. Innerlich schämte sie sich ihrer Vorurteile gegenüber der dicken Frau.

»Champagner?«, flötete ein Mädchen hinter ihnen. Louise betrachtete die Kellnerin. Sie trug Hotpants, dekoriert mit einem Stummelschwänzchen am Po. Das schwarze Top wirkte wie in der Wäsche eingelaufen. Im Haar thronte ein Paar Häschenohren, was das Kostüm erst recht skurril wirken ließ.

Louise strich sich die Bluse zurecht.

»Ich dachte, dass wir uns hier auf einem deutschen Weingut befinden. Warum gibt es denn dann Champagner?«

Das kellnernde Playboyhäschen war mit der Frage überfordert.

»Weil mir der Chef die Gläser vollgemacht hat?«

Louise nickte.

»Ach so. Klar.«

Sie nahm ein Glas und trank es mit einem Schluck leer.

Das Häschen schaute sie ungläubig an.

»Moment!«

Louise stellte das leere Glas zurück auf das Tablett und zückte sofort zwei weitere.

»Kennen Sie irgendwen hier?«, fragte sie an Rick gerichtet und nahm einen beherzten Schluck aus der Champagnerflöte.

»Nein. Ich bin ehrlich gesagt nur sehr selten in deutschen Kellern unterwegs.«

»Ernsthaft? Obwohl Sie nachts in einem Sarg schlafen?«

Louise grinste ihn herausfordernd an, doch ehe er antworten konnte, näherte sich Rainer von Frankenheim und legte ihm eine Hand auf die Schulter.

»Hier sind sie ja, meine beiden besonderen Gäste des Abends!«

Archies alter Freund war ebenfalls nicht mehr wiederzuerkennen. Er trug einen enganliegenden, schwarzen Anzug. Das weiße Hemd leuchtete mit seinem frisierten Bart um die Wette. Louise betrachtete seine Glatze, die auffällig glänzte. Wie frisch gewachst, ging es ihr durch den Kopf.

»Vielen Dank für die Einladung, wir freuen uns, hier zu sein.« Rick streckte die Hand aus, und Rainer von Frankenheim schüttelte sie.

»Amüsiert euch«, sagte er mit einem Augenzwinkern und verschwand wieder in der Menge.

»Er ist so ein anziehender Mensch, finden Sie nicht auch?«

Eine Frau mittleren Alters, die sich neben Louise gestellt hatte, nippte an ihrem Sektglas.

»Kann sein«, erwiderte sie und zuckte die Achseln. »Kennen Sie ihn?«

Die Frau riss die Augen weit auf.

»Ob ich ihn kenne? Aber sicher doch. Seinetwegen sind mein Mann und ich heute hier. Er hat uns eine Einladung über das Internetforum geschickt. Wir kommen aus Berlin.«

Verlegen kicherte die Frau. Louise lächelte milde.

»Internetforum?«

»Ja, wir haben uns vor nicht allzu langer Zeit dort mal registriert, weil es nicht mehr läuft. Und was machen Sie mit Ihrem Mann hier?«

»Mein *Mann?*«

Louise runzelte die Stirn.

»Ach, Sie meinen den da?«, sie deutete auf Rick.

»Wir sind nicht zusammen, wir reisen nur gemeinsam.«

»Ich verstehe«, erwiderte die Frau in dem glitzernden Aufzug, doch ihr Gesichtsausdruck verriet Louise, dass sie im Grunde gar nichts verstand.

»Sein Vater ist gestorben und hat ihn auf eine Reise geschickt, damit er sein Erbe erhält«, klärte Louise sie auf, »ich bin nur dafür da, dass er sich an die Regeln hält.«

»Ah. Oh, da hinten ist mein Mann. War nett, Sie kennengelernt zu haben. Vielleicht bis später.«

Die Frau wandte sich ab und schob sich durch die Menge, bis sie nicht mehr zu sehen war.

Louise nippte an ihrem Sekt und schmeckte die zart prickelnde Flüssigkeit auf ihrer Zunge. Sie sah sich im Raum um. Irgendwas war merkwürdig an dieser Gesellschaft, sie konnte es nur nicht genau fassen.

»Finden Sie auch, dass es hier komisch ist, Miss Moore?«

Ohne auf ihre Antwort zu warten, griff Rick nach dem vollen Glas in ihren Händen und nahm einen kräftigen Schluck.

»Ja«, gab sie zu, »etwas ist wirklich merkwürdig. Ich habe mich gerade mit einer Frau aus Berlin unterhalten. Sie und ihr Mann kennen Rainer und Maria nur aus einem Internetforum. Und alle zwinkern mir zu, als ob sie etwas im Auge hätten.«

»Vielleicht ist das hier ein Kongress von Augenärzten.«

»Im Keller bei zwei Weinbauern?«

Rick seufzte.

»Wissen Sie, was? Keine Ahnung, was hier vor sich geht oder was sich mein Vater gedacht hat, uns hierherzuschicken. Vielleicht sollten wir heute nur mal Spaß haben.«

Er grinste. Louise verschluckte sich an ihrem Getränk.

»Wie bitte? Spaß?«, hustete sie.

»Wieso? Gibt es diesen Begriff nicht in Ihrem Vokabular?«

»Doch, Wyndham. In *meinem* schon.

Ein weiteres kellnerndes Bunny kam vorbei. Rick stellte das leere Glas oben auf das Tablett und schnappte sich zwei volle Trinkgefäße. Auffordernd hielt er Louise eines hin.

Ein wenig verwundert über seine gute Laune, nahm sie das Sektglas an.

»Cheers!«

»Cheers!«

Sie stießen die Gläser so heftig aneinander, dass diese laut klirrten.

»Dürfte ich einmal um eure Aufmerksamkeit bitten?«

In der Mitte des Saales hatte sich Rainer von Frankenheim mit einem Gläschen Sekt hingestellt und klopfte mit einer Kuchengabel auf das zarte Glas.

Sofort meldete sich Louises Magen zu Wort und knurrte lautstark.

»Haben Sie das Essen hier irgendwo gesehen?«

Unauffällig flüsterte sie Rick ins Ohr.

»Wie meinen?«

»Er hat eine Kuchengabel.«

»Und?«

»Ich habe Hunger!«

»Hier. Trinken Sie noch was!«

Rick fischte ein weiteres Glas vom Tablett einer der Bunnykellnerinnen und reichte es ihr.

»Wenn ich noch einen Tropfen Alkohol zu mir nehme, ohne etwas gegessen zu haben, dann starte ich einen Tanzwettbewerb. Auf dem nächsten Tisch.«

Rick zuckte mit den Schultern.

»Hier wird es nichts geben. Vielleicht ein paar Kanapees, das war es dann aber auch schon.«

In einem Schluck kippte er den Sekt runter.

»Kanapees? Ist das Reiche-Leute-Sprache für Fingerfood?«

Rick überlegte kurz.

»Ja, so kann man es auch ausdrücken. Aber Kanapees sind nicht so lecker wie Minipizzen und so was. Und vor allem gibt es nicht viele davon.«

Louises Magen knurrte lauter. Schützend hielt sie ihre Hand davor.

»Was soll das bedeuten? Dass es nicht viel davon gibt? Was für eine Party ist das eigentlich, auf der es nichts zu essen gibt?«

»Eine Reichenparty.«

»Psst!«

Tadelnd schüttelte der Mann neben ihnen den Kopf und zeigte in Rainer von Frankenheims Richtung.

»Entschuldigung«, flüsterte Rick beschwichtigend. »Meine Freundin hat Hunger!«

Er wandte sich Louise zu.

»Also gut, bevor Sie diese Lokalität zu einem Pub in Magaluf erklären, kommen Sie mit.«

Rick griff ihre Hand und zog sie quer durch die Gästeschar.

»Wo gehen wir hin? Haben Sie ein geheimes Büfett gesehen?«

Louise hatte große Mühe, mit ihm Schritt zu halten. Sie hatte das Gefühl, dass ihr Arm immer länger wurde.

»Wenn Sie etwas Essbares erbeuten wollen, ist die Auswahl des Standortes wichtig.«

»Das klingt ja schon fast wie im Krieg.«

Rick lachte auf.

»Oh, glauben Sie mir, Louise. Es ist auch ein Krieg. Ein eiskalter, brutaler Bürgerkrieg, in dem der Zweck alle Mittel heiligt und es keine Gewinner gibt. Nur Verlierer.«

Vor einem Gang blieb er stehen. Im Hintergrund sprach Rainer von Frankenheim zu seinen Gästen, dankte ihnen dafür, dass sie so zahlreich auf das Weingut gekommen waren, und huldigte alten und neuen Freunden. Louise nahm das alles nur am Rande wahr. Sie wollte etwas essen. Und zwar jetzt.

»Sehen Sie, Miss Moore, hier bringen die Kellnerinnen die leeren Gläser hin und kommen mit vollen wieder raus. Das bedeutet, dass dies der Weg zur Küche ist. Nach der Ansprache werden die Häppchen gereicht. Bei einer Veranstaltung dieser Größe schätze ich mal, dass es zwischen fünf und sieben Tabletts sein werden.

»Das ist aber nicht viel«, maulte Louise, und Rick grinste.

»Warten Sie erst mal ab, wenn Sie sehen, wie viele von den Minihäppchen sich auf einem Teller befinden.«

»… und damit bleibt uns nicht mehr, als euch allen viel Spaß zu wünschen. Denkt immer daran, dass nichts, was hier geschieht, diesen Raum verlässt. Unsere Wände sehen vielleicht manchmal zu, aber schweigen können sie wirklich.«

Augenzwinkernd feixte Rainer von Frankenheim, und seine Gäste lachten.

»Komische Rede. Und haben Sie gesehen? Schon wieder dieses Augenzwinkern. Was soll das? Haben hier alle eine Bindehautentzündung?«

Louise runzelte die Stirn.

»Ja, ja. Merkwürdiger Typ, merkwürdige Rede. Aufgepasst, Miss Moore, es geht los.«

Sie schaute in den Gang und sah, wie ein Bunny mit einem Tablett ohne Gläser herbeikam. Wie auf Kommando knurrte ihr Magen, und sie tätschelte ihn. Rick schüttelte den Kopf und seufzte.

»Falscher Alarm. Das ist nicht unseres.«

Verständnislos schaute Louise zwischen dem Bunny und Rick hin und her.

»Ich verstehe nicht, warum denn das nicht?«

Er fasste sie am Oberarm und sah ihr tief in die Augen.

»Vertrauen Sie mir, Louise. Das. Ist. Nicht. Unser. Tablett!«

Widerwillig nickte sie, und wieder knurrte ihr Magen. Dieses Mal so laut, dass sie sich sicher war, dass die Menschen auf der anderen Seite des Raumes es hören konnten.

»Halten Sie sich an mich, und Sie werden belohnt.«

Rick zog sie ein Stück zurück zur Wand. Von dort aus sah sie, wie die Kellnerin aus dem Gang heraustrat. Missmutig stellte Louise sofort fest, dass er nicht gelogen hatte. Die Auswahl der Kanapees auf der Servierplatte war alles andere als reichlich.

»Aber wa…?«

Rüde wurde sie von einem Mann im schneeweißen Anzug an die Seite geschubst.

»Hey, sorry, dass ich hier stehe!«, rief sie ihm angesäuert hinterher. »Kommt nicht wieder vor. Idiot.«

Der Mann würdigte sie keines Blickes, denn er fixierte nur ein Ziel: Das Tablett mit den Häppchen!

Von allen Seiten drängten sich jetzt die Gäste auf die Kellnerin zu. Wie Raubtiere umkreisten sie das junge Mädchen, das mit weit aufgerissenen Augen in der Mitte stand und krampfhaft das Tablett mit allen Fingern festhielt. Für einen Moment wurde es still. Dann, wie auf Kommando, griffen zahlreiche Hände nach den Häppchen auf der Platte. Ein einziges Knäuel von Armen und Ellenbogen in Designerkleidung, die sich gegenseitig wegschubsten und davondrängten. Ein Gewirr von verärgerten, lauten Stimmen drang zu Louise, die das Schauspiel mit offenem Mund beobachtete. So etwas hatte sie noch nie gesehen, wie wild gewordene Hyänen hatte die Meute die arme Servicekraft überfallen, bis ihr das Tablett mit einem lauten Knall auf den Boden gefallen war. Mit hochrotem Kopf stand sie da und zitterte.

»Was auch immer das Mädchen verdient, ich bin mir sicher, dass es nicht annähernd genug ist«, murmelte Louise.

»Na? Habe ich zu viel versprochen?« Feixend betrachtete Rick die Reaktion seiner Reisepartnerin, die langsam den Kopf schüttelte.

»Ich bin fassungslos. Woher wussten Sie das?«

»Weil es *immer* so abläuft. Egal auf welcher Party, egal in welchem Land.«

»Reiche Menschen haben doch echt einen an der Waffel.«

Rick lachte.

»Ja, schon. Manchmal.«

»Aber ich habe immer noch nichts zu essen.«

»Nicht so ungeduldig, Miss Moore.«

Die Meute stürzte sich auf einen zweiten Kellner, der nur mit Mühe seine Servierplatte festhalten konnte. Rick drehte sich indessen zu einer dritten Kellnerin um, die unbemerkt von der hungrigen Meute vorsichtig den Saal betrat.

»Ich kümmere mich darum.« Er grinste sie charmant an und nahm ihr das gesamte Tablett aus der Hand.

Unschlüssig trat sie von einem Fuß auf den anderen, zuckte mit den Schultern und verschwand zurück in die Küche.

»Hier. Bon appétit, Mademoiselle Moore.«

Freudestrahlend griff Louise zu. Sie pulte ein Stückchen Lachs von einer Schicht weichem Weißbrot und aß das Brot mit Genuss.

»Sie find mein Held. Für heute.«

»Warum essen Sie den Lachs nicht? Er sieht köstlich aus.«

»Ich mag keinen Fisch.«

Kauend schnappte sie sich gleich das nächste Stück.

»Kennen Sie eigentlich irgendjemanden hier?«

Rick sah sich im Raum um.

»Vom Sehen. Nicht unbedingt persönlich, nein. Da hinten ist der ehemalige britische Botschafter, Leonard Goodrey, mit seiner Frau.«

Rick zeigte auf ein betagtes Pärchen, das sich angeregt mit zwei jungen Männern unterhielt. Mrs Goodrey trug ein schmal geschnittenes, silbernes Paillettenkleid, das so kurz war, dass Louise meinte, ihre Unterhose sehen zu können.

»Sie scheint auch nicht viel auf Moderegeln zu geben«, stellte sie bewundernd fest.

»Mein Vater mochte beide nicht.«

»Ihr Vater mochte niemanden. Punkt!«

Rick lachte auf.

»Auch wieder wahr.«

Louise schnappte sich das letzte Kanapee von dem Tablett und wischte den rosafarbenen Fisch runter. Seufzend schob sie sich den übrig gebliebenen Brotfetzen zwischen die Zähne.

»Satt wird man davon aber auch nicht«, knurrte sie kauend.

»Es würde helfen, wenn Sie nicht die Hälfte übrig ließen.« Rick deutete auf die Fischscheiben, die sich auf dem Servierteller häuften.

»Ich esse aber nichts, was Nemo heißt und im Wasser nach seinem Vater sucht! Können Sie nicht noch ein paar von diesen Dingern besorgen?«

»Nein, wie ich schon sagte: Die Partys reicher Leute sind nicht dazu da, um satt zu werden, sondern um Alkohol zu konsumieren. Möglichst viel.«

Er reichte ihr ein Glas Weißwein, das wieder von einem Bunny auf einem Tablett durch die Gegend getragen worden war.

»Hier, trinken Sie das. Da vergeht Ihnen der Hunger.«

Louise seufzte.

»Keine sonderlich gesunde Lebenseinstellung, Wein gegen Hunger zu promoten.«

Rick rollte die Augen.

»Sie arbeiten für ein Magazin, das Fotos retuschiert und Saftkuren vermarktet. Jungen Mädchen wird dadurch ein schräges Frauenbild vermittelt. Wollen Sie mir also tatsächlich etwas über eine gesunde Lebenseinstellung erzählen?«

Verschämt biss sich Louise auf die Unterlippe. Mit dieser Zusammenfassung hatte Wyndham direkt ins Schwarze getroffen.

»Erwischt«, presste sie hervor und verkrampfte sich. Sie bemerkte, wie ein Arm sich wie eine Schlange um ihre Hüfte wand.

»Amüsiert ihr euch?«

Rainer von Frankenheim hatte sich von hinten angeschlichen.

Louise verzog das Gesicht zu einer grinsenden Grimasse und drehte sich aus der Umarmung raus.

»Sehr, danke. Es gibt nicht viel zu essen. Allerdings ist der Wein köstlich.«

Ungelenk hob sie das Weinglas und verschüttete dabei ein paar Tropfen.

»Oh, du bist ja ganz verspannt.« Der Mann mit der polierten Glatze fuhr mit seinem Finger über Louises Schultern, und sie zuckte zusammen. Bevor sie etwas sagen konnte, hatte er sie gegriffen und massierte das Schulterblatt.

»Danke, aber ich möchte das nicht!«

Entschieden schob sie seine Hand weg und stellte sich nah neben Rick. Dieser trat einen Schritt nach vorn, sodass es von Frankenheim unmöglich wurde, weitere Massageversuche zu unternehmen.

Entwaffnend hob der Gastgeber dieser skurrilen Party beide Arme. »Nur keine Angst. Niemand soll sich hier unwohl fühlen. Ich wünsche euch viel Spaß. Und nicht so verkrampft, junger Wyndham. Dein Vater war das auch immer. Aber das Leben ist dazu da, um gefeiert zu werden. Also, rein ins Getümmel!«

Er boxte Rick spielerisch in die Brust, traf ihn dabei härter als vorgesehen. Rick taumelte einen Schritt rückwärts und rieb sich die schmerzende Stelle.

»Mal sehen«, antwortete er. Sein Mund formte ein Lächeln, das in seinen Augen nicht ankam.

Rainer von Frankenheim lachte auf und fixierte eine schlanke, schwarzhaarige Frau, die auf sie zukam. Sie stolzierte so nah an ihm vorbei, dass sie seine Schulter streifte. Die Blicke der beiden trafen sich, und der Gutsherr schaute ihr unverhohlen nach.

»Entschuldigt mich jetzt. Und habt Spaß«, murmelte er mehr vor sich hin als zu seinen beiden Gästen, drehte sich um und schlenderte hinter der jungen Frau her.

»Was für ein unangenehmer Mensch«, stellte Louise fest und rieb sich fröstelnd die Hände. Die Kerzen erwärmten das Kellergewölbe, aber die Situation ließ sie frieren.

»Haben Sie das gesehen? Die war doch erst Anfang oder maximal Mitte zwanzig.«

Rick schüttelte den Kopf und sah von Frankenheim mit offenem Mund nach.

»Vielleicht ist das seine Nichte. Oder irgendeine Cousine.«

Rick und Louise beobachteten aus der Entfernung, wie der weißbärtige Glatzkopf die junge Frau einholte und ihr direkt in den Po kniff. Sie drehte sich um und sah ihn mit großen Augen an. Louise rechnete damit, dass sie ihm eine Backpfeife geben oder zumindest lautstark protestieren würde, doch stattdessen zog sie sich an ihn heran und küsste den Mann, der vom Alter leicht ihr Großvater hätte sein können, leidenschaftlich.

Louise schluckte.

»Ähm, Miss Moore? Sie meinen wirklich, dass das seine Cousine ist?«

Mit offenem Mund fixierte Rick das Geschehen.

»Nun ja, vielleicht eine weit entfernte ... Cousine. Fünften Grades.«

»Wir sollten da nicht so hinstarren.«

Louise wandte sich ab und warf einen Blick über die Tanzfläche. Im gleichen Moment wünschte sie sich, dass sie es nicht getan hätte.

»Ähm, Rick?«

»Was ist denn?«

»Erinnern Sie sich, dass Sie vorhin auch meinten, dass diese Party hier eher merkwürdig sei, aber sie nicht genau fassen könnten, was genau hier komisch ist?«

»Hm? Ja, und?«

»Nun, ich glaube, dass ich es jetzt herausgefunden habe.«

Rick fuhr herum und betrachtete Louise, die wie vom Donner gerührt stehen geblieben war. Er folgte ihrem Blick.

»Oh, mein Gott!« Automatisch schirmte er den Anblick mit seiner Hand ab.

»Ist das etwa ...?«

»... der nackte Arsch von Leonard Goodrey? Ähm, ja. Ich befürchte, dass er genau das ist.«

»Meine Güte, Miss Moore! Wo sind wir hier?«

»Ich würde sagen, dass wir auf einer Sexparty gelandet sind.«

Egal, in welche Richtung sie sich drehten, überall hatten sich Pärchen gebildet, die sich entweder auszogen oder vollkommen entkleidet waren.

»Was sollen wir jetzt machen?«

Rick fuhr sich mit der Hand nervös durch die Haare.

»Was fragen Sie mich das? Sie sind doch der Experte für Partys von und mit reichen Menschen.«

»Ja, aber auf den Partys, die ich kenne, sind normalerweise alle Gäste bekleidet. Das hier ist ein Anblick, den ich mir gerne erspart hätte.«

Louise nickte und richtete ihren Blick auf den Boden, weit weg von dem Spektakel.

»Dann würde ich sagen, dass wir uns auf den Weg machen.«

»Flucht scheint mir sehr angemessen, ja.«

Rick schaute sich nervös nach einem Ausgang um.

»Da lang.« Er zeigte auf den Gang, aus dem kurz zuvor das leicht bekleidete Dienstpersonal für Nachschub gesorgt hatte.

Ohne einen weiteren Blick zurückzuwerfen, eilten die beiden aus dem Saal.

»Hey, ihr zwei, wo wollt ihr denn hin?«

Mit gazellenartigen Schritten kam Tom hinter ihnen hergelaufen.

»Wir, äh, müssen los. Ganz vergessen, dass wir noch eine Verabredung haben«, stotterte Rick und wuselte sich mit der Hand durch die Frisur.

»Wie schade, Mann. Ich hatte gehofft, dass noch mehr Leute in meinem Alter hier sein würden.« Er stutzte und zuckte mit der Schulter. »Oder, na ja, unter sechzig Jahren eben.«

»Sorry, wir sind keine Swinger.« Entschuldigend lächelte Louise den Jungen an. »Aber wenn du auch verschwinden willst, dann begleite uns gerne.«

Tom schüttelte den Kopf.

»Nee, lass mal. Ich brauche den Job noch. Die beiden sind ganz okay. Klar, diese Partys sind ... äh ... seltsam, aber sie zahlen gut. Einfach alles hinzuschmeißen, kann ich mir nicht leisten.«

Louise seufzte und tätschelte seinen Arm.

»Ich weiß ganz genau, was du meinst.«

Der junge Mann lächelte sie an.

»Aber es war wirklich cool, dass ich dich mal persönlich kennenlernen durfte. Echt, also, ich meine wirklich. Und wenn ihr mal wieder in der Gegend seid und meine Hilfe benötigt, dann kommt vorbei.«

Louise fischte ihr Telefon aus der Hosentasche und reichte es Tom.

»Speichere doch deine Nummer ein, dann bleiben wir in Kontakt.«

Er strahlte über sein androgynes Gesicht, wodurch er noch jünger wirkte.

»Echt jetzt? Wie cool.«

Er nahm das Telefon und tippte eine lange Zahlenreihe ein. Sein Mund bewegte sich stumm mit jeder Zahl.

»Und wenn du uns jetzt noch zeigen würdest, wie wir unsere Sachen holen und von hier verschwinden können, dann wärst du uns eine besonders große Hilfe«, klinkte sich Rick in das Gespräch ein.

Tom nickte lächelnd und schritt den Gang weiter. Mit einer Kopfbewegung deutete er den beiden an, ihm zu folgen.

13

In Windeseile hatten Louise und Rick ihre Sachen gepackt und das Haus verlassen. Tom bot ihnen an, sie zurück nach Koblenz zu fahren.

»Bekommst du nicht Ärger, wenn du verschwindest?«

Er zuckte mit den Schultern.

»Nee, die sind beschäftigt und merken eine ganze Weile nichts. Ehe die gerafft haben, dass ich weggefahren war, bin ich auch schon wieder zurück.«

Während Tom und Rick versuchten, das Gepäck in dem kleinen Nissan Micra zu verstauen, rief Louise bei Martin Bigsby an.

Fünfmal ertönte das Rufzeichen, bis der Notar sich meldete.

»Ja? Was ist passiert?«, murrte er verschlafen in den Hörer.

»Hallo Mr Bigsby, habe ich Sie etwa geweckt?«

»Um halb zwölf Uhr nachts? Ja, ich habe geschlafen. Um halb zwölf Uhr nachts.«

Louise schaute auf die Uhr. Sie hatte gar nicht gemerkt, wie die Zeit in dem gruseligen Keller an ihr vorbeigezogen war.

»Oh, Entschuldigung, Mr Bigsby. Ich wollte Ihnen nur mitteilen, dass wir bei den von Frankenheims auf dem Hof waren und sie jetzt auch wieder verlassen. Wenn Sie uns mitteilen würden, wohin wir als Nächstes fahren sollen, wäre ich ihnen sehr dankbar.«

»Können wir das nicht auf morgen verschieben, Miss Moore? Die Unterlagen befinden sich in meinem Büro, und ich schlafe bereits!«

Rick, der das Gespräch mit einem Ohr mitverfolgt hatte, nahm Louise das Telefon aus der Hand.

»Guten Abend, Mr Bigsby, Wyndham am Apparat. Hören Sie, ich fasse mich kurz, denn ich bin mir bewusst darüber, welche

Unannehmlichkeiten Ihnen dieser Anruf bereiten muss. Aber lassen Sie sich gesagt sein, ich habe gerade den blanken, faltigen Hintern von Leonard Goodrey sehen müssen. Ein Anblick, der sich für immer in meine Netzhaut gebrannt hat, deshalb verzeihen Sie, wenn ich nicht der Meinung bin, dass Sie eine schlimmere Nacht hinter sich gebracht haben als wir. Also nein, wir sind nicht gewillt, bis morgen früh um acht Uhr zu warten, bis Sie im Büro den ersten Kaffee getrunken, in aller Ruhe die *Times* durchgeblättert haben und sich danach dazu entscheiden, sich bei uns zu melden. Mit Sicherheit wurde dieser Auftrag von meinem Herrn Papa, möge Gott seiner Seele gnädig sein, bereits bezahlt. Dennoch sollten Sie nicht unterschätzen, wie häufig ich in Zukunft vielleicht rechtlichen Beistand benötigen werde. Gerne setze ich dabei auf Ihre Erfahrung, aber wenn Sie nicht möchten, dann vertraue ich lieber auf den hungrigen Nachwuchs, der direkt von der Universität in die Kanzleien strömt.«

Am anderen Ende der Leitung hörte Louise, wie Bigsby unverständlich stammelte.

»Mh-mh«, bestätigte Rick gelangweilt.

»Absolut, Mr Bigsby. In einer Stunde? Vielen Dank, dass Sie sich extra für uns die Mühe machen. Wir hören uns gleich.«

Betont lässig beendete er das Gespräch und reichte Louise das Telefon zurück.

»Er fährt ins Büro und ruft in ungefähr einer Stunde an. Wir sollen ruhig schon mal zum Bahnhof fahren.«

Louise starrte ihn mit offenem Mund an.

»Wow, das war ...«

»Was habe ich denn jetzt schon wieder falsch gemacht? Und wenn Sie jetzt sagen, dass ich wie mein Vater gesprochen habe, dann können Sie hinten im Kofferraum sitzen.«

Rick verdrehte genervt die Augen.

»Nichts«, erklärte Louise hastig, »das war nur ein wenig gemein. Aber nicht ›Archie‹-gemein, sondern gemein-gemein. Diese Art von subtiler Gemeinheit, die einen ans Ziel bringt, ohne dass es an Charme verliert.«

»Ähm, danke schön.« Rick runzelte die Stirn. »Das war ein Kompliment, oder?«

Louise zuckte die Schultern und stieg wortlos in den Wagen ein.

14

Nachts war der Bahnhof von Koblenz ähnlich schön wie jeder andere Bahnhof.

»Wir werden aber dieses Mal nicht schlafen.«

Rick hatte sich auf die Kante einer Metallbank gesetzt und den Rücken durchgestreckt.

»Nein, am liebsten wäre es mir, wenn wir jetzt schon weiterreisen könnten.«

Seufzend setzte sie sich neben ihn und verschränkte die Arme vor der Brust.

»Wann wollte Bigsby sich melden?«

Rick warf einen Blick auf seine Rolex.

»So etwa in einer halben Stunde. Ich hole mir mal einen Kaffee. Wollen Sie auch einen?«

»Gerne. Schwarz. Mit einem Stück Zucker.«

Rick verzog das Gesicht.

»Mit Zucker? Das verdirbt doch nur den Geschmack des Kaffees.«

Louise hob eine Augenbraue an.

»Offenbar haben Sie nie einen Kaffee an Bahnhöfen getrunken. Nichts kann den Geschmack verderben. Das ist kein *Black Ivory*, wie Sie ihn sich jeden Morgen durch ihren Kaffeevollautomaten jagen, sondern irgendeine ganz stinknormale Bohne, die von unterbezahlten Kaffeebauern in Äthiopien geerntet wurde.«

Rick biss sich auf die Unterlippe.

»Schwarz also. Mit einem Stück Zucker?«

Louise nickte.

Martin Bigsby hatte sich missmutig aus dem warmen, bequemen Bett gequält. Dieser Wyndham ging ihm auf den Senkel. Genau wie sein Vater meinte er, dass er sich für Geld alles kaufen könnte.

»Was machst du?«

Verschlafen richtete sich Tanya Bigsby auf.

»Lege dich wieder hin, Schatz. Ich muss ins Büro.«

»Was? Wie spät ist es denn?«

»Viel zu früh, wenn du mich fragst«, murmelte er, »oder viel zu spät.«

Gähnend griff er sich im seichten Schein der Nachttischlampe ein Hemd und eine Hose aus dem Schrank und schlich sich auf leisen Sohlen ins Badezimmer.

Zögerlich ging das Licht des Spiegelschränkchens an. Zwar deutete es sich zuvor mit einem wilden Flackern schon an, doch als der Schein der alten Halogenleuchten den Raum erhellte, kniff Bigsby die Augen zusammen. Das grelle Licht schmerzte auf seiner Hornhaut, und er brauchte ein paar Sekunden, bis er die Augen wieder öffnen konnte.

Benommen vom zu kurzen Schlaf blinzelte er seinem verschwommenen Spiegelbild entgegen. Seine Sehkraft war schon einmal besser gewesen. Seufzend tastete er nach seiner Brille, die er vor dem Schlafengehen auf der Konsole abgelegt hatte.

»Da bist du ja,« stellte er triumphierend fest und setzte sich die Gläser auf die Nase.

Sofort wurde das Selbstbild im Spiegel scharf. Bigsby verzog das Gesicht. Für einen kurzen Augenblick überlegte er, die Brille wieder abzunehmen.

Seine Augen waren schlafverkrustet und lagen in tiefen Höhlen. Die roten Flecken auf seiner bleichen Haut stachen stärker hervor als ohnehin. Wodurch sein Doppelkinn extra betont wurde.

Bigsby quälte sich in die Hose und stellte dabei schnell fest, dass diese in der letzten Zeit enger geworden war. Mit Mühe zog er den Bauch ein, der sich trotz aller Anstrengung kaum von der Stelle bewegte. Er war nie schlank gewesen, aber so dick wie jetzt auch nicht. Nicht nur seine Frau war der Meinung, dass er abnehmen sollte. Der Arzt hatte es ihm ebenso nahegelegt. Zu hoch die Cholesterinwerte, zu niedrig die Chancen, die Rente zu erleben.

Nächste Woche, ging es ihm durch den Kopf, *da beginne ich mit der Diät!*

In diesen Tagen hatte es keinen Sinn. Die Wyndhams raubten ihm jede Kraft. Zwar war der Alte in einer Urne und Bigsby froh, dass er ihn nicht mehr herumschubsen konnte wie einen kleinen Jungen, aber jetzt plagte ihn der dämliche Sohn.

Er zählte die Tage, ach was, die Stunden, bis dieser Auftrag endlich vorbei war.

Die Straßen waren ungewöhnlich leer, stellte der Notar fest, als er durch die Nacht in Richtung Büro fuhr.

Aus dem Radio plärrte elektronische Musik, mit der er nichts anfangen konnte, doch er war zu faul, um den Sender zu wechseln.

»Warum mache ich das eigentlich?«

Kopfschüttelnd brummelte er vor sich hin. Am liebsten hätte er dem verzogenen Wyndham-Bengel gesagt, dass er sich seine Aufträge sonst wohin schieben könnte und er nicht vor morgen früh um acht Uhr die Unterlagen senden würde, doch das hatte er sich nicht getraut. Zwar war der Typ wie sein Vater ein Idiot, aber die Zahlungen waren immer pünktlich und die Aufträge lukrativ. Kein Wunder, denn so, wie die Wyndhams andere Menschen behandelten, waren sie eine Goldgrube für Rechtsanwälte aller Couleur.

Im Büro angekommen, wühlte er sich durch die Ordner, die auf dem Tisch lagen. Fluchend schob er die Unordnung zur Seite. Warum musste seine Sekretärin denn ausgerechnet jetzt die Kündigung einreichen? Zur Selbstverwirklichung wäre in drei Wochen auch noch Zeit gewesen. Im dritten Ordner fand er endlich, was er suchte, und griff zum Hörer.

Louise Moore ging direkt nach dem ersten Klingeln ans Telefon.

»Hallo?«

»Ähm, Miss Moore? Sehr gut, sehr gut. Ich habe die Unterlagen jetzt durchgesehen. Mr Wyndham hat noch eine Videobotschaft hinterlassen, die ich Ihnen gleich schicken werde.«

»Warum mussten wir überhaupt zu den von Frankenheims? Kennen Sie diese Menschen? Ganz im Ernst, die haben sie nicht mehr alle!«

»Miss Moore, ich bin in dieser Sache überfragt. Alles, was Sie von mir bekommen können, sind die Informationen, die ich von Mr Wyndham Senior erhalten habe. Genau wie Sie weiß ich nicht mehr oder weniger.«

Louise stieß einen tiefen Seufzer aus.

»Schade, denn mir hätten Sie es ruhig mitteilen können. Ich verrate es auch niemandem.«

Der Notar lachte.

»Was war denn so schlimm? Keine Angst, auch ich verrate es niemandem.«

»Je weniger Sie darüber wissen, desto besser, Mr Bigsby. Aber falls Sie und ihre Frau swingen, dann sollten Sie den beiden mal einen Besuch abstatten.«

Bigsby kratzte sich am Kopf.

»Swingen? Tanya und ich haben einen Tango-Kurs besucht und hatten sehr viel Spaß. Meinen Sie, dass Swingen so ähnlich ist?«

Am anderen Ende der Leitung räusperte sich Louise.

»Nein«, antwortete sie trocken, »ich denke nicht.«

»Oh. In Ordnung. Wie dem auch sei, sprechen wir darüber, was Sie als Nächstes erwartet. Barcelona steht für Sie auf dem Plan. Ich sende Ihnen die mobilen Fahrkarten für die Züge gleich per E-Mail zu. Im Gegensatz zu sonst sind Sie dieses Mal nicht an eine bestimmte Verbindung gebunden. Suchen Sie sich heraus, was für Sie am besten ist. Sie können sofort starten, dann sind Sie auch früh genug in Barcelona.«

»Ich habe Ihnen etwas mitgebracht!«

Rick balancierte zwei Pappbecher Kaffee und eine Brötchentüte in den Händen. Er wackelte dabei, als würde er eine Palette roher Eier auf einem Drahtseil transportieren.

»Für mich?«

Überrascht riss Louise die Augen auf.

»Dahinten war noch ein Bäcker, der gerade schließen wollte. Ich konnte ihn dazu überreden, die Backwaren dazuzugeben.«

Auffordernd hielt er ihr die Tüte entgegen.

»Nehmen Sie schon. Sie bekommen sonst später wieder Hunger. Und schlechte Laune. Ist auch garantiert ohne Nemo.«

Louise grinste.

»Dass Sie sich das gemerkt haben, ist grandios. Danke sehr.«

Sie riss die Tüte auf und atmete den Duft von zuckrigem Gebäck ein, der sich mit dem Aroma des Kaffees vermischte.

»Mmmh!« Genießerisch schloss sie die Augen und biss in das Teilchen.

»Göttlich«, sagte sie mit vollem Mund, »vielen Dank, Rick.«

»Gern geschehen.« Er fischte ebenfalls ein Gebäckstück aus der Tüte. »Gibt es schon Neuigkeiten?«

Louise nickte.

»Ja. Die gute Nachricht zuerst: Wir fahren direkt nach Barcelona. Keine Umwege mehr.«

Argwöhnisch blinzelte Rick sie an.

»Wenn Sie das so betonen, dann gibt es eine schlechte Nachricht. Was ist es? Müssen wir laufen? Oder trampen?«

»Nein, wir fahren mit dem Zug. Ich habe die Tickets auch schon hier, Bigsby sagt, dass wir auch jetzt schon starten können. Ich habe die Strecke mal in die Suchmaschine eingegeben.«

»Und?«

»Es sind fünfzehn Stunden, die wir unterwegs sein werden.«

Rick verdrehte die Augen.

»Fantastisch«, stöhnte er. »Warum können wir nicht einfach fliegen?«

»Keine Ahnung. Es war doch Ihr Vater, also müssten Sie doch wissen, warum er eine Abneigung gegen Flugzeuge hatte. Vielleicht war ihm der CO2-Ausstoß zu hoch?«

»Das ist ja gerade der Witz, wir hatten einen Privatjet, als ich klein war. Niemals hätte er einen Zug betreten, ganz zu schweigen von einem Bus. Ich kann mir keinen Reim darauf machen.«

Gedankenverloren nippte Rick an seinem Kaffee. Das Telefon in Louises Tasche vibrierte.

»Hier kommt vielleicht die Erklärung, die Sie vermisst haben.«

Sie reichte ihm das Handy, das eine neue Meldung ankündigte.

»Eine weitere Botschaft meines Vaters?«

Louise nickte. Rick starrte eine ganze Weile auf das Display.

»Worauf warten Sie?«

»Diese fürchterliche Party. Wissen Sie, Louise, ich hatte vielleicht nicht das beste Verhältnis zu Archie, aber irgendwie möchte ich nicht erfahren, dass er an solchen Spielchen teilgenommen haben könnte.«

»Kann ich mir nicht vorstellen.«

Louise schauderte bei dem Gedanken, dass ihr alter Nachbar nackt hinter schwarzhaarigen Mädchen herrannte und wahllos Frauen in den Po kniff.

»Na ja, besser gesagt, ich *will* es mir nicht vorstellen.«

»Dann verstehen Sie meine Bedenken?«

»Klar. Aber Sie bekommen auch keine Antworten auf Ihre Fragen, wenn Sie sich das Video nicht ansehen. Und falls der Inhalt zu, na, sagen mir mal, *grenzwertig* für den guten Geschmack ist, dann können Sie immer noch die Stopp-Taste drücken. Oder vorspulen. Geht auch ganz einfach.«

Rick wuschelte sich durch die Haare und nickte.

»In Ordnung. Auf Ihre Verantwortung.«

Er atmete tief durch und drückte auf Play.

»Na, Junge? Wie war es bei den von Frankenheims? Habe ich dir zu viel versprochen?«

Archies Lachen dröhnte durch den fast leeren Bahnhof.

»Ich gebe dir nur einen Rat, falls er dich dazu überreden will, seinen Wein zu vertreiben: Nimm die Beine in die Hand und lauf. Und laufe noch schneller, wenn er dich und Tracy auf einer seiner Partys dabeihaben will. Glaubt mir, das ist nichts, was ihr sehen wollt.«

Louise rollte die Augen, und Rick schüttelte den Kopf.

»Danke für den Ratschlag, Dad. Der kommt aber leider ein paar Stunden zu spät.«

»Du fragst dich sicherlich, warum ich dich dorthin geschickt habe. Nun, ganz einfach. Deine Mutter hat die Gegend geliebt. Wusstest du das? Sie hatte sogar mal überlegt, dorthin zu ziehen, und ich war gewillt gewesen ihr zu folgen. Ich wäre ihr überallhin gefolgt. Donna hatte sich ein kleines Café mit angrenzender Pension ausgeguckt. Wir waren drauf und dran, es zu kaufen. Aber im Leben kommt es oft anders als geplant. Du wurdest geboren, und beruflich war ich sehr eingespannt. Also hatten sich die Pläne deiner Mutter nicht verwirklichen lassen. Es tut mir immer noch sehr leid, denn obwohl sich Donna nie darüber beschwert hat, glaube ich, dass die Entscheidung sie manchmal traurig gemacht hat. Ich habe es in ihren Augen gesehen. Sohn, mein Ratschlag an dich ist, die Arbeit niemals über das Leben zu stellen. Egal, was geschieht. Das mag dir zynisch vorkommen, weil ich es sage, aber ich bin der lebende Beweis. Geld und Macht machen dich kein Stück glücklicher. Sie machen dich nur einsamer. Deine Reise neigt sich langsam dem Ende zu. Wir sprechen uns noch ein letztes Mal, wenn du auf Mallorca angekommen bist. Falls alles glattgeht, aber da du es bis hierhin geschafft hast und dich weder Lorraine und mein Geheimnis noch ein Rainer oder eine Maria von Frankenheim abschrecken konnten, bin ich guter Dinge. Bis bald.«

Der Bildschirm wurde dunkel.

»Na, das war doch gar nicht so schlimm dieses Mal.«

Aufmunternd tätschelte Louise Rick den Rücken.

»Stimmt«, murmelte er und rieb sich die Augen. Sofort fühlte sie wieder den großen Kloß im Hals, der sich nicht zur Seite schieben lies.

»Alles okay?«, fragte sie leise.

Rick nickte heftig mit dem Kopf und stand auf.

»Alles in Ordnung. Fahren wir jetzt nach Barcelona?«

15

Wie sie es drehten: Die Zugverbindungen bis in die katalanische Hauptstadt waren nicht komfortabel. Sie einigten sich auf einen Weg, der sie über sechzehn Stunden kostete.

Die erste Station führte zum Frankfurter Flughafen.

»Bitte, Miss Moore! Louise! Ich flehe Sie an!«

Eindringlich hatte Rick die Hände gefaltet und sah sie an wie ein kleiner Junge, der ein Eis haben wollte.

»Tut mir leid. Die Regeln sind klar. Wenn Archie sagt, dass wir mit dem Zug fahren sollen, dann fahren wir mit dem Zug! Sonst bekommt niemand von uns auch nur einen Penny ausgezahlt. Vergessen?«

»Regeln sind dazu da, um gebrochen zu werden.«

Louise zog eine Augenbraue hoch und schaute ihren Reisepartner schräg an.

»Ernsthaft? Das aus Ihrem Mund? Ich muss doch sehr bitten. Regeln sind das Fundament unserer Gesellschaft. Schon vergessen? Ihr Vater liebte Regeln.«

Grollend schüttelte Rick den Kopf.

»Archibald Wyndham der Zweite hat sich niemals an Regeln gehalten. Ganz im Gegenteil, er hat sie alle immer gebrochen und neue aufgestellt.«

»Wie meinen Sie das?«

Nachdenklich sah er sie an.

»In seiner Firma hatte er einen Grundsatz: Keine Beziehungen unter den Angestellten. Raten Sie mal, wer eines Tages mit der Abteilungsleiterin des Rechnungswesens im Arm nach Hause kam?«

»Im Ernst?«

Die Information traf Louise so überraschend, dass sie ihren Kaffee leicht auf dem Tischchen vor sich verschüttete.

»Ich hätte mir Archie niemals auch nur ansatzweise in einer Beziehung vorstellen können, und in den letzten Tagen habe ich erfahren, dass er nicht nur eine Ehefrau hatte, die er offensichtlich über alle Maßen liebte, sondern zudem auch noch zwei Kinder. Und jetzt sogar noch eine Affäre im Büro. Archie, du alter Casanova.«

Missbilligend rollte er die Augen.

»Das war nicht die Essenz der Geschichte. Worauf ich hinauswollte, war, dass er daraufhin die Firmenstatuten änderte. Er ließ den Passus, der besagte, dass Angestellte keinerlei Beziehung untereinander pflegen dürfen, ersatzlos streichen. So konnte ihm niemand etwas. Ach, und raten Sie mal, was er tat, als die Dame sowohl ihn als auch das Unternehmen verließ? Richtig, der Grundsatz wurde wieder aufgenommen. Geschickt eingefädelt, nicht wahr?«

»Opportunistisch, würde ich es nennen, und patriarchal. Vielleicht sogar ein bisschen diktatorisch. Aber sicher, man kann auch ›geschickt eingefädelt‹ dazu sagen.«

Rick kicherte.

»Egal, welches Label Sie ihm für diese Aktion geben möchten, er hat seine eigenen Regeln geändert, nur um danach leben zu können.«

»Also wollen Sie den toten Mann mit seinen eigenen Mitteln schlagen, verstehe ich das richtig?«

»Exakt!«

Rick machte eine Geste mit dem Finger, um zu zeigen, dass sie genau ins Schwarze getroffen hatte, doch Louise schüttelte zaghaft den Kopf.

»Ich weiß nicht, Rick. Ich meine, mal hypothetisch gesprochen, falls ich mich darauf einlassen wollen würde, was ich nicht mache, dann hätte ich gar nicht die finanziellen Mittel, um mir spontan ein Flugticket zu kaufen.«

»Rein hypothetisch gesprochen, falls Sie sich auf meine Seite stellen würden, dann könnte ich beide Tickets bezahlen.«

»Ganz ehrlich, ich weiß nicht. Ich lasse mich nicht gerne von Männern einladen. Und schon gar nicht aushalten. Ich kann meine Rechnungen schon selbst bezahlen.«

»Was denken Sie denn, was ich vorhabe? Ich lade Sie nicht zu einem romantischen Candle-Light-Dinner im Güell Park ein, und wir werden auch nicht Händchen haltend am Strand flanieren, es ist eine rein geschäftliche Transaktion. Hundert Prozent Professionalität!«

Louise schluckte und spürte, wie sich ihr Gesicht rot verfärbte.

»Äh, das habe ich auch nicht gedacht, Wyndham. So was wäre auch nur über meine Leiche möglich.«

»Gut.« Er lehnte sich in seinen Sitz zurück und verschränkte die Arme vor der Brust. »Dann ist doch alles klar.«

»Prima.«

»Großartig.«

Regungslos starrte Louise auf den Kaffeefleck, der sich vor ihr auf dem Tisch ausbreitete. Inzwischen hatte er die Form eines Eichhörnchens angenommen.

»In Ordnung«, stöhnte sie augenrollend auf, »Sie gewinnen. Wir fliegen!«

16

»Was ist nur schon wieder mit Ihnen los, Miss Moore?«

Rick musterte sie verwirrt von oben bis unten.

Sie schwitzte. Ihre Atmung war so flach, dass kaum Sauerstoff in ihren Lungen ankam.

Seit sie vor vier Stunden den Flughafen erreicht und sie die dröhnenden Motorengeräusche der großen Maschinen gehört hatte, war es mit der Ruhe vorbei. Ihr Herz raste, und in der Magengegend versammelten sich kleine Fliegen, die hin und her summten. Nie war Louise ein Fan von Flugzeugen gewesen, weshalb sie darum stets einen großen Bogen gemacht hatte.

Neunhundertfünfunddreißig Euro pro Person, das war der Preis, den Rick bezahlt hatte. Pro Ticket. Louise schüttelte bei der Summe den Kopf. Innerlich machte sie sich bereit, den nächsten Zug zu besteigen und weitere dreizehn Stunden lang Ricks Klagen zu hören. Doch nichts dergleichen geschah. Ohne mit der Wimper zu zucken, holte er seine pechschwarze Kreditkarte hervor und hielt sie dem Mann hinter dem Schalter hin. Dem Verkäufer wich sämtliche Farbe aus dem Gesicht, als er die Karte sah. Hatte er zuvor teilnahmslos mit seinem Handy gespielt, wurde er auf einmal schnell. Überfreundlich überreichte er Rick die ausgedruckten Tickets, und Louise rollte mit den Augen. Warum so viele Leute von Reichtum eingeschüchtert waren, konnte sie sich nicht erklären.

»Louise? Hallo? Sprechen Sie nicht mehr mit mir?«

Sie schrak aus ihren Gedanken hoch.

»Doch, doch, natürlich.«

»Geht es Ihnen nicht gut?«

»Mir geht es ausgezeichnet.«

Rick hypnotisierte sie mit seinem Blick. Er war nicht überzeugt von der Antwort.

»Sind Sie sicher?«

»Ja, ja. Bestens. Alles ist bestens.«

Louise rutschte auf ihrem Sitz hin und her. Sie knetete ihre Finger, die sich unangenehm feucht anfühlten.

»Sie wippen schon wieder mit Ihrem Fuß. Haben Sie etwa Flugangst.«

»Flugangst? So ein Blödsinn. Ich habe keine Flugangst.« Louise streckte den Rücken durch und umschlang ihr Knie mit beiden Händen, voll konzentriert darauf, es nicht weiter wackeln zu lassen. »Flugangst!«, spie sie verächtlich murmelnd aus.

»Haben Sie schon mal schlechte Erfahrungen gemacht? Einen Flug mit vielen Turbulenzen vielleicht?«

Louise schürzte die Lippen und schüttelte den Kopf.

»Nein, ich hatte bisher keine schlechten Erfahrungen.«

Er sah sie schief an.

»Ich habe aber nicht den Eindruck, als würden Sie diese Art zu reisen besonders mögen.«

»Nein, tue ich auch nicht.«

Sie atmete tief durch und schloss kurz die Augen.

»Also gut, ich verrate Ihnen etwas, aber Sie müssen mir versprechen, dass Sie mich nicht komisch angucken oder so.«

»Sicher.«

»Ich meine das wirklich ernst, Rick. Bitte nicht lachen oder irgendwelche dummen Kommentare. Oder Blicke, als wäre ich der hinterwäldlerischste Mensch, den Sie kennen.«

»Na ja, um fair zu sein, sind Sie der hinterwäldlerischste Mensch, den ich kenne.«

»Rick!«

Entschuldigend hob er die Hände und lachte augenzwinkernd.

»Schon gut. Ich schwöre es. Also verraten Sie mir jetzt Ihr schlimmes Geheimnis?«

»Ich bin noch nie geflogen.«

Louise presste die Zähne aufeinander und murmelte so undeutlich, dass Rick sich näher zu ihr beugte.

»Wie bitte?«

»Ich sagte«, rief sie lauter und drehte sich sofort wieder nuschelnd weg, »ich bin noch nie geflogen.«

»Ich verstehe Sie nicht. Sie sind was?«

Louise drehte sich um und sprach laut.

»Ich bin noch nie geflogen, verdammt!«

Das Pärchen neben ihnen, das in ein Gespräch vertieft gewesen war, hörte auf zu reden und drehte die Köpfe mit offener Neugierde in Louises Richtung.

Rick riss die Augen weit auf.

»Noch nie? Wirklich nicht? Noch nicht mal auf die Nase?«

Er grinste. Verärgert verschränkte Louise die Hände vor der Brust.

»Ich habe es doch gewusst, Sie machen sich über mich lustig. Deshalb wollte ich Ihnen nichts davon erzählen.«

Rick schüttelte den Kopf.

»Nein, ehrlich nicht. Ich wollte nur die Stimmung aufheitern. War kein besonders guter Scherz, ich gebe es zu. Also, Sie sind noch nie geflogen. Und was soll daran schlimm sein?«

Er zuckte mit den Schultern.

»Hm.«

Louise kaute auf ihrer Unterlippe.

»Stellen Sie sich eine Fahrt mit der Achterbahn vor.«

Entsetzt riss sie die Augen weit auf.

»Wie bitte?«

»Keine Sorge, es ist nicht halb so schlimm. Also, Sie werden nach oben gezogen wie in der Achterbahn, okay? Aber anstatt des freien Falls am anderen Ende bewegt sich der Vogel ganz sanft in der Horizontalen. Kein Grund zur Sorge. Abstürze sind sehr selten. Und falls doch, dann geht das so schnell, dass Sie nichts davon mitbekommen werden.«

»Sie haben eine ziemlich merkwürdige Art, jemanden zu beruhigen.«

»Aber es funktioniert, oder?«

»Geht so«, brummte Louise und strich sich die Hose glatt.

Das Knacken des Lautsprechers unterbrach das Gespräch.

»Willkommen auf unserem Flug FG 654 von Frankfurt am Main nach Barcelona. Ihr Flugzeug ist nun zum Einstieg bereit.«

Rick stand auf und hielt die Urne im Arm.

»Dann wollen wir mal los.«

»Entschuldigen Sie bitte, was haben Sie da für ein Gefäß in der Hand?«

Rick hielt inne und musterte erst die Urne, dann den Flugbegleiter, der seine blonden Haare mit einer gekonnten Föhnwelle und reichlich Haarspray in Form gebracht hatte. Die großen und exakt geraden Zähne leuchteten im künstlichen Licht des Passagierraums unnatürlich weiß. Im Ganzen sah er aus wie direkt aus einer Wrigley's-Spearmint-Werbung der Achtzigerjahre in die Gegenwart gebeamt.

»Als ich letztens nachgesehen habe, war es eine Urne. Haben Sie damit ein Problem?«

»Es tut mir leid, Sir, aber ja, das ist ein großes Problem. Sie dürfen so etwas nicht im Passagierraum mitführen.«

»Sagt wer?«

Rick baute sich vor dem Kaugummimodel auf.

»Ich.«

Der blonde Mann streckte ebenfalls seine Brust heraus.

»Die Urne bleibt bei mir.«

»Sir, wir werden sie im Gepäckraum transportieren, nichts geht verloren.«

»Ach ja? Koffer verschwinden doch ständig, was meinen Sie, warum ich nur mit Handgepäck verreise?«

Hellhörig drehte sich Louise um.

»Stimmt das? Verschwindet Gepäck tatsächlich ständig?«

»Nein, natürlich nicht, Miss.«

Der Flugbegleiter zeigte seine neonweißen Zähne und schüttelte den Kopf.

»Was erzählen Sie denn da? Waren Sie mal am Schalter für verloren gegangenes Gepäck? Da stehen all die Menschen, deren Taschen Sie *nicht* unterwegs verloren haben.«

»Das sind Ausnahmen. Und wahrscheinlich fliegen diese Leute auch nicht mit uns. Weniger als fünf Prozent der Koffer geht unterwegs verloren, und falls doch, dann tauchen sie meist innerhalb von vierundzwanzig Stunden wieder auf.«

»Erstens: *Nur* fünf Prozent sind genau fünf Prozent zu viel für mich. Zweitens: Ich möchte keine vierundzwanzig Stunden darauf warten, dass Sie meinen Vater wiederfinden. Und drittens: Meistens? Sagten Sie, *meistens* finden Sie die Gegenstände innerhalb eines Tages? Also stimmen Sie mir zu: Manchmal ist das aufgegebene Gepäck für alle Zeiten verschwunden.«

»Sir, wir werden uns sehr gut um die Urne kümmern.«

»Brauchen Sie nicht, denn das werde ich schon übernehmen, vielen Dank.«

»Geben Sie ihm doch die Urne!«

Rick fuhr herum und sah Louise ungläubig an.

»Sie haben doch keine Ahnung, wovon Sie sprechen. Sie sind noch nie geflogen! Wenn Sie wüssten, wie häufig Gepäck einfach so – puff – verschwindet, würden Sie ganz anders reden!«

Louise nestelte an ihrem Gurt.

»Ja, vielen Dank auch dafür, dass Sie mich meinen Koffer haben aufgeben lassen, ohne mir vorher von Ihrer Theorie zu erzählen.«

»Welcher normale Mensch verreist auch mit einem halben Wandschrank? Ist doch Ihre eigene Schuld!«

»Das ist kein Wandschrank, sondern eine ganz normale Reisegröße für eine Woche! Tut mir ja auch leid, dass ich kein Diplom im Origamifalten von Kleidung habe, so wie Sie!«

»Normale Größe? Ich bitte Sie, in dem Teil könnte eine fünfköpfige Familie wohnen, sogar noch Besuch empfangen, und jeder hätte ein eigenes Zimmer!«

Louise zog eine Grimasse und äffte Ricks Stimme nach.

»Lassen Sie uns fliegen, Louise! Bitte, bitte, Louise! Es ist viel unkomplizierter, als mit der Bahn quer durch Europa zu fahren, Louise! Was soll schon passieren, Louise?« Sie rollte entnervt mit den Augen. »Mit keiner Silbe haben Sie erwähnt, dass ich meinen Koffer niemals wiedersehen werde!«

»Das giftgrüne Ding ist eh eine Zumutung für die Netzhaut und passt noch nicht mal richtig in einen Kofferraum!«

»Ich liebe diesen Koffer! Im Gegensatz zu Ihnen hat mich dieser Koffer noch nicht ein einziges Mal beleidigt! Und jetzt ist er weg!«

»Ihr Koffer ist nicht weg, Miss! Gepäck verschwindet nicht, es ist hier im Flugzeug, direkt unter uns!«

Überfordert kratzte sich der Flugbegleiter am Arm.

»Kann ich Ihnen behilflich sein?«

Eine weitere Flugbegleiterin gesellte sich dazu.

»Dieser Herr führt eine Urne bei sich und möchte sie nicht abgeben.«

»Das geht aber nicht, bitte geben Sie uns das Gefäß, und wir werden es sicher für Sie verstauen«, zwitscherte die Frau mit den hochgesteckten Haaren.

»Nein, das werden Sie ganz und gar nicht!«

Feindselig funkelte Rick die beiden Airline-Mitarbeiter an und umklammerte Archies Urne so fest, als wollte er sie vor ihnen beschützen.

»Rick«, blaffte Louise.

»Sir, ich möchte Sie bitten, sich zu beruhigen. Sie halten zudem das Boarding auf. Niemand kann mehr einsteigen.«

Sie deutete auf die Schlange von ungeduldigen Reisenden, die sich im Gang gebildet hatte.

Rick lächelte zuckersüß.

»Verzeihen Sie, was ich eigentlich sagen wollte, war, dass ich sehr gut auf die Überreste meines Vaters selbst aufpassen werde. Die übrigen Gäste können einsteigen, sobald Sie dieses Theater hier beendet haben!«

»Der Einzige, der hier ein Theater veranstaltet, sind Sie. *Sir!*«

Das Lächeln des Kaugummimodels hatte sich verflüchtigt, und ein versteinerter Ausdruck lag auf seinem Gesicht. Beruhigend legte seine Kollegin die Hand auf seinen Arm.

»Sir, was mein Kollege Ihnen mitteilen möchte, ist, dass wir Sie nur befördern können, wenn Sie uns die Urne zur Aufbewahrung mitgeben.«

»Jetzt geben Sie denen schon die Urne, Rick!«, zischte Louise ihn scharf an.

»Nein! Niemals. Nirgends steht geschrieben, dass ich menschliche Asche nicht mitführen darf!«

»Doch, Sir. In unseren Geschäftsbedingungen. Keine Asche im Passagierraum. Es sei denn, Sie haben vorher online eine offizielle Lizenz beantragt. Haben Sie eine solche Lizenz, Sir?«

Rick hob die Augenbrauen hoch.

»Eine was? Wofür?«

»Die Sie dazu berechtigt, dieses Gefäß bei sich zu tragen.«

»Ich habe ein paar Videos von einem senilen alten Mann, der mich auf eine Schnitzeljagd durch Europa schickt. Zählt das für Sie?«

»Ich fürchte nicht, Sir.«

Ein Mann in dunkelblauer Uniform schob sich an den genervten Passagieren im Gang vorbei. Die goldenen Streifen an der Schulter verrieten, dass er normalerweise im Cockpit saß.

»Was ist hier los?«

»Diese Herrschaften hier führen eine nicht registrierte Urne mit sich und weigern sich, sie uns zu geben.«

Der Pilot fixierte das Gefäß in Ricks Arm.

»Wer ist das?«

»Mein Vater.«

»Mein Beileid.«

»Danke.«

»Ich habe ihm schon gesagt, dass er entweder die Urne abgeben oder das Flugzeug verlassen muss«, ergänzte das Werbegesicht übereifrig, und Louise grunzte.

»Na, eigentlich hat Ihre Kollegin das gesagt, Sie haben nur dagestanden und rumgezickt.«

Der Flugbegleiter wurde puterrot und schnaufte wütend.

»Jetzt reicht es mir, geben Sie die Urne her!«

Er schnappte nach dem Gefäß in Ricks Armen und zog daran mit aller Wucht.

Wyndham hielt abwehrend dagegen. Die Stewardess und der Pilot versuchten einzugreifen, um die beiden Streithähne auseinanderzuhalten, und Louise griff Rick an die Schulter und zog ihn zu sich hin.

Alles ging sehr schnell. Der blonde Steward mit der Föhnfrisur bekam das Gefäß mit Archies Überresten zu fassen. Rick verlor das Gleichgewicht und rutschte bei dem Versuch, sich an der Rückenlehne seines Sitzes festzuhalten, ab. Mit dem Ellenbogen voran fiel er seitlich ins Gesicht des Piloten, der das Unglück mit weit aufgerissenen Augen kommen sah.

17

»Das war keine Absicht. Meinen Sie, dass ich vorhatte, ihm die Nase zu brechen? Ich habe mir dabei den Ellenbogen wehgetan.«

Mit schmerzverzerrtem Gesicht rieb sich Rick den Knochen. Louise schloss die Augen und zwang sich, langsam durch die Nase zu atmen.

»Halten. Sie. Den. Mund.«

Ihre Stimme war ein tiefes Grollen. Rick zuckte auf seinem Stuhl zusammen.

»Okay.« Er schürzte die Lippen.

»Ich wollte damit nur sagen, dass ...«

»Ich meine es ernst, Wyndham. Seien Sie einfach still jetzt!«

Der Raum, in dem sie saßen, hatte kein Fenster. Eine grelle, flackernde Neonröhre war die einzige Lichtquelle.

Innerhalb weniger Augenblicke war das Sicherheitspersonal in den Innenraum des Flugzeugs geeilt und hatte Rick mit lautem Gebrüll auf den Boden geworfen. Die anderen Fluggäste waren in Panik zur Seite gesprungen, und Louise hatte die Hände reflexartig in die Luft gehoben. Immer wieder wimmerte der Pilot: »Meine Nase, meine Nase!«

Die Flugbegleiterin mit der strengen Hochsteckfrisur kümmerte sich direkt um ihn. Sie zog seine Hände weg, die er sich schützend vor die Nase gehalten hatte, und erschrak bei dem brutalen Anblick. In Bruchteilen von Sekunden waren die Nasenflügel so angeschwollen, dass es aussah, als hätte er eine extragroße Knolle Rote Beete im Gesicht stecken.

Rick winselte kläglich, denn einer der Sicherheitsbeamten hatte seinen Kopf auf dem Boden mit dem Knie fixiert und brüllte ihn ohne Pause an.

Zwei weitere Beamte führten Rick und Louise aus der Maschine ab. Rechts und links von ihnen applaudierten die anderen Fluggäste bei diesem Anblick.

Nun saßen sie hier seit sieben Stunden im Verhörraum, und niemand ließ sich blicken.

Die Tür wurde geöffnet, und die beiden schreckten auf.

Ein Mann in Jeans und einem zu enganliegenden, weißen Oberhemd trat ein. Louise bemerkte, dass sich unter dem engen *Slimfit*-Hemd deutliche Muskeln abzeichneten. Verdächtig spannte der Stoff an seinen Oberarmen bei jeder Bewegung. Umständlich ließ er sich auf den Stuhl plumpsen und stellte seinen Kaffeepappbecher, aus dem ein großer Schluck der braunen Brühe rausschwappte, auf den Tisch. Leise fluchend wischte er sich die Hand an seiner Hose ab, bevor er sich an Louise und Rick wandte.

Mit wachen Augen schaute er die beiden abwechselnd an.

»Warten Sie schon lange?«

Louise presste die Lippen aufeinander und zuckte mit den Schultern.

»Nicht der Rede wert«, antwortete Rick mit einer abwehrenden Handbewegung.

Der Mann nickte langsam. Entweder hatte er den Sarkasmus in Ricks Stimme nicht erkannt, oder es war ihm egal. Louise tippte auf Letzteres.

»Mal sehen«, er blätterte in einem mitgebrachten Schnellhefter und schnalzte mit der Zunge, »Sie sind also die zwei Komiker, die mit einer Leiche durch den Sicherheitsbereich spaziert sind.«

»Technisch gesehen war es keine Leiche«, erklärte Louise, doch er hörte ihr nicht zu, sondern blätterte weiter.

»Oh, und dann haben Sie sich noch dem Hausrecht der Airline widersetzt und ...«, aufgeregt tippte er auf eine Stelle in der Akte, »den Piloten verprügelt.«

Angespannt rutschte Rick auf seinem Stuhl hin und her.

»Ich habe ihn *nicht* verprügelt, er ist in meinen Ellbogen gelaufen. Es war ein Unfall«, rechtfertigte er sich und griff sich in die Haare.

Der Mann schlug seufzend die Mappe zu und faltete die Hände auf der Tischplatte.

»Sie haben ihm die Nase gebrochen.«

Hart knallte er seine flache Hand auf den Tisch. Rick und Louise zuckten zusammen, und ein weiterer Schwall Kaffee aus dem Becher vergrößerte die Pfütze.

»Was ich mich frage: Warum in drei Teufels Namen sind Sie überhaupt auf die Idee gekommen, mit einer Urne ein Flugzeug betreten zu wollen? *Unangemeldet?*«

»Weil es schneller war, als mit dem Zug zu fahren«, resümierte Rick.

Der Polizist runzelte die Stirn und fixierte ihn mit den Augen.

»Okay, Schlauberger. Lassen Sie es mich anders formulieren: Wieso um alles in der Welt schleppen Sie eine Urne durch die Gegend? Gehören Sie einer satanistischen Sekte an? Ist es ein besonderer sexueller Fetisch oder was?«

Angewidert verzog Louise das Gesicht.

»Was? Igitt, nein! Wir bringen die Asche seines Vaters nach Spanien, das ist alles.«

Ohne den Blick von Rick abzuwenden, schlug er den Schnellhefter wieder auf.

»Also hier steht, dass Sie aus London kommen.«

Rick nickte.

»Korrekt.«

»Und die Asche Ihres Vaters soll nach Spanien gebracht werden?«

»Ebenfalls richtig.«

»Hier steht, dass Sie CEO eines international agierenden Unternehmens sind.«

»Nein, ich bin CFO.«

Der Beamte sah von seinen Unterlagen auf.

»Ist das etwa ein Unterschied?«

Rick richtete sich auf.

»Ob das ein Unterschied ist? Ähm, ja? Der CEO ist der Geschäftsführer. Ich hingegen kümmere mich um die finanzielle Planung des geschäftlichen Erfolgs.«

»Ach so.« Der Beamte musterte ihn. »Sie sind also der Buchhalter.«

Louise lachte auf, hielt sich aber sofort eine Hand vor den Mund. Rick kaute schwer atmend auf der Unterlippe.

»Vielleicht gibt es so etwas in London nicht, aber hier haben wir Menschen, die nennen sich Bestatter. Die liefern menschliche Überreste überallhin. Warum reisen Sie überhaupt über Deutschland, wenn Sie nach Spanien wollen? Das verstehe ich nicht.«

Rick seufzte laut.

»Wissen Sie, was? Ich verstehe es auch nicht. Die einzige Person, die es Ihnen erklären könnte, befindet sich in dieser Urne.«

Der Mann mit dem zu engen Hemd schaute verwirrt zu Louise.

»Es war Archies Letzter Wille, dass sein Sohn persönlich die Asche quer über den Kontinent transportiert«, mischte sie sich mit dem Versuch einer Erklärung ein.

»Verstehe, verstehe«, sagte der Beamte, doch seine Augen verrieten, dass das Gegenteil der Fall war.

»Sie können hier nicht einfach so eine Urne spazieren fahren. Dafür gibt es feste Regeln! Menschliche Überreste müssen auf einem dafür vorgesehenen Grund bestattet werden. Von einem Bestatter! Dieser ist auch dafür zuständig, den Leichnam – ob kremiert oder nicht – von einem Ort zum nächsten zu bringen.«

Rick und Louise tauschten ratlose Blicke aus.

»Verzeihung, ich bin mir nicht sicher, dass ich verstehe, was Sie damit meinen. Wollen Sie damit zum Ausdruck bringen, dass ich meinen Vater jetzt nicht zurückbekomme?«

»Das kommt darauf an, Mr Wyndham.«

»Worauf?«

»Haben Sie einen Leichenpass?«

»Was soll das sein? Ein Ausweis mit dem Foto der Asche meines Vaters? Nein, das habe ich nicht.«

Der Polizist hob bedauernd die Arme.

»Dann heißt das, dass die Urne hierbleibt. Bedaure.«

»Aber das geht nicht.«

Aufgebracht sprang Rick von seinem Stuhl auf.

»Bitte, setzen Sie sich wieder hin, Sir.«

Der Mann sprach leise, flüsterte nahezu, doch seine Stimme war hart und duldete keine Widerrede. Louise zog an Ricks Ärmel. Langsam ließ er sich zurück auf den Stuhl sinken.

»Verstehen Sie mich nicht falsch, Mr Wyndham. Ich meine, von mir aus könnten Sie mit der Asche machen, was Sie wollen, aber um mich geht es hier nicht. Ich führe nur die Gesetze aus.«

Rick kaute auf seiner Lippe.

»Meinetwegen könnten Sie die Asche auch behalten«, erwiderte er lakonisch, »aber leider hatte mein alter Herr einen ganz anderen Plan. Wenn Sie mir die Urne nicht aushändigen, dann erbe ich keinen Cent. Und Miss Moore hier auch nicht.« Er beugte sich über den Tisch und flüsterte: »Sie hat Schulden. Hohe Schulden.«

»Aber *sie* hat kein Problem mit den Ohren«, maulte Louise. »Und *sie* sitzt neben Ihnen!« Entrüstet verschränkte sie die Arme vor der Brust.

Der Mann zuckte mit den Schultern.

»Wie gesagt, ich mache die Gesetze nicht.«

Louise atmete tief durch.

»Können wir das nicht irgendwie regeln? Ich meine, wir machen uns sofort auf den Weg, und wir geben die Urne nicht aus der Hand.« Sie zeigte auf Rick. »Beweis A: Wir sind hier, weil er Archie nicht aus den Augen lassen wollte.«

Wieder seufzte der Mann. Seine Brustmuskeln bewegten sich dabei so, dass die Knöpfe an seinem Hemd gefährlich spannten. In Gedanken berechnete Louise die Flugbahnen der kleinen Geschosse. Sie saß mitten im Epizentrum.

»Da gibt es immer noch die Anzeige wegen Körperverletzung«, zählte der Polizist auf. »Außerdem erwägt die Airline eine Klage auf Schadenersatz, da die Maschine nach Barcelona wegen seines Angriffs Verspätung hatte. Das hat Geld gekostet.«

»Er wird das auch alles bezahlen, ganz bestimmt. Nicht wahr, Rick?«

Wyndham stutzte.

»Werde ich das?«

»Absolut. Wissen Sie, er erbt nicht nur eine kleine Summe, sondern richtig viel. Das Problem ist aber, dass niemand auch nur einen Cent davon sehen wird, wenn wir nicht bis übermorgen auf Mallorca angekommen sind. Wenn wir uns also schuldig bekennen und versprechen, dass wir das Land auf direktem Weg verlassen, bekommen wir dann vielleicht die Urne zurück und können gehen?«

Zögerlich schürzte der Beamte die Lippen.

»Von welcher Summe reden wir hier eigentlich?«

»Nicht der Rede wert«, winkte Rick ab, doch Louise deutete ihm an, still zu sein.

»Dreißig Millionen Pfund.«

»Dreißig Millionen Pfund?« Ungläubig stierte er Rick an. »Wer war denn Ihr Vater? Der König von England?«

»Wir haben eine Königin, und die ist quicklebendig«, entgegnete Rick trocken. »Meine Familie hat in den Anfängen der Industrialisierung ein wenig Geld verdient.«

»Was er meint, ist«, unterbrach Louise, »dass seine Vorfahren andere Familien ausgebeutet haben und damit obszön reich geworden sind.«

»Der Punkt ist doch, dass niemand etwas davon haben wird, wenn wir nicht pünktlich unser Ziel erreichen.«

Demonstrativ tippte er auf seine Rolex. »Und die Zeit, von der wir noch reichlich gehabt hätten, läuft uns allmählich davon.«

Für einen Moment wurde es still im Raum. Einzig die runde Wanduhr tickte mit jedem Schlag lauter und dröhnte in Louises Ohr.

»Bitte«, flehte sie ihn an.

»Okay«, willigte er nach ein paar Momenten des Schweigens ein, »ich verstehe, warum *er* so dringend ans Ziel will, aber was ist Ihre Geschichte?«

Louise zuckte zusammen.

»Meine Geschichte?«

»Ja, genau, Ihre Geschichte. Er will seine unverschämte Summe Geld erben, die Motivation verstehe ich, aber was ist mit Ihnen? Bekommen Sie auch mehr Geld, als Sie ausgeben können?«

Zögernd schüttelte Louise den Kopf.

»Ja, ich meine, nein.« Kurz schloss sie die Augen und atmete durch. Sie redete nicht gerne über Frank, schon gar nicht mit Leuten, die sie nicht kannte, aber welche Wahl hatte sie? »Mein Ex hat Schulden angehäuft. In meinem Namen.« Sie stockte. »Wettschulden! Und er hat ein Auto gekauft, ja sogar eine Kreditkarte zu meinem Konto eingerichtet. Das Lustige ist, dass er den Beginn seines neuen Lebens mit seiner neuen Freundin von meinem Geld bezahlt hat. Ich blöde Kuh habe nichts davon gemerkt, noch nicht mal, als er anfing, Reiseziele im Internet anzusehen. Wirklich, da dachte ich noch, dass er mit *mir* wegfahren wollte. Es hätte mir komisch vorkommen müssen, dass er mich nach seinem Kulturbeutel gefragt hat, aber das tat es nicht. Ich habe ihm das Ding gegeben und fertig. Am nächsten Morgen bin ich aufgewacht, und er war nicht mehr da. Vielleicht ist er früher aufgestanden, um zur Arbeit zur gehen, war mein Gedanke. Hätte ich zu diesem Zeitpunkt schon in den Schrank geguckt, hätte ich gesehen, dass seine Sachen weg waren. So war es für mich noch nicht mal merkwürdig, dass seine Zahnbürste im Badezimmer fehlte. Abends, als ich Feierabend hatte, war er immer noch nicht zurück. Ich wollte Pizza bestellen, also rief ich ihn an, um zu fragen, welche Sorte er haben wollte. Das war so ein kitschiges Ritual zwischen uns, auch wenn ich immer Käse-Tomate nehme und er jedes Mal Schinken. Aber wir haben uns trotzdem angerufen. Na ja, dieses Mal ging er nicht ans Telefon. Aber er hat nicht nur einfach nicht abgehoben, nein, besser noch, seine Telefonnummer war abgemeldet.«

Louise starrte auf ihre Hände. Die Erinnerung sprudelte aus ihr heraus, und sie vermied es, einem der Männer in die Augen zu sehen.

»Können Sie sich vorstellen, was das heißt? Er hatte diesen Abgang von langer Hand geplant. Klar, es trennen sich Menschen immer mal wieder voneinander, aber er hatte es drauf angelegt, dass ich ihn nicht mehr erreichen konnte. Niemals wieder! Ein paar Wochen später trudelten die ersten Rechnungen ein. Und dann folgten auch schon die Mahnungen. Was ja halb so schlimm wäre, aber haben Sie schon mal Besuch von Kenny, dem Skorpion bekommen? So heißt der Kerl, bei dem Frank auf Fußball gewettet hat. *Fußball!* Er konnte das nicht mal von Tennis unterscheiden und dachte, die spielen einmal im Jahr in Wimbledon. Aber er hielt es für eine tolle Idee, darauf Wetten abzuschließen. Niemand konnte mir sagen, wohin er verschwunden war. Er war einfach weg. Die Rechnungen waren die Souvenirs, das er mir hinterließ. Ehrlich, ich habe alles versucht, um dem Schlamassel zu entkommen, aber nichts hat funktioniert. Archie war mein Nachbar. In seinem Testament hat er mir angeboten, dass ich diese Summe mit einem Mal abzahlen kann. Die Bedingung ist allerdings, dass ich darauf aufpasse, dass sein Sohn hier Mallorca erreicht. Wenn Rick scheitert, werde ich auch nichts bekommen. Dann muss ich zurück in einen Job, den ich hasse, und in einem Apartment mit fünf Leuten leben, die ich nicht mal sonderlich gut ausstehen kann, nur um Kenny, dem Skorpion mein hart verdientes Geld in den Rachen zu werfen.« Auffordernd sah sie die beiden Männer an. »Wissen Sie, warum er Kenny, der Skorpion heißt?«

Rick und der Beamte schüttelten die Köpfe.

»Ich auch nicht! Aber ich bin auch nicht wild darauf, es herauszufinden.«

Louise schluckte.

»Mein einziger Fehler war, dass ich einer Person vertraut habe, die mein Vertrauen nicht verdient hat. Aber das konnte ich damals nicht wissen.«

Louise senkte den Kopf, und ihre Stimme war nicht mehr als ein Flüstern.

»Glauben Sie mir, diesen Fehler werde ich kein zweites Mal begehen. Und Frank auch nicht, wenn ich ihn irgendwann in die Finger bekomme.«

Rick schluckte neben ihr, und der Beamte rutschte auf seinem Stuhl hin und her. Niemand sagte ein Wort, wieder füllte das Ticken des Sekundenzeigers den Raum aus. Mit Blick auf die Uhr räusperte sich der Polizist.

»Sie übernehmen die volle Verantwortung für das, was heute geschehen ist?«

Rick nickte.

»Natürlich.«

Der Beamte seufzte und schlug die Akte, die vor ihm lag, zu.

»Und Sie versprechen, dass Sie mit der Urne im Gepäck das Land direkt verlassen werden?«

»Das versprechen wir«, bestätigte Louise schnell.

Der Polizist rieb sich das Nasenbein.

»Ich weiß, ich werde es bereuen, aber gut. Sie können gehen.«

»Vielen Dank!« Erleichtert sprangen Louise und Rick zeitgleich von ihren Stühlen auf.

»Oh, und eh ich es vergesse«, fuhr der Beamte fort, »die Airline lässt Ihnen ausrichten, dass Sie auf ihren Flügen nicht mehr willkommen sind. ›Nie wieder, auch nicht in einem neuen Leben‹, war, glaube ich, der genaue Wortlaut.«

18

»Verdammter Mist!«

Louise studierte die Zugtickets und fluchte lautstark.

Rick, der damit beschäftigt war, eine schnelle Verbindung mit dem Smartphone in Erfahrung zu bringen, sah hoch.

»Was ist los?«

»Es sieht ganz danach aus, als wären die Bahntickets nicht mehr gültig«, knurrte sie.

»Das kann nicht sein, wir sind doch heute damit gefahren.«

Louise nickte.

»Stimmt schon, aber wir haben neun Stunden Pause gemacht. Im Kleingedruckten steht, dass die Fahrkarten nur für eine komplette Reise gültig sind und Anschlüsse innerhalb von zwei Stunden genommen werden müssen.«

»Also sitzen wir hier jetzt fest?«

Louise seufzte.

»Zumindest müssen wir die Fahrkarten noch einmal neu kaufen.«

»Okay. Aber das ist nicht das einzige Problem, das wir haben.«

Er reichte ihr das Smartphone mit der geöffneten App.

»Offenbar gab es ein Unwetter auf unserer Strecke, und es sind Bäume auf die Gleise gefallen.«

Verwirrt schaute Louise hoch.

»Die Strecke ist bis auf Weiteres gesperrt«, fuhr er fort. »So bekommen wir nicht die Anschlüsse, die wir nehmen müssen, um pünktlich die Fähre zu erreichen.«

»O nein, das darf doch nicht wahr sein.« Louise stöhnte auf. »Jetzt wäre ein Flugzeug angebracht, aber dank Ihrer Performance stehen wir auf der No-Fly-Liste. Ein weiterer Satz, den ich nie geglaubt hätte, sagen zu müssen.«

Resigniert ließ Rick die Schultern hängen.

»Was sollen wir denn machen?«

»Ich befürchte, dass es nicht viel gibt, was wir tun können. Wir werden es nicht rechtzeitig schaffen, zumindest nicht mit dem Zug, und die Busse sind auch zu lange unterwegs. Mit einem Auto könnten wir die Strecke schaffen.«

»Vielleicht. Aber wir haben keines, Miss Moore.«

Louises Gesicht hellte sich auf.

»Nein, wir nicht, aber ich kenne da jemanden, der eines besitzt.«

»Eine Autovermietung?«

Sie schüttelte den Kopf.

»Nein, wir haben mit der Flugaktion schon genügend Spuren unserer versuchten Abkürzung hinterlassen. Ich habe eine bessere Idee.«

Sie kramte ihr Telefon hervor und scrollte nach der Nummer in ihren Kontakten. Sie fand schnell, wonach sie gesucht hatte, und drückte auf Wählen.

»Was haben Sie vor?«

Rick runzelte die Stirn und sah seine Begleiterin fragend an.

»Psst.« Louise hielt sich bedeutungsschwanger den Zeigefinger vor den Mund.

Es knackte in der Leitung, als jemand das Gespräch entgegennahm.

»Na, wenn das nicht meine Lieblingsredakteurin von der besten Zeitschrift der Welt ist.«

»Hallo Tom! Ich befürchte, wir brauchen noch mal deine Hilfe.«

»Ich gebe zu, ich habe nicht damit gerechnet, so schnell wieder etwas von euch zu hören.«

Lachend stieg Tom aus seinem roten Nissan Micra aus.

»Ich auch nicht«, knurrte Rick im Hintergrund.

»Ist es wirklich okay für dich, wenn wir deinen Wagen nehmen?«

Zögerlich musterte Louise das kleine Fahrzeug. Zwanzig Jahre hatte es auf dem Buckel, sah aber dafür recht tüchtig aus. Es hatte einige Schrammen, und an einer Stelle verdeckte der Aufkleber eines Freizeitparks nur notdürftig den wachsenden Rostfleck, doch davon mal abgesehen, war der rote Flitzer gut in Schuss.

Tom zuckte mit den Schultern.

»Na klar, Mann. Ich wollte mir eh nächsten Monat einen neuen Wagen kaufen, wenn ich das Geld von den von Frankenheims bekomme. Ich hoffe, dass es euch gesund und munter ans Ziel bringt.«

Rick nickte.

»Danke, ich habe mit meiner Sekretärin schon telefoniert. Sie wird dir das Geld sofort anweisen.«

»Du rettest uns.«

Zaghaft legte Louise die Arme um den jungen Mann, der die Umarmung sofort erwiderte.

»Wie gesagt, gern geschehen.«

»Was haben denn deine Sklavenhalter, entschuldige, deine Vorgesetzten dazu gesagt, dass du so mir nichts, dir nichts verschwunden bist?«

Tom lachte laut.

»Ach, die schlafen ihren Rausch aus, und das kann noch ein paar Stunden dauern, bis die wieder wach sind. Im Alter hält so ein Alkoholrausch in Verbindung mit Kokain überraschend lange an. Die haben gar nichts gemerkt. Auch nicht, als ich den Kühlschrank leer gemacht habe.«

Er drehte sich um und klappte den Vordersitz um. Auf der Rückbank stand eine Kühltasche, daneben zwei Thermoskannen mit Kaffee.

»Das sollte euch auf den ersten Kilometern helfen. Barcelona ist nicht gerade um die Ecke.«

»Du bist großartig, Tom. Wenn du jemals nach London kommen solltest, dann sag unbedingt Bescheid.«

Tom grinste. Seine filigranen Gesichtszüge ließen ihn wie einen kleinen Jungen wirken.

»Auf jeden Fall! Jetzt fahre ich zu meiner Schwester nach Frankfurt.«

Louise runzelte die Stirn.

»Fährst du nicht zurück nach Koblenz?«

»Mal sehen. Wisst ihr, ich glaube, dass die Arbeit bei den von Frankenheims mich bei der Verwirklichung meiner Träume nicht weiterbringt. Klar, das Geld ist gut und so, aber es gibt bestimmt auch andere Jobs. Vielleicht etwas, was mehr mit Mode zu tun hat. Ich habe mich nämlich endlich in der Designschule eingeschrieben.«

»Glückwunsch«, gratulierte Rick. »Wenn ich dir irgendwie helfen kann, dann melde dich. Ich habe den ein oder anderen Kontakt, den ich aktivieren kann.«

Unbemerkt hatte Rick eine Visitenkarte aus der Tasche gezogen und hielt sie Tom vor die Nase. Verdutzt griff er die Karte und las sie sich durch.

»Wow, danke, Mann. Gerne! Echt, ihr seid großartige Menschen. Ich bin froh, dass ich einem so attraktiven Paar wie euch helfen konnte.«

»Wir sind kein Paar!« Wie aus einem Mund fuhren ihn Rick und Louise an. Tom trat einen Schritt zurück und grinste.

»Oh, sorry, Leute. Ich wusste nicht, dass das ein Geheimnis ist.«

»Es ist kein Geheimnis. Wir sind nicht zusammen. Außerdem bin ich verlobt. Mit jemand anderes.«

»Ja, genau«, bestätigte Louise, »und ich besitze zwei Katzen.«

»Na dann, trotzdem viel Glück euch beiden.«

Grinsend zwinkerte Tom ihnen zu. Er drehte sich um und verschwand in Richtung S-Bahn.

»Ich fahre.«

Mit Entschlossenheit riss Rick Louise die Zündschlüssel aus der Hand.

»Kommt gar nicht in Frage«, protestierte sie, »geben Sie die Schlüssel zurück.«

Rick trat einen Schritt zur Seite und hielt die Hand über seinen Kopf, sodass Louise springen musste, um sie zu erreichen. Frustriert stampfte sie mit dem Fuß auf.

»Vergessen Sie es, Miss Moore. Auf keinen Fall lasse ich sie wieder fahren, das letzte Mal hat gereicht.«

»Wieso? Was habe ich denn gemacht?«

Ungläubig lachte Rick auf.

»Ernsthaft? Was Sie gemacht haben? Sie haben uns fast umgebracht mit Ihrer Raserei!«

»Wie bitte? Ich bin eine sehr umsichtige Fahrerin!«

»Auf dem Nürburgring vielleicht, aber für die Straße absolut ungeeignet. Der alte Mann mit dem Rollator, den Sie vom Zebrastreifen schieben wollten, muss sich wahrscheinlich immer noch von seinem Schrecken erholen. Sofern sein Herz ihn nicht im Stich gelassen hat.«

Verdutzt hielt sie inne.

»Von welchem alten Mann mit Rollator reden Sie da?«

»Tja, genau deshalb lasse ich Sie nicht fahren. Tracy!«

Rick war ein bedachter Fahrer. Sehr bedacht. Zu bedacht. Louise hatte das Gefühl, dass sie mit dem roten Wagen kaum vorwärtskamen. Immer wieder hörte sie, wie die Fahrzeuge hinter ihnen lautstark hupend zum Überholmanöver ansetzten.

»Ganz rechts ist das Gaspedal.«

»Ich weiß.«

»Ich wollte nur sichergehen, weil uns da vorn gerade die Fußgänger überholt haben.«

»Die Ampel stand auf Rot.«

»Ja, allerdings war sie zwischendurch auch schon wieder grün, und Sie sind trotzdem nicht gefahren.«

»Das nennt sich vorausschauendes Fahren.«

»Wirklich? Ich dachte immer, dass diese Art des Fahrens ›Opa mit Hut‹ genannt wird.«

Angestrengt starrte er durch die Windschutzscheibe.

»Die fahren alle falsch, da muss ich halt aufpassen.«

»Da die meisten Länder auf der Welt auf Rechtsverkehr setzen, würde ich behaupten, dass eher bei uns auf der falschen Seite gefahren wird.«

»Falsch, Miss Moore. Im antiken Europa sind alle links gefahren. Erst nach der Französischen Revolution hat sich das geändert. Deshalb fahren wir auf der richtigen Seite und die restliche Welt auf der falschen.«

Louise seufzte.

»Am meisten werde ich die tägliche Show ›Antworten auf Fragen, die niemand gestellt hat‹ vermissen, wenn wir in Palma ankommen. Neben dieser atemberaubenden Geschwindigkeit, natürlich.«

Rick, der die Hände genau auf ›Viertel vor drei‹ positioniert hatte, so wie es der Fahrschullehrer verlangt hatte, ließ sich durch die spitzen Bemerkungen nicht ablenken.

»Wissen Sie, es ist mir vollkommen egal, was Sie denken. Jedenfalls kommen wir so in einem Stück in Barcelona an.«

Hupend zog ein weiterer Wagen vorbei. Der Fahrer gestikulierte wild, und obwohl Louise ihn nicht hören konnte, war sie sicher, dass er ihnen nichts Positives durch das geschlossene Fenster zubrüllte. Sie rutschte tief in den Sitz und schirmte mit der Hand verschämt ihr Gesicht ab.

»Na ja, falls uns die anderen Verkehrsteilnehmer nicht vorher töten.«

Louise kniff die Augen zusammen und starrte in das überholende Fahrzeug.

»Wie süß, ich glaube, der da winkt Ihnen freundlich zu. Ach nein, Moment, er zeigt Ihnen den Mittelfinger.«

»Was soll mir das jetzt sagen?«

Angestrengt starrte Rick durch die Frontscheibe und ignorierte die aufgebrachten Fahrer rechts und links.

»Mit dem erhobenen Mittelfinger? Finden Sie das nicht selbsterklärend?«

»Wir sind nicht in Großbritannien.«

»Nun, ich denke nicht, dass diese Geste international eine andere Bedeutung besitzt als bei uns.«

Rick grunzte abfällig.

»Ich fahre genau nach Vorschrift.«

Louise beugte sich zu ihm und linste auf die Armaturenanzeige.

»Vorschrift ist relativ. Auf dem Schild stand siebzig.«

»Ja, und?«

»Sie fahren gerade siebenundvierzig Stundenkilometer! Geben Sie endlich Gas, oder die schubsen uns von der Fahrbahn!«

Knurrend beschleunigte er das Fahrzeug.

»Zufrieden?«

»Wenigstens sind wir so nicht mehr mit Schrittgeschwindigkeit unterwegs. Aber Ihnen ist auch klar, dass wir gleich auf die Autobahn auffahren müssen, oder?«

»Ja, und?«

»Sie sind wohl der einzige Mensch, den ich kenne, der bei den Wörtern ›Autobahn‹ und ›Deutschland‹ nicht feuchte Augen bekommt? Hallo? Kein Tempolimit!«

»Perfekt. Dann kann ich fahren, wie ich möchte?«

Louise rollte die Augen und starrte aus dem Fenster.

»Ja, Rick. Sie dürfen so langsam schleichen, wie Sie möchten. Ist das nicht großartig? Hurra!«

Sie atmete tief durch. Was für ein Trip. In Gedanken versuchte sie, alles zu verarbeiten, was sie in den vergangenen Tagen gesehen und erlebt hatte. Der Moment, als sie in London den Zug bestiegen hatten, kam ihr wie eine Ewigkeit entfernt vor, dabei lagen nur vier Kalendertage dazwischen. Wie auf Kommando vibrierte das Telefon in ihrer Tasche. Louise schloss die Augen und versuchte angestrengt, es zu ignorieren.

»Sie bekommen einen Anruf.«

»Ich weiß.«

Louise hielt die Augen geschlossen. Wenn Sie nur lang genug wartete, würde der Anrufer aufgeben, dessen war sie sich bewusst.

»Wollen Sie nicht drangehen?«

Nervös blinzelte Rick abwechselnd auf die Straße und zu ihr.

»Nein.«

»Und wenn es wichtig ist?«

»Ich bin mir sicher, dass es wichtig ist.«

»Und Sie gehen trotzdem nicht dran?«

»Genau.«

Sie fühlte Ricks bohrende Blicke.

»Augen auf die Straße, Rennfahrer«, murmelte sie.

Das Vibrieren stoppte, und Louise atmete durch. Das Letzte, worauf sie Lust hatte, war ein weiteres Gespräch mit Karen.

Sie wiegte sich in Sicherheit, da vibrierte ihr Telefon von Neuem.

»Jetzt gehen Sie endlich dran.«

»Nein!«

»Sie wissen noch nicht mal, wer das ist!«

»Doch, weiß ich.«

»Wie denn? Sie haben nicht nachgeschaut.«

»Muss ich nicht, ich kenne mein Telefon.«

»Sie erkennen den Anrufer anhand der Vibration? Ein eigenartiges Talent. Haben Sie nie versucht, damit Geld zu machen?«

»Nein.«

»Ich weiß nicht, was Zirkusse dieser Tage suchen. Aber es ist ähnlich faszinierend wie die Frau mit zwei Köpfen.«

»Aha.«

»Oder der dickste Mann der Welt aus Mexiko.«

»Der ist gestorben.«

»Wirklich? Wer ist jetzt der dickste Mann der Welt?«

»Was wollen Sie eigentlich, Wyndham?«

»Dass Sie endlich an Ihr Mobiltelefon gehen!«

Der Anruf lief ebenso ins Leere wie der vorherige. Sofort vibrierte das Telefon ein weiteres Mal.

»Grundgütiger, Louise! Wenn es Martin Bigsby ist?«

Knurrend zog sie ihr Handy hervor und wedelte damit demonstrativ vor seiner Nase.

»Bitte sehr! Es ist nicht Bigsby!«

Rick schob ihre Hand aus seinem Sichtfeld, und Louise drückte den Anruf weg. Sorgfältig verstaute sie das Gerät wieder in ihrer Tasche.

»Wer ist Karen?«, fragte er nach einer Weile.

Louise schürzte die Lippen.

»Meine Chefin«, antwortete sie.

»Bei diesem Magazin? Wie hieß es doch gleich? *Women's Relaxation?*«

»*Women's Comfort*«, korrigierte sie ihn, »ja, sie ist meine Chefredakteurin.«

»Haben Sie nicht Urlaub?«

»So in der Art«, murmelte Louise, »Karen will aber trotzdem, dass ich an einem Artikel arbeite.«

»Worüber?«

Louise kratzte sich verlegen am Kinn. Fieberhaft überlegte sie sich ein Thema.

»Avocadotoast!«

Kaum hatte sie die Lüge ausgesprochen, widerstand sie dem Verlangen, ihre Stirn mehrmals hart auf das Armaturenbrett zu schlagen.

»Avocadotoast?« Ungläubig sah er sie an und verzog dabei leicht das Lenkrad. Der Wagen schwankte. »Was gibt es denn über Avocadotoast zu berichten?«

Louise errötete und zog sich ein paar Haarsträhnen ins Gesicht, damit Rick es nicht bemerkte.

»Nichts Spannendes«, brummelte sie. »Ich hatte es erst für eine ganz brauchbare Idee gehalten. Aber wenn ich es mir recht überlege, war ich mir von Anfang an nicht sicher, ob ich ihn schreiben sollte.«

»Und jetzt wollen Sie gar nicht mehr?«

Louise schüttelte den Kopf.

»Nein, jetzt bin ich mir definitiv sicher, dass ich den nicht mehr schreiben möchte.«

Ohne den Blick von der Straße zu nehmen, nickte Rick nachdenklich.

»Verstehe. Was hat Ihre Meinung geändert?«

Louise warf ihm einen schiefen Blick zu.

»Na ja, zu Beginn mochte ich keinen ... Avocadotoast. Ich fand ihn sehr dekadent ...«

»Der Anbau von Avocados verbraucht auch viel Wasser«, warf Rick ein.

»Äh ja. Zieht auch viel Energie aus den Menschen, ich meine, aus dem Boden … die Frucht für den Avocadotoast. Aber bei genauerer Betrachtung ist er doch ganz nett.«

Rick runzelte die Stirn.

»Nett?«

»LECKER!«, hastig korrigierte sie sich laut. »Ich meine selbstverständlich lecker. Jedenfalls ist Avocadotoast nicht so schrecklich, wenn man ihn erst mal kennengelernt … äh, probiert hat.«

»Hm. Ja. Es geht mir manchmal so mit Menschen. Ich gebe zu, ich habe durchaus schon Leute für erschreckend eindimensional gehalten, und wie sich dann herausstellte, waren sie doch … interessant.«

»So in der Art. Geht aber auch in die andere Richtung. Ich kannte Menschen, die hielt ich für sehr interessant, allerdings waren sie erschreckend eindimensional.«

»Ja, auch so etwas soll es geben.«

Ein Grinsen breitete sich auf Ricks Gesicht aus.

»Ich weiß, warum Sie nicht mehr an diesem Artikel arbeiten wollen.«

»Ach ja?«

Louise streckte den Rücken und blinzelte ihn an.

»Ja. Sie haben gedacht, dass ich die Reise hinschmeiße, aber jetzt, so kurz vorm Ziel, wächst ihre Zuversicht, dass Sie das Babysittergeld bekommen, um die Schulden Ihres Ex-Freundes zu begleichen. Sie brauchen keinen Job mehr, der Ihnen nicht gefällt.«

Louise lachte auf.

»Eigentlich war ich mir ziemlich sicher, dass Sie sich dreißig Millionen Pfund nicht so einfach durch die Lappen gehen lassen würden. Ich hatte die Chance, dass Sie abbrechen, von vornherein als relativ gering eingeschätzt.«

Ricks Grinsen erstarb und wich einer nachdenklichen Ernsthaftigkeit.

»Soll ich Ihnen was verraten, Louise? Das Geld ist mir nicht wichtig. Ich habe genug zum Leben.«

»Interessant, das habe ich ganz anders in Erinnerung. Wenn Sie das Geld nicht interessiert, warum machen Sie das hier alles?«

Rick zuckte mit den Schultern.

»Keine Ahnung. Neugier? Abenteuerlust? Vielleicht auch, um meinem Vater zu beweisen, dass ich doch anders bin, als er immer dachte? Ursprünglich hatte ich kurz überlegt, das Erbe auszuschlagen, aber Nora hatte mich überredet, es nicht zu tun.«

»Hm.«

»Beantwortet das Ihre Frage nicht?«

»Doch, doch. Ich glaube nur, dass Sie ein falsches Bild von dem haben, was Archie über Sie dachte.«

»Wie meinen Sie das?«

»Nun, Rick, die Sache ist Folgende: Sie gehen davon aus, dass Archie von vornherein glaubte, dass Sie die Reise nicht durchziehen. Dass Sie zwischendurch alles aufgeben, ja vielleicht auch erst gar nicht antreten.«

»Präzise. Worauf wollen Sie hinaus?«

»Ich glaube nicht, dass er das dachte. Wie ich Archie kannte, hat er immer alles genau geplant. Bis ins kleinste Detail. Er hätte sich nie im Leben die Mühe gemacht, alles zu organisieren, wenn er nicht davon überzeugt gewesen wäre, dass Sie es durchziehen.«

»Sie kannten meinen Vater nicht. Er mochte es, mich vorzuführen.«

»Er wollte Sie nicht vorführen, Rick, er wollte Ihnen etwas mitteilen.«

»Ach ja? Und was soll das sein? Bisher war diese Reise eine einzige Aneinanderreihung chaotischer Zustände. Ich habe keinen roten Faden entdecken können, der mir sagen würde: ›Und die Moral von der Geschichte ist …‹.«

Louise seufzte.

»Weil Sie nicht genau hinsehen. Überlegen Sie doch mal, überall gab es kleine Brotkrumen für Sie. Er hat es geschafft, dass Sie wieder zu Ihrer Tante fahren. Oder Ihre Schwester in St. Michel kennenlernen. All die Geschichten über Ihre Mutter. Er wollte, dass Sie diese Dinge erfahren, Rick. Wenn er sich sicher gewesen wäre, dass Sie es überhaupt nicht bis hierher schaffen würden, dann hätte er sich die Mühe erst gar nicht gemacht. Im Gegenteil, er hätte Ihnen auch einen Brief schreiben können. Hat er aber nicht, er hat Sie auf diese Reise geschickt, weil es ihm etwas bedeutet hat.«

»Oder er fand diese Fuchsjagd einfach nur amüsant. Wahrscheinlich hat es ihm einen Kick gegeben, sich vorzustellen, mit wie wenig Selbstachtung ich hinter seinem Geld herrenne.«

Grollend rollte Louise mit den Augen.

»Ich gebe es auf. Wenn Sie unbedingt das Opfer in diesem Theaterspiel sein wollen, dann bitte schön. Es soll mir recht sein.«

Sie rutschte auf dem kleinen Sitz zur Seite und blickte aus dem Fenster. Die Welt rauschte an ihr vorbei wie die Erinnerungen an die letzten Tage.

»Er ist ein Idiot«, unterbrach Rick nach einer Weile die Stille.

Louise schloss gelangweilt die Augen und seufzte.

»Ja, das sagten Sie bereits. Werden Sie eigentlich nie müde, sich über Ihren Vater zu beschweren?«

»Nein, werde ich nicht«, gab Rick zu, »aber ausnahmsweise meine ich nicht meinen Dad. Ich rede von Frank. Frank ist ein Idiot. Und was er mit Ihnen gemacht hat, ist furchtbar.«

Louise drehte den Kopf abrupt zu Rick und schluckte.

»Danke schön«, sagte sie mit Nachdruck.

»Ich kenne ein paar sehr gute Anwälte, wir können Ihn verklagen, wenn wir wieder in London sind.«

Louise ließ die Schultern hängen.

»Lassen Sie es gut sein, Rick. Der Typ ist weg, und niemand konnte ihn bisher finden. Ich will den Mist nur noch vergessen und danach nie wieder an seine bloße Existenz erinnert werden.«

Rick nickte zustimmend.

»Ich verstehe. Aber falls Sie Ihre Meinung ändern sollten, dann steht mein Angebot. Diese Anwälte kennen im Übrigen auch die richtigen Leute, wenn es darauf ankommt, jemanden aufzuspüren, der untergetaucht ist.«

Nervös lachte Louise auf und steckte sich eine Strähne, die ihr ins Auge gefallen war, zurück hinters Ohr.

»Das klingt nicht nach Anwälten, das klingt nach der Mafia.«

Grinsend zwinkerte ihr Rick zu.

»Das ist im Grunde ein und dasselbe. Mit dem Unterschied, dass dabei Leute nicht mit Betonschuhen in der Themse baden gehen, sondern in den Gerichtssaal gezerrt werden.«

»Danke, ich werde vielleicht darauf zurückkommen, wenn wir nächste Woche wieder in London sind.«

»Nächste Woche«, entfuhr es Rick. Sein Gesicht wurde bleich, als hätte er einen Geist gesehen.

»Geht es Ihnen nicht gut?«

»Nein, nein. Ich habe nur durch die ganzen Geschichten hier vergessen, dass ich nächste Woche gar nicht zu Hause bin.«

»Wo sind Sie denn dann?«

Rick seufzte.

»Im Hafen der Ehe, wahrscheinlich. Falls Nora mich noch heiraten will, ich habe mich die ganzen Tage nicht bei ihr gemeldet.«

»Oh. Ach ja.«

Louise biss sich so fest auf die Unterlippe, dass der Schmerz sie wie ein Blitz durchfuhr.

»Sie heiraten? So plötzlich? Sind Sie sich sicher?«

Kaum hatten die Worte ihren Mund verlassen, kam sich Louise dumm vor. Sie hatte gewusst, dass er eine Verlobte hatte, warum war sie so überrascht, dass er sie ehelichen würde?

Rick grinste.

»Sicher bin ich schon, wieso?«

Louise zuckte mit den Schultern und bemühte sich, betont beiläufig zu klingen.

»Nur so. Sie haben die ganze Reise nicht ein Wort über Nora verloren, ich dachte schon, dass sie gar nicht existiert.«

»Nora schreibt mir jede Stunde eine Nachricht oder schickt mir ein Foto. Wenn ich nicht schnell genug antworte, dann wird sie ungeduldig.«

Mit einer Hand kramte er sein Telefon aus der Hosentasche und hielt es Louise unter die Nase.

»Hier, das sind allein die Nachrichten von heute.«

»Augen nach vorn, Rennfahrer«, tadelte Louise und schob seine Hand weg.

Rick grinste.

»Nora macht so einen Social-Media-Kram, ich habe davon keine Ahnung. Ich habe noch nicht mal ein Profil auf diesen Seiten. Aber sie ist sehr geschäftstüchtig. Eigentlich ist sie eine Kollegin von Ihnen.«

»Das bezweifle ich«, spie Louise aus, und Rick hob eine Augenbraue. Sofort schoss das Blut in ihre Wangen.

»Warum werden Sie jetzt rot?«

Amüsiert blinzelte Rick zu ihr hinüber.

»Weil die Heizung an ist«, log sie hastig und spielte an den Knöpfen der Lüftung, die allesamt aus waren.

Rick hatte offenbar Spaß an dem Schauspiel, das sich ihm bot. Er grinste breiter.

»Sie mögen anscheinend keine Influencer, oder?«

»Geht so«, murmelte Louise. Sie strich sich mit der flachen Hand über die Jeanshose. »Es ist alles so *fake.*«

»Was?«

»Na, *alles.* Wie das Leben dargestellt wird. Ich bitte Sie, welcher normale Mensch isst eine Portion Spaghetti Bolognese, während er vorm Tadsch Mahal einen Spagat macht? Und immer dieses ›Seht her, ich bin so clever, ich bin so schön, ich trage überhaupt kein Make-up, mein Leben ist das geilste, ich kann wie Jesus übers Wasser gehen‹. Daran ist doch absolut nichts echt, alles wurde mit einem Filter versehen, damit es noch schicker, noch cooler wird. Und passend dazu können sich die kleinen Mädchen, die das alles glauben, sofort die passenden Produkte kaufen, weil der Link praktischerweise gleich in der Beschreibung unter dem Bild zu finden ist. Natürlich mit passendem Rabattcode. Hashtag alles fake!«

Rick presste die Lippen so heftig aufeinander, dass sein Mund nur eine schmale Linie war, und sagte nichts.

»Hm.«

»Natürlich meine ich nicht Ihre Verlobte damit«, schob Louise hastig hinterher. »Ich bin sicher, dass sie ganz was anderes macht mit ihrem Account.«

»Ich kann auch nicht so viel damit anfangen, aber Nora ist sehr erfolgreich darin.«

»Bestimmt«, murmelte Louise und sah wieder zum Fenster hinaus. »Sie ist sicherlich ein herzensguter Mensch und macht viel Charity und so.«

»Ist sie auch«, entfuhr es Rick lauter als beabsichtigt, und Louise zuckte zusammen. »Sie hat auch eine Patenschaft in Afrika.«

»Warum sind Sie eigentlich so zickig, ich habe doch gar nichts Negatives über Ihre Verlobte gesagt.«

»Sie finden ihre Arbeit lächerlich.«

»Stimmt, aber Sie doch auch.«

Rick knirschte mit den Zähnen und starrte voller Konzentration wieder auf die Fahrbahn.

»Wo haben Sie sich eigentlich kennengelernt?« Angestrengt suchte Louise nach einem unverfänglichen Thema. »Darüber möchte ich nicht sprechen«, maulte Rick sofort zurück. Kurz nahm er eine Hand vom Lenkrad und fuhr sich durch die rotblonden Locken.

Louise kicherte und erntete einen strafenden Blick.

»Was ist daran so komisch?«

»Sagen Sie es mir. Immer wenn Sie in den vergangenen Tagen nervös waren, haben Sie sich in die Haare gegriffen, als wären Sie ein aristokratischer James Dean.«

»So ein Blödsinn«, knurrte er.

Er hielt das Lenkrad wie einen Rettungsring in seinen Händen. Unter der Haut traten die Knöchel weiß hervor.

»Jetzt in diesem Moment wollen Sie sich doch am liebsten auch wieder in die Haare greifen, geben Sie es zu.«

Louise grinste ihn breit an.

»Haben Sie jetzt auch noch Psychologie oder so studiert? Da es Sie interessiert: Nein, das möchte ich nicht. Ich möchte in Ruhe fahren.«

»Ich verstehe nur nicht, was an der Frage, wie Sie Ihre Verlobte kennengelernt haben, so schlimm und dramatisch ist. Ganz ehrlich, ich dachte, ihr Verliebten und Verlobten steht darauf, eure Geschichten zu erzählen.«

Rick zuckte mit den Schultern.

»Es gibt Dinge, die sind privat, die bespricht man nicht mit Fremden.«

»Oh, bitte!« Louise rollte mit den Augen. »Fremde? Wir haben ein Bett geteilt und gemeinsam gesehen, wie sich ehemalige Politiker vor allen Leuten entblößt haben. Sie sind vor mir aus dem Ärmelkanal gefischt worden, wo ich mich übrigens als Ihre Verlobte ausgegeben habe, damit ich zu Ihnen gelassen werde, nur mal so. Außerdem sind wir gemeinsam aus einem Flugzeug geworfen worden. Und Sie wollen mir allen Ernstes sagen, dass wir immer noch *Fremde* sind?«

Rick seufzte.

»Vielleicht haben Sie recht.«

»Mit Sicherheit habe ich das.«

»Übertreiben Sie es nicht.«

Wieder richtete Rick die Aufmerksamkeit auf das Geschehen vor ihm auf die Straße.

»Was ist nun?« Ungeduldig hakte Louise nach.

»Sie geben nicht auf, oder?«

»Ich bin Reporterin. Wenn ich immer sofort aufgeben würde, gäbe es so legendäre Geschichten wie die über Gemüsegärten auf Dachterrassen in London nicht.«

»Was für ein Verlust das wäre«, spuckte Rick sarkastisch aus.

»Nicht wahr?«

»Also gut. Wir haben uns auf der Party eines gemeinsamen Freundes getroffen.«

Louise stierte ihn an, darauf wartend, dass er mehr erzählte.

Er tat es nicht.

»Und weiter?«

»Und nichts weiter. Er hat uns vorgestellt, sie hat gefragt: ›Wollen wir uns mal zum Dinner treffen?‹, ich habe erwidert: ›Lunch passt mir besser‹, sie hat gemeint: ›Morgen um zwölf?‹, ich habe geantwortet: ›Lieber dreizehn Uhr, denn um zwölf habe ich einen Termin‹, sie hat gesagt: ›Okay, dann bis morgen‹, wir haben uns getroffen, Ende der Geschichte.«

»Wow …«, entfuhr es Louise, »das ist wahnsinnig … wow!«

»Wahnsinnig was? Romantisch? Abenteuerlich? Gefühlsbetont?«

»Na ja, ich will sagen, minutiös vorgetragen. Warum haben Sie sich so geziert, mir das zu erzählen?«

Rick wurde rot.

»Noras offizielle Version der Geschichte ist etwas … nun ja, anders.«

Hellhörig verschränkte Louise die Arme von der Brust.

»Wollen Sie sagen, dass sie dieses pure Feuerwerk der Leidenschaft vergessen hat?«

»Nein, das hat sie nicht. Sie erzählt nur eine andere Geschichte.«

Verwirrt schob Louise die dunkle Strähne, die sich aus ihrem Pferdeschwanz gelöst hatte, zurück hinters Ohr.

»Warum denn das?«

»Offensichtlich bringt die Wahrheit nicht genügend Klicks. Und Klicks sind es, die bei einem Account zählen, hat ihr Manager gesagt.«

»Ihr was? Ihr *Manager?*«

Ungläubig kicherte Louise. Schnell hielt sie sich die Hand vor dem Mund, denn Rick strafte sie mit einem erbosten Blick.

»Ich meine, es gibt Leute, die *managen* Leute mit einem Social-Media-Profil? Und die reden auch noch in private Angelegenheiten rein? Wie nett. Welche Story bringt denn mehr Klicks?«

Rick zuckte mit den Schultern.

»Ich habe es vergessen. Ständig ändern sich irgendwelche Details, und ich habe es aufgegeben, es verstehen zu wollen.«

»Und damit sind Sie einverstanden?«

»Solange sie damit glücklich ist, soll es mir egal sein«, seufzte er. Doch er schürzte die Lippen und sah ernst aus dem Fenster.

»Ihre Worte sagen, dass es sie nicht stört, ihre Mimik behauptet das Gegenteil.«

Aus den Augenwinkeln warf ihr Rick einen kurzen Blick zu, blieb aber stumm. Louise seufzte und drehte sich zur Seite. Eine Weile beobachtete sie, wie die Muster der Lärmschutzwand im Vorbeifahren tanzten. Ihre Augen wurden schwer. Nur für einen kurzen Moment wollte sie die Lider entspannen. Dann schlief sie ein.

»Aufwachen, Louise!«

Zaghaft zupfte Rick an ihrem Ärmel. Ruckartig schreckte sie hoch.

»Was? Wie? Warum?«

Ihre Faust glitt haarscharf an Ricks Gesicht vorbei und verpasste es nur, weil er es schaffte, sich rechtzeitig zu ducken.

»Habe ich geschlafen?«

Sie streckte ihren Rücken und hörte, wie die Rippen zurück in ihre ursprüngliche Position knackten.

»Kann man so sagen«, brummte Rick, »wir haben ein Problem.«

Schlagartig waren die Reste von Louises Müdigkeit verschwunden.

»Was für ein Problem?«

Erst jetzt bemerkte sie, dass sich der Wagen nicht bewegte und Rick sich abgeschnallt hatte.

»Wir fahren nicht mehr«, sagte er knapp.

»Das merke ich auch, Wyndham, aber warum?«

»Weil wir ein Problem haben, das habe ich doch gesagt!«

Schnippisch rollte er mit den Augen.

Langsam spürte Louise, wie der Ärger in ihr hochkroch.

»Danke für diese bahnbrechende Analyse, Sherlock! Unfassbar, immer, wenn ich drauf und dran bin zu denken, dass Sie ja vielleicht doch gar nicht so schlecht sind, wie ich anfangs gedacht habe, kommt Ihre aristokratische Attitüde mal wieder direkt zum Vorschein.«

»Meine aristokratische *was*, bitte schön? *Ich* habe *Sie* darüber informiert, dass unser Fahrzeug defekt ist, und da Sie damit wohl mehr Erfahrung haben als ich, bin ich davon ausgegangen, dass Sie es reparieren könnten.«

Ungläubig riss sie die Augen auf.

»Warum sollte ich denn Erfahrung in der Reparatur von Autos haben? Weil ich einen Führerschein besitze?«

»Nein, einfach weil ...«, er fuchtelte mit den Händen vor ihr herum und sah sie von oben bis unten an, »... deshalb!«

»Weil ich so aussehe, als wäre ich Automechanikerin?«

»Jetzt hören Sie doch auf, jedes verdammte Wort auf die Goldwaage zu legen, und sehen Sie besser nach, warum das blöde Auto kaputt ist.«

Tief atmete Louise durch und zählte leise bis fünf. Langsam beruhigte sich ihr Puls wieder.

»Okay, dann wollen wir mal sehen. Wann haben Sie das letzte Mal getankt, und war zu diesem Zeitpunkt noch alles normal?«

Rick runzelte die Stirn.

»Wie meinen Sie das?«

»Na, hat die Karre da schon komische Geräusche gemacht, die sie zuvor nicht gemacht hat? Ein Rasseln, ein Scheppern, irgendwas?«

Erwartungsvoll sah sie ihn an, doch Ricks Blick verriet ihr, dass er keine Ahnung hatte, wovon sie sprach.

»Hören Sie, Wyndham, Sie müssen schon ein wenig mehr mit mir zusammenarbeiten. Sonst bringen wir den Wagen nie wieder zum Laufen.«

»Ja, aber was meinen Sie mit ›getankt‹?«

Argwöhnisch blinzelte Louise ihn an.

»Sie wollen mir sagen, dass Sie den Wagen noch nicht einmal an die Tankstelle gefahren haben, seit wir gestartet sind? Wo zum Geier sind wir jetzt eigentlich?«

»Hundert Kilometer vor Lyon.«

Triumphierend klatschte Louise aufs Armaturenbrett.

»Da haben Sie Ihren Grund. Wir sind über fünfhundert Kilometer gefahren, der Tank ist wahrscheinlich komplett leer.«

Rick schüttelte den Kopf.

»Und was machen wir jetzt?«

»Wissen Sie, manchmal frage ich mich wirklich, wie Sie es schaffen, in dieser Welt zu überleben. Wir nehmen unsere Sachen und suchen nach einer Tankstelle.«

Zehn Minuten liefen sie die viel befahrene Straße entlang. Gefühlt hatten sie fünfzehn Kilometer zurückgelegt, in Wahrheit war es wohl nur einer.

»Wo, meinen Sie, werden wir eine Tankstelle finden? So langsam werden die Sachen schwer zu tragen.«

»Niemand hat gesagt, dass Sie die Urne mitschleppen müssen. Das war allein Ihre Entscheidung!«

Rick gab ein grunzendes Geräusch von sich. Seit sie den Wagen verlassen und sich auf die Suche nach einer Tankstelle gemacht hatten, maulte er. Louise, die von der ganzen Situation ebenfalls nicht entzückt war, trottete vor. Ihre Füße wurden mit jedem Schritt schwerer. *So muss es sich anfühlen, einen Marathon gelaufen zu sein,* dachte sie grimmig.

»Wie lange sind wir schon unterwegs?« Rick, der neben ihr schnaufte, zog eine Schnute.

»Keine Ahnung, vielleicht drei oder vier Kilometer?«

»Kommt mir vor wie zehn«, grummelte er missmutig.

Hupend fuhr ein Auto an ihnen vorbei. Der Beifahrer hatte das Fenster geöffnet und brüllte etwas auf Französisch, was Louise nicht verstand. Durch die Geschwindigkeit entfernten sich die Stimmen schnell. Sie versuchte, die Reaktionen der Autofahrer zu ignorieren. Hinter ihr regte sich Rick über jeden Einzelnen auf.

»Anstatt hier dämlich die Hupe zu bedienen, könnten sie einfach mal anhalten und uns helfen. Welch Verrohung der Sitten.«

»Kommen Sie mal wieder runter, Rick. Sie brauchen die Energie noch für später.«

Er kniff die Augen zusammen und blinzelte in die Ferne.

»Was ist das dort hinten?«

»Wo?«

Angestrengt hielt Louise Ausschau, bis sie einen kleinen, blauen Fleck am Horizont entdeckte. Ein Schild.

»Könnte eine Tankstelle sein«, gab sie vorsichtig zu bedenken.

19

»Welcher Idiot lässt seine Brieftasche im Auto, schleppt aber fünf Kilometer lang eine Urne spazieren?«

Mit einem Kanister Super-Benzin und hängenden Schultern stand Louise fassungslos vor dem roten Auto. Rick schlug die Hände über dem Kopf zusammen. Seine grünen Augen waren vor Entsetzen geweitet, als er durch die eingeschlagene Scheibe des Kleinwagens sah.

»Sie haben doch gesagt, dass wir das Nötigste mitnehmen sollen!«

»Damit meinte ich die *Wertsachen!* Nicht die Asche einer Leiche!«

Rick war kalkbleich im Gesicht.

»Was machen wir denn jetzt? Zur Polizei gehen?«

Louise griff seinen Unterarm und warf einen Blick auf die funkelnde Rolex.

»Keine Zeit, es wird eh schon knapp. Wenn wir jetzt nicht fahren, dann ist die Fähre weg. Und außerdem, was ist, falls die französische Polizei auch wieder über die Urne diskutieren will?« Energisch schüttelte sie den Kopf. »Nein, wir müssen unbedingt weiterfahren.«

»Wie viel Geld haben Sie noch?«

»Ich? Keinen einzigen Cent! Ich habe den Kanister Benzin bezahlt, weil Sie Ihre Kreditkarte im Auto gelassen haben, schon vergessen?«

»Meine Kreditkarte!« Die Erkenntnis traf ihn hart. Er schlug sich mit der flachen Hand vor die Stirn und robbte auf den Beifahrersitz. Das Handschuhfach war weit geöffnet und komplett leergeräumt, nicht ein Krümel befand sich im Inneren. Trotzdem griff er hinein und tastete die Ecken ab, in der Hoffnung etwas zu finden.

»Geben Sie es auf, Rick. Es ist nichts mehr hier.«

»Das kann nicht sein. Das darf nicht sein! Verdammt!«

Er griff sich in die Haare und starrte eine Weile in die gähnende Leere des Handschuhfachs.

»Was sagten Sie? Wie viel Geld haben Sie noch?«

Hastig drehte er sich zu Louise um.

»Nichts«, erwiderte sie, »alles, was ich hatte, ist eben für das Benzin draufgegangen, das sagte ich doch bereits.«

»Haben Sie keine Kreditkarten?«

Erstaunt hob er die Augenbrauen, und Louise kicherte.

»Rick, Sie kennen die Geschichte mit meinen Finanzen. Sehe ich aus wie eine Person, die die notwendige Kreditwürdigkeit für eine American Express besitzt? Um Ihre Frage zu beantworten: Nein, ich besitze keine Kreditkarten.«

»Okay. Also haben wir weder Proviant für die restliche Reise noch die notwendigen finanziellen Mittel, um dies zu ändern. Großartig, ganz großartig!«

»Warum motzen Sie mich jetzt an? Ich bin doch nicht diejenige von uns, die eine Urne anstatt einer Brieftasche mitgenommen hat. Warum rufen Sie nicht einfach Ihre schlaue Assistentin an, lassen die Karten sperren und sich ein wenig Bargeld anweisen?«

»Geht nicht«, grummelte er, »mein Telefon ist auch weg.«

»Selbstverständlich. Wo hätten Sie es auch sonst deponieren sollen? Dann nehmen Sie meines!«

»Ich kenne aber die Nummer nicht.«

Louise schaute ihn schief von der Seite an.

»Gucken Sie mich nicht so komisch an, meine Nummern sind alle eingespeichert, ich brauche mich mit so etwas nicht zu belasten. Ich behalte mein Gehirn frei für wichtige Dinge. Das ist mein System, seit vielen Jahren schon.«

»Das ist ein sehr erfolgreiches System, wie man jetzt unschwer erkennen kann.« Louise rollte die Augen. »Wie lautet denn der Firmenname? Ich frag die Suchmaschine.«

»Geht nicht«, knirschte er.

Sie schloss die Augen und atmete ruhig ein und aus.

»Warum das nicht?«

»Ich habe ihr freigegeben, und sie hat eine geheime Telefonnummer.«

Seufzend warf Louise einen Blick gen Himmel und verschränkte die Arme vor der Brust. Ihre dunklen Haare hatten sich endgültig aus dem Haargummi gelöst und fielen ihr ins Gesicht. Sie schob sich die Strähne nicht hinters Ohr wie sonst. Sie starrte Rick an, der nervös mit dem Fuß wippte.

»Also gut«, sagte sie, »wie weit ist es noch bis zum Ziel?«

Er hob die Schultern.

»Keine Ahnung, sechshundert oder siebenhundert Kilometer insgesamt?«

Louise gab ein Knurren von sich.

»Na fantastisch, mit dem bisschen Benzin kommen wir nicht mal hundert Kilometer weit.«

Seufzend zog sie ihr Smartphone aus der Hosentasche und aktivierte das Display. Mit einem eleganten Wischen öffnete sie die App, die sie gesucht hatte, doch das Ergebnis war niederschmetternd.

»Shit! Ich habe kein Netz hier!«

Sie reckte das Telefon nach oben und schwenkte es in die verschiedensten Himmelsrichtungen. Resigniert schob sie das Handy zurück in die Tasche.

»Wann müssen wir am Anleger sein?«

Rick sah auf seine Uhr.

»In acht Stunden.«

Louise schloss die Augen und atmete tief durch.

»Okay, schnappen Sie sich Archie und alles, was Ihnen nicht gestohlen wurde. Los geht's. Wir haben keine Zeit zu verlieren.«

Sie setzte sich auf den Fahrersitz und streckte die Hand aus.

»Geben Sie die Schlüssel her, ich fahre. So, wie sie über die Straßen schleichen, wäre eine Großmutter mit Gehhilfe sogar noch schneller am Ziel.«

Widerwillig reichte er ihr den Zündschlüssel und knallte die Beifahrertür zu. Dicke Glassplitter fielen herunter und blieben wie kleine Brillanten auf dem dunklen Teppich liegen.

Louise drehte den Schlüssel, und nach zweimal Husten startete der Motor des geschundenen Fahrzeugs.

»Warum halten wir hier an der Tankstelle? Wir haben doch kein Geld, um noch mehr zu tanken.«

Verwundert sah sich Rick um. Louise hatte das Fahrzeug in die hinterste Ecke des Parkplatzes navigiert. Inmitten von Lastwagen und Trucks stoppte sie und zog den Schlüssel ab.

»Stimmt. Deshalb steigen wir jetzt aus.«

»Und was soll das bringen?«

»Wir fahren per Anhalter.«

Entsetzt riss Rick die Augen auf.

»Per Anhalter? Sind Sie wahnsinnig? Sie mögen vielleicht einen Todeswunsch in sich tragen, aber ich hänge an meinem Leben.«

Louise kicherte.

»Sagt der Mann, der in den Ärmelkanal gesprungen ist.«

»Ich bin nicht *gesprungen!* Wie oft soll ich Ihnen das noch sagen?«

»Ja, ja. Reden Sie sich das nur ein.«

Mit hochrotem Kopf öffnete und schloss Rick den Mund mehrmals hintereinander, ohne ein Wort zu sagen. Louise fühlte sich an einen Fisch erinnert, der an der Wasseroberfläche verzweifelt nach Sauerstoff schnappte.

»Ich bin *nicht* gesprungen!«, wiederholte er einmal mehr energisch, doch Louise hörte ihn nicht. Sie war ausgestiegen und hatte ihren riesigen Koffer aus dem Heck gezogen.

Was für ein Trip! Rick blinzelte gegen die Sonne, während er auf der Bordsteinkante saß und über die vergangenen Tage nachdachte. Louise hatte ihn dazu verdonnert, hier zu warten und auf alle Sachen aufzupassen. »Mit Aufpassen meine ich, dass Sie nichts hier aus den Augen lassen. Ketten Sie sich zur Not an die

Koffer fest, aber wir haben genau drei Gepäckstücke und eine Urne. Wenn ich wieder zurückkomme und durchzähle, dann sollten es besser auch noch drei Gepäckstücke und eine Urne sein«, hatte sie ihm gesagt und dabei den Zeigefinger auf ihn gerichtet.

Er war beleidigt. Sie tat so, als würde er sich alles stehlen lassen. Doch das stimmte überhaupt nicht, im Gegenteil. Gut, fast hätte dieser jugendliche Halbstarke ihn in Lyon am Bahnhof ausgeraubt, und er war mit seinen Zigaretten von dannen gezogen, und ja, er hatte seine Wertsachen im Auto gelassen, aber nur, weil es abgeschlossen war. War das seine Schuld? Bestimmt nicht! In dieser Welt wimmelte es von krimineller Energie.

Schmollend warf er einen Blick auf die Uhr. Seit geschlagenen dreißig Minuten waren sie jetzt schon hier. Er seufzte. Niemals würden sie es pünktlich zum Schiff schaffen. Im Grunde konnte er nach Hause fahren. Wenn er denn Geld gehabt hätte. Oder eine Kreditkarte. Oder zumindest ein Telefon, damit seine Assistentin alles Notwendige organisierte.

Jetzt hatte er weder das eine noch das andere. Wie auf Kommando meldete sich sein Magen lautstark knurrend zu Wort. Nicht mal ein mickriges, pappiges Sandwich war jetzt noch drin.

»Arm sein ist Mist«, murmelte er vor sich hin und tätschelte seinen Oberbauch, als wäre es ein verängstigtes Tier, das er mit Streicheleinheiten zu beruhigen versuchte.

»Was hast du gesagt, Kumpel?«

Ohne dass Rick es bemerkt hatte, war einer der Trucker an ihn herangetreten. Er guckte auf die Schuhe und sah von dort aus langsam nach oben. Der Kerl war fast zwei Meter groß und wirkte ebenso breit. Seine fleischigen Arme waren voll mit Tätowierungen. Das Gesicht ging nahtlos in den Hals über, und die vielen unebenen Bartstoppeln zeugten davon, dass er sich seit Tagen nicht rasiert hatte.

»N-nichts?«

Wie auf Kommando knurrte Ricks Magen wieder. Lang und laut. Er biss sich auf die Lippen und hoffte, dass nur er es gehört hatte.

»Oh, Mann, das habe ich auch schon durchgemacht.«

Mitfühlend nickte der Mann, wobei sich sein Doppelkinn wie eine Ziehharmonika rhythmisch zusammen- und auseinanderzog. Er griff hinter sich, und Ricks Herz blieb für einen Moment stehen. Mit großen Augen sah er den Kerl vor sich an und war unfähig, zu reagieren.

»Hier.« Zwischen den wulstigen Fingern hielt er eine Zehn-Euro-Note. Am Daumen klebte ein verschmierter Tropfen brauner Soße. Rick fixierte den Geldschein, unschlüssig, was er damit machen sollte.

»Nimm schon«, forderte der beleibte Mann ihn auf und sprach dabei wie mit einem Hund, der sich nicht traute, ein Leckerchen anzunehmen.

Zaghaft griff Rick nach dem Schein, und ein Lächeln erhellte das runde Gesicht des Mannes.

»Es kommen wieder bessere Zeiten, Kumpel. Echt wahr!«

Rick nickte langsam.

»Danke«, antwortete er mit Bedacht, »... Kumpel?«

Mit einer gönnerhaften Geste winkte der Dicke ab.

»Ach, dafür nicht. Sieh zu, dass du wieder auf die Beine kommst, und lass dich nicht unterkriegen. Und jetzt entschuldige mich, ich muss meine Ware nach Barcelona fahren.«

Er lächelte ihn milde an, wandte sich ab und trottete langsam zurück zu seinem großen Laster.

Rick horchte auf. »Eigentlich«, rief er ihm hinterher, »müssen meine Freundin und ich auch nach Barcelona.«

Der Dicke blieb stehen und drehte sich behäbig zu ihm um.

»Wie? Ihr auch? Tut mir leid, ich habe nicht so viel Platz für noch mehr Gäste.« Das Lächeln war von seinem massigen Gesicht verschwunden. Rick erinnerte der Anblick an einen bulligen Mastiff. Nur mit Fett an Stellen, an denen ein Kampfhund normalerweise Muskeln aufwies. Rick schluckte. Sein Herz schlug schneller, und eine kleine Stimme auf seiner Schulter flüsterte ihm panisch ins Ohr, dass er jetzt zu weit gegangen war.

»Wo ist denn deine Freundin überhaupt?«, fragte der Mastiff argwöhnisch.

»Sie ist dort hinten und wollte nach einer Mitfahrgelegenheit für uns suchen.« Mit dem Finger zeigte er in die Richtung, in die Louise vor einigen Minuten verschwunden war. »Mich hatte sie hier abgesetzt, aber wenn ich eines gelernt habe, dann dass es nicht ratsam ist, ihr zu widersprechen«, murmelte er mehr zu sich als zu seinem Gegenüber.

»Es ist nicht ratsam, wem zu widersprechen?«

Louise hatte sich unbemerkt genähert. Mit engen Augen blinzelte sie zwischen dem Millionenerben und dem Trucker hin und her.

»Niemand«, betonte er schnell und zeigte dabei auf den Lastwagenfahrer. »Er fährt nach Barcelona!«

»Ja, ich weiß. Er nimmt uns mit.«

Der Dicke grinste und offenbarte dabei eine dunkle Lücke, an dessen Stelle in der Vergangenheit mal ein Schneidezahn gesessen hatte.

»Ich hab nur Spaß gemacht. Louise hier hat mir doch schon alles erzählt. Carlos, stets zu Diensten.« Unbeholfen salutierte er und hielt ihm dann die verschmierte Hand hin.

»Wie nett«, presste Rick hervor und umklammerte die Urne auf seinem Schoß.

»Ich habe noch zwei Plätze auf meinem Bock frei, wenn ihr wollt. Ich fahre direkt zum Hafen, da wird meine Ladung aufs Schiff gebracht. Wenn ihr nicht mitwollt, auch gut.« Carlos zuckte mit den Schultern und vergewisserte sich, dass niemand zuhörte. Langsam beugte er sich zu den beiden vor und fuhr flüsternd fort: »Aber passt hier ein wenig auf. Die meisten Typen sind harmlos, aber einige hier haben echt schwer einen am Hebel.«

Mit dem Zeigefinger malte er neben seiner Schläfe imaginäre Kreise in die Luft.

Rick und Louise tauschten einen kurzen Blick aus.

»Mein Vater ist aber auch dabei und muss mit.«

Vorsichtig tippte er auf die Urne, die neben ihm auf dem Boden stand.

Carlos' Blick wurde weich.

»Familie. Das Wichtigste, was es gibt. Natürlich muss der Herr Papa mit.« Er griff sich in den verschwitzten Ausschnitt und zog eine Kette mit einem glänzenden Objekt hervor.

»Seht ihr? Das ist meine Großmutter, meine über alles geliebte *abuelita.*« Er seufzte und blinzelte eine Träne weg. »Sie machen aus menschlicher Asche mittlerweile sogar Schmuckstücke. Vielleicht auch für dich eine Idee, mein Freund, dann musst du die Urne nicht mehr durch die Gegend schleppen. Ist auf die Dauer etwas unhandlich.«

»Ich werde darüber nachdenken«, erwiderte Rick trocken und schluckte. »Wir müssen aber trotzdem um 22 Uhr am Fähranleger sein, sonst haben wir ein Problem«, erläuterte Rick kurz.

Carlos sah auf seine Armbanduhr.

»Puh, das wird aber knapp.« Er kratzte sich am Kopf. »Dann sollten wir jetzt los.«

Die Zeit zog erbarmungslos schnell an ihnen vorbei, genauso wie die karge Landschaft an der Autobahn, und Rick fragte sich, ob sie rechtzeitig das Ziel erreichen würden. Je näher sie der Küste kamen, desto wärmer wurde es in dem engen Fahrgastraum. Eingeklemmt zwischen Carlos, der sich auf dem Fahrersitz ausgebreitet hatte und dabei ziemliche Ähnlichkeit mit *Jabba the Hutt* aus *Star Wars* aufwies, und Louise saß Rick und versuchte sich nicht zu bewegen. Immer wieder schlug ihm Carlos mit dem Ellenbogen in die Seite, wenn er einen Witz erzählte. Sein Arm schmerzte und fühlte sich an, als wäre er auf die doppelte Größe angeschwollen. Immer weiter rückte er zu Louise, die sich erstaunlicherweise nicht gegen den unfreiwilligen Körperkontakt wehrte. Rick war sich nicht sicher, ob es daran lag, dass sie auf dem Sitz selbst komplett bewegungsunfähig zwischen ihm und der Tür eingeklemmt war, oder ob sie sein Dilemma mit dem boxenden Truckerfahrer mitbekam und es ihr leidtat. Die Wahrheit war höchstwahrscheinlich eine Mischung aus beidem.

Kurz bevor sie die katalanische Hauptstadt erreichten, verdichtete sich der Verkehr. Die Autos fuhren alle in eine Richtung: rein nach Barcelona.

»Ein Stau«, murmelte Carlos, »war ja klar. Wie immer.«

Rick warf einen Blick auf die Rolex. Zwanzig Uhr drei. Keine zwei Stunden mehr, bis sie sich am Anleger einfinden mussten. Nervös fuhr er sich mit der Hand durch die Haare.

»Was meinen Sie, wie lange werden wir noch benötigen?«

Carlos kniff die Augen zusammen und überlegte.

»Keine Ahnung, vielleicht eine Stunde, falls sich der Stau schnell wieder auflöst? Kann man aber nicht so genau sagen, ich habe hier auch schon vier Stunden auf der Stelle gestanden.«

»Vier Stunden«, entfuhr es Rick und Louise entsetzt wie aus einem Mund.

Carlos zuckte zusammen und rieb sich das Ohr, in das die beiden ihm reingebrüllt hatten.

»Entschuldigt mal, das ist auch nicht mein Problem. Ich habe diese Straßen nicht gebaut, und gäbe es generell weniger Fahrzeuge auf der Welt, dann müssten wir hier nicht jeden Tag in der Gegend rumstehen und auf besseres Wetter warten. Außerdem sind Autofahrer die Pest. Sie lassen einen nicht vor, sondern drängeln sich auch noch in die kleinste Lücke, denn sie könnten ja irgendwas verpassen. Und wenn noch ein einziger Politiker kommt, der sich über den Stau aufregt, dann kann ich euch verraten, wer dafür verantwortlich gemacht wird. Könnt ihr es erraten? Na? Na?«

Rick und Louise schüttelten zeitgleich die Köpfe und starrten ihren Chauffeur stumm mit großen Augen an.

»Ich sage es euch: Wir sind es, die Lkw-Fahrer!«

Er lachte auf und haute auf die Hupe. Ein kleiner Toyota, der im Begriff war, sich vor Carlos' Truck zu stellen, scherte im letzten Moment wieder zurück auf die mittlere Spur. Der Fahrer war von dem lautstarken Signal, das Rick durch Mark und Bein ging, so erschrocken, dass er eine ganze Weile in leichten Schlangenlinien weiterfuhr.

»Können wir nicht irgendwas unternehmen?«

Louise war die Erste, die ihre Sprache wiedergefunden hatte.

»Und was schlägst du vor?«

»Keine Ahnung, vielleicht eine Umleitung fahren. Runter von der Autobahn, auf die Landstraße, zum Beispiel?«

Carlos schüttelte mit dem Kopf.

»Das bringt nicht besonders viel. Die meisten Straßen hier sind nicht sehr günstig für so große Lkw. Es bleibt uns nichts anderes übrig, als zu warten.«

Louise presste ihre Lippen zusammen und schaute aus dem Fenster. Rick drehte sich zu ihr hin.

»Was ist, wenn wir Bigsby anrufen und ihm erklären, dass wir später kommen? Und mit ›wir‹ meine ich ›Sie‹, denn aus irgendeinem Grund scheint er Sie zu mögen.«

Louise grinste und klimperte mit den Wimpern.

»Sehr gute Idee, Rick, genau das werden wir machen. Wir werden ihm sagen: ›Es tut uns leid, Mr Bigsby, aber wir hielten uns für superschlau. Wir dachten, dass wir das System überlisten könnten, also haben wir zwar die Zugfahrkarten abgeholt, sind aber nur bis zum Flughafen gefahren. Dort haben wir uns maßlos überteuerte Flugtickets gekauft und sind in die Maschine gestiegen. Lustige Geschichte, wussten Sie, dass Urnen in Flugzeugen nicht erlaubt sind? Wir auch nicht! Dann wurden wir rausgeworfen, haben ein Auto gekauft, waren aber zu blöd zum Tanken und – um es kurz zu machen – sitzen nun trampender Weise in einem Lastwagen in Richtung Barcelona Hafen und brauchen vielleicht noch ein bis fünf Stunden, weil wir im Stau stehen.‹ Sie haben recht, Rick. Das wird er bestimmt verstehen.«

Rick schürzte die Lippen.

»Es war doch nur eine Idee.«

Louise rollte die Augen.

»Was für ein System, und wer ist dieser Bigsby?«

Carlos runzelte die Stirn.

»Martin Bigsby ist der Notar, den mein Vater engagiert hat, um uns zu quälen. Er wird am Anleger auf uns warten, und wenn wir nicht pünktlich dort sind, verliere ich mein Erbe und Louise ihre Bezahlung.«

»Ernsthaft? Was hast du denn angestellt, dass dein Erbe an solche Bedingungen geknüpft ist?«

Rick seufzte.

»Das ist eine Frage, mit der sich die Philosophen beschäftigen sollten. Fakt ist jedoch, dass ich mich von der Summe verabschieden kann.«

»Von welcher Summe reden wir hier?«

Rick zuckte mit den Schultern.

»Ist doch egal.«

»Dreißig Millionen Pfund«, warf Louise ein.

Carlos trat auf die Bremse, und die drei Körper wurden unsanft in die Gurte gepresst.

»Wie viel? Mann, und ich habe dir wirklich zehn Euro gegeben?«

»Die zahle Ihnen zurück. Mit Zinsen. Aber im Grunde ist es eh egal, denn wir schaffen es so oder so nicht mehr rechtzeitig an unser Ziel.«

Resigniert seufzte er auf. Er schloss die Augen und presste seinen Körper mit hängenden Schultern in den Sitz.

»Das war es dann wohl.«

»Ja«, bestätigte Louise seufzend, »ich denke auch.«

Ihre Augen brannten. Stumm wischte sie sich eine einzelne Träne weg, die ihr über die Wange floss. Im Geiste lief ihr Leben wie ein Film ab. Sie sah sich ohne Job und mit vielen Schulden unter einer Brücke sitzen, denn selbst das mickrige Zimmer würde sie sich nicht mehr leisten können.

»Moment mal! Ihr wollt jetzt schon aufgeben? So ein Blödsinn!«

Der Trucker streckte den Rücken durch und sah seine beiden Anhalter tadelnd an.

»Wirklich Leute, das Leben ist nicht immer fair, und zwischendurch verlierst du auch den ein oder anderen Kampf, aber niemals wirfst du das Handtuch, wenn du noch mit beiden Beinen auf dem Boden stehst!«

»Lassen Sie es gut sein, Carlos.« Rick winkte ab. »Es ist nett gemeint, aber wenn wir hier auf der Stelle stehen, dann schaffen wir es niemals pünktlich bis zum Treffpunkt. Mein Vater würde sich freuen. Ein weiteres Mal, dass sein Sohn seinen Ansprüchen nicht gerecht wurde.«

»Negativ, viel zu negativ. Ein bekannter Philosoph hat mal gesagt: ›Es ist erst vorbei, wenn es vorbei ist!‹«

Louise und Rick sahen ihn an und zogen einstimmig fragend die Augenbrauen hoch.

»Was denn? Kennt ihr etwa nicht Rocky ›*The Italian Stallion*‹ Balboa? Guter Mann, wirklich, sehr guter Mann. Und jetzt festhalten.«

Die beiden Beifahrer tauschten einen amüsierten Blick aus, und Carlos drückte lautstark auf die Hupe.

»Platz da! Ich will hier rüber«, brüllte er zum Seitenfenster raus, als ob er damit die vorbeifahrenden Autos auf dem Mittelstreifen zum Bremsen bewegen könnte. Wie einen agilen Luchs manövrierte er den schwerfälligen Truck auf die mittlere Spur, und Rick, der nichts zum Festhalten finden konnte, wurde von der ad hoc eintretenden Schwerkraft an Louises Seite gepresst.

»Entschuldigung«, flüsterte er ihr zu und sah auf den Boden. Amüsiert stellte sie fest, dass seine Gesichtsfarbe der einer Tomate glich.

»Schon gut«, stieß sie hervor.

Begleitet von einem Hupkonzert zwängte sich der schwerfällige Brummi auf die mittlere Spur. Angestrengt kniff Louise die Augen zu und summte laut und schief die Melodie von *Crazy Time* vor sich hin, um sich von der gefährlichen Situation abzulenken. Ihr Herz, das sich anfühlte, als würde es unter ihrer Haut kochen, pumpte wie wild das Blut durch ihre Venen.

Rick war unfähig, sich zu bewegen, und starrte, ohne zu blinzeln, durch die Windschutzscheibe. Er griff Louises Hand und drückte sie sanft. Sofort beruhigte sich ihr Puls. Sie spürte, wie sie rot wurde, und vermied es, ihn anzuschauen. In ihrem Bauch kribbelte es, als wäre eine Armee Ameisen auf dem Weg, an die Oberfläche zu marschieren. Krampfhaft versuchte sie, das Gefühl zu ignorieren.

Euphorisch lachend trat Carlos auf das Gaspedal.

»Sosehr ich Ihren Einsatz zu schätzen weiß, Carlos, aber lebend das Ziel zu erreichen, wäre schon sehr erstrebenswert.«

»Keine Sorge, Kumpel, bei mir seid ihr zwei sicher!«

20

Warm, um nicht zu sagen heiß.

Martin Bigsby schwitzte in seinem Tweedsakko. Gerne hätte er es ausgezogen, doch er befürchtete, dass sein weißes Hemd darunter ebenfalls komplett nass war. Hätte er nur auf seine Frau gehört, die ihm gesagt hatte, dass Südspanien derzeit von einer Hitzewelle heimgesucht wurde. Aber nein, er war sich sicher gewesen, dass er mit seinem Lieblingssakko ideal ausgestattet war. Immer wieder warf er schnaufend einen Blick auf die Uhr. Zehn vor zehn.

Wo blieben die bloß? Niemals hätte er darauf gewettet, dass sich jemand ein so hohes Erbe durch die Lappen gehen lassen würde, doch Rick Wyndham war genauso unberechenbar wie sein alter Vater.

Dass aber Louise Moore ebenfalls nichts mehr von sich hatte hören lassen, verwunderte ihn dann doch ein wenig. Wyndham Junior war nicht angewiesen auf das Geld seines Vaters. Sie allerdings schon. Zumindest, wenn sie nicht ein Leben lang in Schulden baden wollte. Aber vielleicht gehörte sie ja doch zu diesen alternativen Hippies, denen das egal war, und er hatte sie falsch eingeschätzt.

Acht Minuten vor zehn.

Bigsby wischte sich mit einem Taschentuch über die schweißnasse Stirn. Die salzige Flüssigkeit brannte unangenehm in seinen Augen und ließ seine Brille immer wieder vom Nasenrücken rutschen. Er hasste alles, was mit Sommer und Hitze in Verbindung gebracht werden konnte. Sand, Strand, Sonnenmilch. Er stöhnte. Der nächste Urlaub in Richtung Norwegen war schon gebucht.

»Wo bleiben die nur?«

Leise knurrte er vor sich hin. Innerlich freute er sich zwar auf seinen verfrühten Feierabend, aber er ärgerte sich, dass er sich überhaupt auf den Weg begeben hatte. Wenigstens waren die Kosten für diesen unnützen Ausflug in seinen Auslagen enthalten. Dieser Gedanke beruhigte ihn ein wenig. Wyndham Junior, darauf wettete er, würde keinen Penny zahlen.

Es wurde leise am Anleger. Die meisten Fahrzeuge waren inzwischen in die enorme Luke manövriert worden, und ihre Besitzer waren dabei, die Kabinen für die Nacht zu beziehen.

Aus der Ferne hörte er das penetrante Dauerhupen eines Lastwagens. Er verzog das Gesicht zu einer missbilligenden Grimasse. Manche Menschen haben einfach kein Benehmen, schoss es ihm durch den Kopf. Der unangenehme Lärm wurde mit jeder Sekunde lauter. Bigsby drehte sich in die Richtung, aus der das Hupen kam. Jetzt vernahm er den röhrenden Motor, das Fahrzeug war nicht mehr weit entfernt. »Meine Güte, der Fahrer hat wohl noch nie etwas vom Schalten in den nächsten Gang gehört!«

Von Neugier erfüllt, was für ein Volltrottel sich ihm da näherte, blinzelte Bigsby die Straße hinab.

»Was zum ...?« Er kniff angestrengt die Augen zusammen und rückte seine Brille zurecht, doch es gab keinen Zweifel.

Ein Lkw steuerte mit waghalsiger Geschwindigkeit direkt auf ihn zu. Am Steuer saß ein haariger Gorilla. Daneben mit erschrockenen Mienen ein Mann und eine Frau. Unter einer Million Menschen hätte er die zwei wiedererkannt, denn es waren genau diese beiden, die ihm in den vergangenen Wochen und Monaten eine Vielzahl von neuen grauen Haaren verursacht hatten.

Bigsby schlotterten die Knie. Alles in ihm schrie: Spring zur Seite! Flieh endlich!, doch war er absolut unfähig, sich zu bewegen. Automatisch fiel ihm der Hase wieder ein, den er letzte Woche spätabends auf der Autobahn überfahren hatte. Das Vieh war stehen geblieben und hatte mit schreckgeweiteten Augen direkt in seine Scheinwerfer geglotzt.

Trotz Vollbremsung hatte Bigsby die Kollision nicht mehr abwenden können. Zu Hause hatte seine Frau Hühnchen gebraten, was er über alle Maßen liebte zu essen. Doch nicht an jenem Abend. Die hochragenden Keulen hatten ihn an die Überreste des armen Meister Lampe erinnert, und er hatte den Teller weit von sich geschoben.

Mit quietschenden Reifen kam der Laster kurz vor dem Notar zum Stehen.

Die Türen öffneten sich, und Louise sprang ihm entgegen.

Fragend starrte er sie an, unfähig, auch nur ein einziges Wort hervorzubringen.

»Fragen Sie nicht«, knurrte sie ihn an, und Bigsby, der mit offenem Mund dastand, schluckte kopfschüttelnd.

Hinter Louise kam Rick zum Vorschein, das Gesicht weiß wie Kalk. Seine Augen lagen in dunklen Höhlen, es war ihm anzusehen, wie übel er sich fühlte.

»Kumpel, ich bin selten jemandem begegnet, der so reisekrank wird wie du!« Der Fahrer des Trucks stieg von seinem Bock und griff Rick unter die Arme. »Mann, und du bist noch nicht mal auf dem Schiff. Ich habe gehört, dass so eine Fährfahrt ziemlich gefährlich sein kann. Letztens ist ’n Typ vor Frankreich von Bord gegangen. War wohl auch seekrank.« Rick erstarrte, und Carlos’ Gesichtsausdruck erhellte sich. Vergnüglich kicherte er. »Ach, guck mal an. Schon hast du wieder Farbe im Gesicht. Scheint dir ja schnell wieder besser zu gehen.«

Bisby, der den Mund weit geöffnet hatte, beobachtete das Schauspiel mit einer Mischung aus Faszination und Unglaube, wie Rick sich vornüberbeugte, die Hände auf die Knie stemmte und nach Atem rang.

»Geht es Ihnen gut, Sir?« Letztendlich fand der Notar seine Stimme wieder.

Rick richtete sich auf und griff Bigsbys Arm. Der Druck war so fest, dass dieser kurz zusammenzuckte. Eindringlich sah der gebeutelte Millionenerbe ihm in die Augen.

»Kann das hier komplett unter uns bleiben? Bitte?«

Argwöhnisch musterte Bigsby den Millionärssohn von Kopf bis Fuß. Die knochige Hand hatte sich tief in den Ärmel seines Lieblingssakkos gegraben. Die Strapazen der vergangenen Tage standen ihm buchstäblich ins Gesicht geschrieben. Nichts erinnerte mehr an den selbstsicheren Schnösel, der vor ein paar Tagen in sein Büro geplatzt war. Fast bekam Bigsby Mitleid mit der traurigen Gestalt vor ihm.

»Nun, die Anweisungen waren eindeutig«, erklärte er und spürte, wie der Klammergriff um seinen Arm erschlaffte.

»Das war es also?« Wie ein nasser Sack setzte sich Louise auf die Bordsteinkante. »Ich meine, wir haben uns so angestrengt und beeilt, und es hat *nichts* gebracht?«

Rick ließ die Schultern hängen und heftete den Blick auf seine Schuhe. Die handgefertigten Designerstücke aus Italien. Was für einen furchtbaren Anblick diese inzwischen boten. Das feine Ziegenleder war abgewetzt. Zwar hatte er sie nach seinem Bad im Ärmelkanal wieder trocknen können, aber das ehemalig helle Braun war jetzt nur noch eine Masse undefinierbarer Schlammtöne. Unten löste sich durch Salz und Feuchtigkeit die Sohle.

»Es tut mir leid, Louise«, murmelte er zerknirscht, ohne aufzublicken. »Ich habe Sie enttäuscht.«

Sie sah ihn wortlos an und schluckte.

In Bigsbys Hals breitete sich ein großer Kloß aus. Sollte Wyndham Junior gar nicht so ein Idiot sein, wie er gedacht hatte? War es sogar möglich, dass er begann, ihn sympathisch zu finden? Zumindest für Louise Moore hegte er Sympathien. Diese junge Frau war genau wie er selbst unschuldig zwischen die Fronten zweier verbitterter Familienmitglieder als Geisel genommen worden, und sie war es, die am meisten darunter zu leiden hatte.

»Mr Wyndham hatte ganz genaue Vorstellungen davon, wie Sie hier ankommen sollten«, wiederholte Bigsby erneut.

»Ja, das sagten Sie bereits.« Verbittert schüttelte Rick den Kopf.

»Lassen Sie mich ausreden, Sir. Wie gesagt, Sie sollten mit dem Zug von Koblenz bis zum Bahnhof dieser traumhaften Stadt fahren. Wie genau Sie jedoch von der Innenstadt bis zum Fähranleger kommen, ich glaube, das ist nicht weiter spezifiziert worden. Soweit ich weiß, sind Sie beide in Koblenz in den Zug gestiegen. Ist das korrekt?«

»Ja, aber …«

Louise boxte Rick in die Kniekehle.

»Stimmt«, rief sie hastig, »wir ... wir sind in den Zug eingestiegen.« Mit einem Blick bedeutete sie Carlos, den Mund zu halten. Mit den Fingern schloss er seine Lippen ab und warf den imaginären Schlüssel über die Schulter.

Bigsby nickte langsam.

»Nun denn, dann gilt in meinen Augen Ihre Aufgabe als erfüllt.«

Ein Fährmitarbeiter kam winkend auf sie zu und deutete an, dass die letzte Gelegenheit zum Boarding gekommen war.

»Nun denn«, fuhr Bigsby fort, »wir sollten uns beeilen. Die Reederei wird bestimmt nicht auf uns warten.«

Die Kabinen an Bord der Fähre waren zweckmäßig, aber Louise war froh, dass sie sich mal wieder flach auf den Rücken legen konnte. Sie schloss die Augen und war kurz davor einzudösen, da klopfte es an der Tür. Sie erschrak, so laut hatte sich das Geräusch in ihr Bewusstsein gehämmert.

»Louise, sind Sie wach?« Ricks Stimme wanderte durch die Tür.

»Jetzt schon«, grummelte sie leise. Sie quälte sich umständlich von dem harten Bett herunter und schlurfte zur Tür.

»Was ist los, Wyndham, können Sie nicht einschlafen? Denn ich habe damit keine Probleme.«

»Ich mag Schifffahrten nicht. Ich werde sehr schnell seekrank.«

»Interessante Information, können wir das beim Frühstück besprechen? Beziehungsweise dann, wenn ich frühstücke und Sie halt ... nicht?«

Bevor sie die Tür schließen konnte, zwängte er sich an ihr vorbei und setzte sich auf die Bettkante.

»Kommen Sie doch rein. Setzen Sie sich doch hin.« Sie seufzte.

»Louise, ernsthaft. Wenn ich mich nicht ablenke, dann wird mir speiübel.«

»Es tut mir leid, das zu hören. Aber es ist doch nicht das erste Mal, dass Sie mit einem Schiff verreisen. Ich meine, beim letzten Mal hatten Sie doch auch keine Proble...«

Rick zog nervös die Augenbrauen hoch. Er hatte Schweißperlen auf der Stirn stehen und wirkte fiebrig.

»Oh …!« Sie sah ihn mit großen Augen an. Die Erinnerung an Ricks unfreiwilligen Ausflug im Ärmelkanal prasselte auf sie ein.

»Ja, genau. ›Oh‹«, äffte er ihre Reaktion nach.

»Aber ich verstehe nicht, ich habe Bilder von Ihnen und Nora auf einem Boot gesehen, da sahen Sie aus, als würde es Ihnen gut gehen.«

Rick runzelte die Stirn.

»Was für Bilder?«

»Ach, nur so Paparazzifotos auf einer Schrottseite. Nicht der Rede wert. Wurden mir in die Benachrichtigungen gespült. Ist nicht so, dass ich danach gesucht hätte.« Louise murmelte undeutlich mit gesenktem Blick und spürte, wie das Blut in ihre Wangen schoss.

»Ach so, *diese* Fotos meinen Sie. Das war auf einer Jacht, und wir waren in Küstennähe. Ich konnte jederzeit das Ufer sehen, die See war sehr ruhig, und nach fünfzehn Minuten bin ich von Bord gegangen.«

»Schon wieder«, sagte Louise grinsend, und Rick rollte die Augen.

»Wollen Sie das jetzt hören, oder nicht?«

Sie biss sich auf die Lippen.

»Entschuldigung. Erzählen Sie weiter.«

»Also, ich durfte das Schiff auf regulärem Wege wieder verlassen. Die Aktion war aber auch nicht meine Idee, sondern Noras. Sie wollte unbedingt mit dem Ding rausfahren, und ich sollte auf jeden Fall mit. Als die Typen mit den Kameras auftauchten, wusste ich auch, warum.« Er verdrehte die Augen. »Publicity ist ihr sehr wichtig.«

»Das klingt nach einem richtigen Goldstück«, ätzte Louise.

»Nein, nein, verstehen Sie mich nicht falsch, sie ist toll. Wirklich. Sie versteht es, aus banalen Situationen sehr medienwirksame Fotos zu machen.«

Bemüht, nicht zu lachen, presste Louise die Lippen so fest aufeinander, dass sie zitterten. Doch alle Mühe war vergebens. Laut prustete sie los und wurde von Rick mit einem missbilligenden Blick gestraft.

»Es tut mir leid«, japste sie und rang nach Luft. Aus dem Auge lief eine Träne die Wange hinunter. Schnell wischte sie sie weg. »Aber ich finde ›Sie versteht es, aus banalen Situationen sehr medienwirksame Fotos zu machen‹ ist irgendwie eine merkwürdige Umschreibung für einen Menschen, den man heiraten will.«

Rick setzte sich auf und lief dann in der engen Kabine auf und ab.

»Ich finde, es ist ein sehr vorzügliches Argument für einen Menschen.«

»Echt jetzt? Ich meine, klar, für einen Bildjournalisten in Krisenregionen ist es eine großartige Voraussetzung, um einen Pulitzerpreis zu bekommen. Aber in einer Beziehung? Wirklich? Fallen Ihnen da nicht wichtigere Dinge ein?«

Rick runzelte die Stirn.

»Zum Beispiel?«

»Ich weiß auch nicht. Ein gemeinsames Hobby vielleicht?«

Er nickte langsam und kratzte sich nachdenklich am Kinn.

»Okay. Hätten Sie einen Vorschlag?«

»Wie bitte?«

»Ich meine, haben Sie eine Idee, was für ein gemeinsames Hobby taugen würde?«

Verwirrt blinzelte sie ihn an.

»Woher soll ich das wissen? Es ist doch Ihre Verlobte. Welche Musik hört sie? Was ist ihr Lieblingsbuch?«

»Nora hört keine Musik. Und sie liest nicht.«

»Okay. Aber was ist mit Ihnen? Jeder Mensch hat doch irgendein Hobby! Reisen vielleicht?«

»Hatte ich nicht bereits erzählt, was mein Vater von Aktivitäten hielt, die kein finanzielles Ziel hatten? Außerdem reise ich nur geschäftlich.«

»Ja, und ich erinnere mich daran, dass ich Sie diesbezüglich auch bereits ausgiebig bedauert habe. Das erklärt aber nicht, warum Sie immer noch keine Nebenbeschäftigung haben, die Sie glücklich macht.«

Er hob die Augenbraue und linste auf sie herab.

»Meine Arbeit ist mein Hobby!«

Wortlos sah sie ihn an. Ihre Lippen zuckten leicht. Erst kurz. Dann stärker. Lautstark prustete sie los. Sie hielt sich den Bauch, während ihr gesamter Körper von einem krampfartigen Lachanfall geschüttelt wurde.

»Was ist daran denn so lustig?«

Rick verschränkte die Arme vor seiner Brust und schob beleidigt die Unterlippe nach vorn.

»Entschuldigung!« Louise wischte sich eine Lachträne aus dem Augenwinkel. »Es ist nur ... ich weiß auch nicht. ›Meine Arbeit ist mein Hobby!‹ Ernsthaft? Machen Sie nicht irgendwas mit Finanzen?«

Rick nickte.

»Und wollten Sie nicht als kleiner Junge einmal Schriftsteller werden? Oder Musiker? Oder Fußballprofi?«

»Was hat das eine mit dem anderen zu tun?«

Louise zuckte mit den Schultern.

»Ach, nur so. Ihr Job hat ja nun wirklich nichts mit all dem zu tun.«

Hörbar knirschte er mit den Zähnen. Er vermied den direkten Blickkontakt und starrte indessen auf das Sicherheitsposter an der Kabinentür.

»Rick?«

»Hm?«

»Sie sagen Bescheid, wenn Sie kotzen müssen, oder?«

»Muss ich nicht.«

»Sicher?«

»Ja.«

»Okay.«

Stille breitete sich im Raum aus. Keiner von beiden sprach ein Wort. Louise kreuzte ihre Beine zum Schneidersitz und hielt ihre schmerzenden Füße fest. Sie hatte das Gefühl, von London bis Barcelona zu Fuß marschiert zu sein. Innerlich verfluchte sie die billigen Schuhe, die sie letzte Woche in dieser kleinen Secondhandboutique in Soho gekauft hatte. Sie waren so schön und sahen aus wie neu. Wie konnte sie die nicht mitnehmen und ihnen ein neues, warmes Zuhause schenken? Durch die Druckstellen an beiden großen Zehen und den Fersen wurde ihr klar, warum die Treter so günstig für ein fast ungetragenes Paar zu haben waren. Vermutlich waren es die Schuhe der Ladeninhaberin selbst. Louise meinte, einen Anflug von Erleichterung in ihrem Blick gesehen zu haben, dass die Dinger endlich weg waren. Unter ihren Beinen fühlte sich die Decke weich an, der Stoff kitzelte auf ihrer Haut. Sie bewegte sich nicht, doch hatte sie das Gefühl, dass der Raum sich leicht von einer Seite zur anderen neigte. Kurz schloss sie die Augen. Mit jedem Atemzug engte sich ihre Luftröhre ein, aber es war keine Atemnot. Nein, das Gefühl kam von südlicher. Aus ihrer Magengegend. Ihr wurde flau, als hätte sie zu tief ins Glas geschaut. Angestrengt dachte sie nach. Wann hatte sie den letzten Schluck Alkohol getrunken? Auf der Party der von Frankenheims, dämmerte es ihr. War sie davon immer noch betrunken?

Unmöglich! Das war zu lange her.

Doch ihr Körper sprach eine andere Sprache. Ist mir egal, signalisierte er, ich fühle mich besoffen, also bin ich es!

Ihre Beine schienen sich vom Boden zu lösen, sie schwebte im Raum.

Ruckartig öffnete sie die Augen. Unverändert saß sie auf dem Bett. Im Schneidersitz. Alles in der engen Kabine war wie vor einer Sekunde.

Wieder hob ihr Körper leicht ab.

Louise rieb sich den Oberbauch. Was zum Teufel war das?

»Das ist der Seegang«, flüsterte Rick, als würde er ihre Gedanken lesen, »von dem Hin-und-her-Schaukeln wird mir auch meistens übel.«

»Ich bin nicht seekrank«, zischte sie zurück, doch die Worte klangen selbst in ihren Ohren unglaubwürdig. Rede es dir weiterhin ein, lachte die kleine, innere Stimme sie aus und rührte weiter in ihrem Magen herum. Wie ein Wirbelsturm im Wasserglas stieg der Inhalt an die Oberfläche.

Louise hielt die Hand vor den Mund und stürzte gerade noch rechtzeitig auf die Toilette.

21

»Sorry. Ich weiß nicht, was das war.«

Louise, die sich zuvor einen Schwall kaltes Wasser ins Gesicht gespritzt hatte, ließ sich stöhnend auf dem Bett nieder.

»Kein Problem, hier, Sie müssen Ihren Flüssigkeitshaushalt wieder ausgleichen.«

Rick reichte ihr ein Glas Wasser, das sie gerne nahm. Sie lächelte sanft und stellte erleichtert fest, dass die kühle Flüssigkeit dieses Mal in der richtigen Richtung durch die Speiseröhre floss.

»Hey, warum ist Ihnen eigentlich nicht schlecht geworden? Ich dachte, dass Sie so wahnsinnig seekrank seien.«

Argwöhnisch blinzelte sie ihn an, doch er zuckte nur mit den Schultern.

»Stimmt, keine Ahnung. Ich habe ehrlich gesagt gar nicht darüber nachgedacht.«

Umständlich nestelte er ein Taschentuch hervor und reichte es ihr.

»Danke!« Louise griff es und tupfte sich die glänzende Stirn trocken. Wieder stöhnte sie leise auf.

»Das ist ein wenig unfair, finden Sie nicht auch?«

»Mag sein, Miss Moore.«

Grollend rollte Louise mit den Augen.

»Ernsthaft? Ich bin immer noch Miss Moore?«

Rick runzelte die Stirn.

»Sie wollen nicht Tracy genannt werden.«

»Louise! Ich heiße Louise, meine Güte noch mal.«

Ein Grinsen breitete sich auf seinem Gesicht aus. Er sah aus wie ein kleiner Junge, der scherzte. Es stand ihm. Leicht boxte sie ihn in den Oberarm.

»Sehr witzig, Archibald der Dritte, wirklich sehr witzig!«

»Ich weiß«, sagte er lachend und wich ihrem Schlag mit einer geschmeidigen Bewegung aus. Geschickt drehte er sich zur Seite, griff nach dem kleinen Kissen am Kopfende des Bettes und ging seinerseits zum Angriff über. Mit Wucht landete das weiße, weiche Objekt in Louises Gesicht.

Der Aufprall kam so unerwartet, dass ihr der Atem wegblieb.

»Aua«, entfuhr es ihr, obwohl sie keine Schmerzen verspürte. Nie hätte sie damit gerechnet, dass ausgerechnet Rick Wyndham, der aufgeblasene Idiot mit dem Stock im Arsch, mit einem Kissen nach ihr werfen würde.

Rick biss sich auf die Lippe und starrte sie mit großen Augen an.

»Tut mir leid«, murmelte er verlegen, »ich wollte nicht …«

Weiter kam er nicht.

Mit einem dumpfen Geräusch landete das Kissen in Ricks Gesicht. Wie in Zeitlupe rutschte der Stoff von seiner Haut. Mit offenem Mund saß er vor ihr. Baff schüttelte er sich kurz und fuhr sich durch die rotblonden Locken. Louise bemerkte, dass die grüne Farbe seiner Augen heute intensiv strahlte. Die Iris passte sich seiner jeweiligen Stimmung an. Wenn er schlecht gelaunt war, dann waren sie grau, wie leblos. In diesem Moment schien es ihm gut zu gehen. Sie fragte sich, warum sie diese Veränderung vorher nicht an ihm bemerkt hatte.

»Das war ein Fehler, Miss Moore. Sie müssen wissen«, wieder griff er zu dem Kissen und deutete einen Schlag an. Louise hob abwehrend den linken Arm, als sie zeitgleich ein anderes weiches Polster in die Seite traf, »dass ich auf einem Internat war.«

Rick grinste sie provozierend an.

Doch blitzschnell griff Louise die Kissen mit beiden Händen und schlug sie ihm gleichzeitig um die Ohren.

»Ach ja? Ich bin ein Kind aus der Arbeiterklasse. Mich können Sie nicht so einfach besiegen, *Sir.*«

»Moment mal, das bedeutet Krieg!«

Flink sprang Rick auf. Er wollte Louise umklammern, die sich wiederum elegant unter seinem Griff wegduckte und ihrerseits seinen Arm zu fassen versuchte.

Lachend kämpften sie und lieferten sich eine vergnügte Kissenschlacht. Wie kleine Kinder.

Nachdem Louise ein weiteres Mal mit dem Kissen angreifen wollte, reagierte Rick diesmal früh genug und fasste nach ihrem rechten Handgelenk. Sie versuchte sich aus dem Griff zu befreien, doch dieser war zu fest. Sie zappelte in seinen Armen. Siegessicher grinste er sie an.

»Ich sagte, dass ich auf einem Internat war, da gilt die Devise ›Friss oder stirb!‹.«

Der Schlag traf ihn von links. Rick riss die Augen überrascht weit auf. Er war so beschäftigt gewesen, ihr rechtes Handgelenk in Schach zu halten, dass er nicht mitbekommen hatte, wie sie mit der freien Hand nach dem rosa Dekokissen hinter sich auf dem Bett gegriffen und zum finalen Schlag ausgeholt hatte.

»Und ich war auf einer öffentlichen Schule. Denken Sie, dass das Leben dort ein Zuckerschlecken war? Wir geben uns nicht so einfach geschlagen. Wie heißt das noch gleich? ›Wer zuletzt lacht, der lacht am gehässigsten!‹.«

Louise grunzte.

»Dein Lachen ist wirklich …«

»Ich weiß, abartig. Furchteinflößend. Unfassbar grässlich.« Louise verdrehte die Augen. Karen hatte ihr schon mal nahegelegt, wenn es denn sein musste, nur leise zu kichern, falls sie im Büro einen Witz hörte oder ähnlich Lustiges.

»Nein, ich wollte sagen, wunderschön.«

»Soll das ein Witz sein, Wyndham?«

Mit gerunzelter Stirn sah sie ihn an. In seinen graugrünen Augen suchte sie nach Anzeichen, dass es sich um einen Scherz handelte, doch die fand sie nicht.

Rick schüttelte leicht den Kopf.

»Also, das hat mir wirklich noch niemand gesagt«, stellte sie verblüfft fest.

»Kann ich nicht verstehen.«

Ricks Blick veränderte sich. Das Grün war dunkler als sonst. Louise sah tief in seine Seele. Alle Verletzungen und unverheilten Wunden traten zum Vorschein. Jetzt war er nicht mehr der hochnäsige Kerl von der Testamentseröffnung, vor ihr saß der kleine Junge, der alles tat, um von seinem Vater wahrgenommen zu werden.

Wieder kribbelte ihr Magen. Doch dieses Mal war es nicht unangenehm, im Gegenteil. Es war aufregend, wie hundert kleine Hummeln, die sich in ihrem Bauch ein Wettrennen lieferten. Ein Gefühl, das sie schon lange nicht mehr verspürt hatte.

Quälend langsam rückte sein Gesicht näher an ihres, sein Atem kitzelte auf ihrer Haut. Louise schloss die Augen und wartete auf den Moment, in dem seine Lippen zärtlich ihre fanden.

Tausend Volt flossen durch sie hindurch. Von den Haarspitzen bis zu den Fußsohlen stand sie unter Strom. Die gesamte Haut prickelte, als hätte sie sich in feinperligen Champagner gesetzt und gleichzeitig einen Föhn hineingeworfen.

Louise war lebendig. Raum und Zeit existierten nicht mehr. Es gab in diesem Augenblick nur sie und ihn. Und diesen einen Kuss, der ihre Sinne förmlich explodieren ließ. Sie griff in sein lockiges Haar und presste ihren Körper an seinen. Ohne die Lippen von ihr zu lösen, schlang er seine Arme um ihre Hüften und zog sie fester an sich heran.

»Miss Moore?«

Ein energisches Klopfen an der Kabinentür unterbrach die Zweisamkeit.

Rick sprang mit einem Satz vom Bett auf und lehnte sich an die Kabinenwand.

»Äh, ja, bitte?«

»Martin Bigsby hier. Ich weiß, es ist schon spät, aber hätten Sie einen Augenblick Zeit?«

»Ähm, natürlich.«

Louise stand auf und plumpste direkt auf die Bettkante zurück. Ihre Knie waren weich wie Wackelpudding. Zitternd nahm sie einen weiteren Anlauf. Erleichtert bemerkte sie, dass die Kabine so klein war, dass die Tür nur zwei Schritte entfernt war.

Umständlich nestelte sie am Türschloss. Ihr war schwindelig, aber nicht vom unaufhörlichen Schwanken der Fähre. Dass Rick sie von seiner Ecke aus stumm anstarrte, spürte sie, ohne hinzuschauen.

Nach einer gefühlten Ewigkeit brachte sie es zustande, die Tür zu öffnen.

»Was gibt es denn?« Der Versuch, einen unbeteiligten und freundlichen Ton zu treffen, klang in ihren eigenen Ohren unnatürlich und schrill. Sie verzog ihren Mund zu einer grinsenden Grimasse und stemmte eine Hand unbeholfen in die Seite, um ihr Zittern zu überspielen. Sie war sich sicher, dass ihr Auftreten gruselig war, unwillkürlich musste sie an den Joker aus Batman denken, doch Bigsby schien ihr seltsames Verhalten nicht zu bemerken.

»Ich finde Mr Wyndham nicht, haben Sie ihn vielleicht gesehen?«

Louise stotterte. »Äh ...«, war alles, was sie hervorbrachte.

»Ich bin hier, Mr Bigsby!«

Rick trat aus dem dunklen Schatten der zu kleinen Kabine ins Licht, sodass der Notar ihn sah.

»Oh!« Bigsby rückte sich die Brille zurecht. »Ich hatte Sie bereits gesucht, Sie waren auf einmal verschollen.«

Rick schüttelte den Kopf. Er vermied es, Louise einen Blick zuzuwerfen.

»Nein, ich war die ganze Zeit über hier.«

Erleichtert lachte Bigsby auf.

»Gott sei Dank! Ich hatte schon die Befürchtung, dass Sie über Bord gegangen wären wie dieser Idiot vor ein paar Tagen im Ärmelkanal.«

Rick wich sämtliche Farbe aus dem Gesicht. Nervös lachte er mit dem Notar. Louise fiel in das künstliche Lachen mit ein.

»Was? Nein, so ein Idiot!«

Bigsby wischte sich eine Lachträne unter seiner Brille weg.

»Wie dem auch sei«, fuhr er fort, »Sie sind wohlauf, also hat es sich erledigt. Gute Nacht.«

»Ein Moment, ich komme mit.«

Rick drehte sich in Louises Richtung und nickte ihr zu, ohne ihr in die Augen zu gucken.

»Gute Nacht, Miss Moore«, murmelte er leise.

»Nacht«, nuschelte sie zurück. Sie ließ die Tür hinter den beiden Männern ins Schloss fallen und warf sich aufs Bett.

»Louise, du dummes Huhn. Was war das denn? Klar, dass du dir ausgerechnet diesen Typen aussuchen musstest. Der ist verlobt!«

Sie presste ihr Gesicht ins Kopfkissen und unterdrückte einen Schrei.

Die nächsten Stunden wälzte sich Louise von einer Seite zur anderen. Sobald sie die Augen schloss, sah sie Rick und nahm seine Berührung wahr, bis die Erschöpfung sie einholte. Eingehüllt in wirre Träume von Karen, Rick, Nora und Archie schlief sie ein.

22

Das Klingeln ihres Handys weckte sie auf. Mühsam öffnete sie die Augenlider und blinzelte verschlafen auf das Display.

Karen!

Das war eine der Personen, mit denen sie am wenigsten reden wollte.

Kurz zögerte sie, dann wischte sie mit dem Zeigefinger über das rote Hörersymbol und drückte die Chefredakteurin weg. Sie hatte nie ein gutes Gefühl dabei gehabt, eine Story zu schreiben, wie sie ihrer Chefin vorschwebte, und in den letzten Tagen war sie in dieser Hinsicht noch bestärkt worden. In der vergangenen Nacht hatte sie für sich einen Entschluss gefasst: Sie würde *Women's Comfort* verlassen. Von Anfang an war es eine Übergangslösung gewesen, bis sie eine vernünftige Stelle hätte.

Louise lag platt und bewegungslos auf dem Bett und starrte an die Decke. Nach einer halben Minute vibrierte es ein weiteres Mal kurz, ein Zeichen, dass Karen ihr auf die Mailbox gesprochen hatte.

Louise hörte sie nicht ab. Nie wieder würde sie eine Nachricht von Karen abhören.

Seufzend setzte sie sich auf und griff zum Telefon. Sie öffnete die Nachrichtenapp und schrieb ihrer Chefredakteurin eine kurze, aber überfällige SMS.

In seine eigenen Gedanken versunken stand Rick an der Reling und beobachtete den farbenprächtigen Sonnenaufgang am Horizont. Er hatte die Urne seines Vaters auf der Brüstung abgestellt und stützte sein Kinn obenauf. Sanft bewegten sich seine Locken in der leichten Seeluft. Er bemerkte die beiden Mädchen kaum, die etwas abseits neben ihm standen und kicherten. Sie starrten ihn unverhohlen an, wobei sie immer wieder tuschelnd auf das Smartphone glotzten, das eines der beiden in der Hand hielt. Sie wandten sich abrupt ab, als er den Kopf in ihre Richtung drehte. Rick zuckte mit den Schultern. Die Urne zog Aufmerksamkeit auf sich, daran hatte er sich inzwischen gewöhnt.

»Ah, da sind Sie ja, Mr Wyndham!«

»Guten Morgen, Mr Bigsby.«

Ohne sich umzudrehen, erkannte Rick die Stimme des Notars, die ihn aus seinen Gedanken riss. Er stellte sich zu ihm an die Brüstung und schnaufte schwer. Die Treppen zum Oberdeck hatten seine miserable Kondition enttarnt. Rick warf ihm einen kurzen Blick zu und schaute dann wieder in Richtung Horizont. Schweigend standen die beiden Männer nebeneinander.

»Wie ich sehe, haben Sie sich mit Ihrem Vater angefreundet.«

Bigsby deutete auf die Urne und lachte grunzend über seinen eigenen Witz.

Rick verzog seinen Mund zu einem oberflächlichen Grinsen.

»Haben Sie eine Frage, Mr Bigsby?«

Dem Notar blieb das Lachen im Hals stecken. Er räusperte sich kurz und rückte seine Harry-Potter-Brille zurecht.

»Nein, ich habe einen Brief für Sie.«

Rick horchte auf.

»Einen Brief? Kein Video?«

Bigsby schüttelte den Kopf.

»Nein. Und dieses Mal ist der Brief nur an Sie persönlich gerichtet.«

Umständlich nestelte er in der Innentasche seines Jacketts und zog einen beigefarbenen Umschlag hervor. Ricks Blick fiel auf das schwere, rote Wachssiegel. Zwei stilisierte Wölfe, die sich gegenseitig anbrüllten. Sofort erkannte er das Symbol: Es war das heilige Familienwappen der Wyndhams. Er verdrehte die Augen. Sein Vater hatte sich bis zum Schluss nicht geändert. Schon in seiner Zeit im Internat waren alle Briefe von zu Hause mit diesem Wappen versiegelt gewesen.

Rick schnappte sich den Umschlag und steckte diesen, ohne einen weiteren Blick daraufzuwerfen, in die Hosentasche.

»Wollen Sie den Brief nicht lesen?«

Mit wachen Augen sah Bigsby seinen Mandanten über den Rand seiner Brille an, doch dieser starrte nur weiter auf einen Punkt am Horizont.

»Später vielleicht. Ich bin gerade nicht in der Stimmung, mir weitere Vorhaltungen von meinem alten Herrn machen zu lassen.«

Bigsby blieb neben ihm stehen und wartete auf eine Reaktion. Nach einer Weile räusperte er sich.

»Nun gut, wir laufen gleich in den Hafen ein. Ich sollte meine Sachen holen.«

Rick reagierte nicht.

»Wir sehen uns dann später.«

Der Notar drehte sich um und stieß mit Louise zusammen, die sich den beiden Männern näherte.

»Hi.«

Rick drehte sich zu ihr um. Ein Strahlen erhellte seine Augen. Zaghaft lächelte er sie an. Louise bemerkte wieder einmal das leuchtende Grün um seine Pupillen.

»Hallo.«

Sie standen sich unbeholfen gegenüber. Louise vergrub nervös ihre Hände in den Jackentaschen, Rick fuhr sich durch die Haare. Keiner von beiden sagte ein Wort.

»Ich wollte nur ...«

Zeitgleich brachen sie die Stille, hielten verdutzt inne und lachten verlegen.

»Bitte, *Ladies first.*« Rick deutete Louise mit einer galanten Handbewegung an zu sprechen.

Sie wurde rot und trat unbeholfen von einem Fuß auf den anderen.

»Wegen ... wegen gestern. Also, gestern Abend.« Sie stotterte. Durch ihre Adern schoss das Blut bis in die Wangen und veranstaltete in ihrem Gesicht ein nicht zu übersehendes Lagerfeuer. Verlegen sah sie nach unten. Vorhin in der Kabine hatte sie vor dem Spiegel gestanden und die Worte eingeübt. In ihrer Vorstellung war alles so leicht gewesen. Doch der Unterschied zwischen

Theorie und Praxis war gewaltig, wie sie bitter feststellte. »Du und ich … nun, ich wollte dir nur versichern, dass ich weiß, dass da nichts …«

Rick biss sich auf die Lippen. Eine Mischung aus Unbehagen und Scheu flackerte in seinen Augen auf.

»Was meinst du genau?«

»Du verstehst mich schon. Hör zu, ich war vielleicht nicht auf einer elitären Schule, so wie du, aber es ist mir bewusst, dass wir nichts gemeinsam haben. Außer dieser Reise, meine ich. Wenn wir morgen nach London zurückkehren, dann wartet deine Verlobte auf dich. Und auf mich die Katzen, was schlimmer und klischeehafter klingt, als es in Wirklichkeit ist. Es tut mir leid, dass du jetzt vielleicht Probleme mit Nora bekommen wirst. Aber ich gebe zu, dass ich mich in dir getäuscht hatte. Du bist nicht so übel, wie ich anfangs dachte.« Sie streckte ihm die Hand hin. »Freunde?«

Rick runzelte die Stirn und schluckte hart. Kurz, nur für einen flüchtigen Moment, meinte Louise, dass sie etwas anderes in seinem Blick las. Einen Funken Enttäuschung?

Mit einem festen Griff umschloss er ihre Hand und schüttelte sie. »Okay, Freunde. So übel bist du auch nicht, Louise.«

Er zwinkerte ihr zu und grinste.

»Mit Nora wird es kein Problem geben. Selbst wenn ich es ihr erzählen würde, was ich nicht machen werde, hätte sie keinen Grund, sich aufzuregen. Immerhin hatte sie etwas mit einem Fotografen letztes Jahr. Und das Jahr davor. Und davor.«

Louise stutzte.

»Wie bitte, wirklich?«

Er nickte und fischte sich eine Haarsträhne aus den Augen.

»Sie sagt zwar, dass da nichts gelaufen sei, aber ich bin kein Idiot.«

Louise schnalzte mit der Zunge und schüttelte den Kopf. Je mehr sie über sie hörte, desto unsympathischer wurde ihr Nora. Verhalten biss sie sich auf die Lippen. Zu gerne hätte sie einen schnippischen Kommentar zu Ricks Hochglanzverlobter von sich gegeben, aber sie beschloss, dass es besser war, still zu sein.

Er hob nur entschuldigend die Schultern.

»Nora ist kein schlechter Mensch, sie hat nur andere Prioritäten«, erwiderte er, als hätte er ihre Gedanken gelesen.

»Sicher«, brummelte Louise. Krampfhaft suchte sie nach einem anderen Gesprächsthema. Von NoraLovesStyle hatte sie genug gehört.

»Ich habe einen Brief bekommen«, warf Rick ein, »von meinem Vater. Bigsby hat ihn mir gerade überreicht.«

»Und was steht drin?« Dankbar für den Themenwechsel blinzelte Louise in seine Richtung und schirmte die grelle Sonne mit der Hand ab.

»Ich habe noch nicht reingeschaut.«

»Warum denn nicht?«

Seufzend umklammerte er Archies Urne mit beiden Armen.

»Später. Vielleicht. Etwas in mir sagt, dass ich auf den letzten Metern das Ziel nicht erreiche, wenn ich den Brief jetzt öffne. Höchstwahrscheinlich würde ich die Urne einfach jetzt und hier direkt vor Ort über die Brüstung werfen, und das war es dann.«

»Und wenn er dir was Wichtiges mitteilen wollte?«

»Dann hat es auch bis heute Abend Zeit. Oder bis morgen. Oder niemals.« Er tippte auf den Deckel des Aschegefäßes. »Die Ewigkeit ist sein Freund.«

»Gutes Argument. Aber vielleicht überlegst du es dir doch noch anders. Archie ist zwar nicht mehr da, aber du schon. Und vielleicht gibt es dir die Gelegenheit, einen Schlussstrich zu ziehen.«

Rick schürzte die Lippen.

»Eventuell hast du recht. Viel wahrscheinlicher ist es aber, dass er einfach noch mal alle Verfehlungen aufgelistet hat, die ich in seinen Augen begangen habe, mit dem Hinweis, dass andere Söhne einfach besser für ihn und sein Ego gewesen wären als so ein kränklicher Mensch wie ich.«

»Das glaube ich nicht.« Louise schüttelte energisch den Kopf, sodass ihre braunen Haare im Wind flogen. Eine Strähne blieb an ihrem Lipgloss kleben, und sie klemmte sie hinter das Ohr. »Archie war zwar zynisch und gemein, aber im Grunde seines Herzens ein liebenswürdiger Mensch. Er konnte es nur nicht zeigen.«

Rick zog skeptisch die Augenbraue hoch.

»Er war ein Mensch? Oh, da gibt es eine Reihe von Argumenten, die dagegensprechen.«

Ein älteres Pärchen schlich tuschelnd an ihnen vorbei. Louise hörte die Frau wispern und verdrehte die Augen. Sie kannte diese Unart, sehr laut zu sprechen und es als ein Flüstern zu tarnen, von Karen. Häufig hatte sie sich für ihre Chefin geschämt. Insgeheim hatte sie sich immer gefragt, ob solche Personen ernsthaft glaubten, dass sie niemand hören könne. Oder ob es nur Absicht war, um Aufmerksamkeit zu erzeugen. Bei Karen war sie sich sicher, dass die zweite Option zutraf, doch bei dieser Dame hier konnte sie es nicht mit Gewissheit raushören.

»Und ich sage dir, das ist der Mann, Alfred!«

»Nein, wirklich?«

»Doch, doch, ich bin mir ganz sicher!«

Rick legte die Stirn in Falten und beäugte die beiden Passagiere. Offenbar hatte er das Gespräch auch mit angehört. Grüßend nickte er dem Mann zu, der seinerseits mit einem freundlichen »Ahoi, Seemann« antwortete und ihn freudestrahlend ansah. Prompt zupfte die Frau an seinem Ärmel und zog ihn mit sich.

»Komm jetzt, Alfred«, zischte sie ihren Mann scharf an, der sofort den Kopf einzog und wie ein getretener Hund weiter hinter ihr hertrottete.

Rick und Louise blieben ratlos zurück.

»Wow, das war merkwürdig.«

Kopfschüttelnd sah sie den beiden nach.

»Allerdings«, pflichtete ihr Rick bei, »an die komischen Blicke habe ich mich gewöhnt, die Leute finden es wohl etwas merkwürdig, dass ich eine Urne dabeihabe, aber das war ein ganz neues Level von ›merkwürdig‹.«

Unterbrochen wurden ihre Gedanken von dem lauten Grollen der Schiffsmotoren. Der Hafen von Palma lag direkt vor ihnen, und die Möwen flogen kreisend über ihren Köpfen.

»Wie dem auch sei«, wechselte Rick das Thema, setzte ein strahlendes Lächeln auf und klopfte beherzt auf den Deckel der Urne, »lassen Sie uns von Bord gehen und meinen Vater endlich ins Meer kippen.«

Bigsby trafen die beiden erst wieder, kurz bevor sich die Türen der Fähre öffneten.

Die Leute drängten durch die schmale Gangway ins Freie. In Louises Jackentasche vibrierte unaufhörlich das Telefon. Karen nahm eine Kündigung per SMS wenig positiv auf. Doch sie musste warten. Sie würde mit ihr sprechen. Aber nicht jetzt. Später. Irgendwann. In einer nicht fernen Zukunft.

Um sie herum pressten sich die Passagiere in Richtung der Ausgänge. Doch die Situation kam ihr komisch vor. Sie hörte das leise Raunen, sie spürte die Blicke, mit denen sie jeder bedachte. Louise sah sich nach ihren Begleitern um.

Bigsby hatte sein Sakko über den Arm geworfen und die Ärmel des blütenweißen Hemdes hochgekrempelt. Leise stöhnend tupfte er sich die schweißnasse Stirn ab und kräuselte immer wieder die Nase, um die rutschende Brille zurück in Position zu ziehen.

Den Menschen in seiner Umgebung schenkte er keine große Aufmerksamkeit. Für den Notar waren die warmen Temperaturen auf der Mittelmeerinsel die Hölle.

Rick hatte sich eine Sonnenbrille aufgesetzt, ungeachtet der Tatsache, dass sie im Bauch der Fähre waren. Das künstliche Licht bot hier nicht die besten Voraussetzungen für eine einwandfreie Sicht mit getönten Gläsern. Er hatte die Hemdärmel ebenfalls hochgekrempelt, aber es sah bei ihm weitaus lässiger aus. Die Locken fielen ihm ins Gesicht, und er zog seinen Trolley mit einer gekonnten Natürlichkeit hinter sich her. Louise erinnerte der Anblick an Models in Hochglanzmagazinen, die für Uhren warben, deren Wert den eines Mehrfamilienhauses übertraf.

Das Einzige, was dieses Bild störte, war die Urne in seinem Arm.

Louise schüttelte leicht den Kopf. Sie hatte es schon vor vielen Tagen aufgegeben, ihn darum zu bitten, Archie in der roten

Baumwolltasche zu transportieren, die weitaus weniger Aufmerksamkeit auf sich ziehen würde. Rick hatte immer nur verächtlich geschnaubt und abgewinkt. Warum er den Beutel so leidenschaftlich hasste, konnte sie sich nicht genau erklären.

Sie sah ihn an und schluckte hart gegen den Kloß an, der ihren Hals ausfüllte. Vor nicht einmal sechs Stunden hatte sie in seinen Armen gelegen und ihn geküsst.

Neben Rick drängten sich zwei Mädchen, Louise schätzte ihr Alter auf fünfzehn oder sechzehn, den Gang entlang. Kichernd tuschelten sie und sahen ihn dabei immer wieder an.

Louise neigte den Kopf zur Seite. Direkt sah sie der kleineren der beiden in die Augen. Diese stieß ihre Freundin an und deutete in ihre Richtung.

Langsam schüttelte Louise den Kopf, ohne die Miene zu verziehen. Mit hochroten Gesichtern drehten sich die zwei Mädchen weg.

Die Situation wurde sogar noch seltsamer. Louise suchte in Ricks Gesicht nach einem Zeichen, dass er es ebenso spürte, doch er starrte nur stur geradeaus. Hinter den dunklen Gläsern der Sonnenbrille hielt er seine smaragdgrünen Augen verborgen.

Allein der Gedanke daran, wie er sie gestern Abend angesehen hatte, ließ ihr Herz für einen kurzen Moment aussetzen, nur um dann schneller zu schlagen. Sie schloss die Augen und wischte die Bilder beiseite. Was genau war nur mit ihr los? Rick war nicht ihr Typ! Abgesehen von der Tatsache, dass er mit einer anderen Frau zusammen war. Er gehörte ihr nicht, damit musste sie sich abfinden und alle Gefühle, die in ihr aufkeimten, zur Seite drängen. Da der Kloß sich nicht herunterschlucken ließ, stampfte sie kräftig auf und beschloss, ihn ab jetzt zu ignorieren.

»Da ist er!«

Bevor Louise sah, was geschah, wurde sie an die Seite gedrückt und vom Blitzlichtgewitter geblendet.

Am Ende der Gangway hatten sich zahlreiche Fotografen und Journalisten mit Mikrofonen in der Hand versammelt. Wie bei einem Startschuss liefen sie auf sie zu.

»Was zum …?«

Louise wusste nicht, wie ihr geschah. Sie drehte sich zu Rick um, der ebenso überrascht seinen Griff um die Urne verstärkt hatte.

In einem Wirrwarr aus Stimmen hörte Louise immer wieder Ricks Namen. Alle waren offenbar nur seinetwegen hier.

Er wich den Mikrofonen im Slalom aus, die ihm unter die Nase gehalten wurden.

»Mister Wyndham, was sagen Sie zu den Bildern?«

»Sir, werden Sie eine Therapie in Anspruch nehmen?«

»Was sagen Sie zu Ihrem Suizidversuch?«

»Geht es Ihnen besser?«

»Warum dachten Sie, dass es keinen Ausweg mehr gibt?«

»Wie lautet Ihr Kommentar zu dem Vorwurf, dass es sich hierbei nur um einen PR-Gag handelt?«

Die Fragen prasselten auf Rick ein wie ein Hagelschauer. Langsam dämmerte es Louise. Jemand hatte Wind von dem Zwischenfall im Ärmelkanal bekommen. Klar, überall hatten Menschen an Deck gestanden und die ganze Rettungsaktion gefilmt. Die Erkenntnis traf Louise mit voller Wucht. Nur mit Mühe blieb sie aufrecht stehen. Gleichzeitig wurde ihr heiß und kalt. Es war wie ein Gang in die Sauna. Von innen.

Zitternd holte sie ihr Telefon aus der Tasche. Sieben verpasste Anrufe. Zwei von Karen und fünf von unbekannten Nummern. Und eine Push-Nachricht von der *Women's Comfort*-Redaktion.

»Oh, verdammt!«

Macht Geld wirklich glücklich? Millionenerbe springt von Fähre!

Sie fuhr mit dem Finger über die Überschrift, und der ganze Artikel öffnete sich. Louise überflog die Zeilen.

»O nein«, raunte sie vor sich hin. Ihr Blut sackte nach unten, und kalkweiß lehnte sie sich an die Wand. Sie hatte das Gefühl, als würde die ganze Welt sich urplötzlich um sie herum drehen, und der Boden unter ihren Füßen wurde weich wie geschmolzene Butter.

Schlagartig dämmerte es ihr, was da geschehen sein musste. Oder besser gesagt, wer.

»Karen!«

Schmallippig beobachtete sie, wie die Meute dabei war, auf Rick einzureden. Martin Bigsby stand mit offenem Mund daneben, Louise sah die Schweißperlen auf seinem Gesicht. Der arme Kerl war mit der Situation vollkommen überfordert. Sie mussten von hier weg, und zwar sofort.

Louise schloss die Augen und atmete tief ein und aus. Ein und aus. Ein und aus. Sie spürte, wie ihr Herzschlag sich beruhigte und der Boden unter ihren Füßen aufhörte zu wackeln.

Jetzt oder nie! Energisch drängelte sie sich zu Rick und Bigsby durch.

»Beiseite! Platz da! Lassen Sie mich vorbei, danke!«

Mit lauter Stimme kämpfte sie sich vor die Kameraleute.

»Mr Wyndham wird Ihnen hier und jetzt keine Stellungnahme geben. Bitte wenden Sie sich an unser Office, wenn Sie einen offiziellen Wortlaut erfahren möchten.«

Sie schob sich zwischen Rick und die Kameras, wobei sie mit der flachen Hand versuchte das Blickfeld der Journalisten abzuschirmen.

»An welches Office sollen wir uns denn wenden? Wer sind Sie überhaupt?«

Ein unscheinbarer, spindeldürrer Mann mit einer zu großen Jeansjacke und den Überresten von jugendlicher Akne im Gesicht baute sich vor ihr auf. Sie erkannte ihn, auch wenn sie nicht wusste, wie er hieß, aber er schrieb für die Konkurrenz von *Women's Comfort.* Louise hatte ihn schon ein paarmal bei anderen Terminen gesehen, wenn sie Karen begleiten durfte.

Seinem Blick nach zu urteilen, hatte er aber keinen blassen Schimmer davon, wer da vor ihm stand.

»Mein Name ist Moore... äh ...owitz. Tracy Murowitz. Ich bin die Pressesprecherin von Mr Wyndham.«

Sie drehte sich um und sah in Ricks verblüfftes Gesicht. Ein leichtes Lächeln umspielte seine Lippen.

»Die Öffentlichkeit hat ein Recht darauf zu erfahren, was vor Calais geschehen ist!«

Die Öffentlichkeit geht das einen Scheißdreck an, dachte Louise hinter ihrem festgemeißelten Profilächeln.

Der dünne Reporter plusterte sich auf, und bei diesem Anblick musste sie an einen grünen Pfau denken, der sein Federkleid ausbreitet, um dadurch imposanter auf die Frauenwelt zu wirken. Was manchmal funktionierte und oftmals eben nicht. Sie biss sich auf die Lippen, um nicht zu grinsen.

»Ich weiß nicht, ob Sie es wissen, aber Mr Wyndham hat auch etwas, das nennt sich Persönlichkeitsrechte. Wir sind hier in der EU, und da wird das alles besonders großgeschrieben. Wissen Sie, was hier mit Reportern gemacht wird, die sich nicht daran halten? Die vielleicht sogar glauben, einen Menschen daran hindern zu können, einen öffentlichen Ort zu verlassen? Nötigung, mindestens. Wenn nicht sogar Kidnapping. Nicht wahr, Mr Bigsby?«

Sie drehte sich zu dem schwitzenden Notar um. Prompt waren sämtliche Augenpaare ihm zugewandt. Diese Menge an Aufmerksamkeit war zu viel für ihn.

Sein Gesicht lief knallrot an, und immer dickere Schweißperlen bildeten sich auf seiner Stirn, nur um dann die Wangen hinabzurinnen.

»Mr Bigsby«, fuhr Louise fort, »müssen Sie wissen, ist der persönliche Anwalt von Mr Wyndham. Er hat bereits seinen Vater mit Bravour vertreten und macht nun dasselbe für Rick Wyndham. Er weiß genau, welche Paragrafen hier anzuwenden sind. Habe ich recht?«

Erwartungsvoll zwinkerte sie Bigsby zu, der nur steif nickte. Triumphierend grinsend wandte sich Louise wieder dem Journalisten zu.

»Noch weitere Fragen zu dem Thema?«

Er schluckte so hart, dass Louise seinen überdimensionalen Adamsapfel wackeln sah. Stumm schüttelte er den Kopf und trat einen Schritt zurück. Die anderen Reporter waren für einen kurzen Moment sprachlos.

Louise ergriff die Gelegenheit, zog Rick am Arm und bedeutete den beiden Männern, sich in Bewegung zu setzen. Schnellen Schrittes eilten sie aus dem Terminal und ließen die Meute hinter sich.

23

»Nicht umdrehen, die sind wie Raubtiere. Wenn wir Angst zeigen, können sie das riechen. Dann kommen wir hier nicht weg.«

Innerlich schickte Louise ein Stoßgebet zum Himmel, als sie sah, dass eine ganze Reihe von Taxis direkt vor dem Gebäude stand. Schnurstracks rannten die drei auf das erste Fahrzeug zu.

In einer Mischung aus Spanisch und Englisch erklärte Bigsby dem Fahrer, wohin sie wollten. Dieser nickte leicht und setzte den Wagen in Bewegung. Als sie sich von dem Terminal entfernten, drehten sich Rick und Louise gleichzeitig um. Inzwischen waren die Reporter ebenfalls nach draußen gestürmt und fotografierten das abfahrende Taxi.

»Wow, was war das denn?«

Verblüfft ließ sich Rick auf den Rücksitz fallen. Seit sie die Flucht angetreten hatten, hatte er nichts mehr gesagt.

Bigsby, der schwer atmend vorn neben dem Fahrer saß, beruhigte sich nur langsam von der Aktion.

»Ich weiß es nicht, Sir. So viel kann ich allerdings dazu sagen: *Das* war nicht von ihrem Vater geplant gewesen. Oder ich war nicht eingeweiht. Außerdem hat von meinem Büro aus niemand der Presse einen Tipp gegeben, wo Sie beide sich derzeit aufhalten und was der Grund dafür ist. Meine Sekretärin ist zweiundsechzig Jahre alt und arbeitet seit über vierzig Jahren in der Kanzlei. Ich lege für sie meine Hand ins Feuer.«

»Schon gut, Mr Bigsby, ich hatte Sie auch gar nicht verdächtigt. Ich habe mich nur gewundert. Allerdings kann ich mir schon denken, wer dahintersteckt.«

Louise schreckte hoch.

»Ehrlich, Rick, es tut mir …«

»Nora!«, unterbrach er sie, »sie wittert bei jeder Gelegenheit eine gute PR, wahrscheinlich hat sie die Presse informiert.«

Louise schoss die Röte ins Gesicht. Sie räusperte sich, um den Frosch aus ihrem Hals zu vertreiben, der ihre Stimme blockierte.

»Ich fürchte, dass Nora dieses Mal wirklich unschuldig ist.«

Rick runzelte die Stirn und sah Louise schief an. Sie wich seinem Blick aus.

»Wie bitte? Wie meinst du das? Ich verstehe nicht ganz!«

Louise zog ihr Telefon aus der Hosentasche und rief die Seite mit dem Artikel auf, den sie vorhin entdeckt hatte.

Mit wackligen Händen hielt sie es ihm unter die Nase. Sie zog es wieder weg, und er schnappte ins Leere.

»Rick, bevor du das liest, musst du wissen, dass ich damit nichts zu tun habe. Ich bin genauso entsetzt darüber wie du.«

Ungeduldig hielt er ihr die offene Hand hin.

»Jetzt gib schon endlich her, ich will wissen, was dort steht.«

Zögerlich reichte sie ihm das Smartphone.

Schweigend las er den Text.

Macht Geld wirklich glücklich? Millionenerbe springt von Fähre!

Von Louise Moore

Erst wenige Tage ist es her, dass der in den Siebzigern durch seine geschäftstüchtigen Investitionen einer breiten Öffentlichkeit bekannt gewordene Multimilliardär Sir Archibald Wyndham der Zweite verstarb. Alleiniger Erbe ist sein Sohn Archibald Wyndham der Dritte. Im Gegensatz zu seinem bodenständigen Vater fiel dieser in der Vergangenheit vor allem durch kurze Liebesaffären mit Models und Schauspielerinnen auf.
Derzeit ist er mit der Nummer-eins-Influencerin Nora Paxton vom Blog NoraLovesStyle liiert. Die Gerüchteküche brodelt, denn vor wenigen Wochen soll der notorische Junggeselle ihr einen Heiratsantrag vor Barbados gemacht haben, seitdem geht es nur um die Frage, wann und wo ihm der Ring an den Finger geheftet wird. Doch hängen etwa Wolken im Paradies?

Vergangene Woche beobachteten Augenzeugen auf der Fähre zwischen Dover und Calais (Frankreich), wie sich der beliebte Bachelor in die Fluten stürzte. Erst in letzter Sekunde konnte er vor dem sicheren Tod in der eiskalten See gerettet werden (hier geht es zum Video).
»So ein Idiot, ist einfach gesprungen, und die Mannschaft musste ihn da wieder rausholen«, fasst Winston Paul (62) zusammen, der mit seiner Frau ein romantisches Wochenende in Paris verbringen wollte. ***(Romantische Rezepte für deinen Hochzeitstag findest du hinter diesem Link.)***
Was hat ihn dazu veranlasst? Wie steht es mit der Beziehung zu Nora Paxton? Ist etwa alles aus? Hat ihm der plötzliche und unerwartete Tod seines 85-jährigen Vaters zugesetzt?
Aus sicherer Quelle wissen wir, dass der Kontakt seit vielen Jahren abgebrochen war. Was ist geschehen?

War Archibald Wyndham Senior mit dem lockeren Lebenswandel seines Sprösslings nicht einverstanden?

Er zog seinen Sohn allein groß, nachdem seine Frau verstarb. Donna Wyndham, eine der beliebten Ikonen der Londoner Charity-Szene, erlag früh den Folgen einer Krebserkrankung.
Die genauen Umstände, weshalb sich Vater und Sohn nicht mehr miteinander verstanden haben, bleiben bis zum heutigen Tag unklar. Aus der näheren Umgebung der beiden ist zu erfahren, dass der lockere Lebenswandel von Rick Wyndham zu interfamiliären Unstimmigkeiten führte.
»Rick hatte eine Geliebte nach der anderen, die kosten natürlich Geld. Archie war nicht mehr bereit dazu, für diese Gold Digger zu zahlen«, berichtet Annie Fairchild, die Schwester von Donna Wyndham. Auch zu ihr hatte der smarte Junggeselle sämtlichen Kontakt abgebrochen, als es mit den losen Beziehungen anfing. Kann dieser junge Hengst gebändigt werden? In dieser Frage sind sich alle einig; falls es eine Person schaffen kann, dann ist es Nora Paxton, der ruhende Pol, der Rick Wyndham zu erden vermag.

»Wir führen eine sehr harmonische Beziehung«, bestätigt der Internetstar, »Rick weiß immer, wie er mich überraschen kann. Mit einer Reise nach Barbados oder einem spontanen Frühstück in Venedig, mit ihm wird es einfach nicht langweilig.«
Wenn Nora Paxton von ihrem Verlobten spricht, dann kommt sie ins Schwärmen. Sie kennt ihn wie keine andere Person auf diesem Planeten, das ist schon mal sicher. Die Traumhochzeit liegt genau um die Ecke. Auf die Frage, wann und wo sie stattfinden wird, hüllt sich Paxton in Schweigen.
»Dazu wird nichts verraten, nur so viel: Es wird ein ganz großes Märchen werden!« Alle Einzelheiten werden auf dem Instagram-Account der Fashion-Ikone bekannt gegeben. Wahrscheinlich wird es nicht mehr allzu lange dauern, bis wir die ersten Fotos der Märchenhochzeit zu sehen bekommen.
Wir sind gespannt. In der Zwischenzeit wünschen wir dem Paar alles Gute und hoffen, dass Rick Wyndham sich nach seinem mentalen Absturz mit einhergehendem Suizidversuch baldmöglichst wieder erholen wird. Schließlich haben alle Menschen mal einen schlechten Tag.

Angestrengt versuchte Louise eine Reaktion in seinem Gesicht zu lesen, doch sie fand keine. Seine Lippen waren zu einer schmalen Linie zusammengepresst, seine Pupillen flogen von links nach rechts, während er den Text auf dem kleinen Display las.

Er war fertig und glotzte aus dem Fenster. Quälend lange wartete Louise darauf, dass er etwas sagte. Die Minuten zogen so langsam wie ein wandernder Gletscher vorbei.

Ohne sie eines Blickes zu würdigen, legte er das Handy neben sich auf den Sitz.

»Es tut mir leid«, flüsterte sie und sah ihn mit schuldbewussten Augen an. »Ich habe Karen gegenüber vielleicht die Sache mit dem Sturz von der Fähre erwähnt, aber ich hätte nicht gedacht, dass sie daraus so eine große Sache machen würde.«

Da war er wieder, der dicke Kloß in ihrem Hals. Er pumpte sich auf und blieb stecken. Egal, wie häufig Louise schluckte, das Ding ließ sich nicht vertreiben.

»Klar hätte ich wissen müssen, was Karen daraus machen würde, ehrlich, es war nicht von mir gewollt!« Louises Stimme war nur ein leises Krächzen.

Insgeheim hatte sie es geahnt, aber verdrängt. Es war absolut ihr Fehler. Egal, ob sie die Information in Blümchenpapier wickelte und Lavendelduftspray drüber sprühte, sie hatte Scheiße gebaut. Einen fetten Haufen. Und der stank jetzt. Gewaltig. Ratlos stand sie vor dem Mist, den sie selbst produziert hatte.

»Warum steht Ihr Name über diesem ... nun, nennen wir es mal journalistischem Produkt, Miss Moore?«

Er hatte »Miss Moore« gesagt! Louise schluckte hart. Sie war wieder zu »Miss Moore« geworden. Die ganze Vertrautheit zwischen ihnen beiden, die Erinnerung an letzte Nacht auf dem Schiff, alles war mit einem Schlag wie weggespült.

Louise war froh, dass sie in dem Taxi saß. Sonst hätte es ihr den Boden unter den Füßen weggerissen. Ihre Augen brannten. Sie biss sich fester auf die Unterlippe, bis es schmerzte. Doch so fiel es ihr leichter, sich darauf zu konzentrieren, nicht in Tränen auszubrechen.

»Ich weiß es nicht«, flüsterte sie und versuchte, nicht zu schluchzen. »Karen, meine Chefin, muss in meinem Namen diesen Text geschrieben haben, denn ich war es nicht.«

Louise hob das Telefon hoch und wedelte es in der Hand.

»Sicherlich. So wird es gewesen sein. Dass Zeitungen Texte für drittklassige Reporter als Ghostwriter verfassen, hört man ja ständig.«

Sie war sich bewusst, dass sie Rick verletzt hatte, dennoch versetzte ihr der Kommentar einen Stich.

»Nein, ich weiß auch nicht, was sie dazu verleitet hat. Ich habe seit Tagen nicht mehr mit ihr gesprochen und auch keine E-Mails geschrieben. Ehrlich. Sieh doch in die Anruferliste, alle Anrufe von Karen habe ich abgeblockt oder nicht beantwortet.«

»Selbst wenn, was soll mir das schon großartig sagen? Sie haben mir versprochen, dass die Geschichte unter uns bleiben wird, und was haben Sie gemacht? Sie hatten nichts Besseres zu tun, als zum Hörer zu greifen und Ihrer Klatschtante von Chefin davon zu berichten. Ich bin sicher, dass Sie beide viel zu lachen hatten.«

»Nein, das stimmt doch alles nicht.« Entrüstet sprach Louise so laut, dass der Taxifahrer zusammenzuckte.

Bigsby räusperte sich. Verlegen hatte der Anwalt die Szene aus den Augenwinkeln beobachtet.

»Darf ich etwas dazu sagen?«

»Klappe, Bigsby«, zischte Rick genervt.

»Jetzt lass deine Wut nicht an ihm aus«, fuhr Louise ihn an, »er kann wirklich nichts dafür.«

»Verstanden, ihr seid alle unschuldig.«

»Jetzt hör mal, es war nicht meine Idee, auf diese blöde Reise zu gehen! Schon vergessen? Ich habe einen Job und ziemlich viele Schulden, die es mir nicht möglich machen, diese Arbeitsstelle einfach mal so mir nichts, dir nichts zu riskieren. Karen wollte mir partout nicht freigeben und ließ sich nicht darauf ein, dass ich meinen geplanten Artikel von unterwegs aus schicke. Aber als sie hörte, wen ich begleiten sollte, hat sie mir eine Aufgabe aufgebrummt, die ich – und das betone ich mit aller Deutlichkeit – von Anfang an nicht angenehm fand. Ich sollte ein Porträt über dich verfassen, am besten mit ganz viel über Nora und eure dämliche Hochzeit.«

»Sie hätten ablehnen können!«

»Ich wäre rausgeflogen! Und zwar hochkantig!«

»Durch die Reise verdienen Sie doch einen hohen Geldbetrag. Warum diese gespielte Unterwürfigkeit?«

»Hallo? Ich kannte dich doch nicht! Und die Auszahlung meines Erbes war ja auch daran geknüpft, ob du die Sache bis hierhin durchziehen würdest oder halt nicht!«

»Ernsthaft? Das ist die Ausrede? Weil Sie mich nicht kannten, haben Sie mich verkauft? Na, herzlichen Dank auch!«

»Ich habe niemanden verkauft! Im Gegenteil, schon in Frankreich war für mich klar, dass ich den Artikel nicht schreiben würde.«

Bigsby hustete laut.

»Wir sind da«, rief er dazwischen und öffnete die Tür. Das Taxi rollte leicht, da sprang er schon raus.

Ohne Louise eines weiteren Blickes zu würdigen, stieg Rick aus dem Fahrzeug und knallte mit voller Wucht die Tür zu. Im Inneren des Wagens wackelte die Fassade durch den Aufschlag. Wütend kletterte Louise aus dem Auto und schlug ihrerseits die Tür mit Karacho zu.

Missbilligend blinzelte der Taxifahrer die beiden an und murmelte unverständlich vor sich hin. Bigsby drückte ihm Scheine in die Hand, die er annahm und sich dann kopfschüttelnd zurück hinter sein Steuer setzte.

»La gente es loca«, fluchte er lautstark, bevor er mit quietschenden Reifen davondüste.

»Hier ist unser Hotel. Ich hoffe, es gefällt Ihnen beiden, ich habe es selbst ausgesucht«, flötete Bigsby, der darum bemüht war, die dicke Luft zwischen den beiden Streithähnen zu ignorieren.

»Schön«, knurrte Rick, schnappte sich seinen Trolley samt Urne und schritt schnurstracks ins Innere.

»Ganz, ganz großartig«, fauchte Louise, drehte sich auf dem Absatz um und zog ihren grünen Koffer ruckartig hinter sich her.

Bigsby blieb zurück und sah den beiden nach. Genervt verdrehte er die Augen und stöhnte leise auf.

»Irgendwie habe ich das Gefühl, dass das die längsten vierundzwanzig Stunden meines Lebens werden.«

»Darling, oh, mein armer Darling!«

Eine blonde Frau schritt mit schwingender Hüfte durch die Hotellobby auf Rick zu. Sie wirkte wie auf dem Laufsteg bei der Londoner Fashion Week und als müsste sie den Geist von Karl Lagerfeld persönlich begrüßen. Auf der Nase hatte sie eine überdimensionale Sonnenbrille mit fast pechschwarzen Gläsern, die zu wuchtig für das kleine, schmale Gesicht waren. Selbst die Kleidung sah aus wie zwei Nummern zu groß gewählt, wodurch die dünnen Arme und Beine fragil wirkten.

Louise erkannte die Person von den Bildern, die sie im Internet gesehen hatte, doch selbst ohne diese Information hätte sie sofort gewusst, wer da auf sie zustakste: Nora Paxton, die berühmte NoraLovesStyle-Bloggerin.

Die Blondine mit dem Oversizepulli schlang ihre langen Arme um Rick.

»Wie siehst du eigentlich aus, Darling? Kaum zu glauben, dass ich dich nur eine Woche nicht gesehen habe. Komplett verwahrlost.«

Angewidert rümpfte sie die Nase und begutachtete ihren Verlobten abschätzig von Kopf bis Fuß.

»Was ist mit dir geschehen? Bist du etwa den ganzen Weg von London bis hierhin zu Fuß gelaufen?«

Rick verdrehte die Augen und winkte ab.

»Frage mich besser nicht. Aber der Spuk hat bald ein Ende.« Er schüttelte den Kopf. »Was machst du eigentlich hier, Nora?«

Die Blondine zuckte mit den Schultern.

»Dich abholen, was denn sonst? Außerdem wollte ich dich überraschen.«

Elegant zog sie zwei Flugtickets aus der Tasche ihrer Strickjacke und wedelte damit vor seinem Gesicht.

»Wir fliegen morgen bereits auf die Malediven. Ist das nicht schön?«

Rick starrte auf die Tickets in seiner Hand.

»Äh ja ... schön, sehr schön. Entschuldige mich, ich werde jetzt eine Dusche nehmen, um mich wieder wie ein richtiger Mensch zu fühlen. Dann schütte ich den Alten ins Meer, und der ganze Spuk hat endlich ein Ende!«

Das Lächeln, das er seiner Verlobten schenkte, erreichte nicht seine Augen.

»Hier, Junge, fang!« Er warf die Urne einem Kofferträger zu, der das Gefäß verdutzt zu greifen bekam. »Bring die Koffer auf mein Zimmer!«, befahl er und schnippte in Bigsbys Richtung.

»Geben Sie ihm ein Trinkgeld, Bigsby. Ich bin gerade nicht flüssig.«

Entsetzt beobachtete Louise den Vorgang. Von jetzt auf gleich war aus Rick wieder der aufgeblasene Idiot geworden, den sie schon in London nicht ausstehen konnte. Laut räusperte sie sich.

»Ich gehe dann mal.«

Rick drehte sich gelangweilt um.

»Sie sind immer noch hier? Nun denn, Miss Moore, Ihre Dienste sind von jetzt an nicht mehr gewünscht. Vielen Dank für Ihre Zeit.«

Im Hintergrund hüstelte Bigsby.

»Das ist so nicht ganz korrekt, Sir.«

Rick verdrehte die Augen.

»Wie bitte?«

»Nun, Miss Moore muss anwesend sein, wenn Sie die Asche über die Klippe schütten. So hat Ihr verstorbener Vater es sich gewünscht und vor allem auch schriftlich festgehalten. Wenn dies nicht eingehalten wird, dann gilt die ganze Mission als gescheitert und ...«

»... als gescheitert. Ja, ja, Mr Bigsby. Wir haben es schon beim ersten Mal verstanden, kein Grund, es immer wieder und wieder auf den Tisch zu bringen. Aber was soll der Nonsens? Sie war mein Babysitter und hat mich hierhergebracht. Sind von jetzt an nicht genügend andere Zeugen dabei? Muss *die da* dabei sein?«

»Zu Ihrer Information: *Die da*«, äffte Louise ihn nach, »kann sich auch deutlich was Besseres vorstellen als Teil von *diesem* Schmierentheater zu sein!«

Bigsby verzog keine Miene. Sein bleicher Teint war von einem zarten Rosa durchzogen, aber sonst wies nichts darauf hin, dass er sich aufregte.

»Ich befürchte, Ihnen bleibt keine Wahl. Archie hat ausdrücklich gewünscht, dass die, äh, ich meine Sie, Miss Moore, bei der Verstreuung seiner Asche dabei sind. Ich zitiere: ›Alle Leute dort wird es einen feuchten Elefantenfurz interessieren, ob ich lebe oder sterbe, da wäre es schön, mit Tracy ein freundliches Gesicht dabeizuhaben.‹«

»Das hat er gesagt?« Louise war gerührt.

»Klar, ihm hat sie auch kein Messer in den Rücken gejagt«, brummte Rick, »ich meine, ich will hoffen, dass Sie untersucht haben, ob sein Tod natürlich war. Ansonsten sind Sie Ihr Geld auch nicht wert.«

Louise wurde bewusst, dass Bigsby die Temperamentsausbrüche der Wyndham-Männer nur allzu gut kannte. Sie hatte Mitleid mit ihm. Egal, wie hoch seine Vergütung war, er wurde immer wieder wie ein verbaler Fußabtreter behandelt.

»Du könntest mal ein bisschen netter zu Mr Bigsby sein. Damit würdest du dir nun wirklich keinen Zacken aus der imaginären Krone brechen, oder doch?«

Wütend zischte sie Rick an. Nora verschränkte die Arme vor der Brust.

»Darling, ist das diese Person, von der du erzählt hast? Du hast recht: Sie ist wirklich ziemlich vulgär.«

Louise baute sich vor der Influencerin auf.

»Oh, du hast noch gar nicht mitbekommen, wie vulgär ich werden kann. Barbie!«

»Lassen Sie meine Verlobte in Ruhe! Im Übrigen schreien Sie, Louise. Sie wissen ja, was man über Menschen, die schreien, sagt?«

»Keine Ahnung. Dass sie seltener an Magengeschwüren sterben, vielleicht?«

»Nein, dass sie im Unrecht sind! Sie haben von Anfang an gelogen, und ich wusste es vom ersten Augenblick an. Sie sind ein Gold Digger. Vielleicht sind Sie keine Prostituierte, Miss Moore, aber Sie sind weitaus schlimmer als das: Sie sind eine hinterhältige Lügnerin!«

»Und Sie sind und bleiben ein aufgeblasener Idiot. Herzlichen Glückwunsch, Ihr Vater wäre stolz auf Sie. Sie sind genau wie er geraten!«

Louise schluckte hart und ballte die Hände zu Fäusten. Sie grub ihre Fingernägel tief ins Fleisch und konzentrierte sich auf den Schmerz, den sie dadurch verursachte. Alles, was sie davon abhielt, in Tränen auszubrechen, war in diesem Moment ideal.

»Können wir diese erquickende Unterhaltung vielleicht später fortsetzen?« Ungewohnt energisch sprang Bigsby dazwischen. »Wir sollten uns auf den Weg zur Klippe machen, die Mr Wyndham auserkoren hatte. So ein Tag hat auch nur zwölf Stunden, bis er zur Nacht wird.«

24

In einer Karawane von vier Leuten zogen sie durch den malerischen Küstenort. Sie schlurften vorbei an den kleinen, pittoresken Häuschen, deren Balkone wie gemalt aussahen. Normalerweise hätte Louise die Schönheit der verwinkelten Gassen genossen, doch sie wünschte sich nur eines: schnell von allem zu verschwinden.

Am Rande der Straße vergrößerte sich der Abstand zwischen den Häusern, und aus Asphalt wurde Stein und Staub. Sie kletterten über die großen Felsen. Immer wieder wurden sie von Nora aufgehalten, die ein Selfie nach dem anderen schoss.

Jedes Mal, wenn sie mit kieksender Stimme »Halt!« rief, rollte Louise die Augen. Einmal legte sie sich quer auf einen Felsen, der direkt über einem Abgrund thronte. Gekonnt zog sie eine Schnute und hielt das Ende des Selfiesticks so professionell, dass es auf dem Display aussah, als würde sie über dem Kliff schweben.

Zufrieden begutachtete sie ihr Foto.

»Oh, das wird ganz viele Likes bekommen, das ist großartig«, freute sie sich und lud ihr Werk im Wandern hoch.

»Wussten Sie eigentlich, dass zwischen 2011 und 2017 viel mehr Menschen durch Selfies ums Leben gekommen sind als durch die Angriffe von Haien?«

Freundlich lächelte Louise Nora an, die ungläubig die Sonnenbrille ins Haar steckte.

»Doch, wirklich wahr«, erklärte sie der Selfiequeen unbeirrt weiter, »259 Menschen hat es dabei zerlegt, während sie ein Selfie geschossen haben. Im gleichen Zeitraum sind aber nur insgesamt fünfzig Leute einem Haiangriff zum Opfer gefallen. Faszinierend, nicht wahr?«

Grinsend überholte sie Nora. Bigsby kicherte leise und zwinkerte Louise munter zu.

Vorsichtig kletterte die Truppe über die Felsen, bis sie ihr Ziel erreicht hatten.

»Ist es noch weit, Darling? Ich möchte gerne das tolle Licht ausnutzen und ein paar Yoga-Fotos machen, bevor es dunkel wird.« Wieder maulte Nora. Sie zog eine Schnute, obwohl dieses Mal kein Auslöser auf sie gerichtet war. Louise hätte sie am liebsten vom Felsen geschubst. Wie konnte eine Person allein nur so nervig sein?

»Wir sind da.« Rick hatte die Urne fest umklammert und presste seine Zähne so fest aufeinander, dass Louise sah, wie sein Unterkiefer arbeitete.

Verwirrt starrte Bigsby auf die Landkarte in seiner Hand. Er drehte sie drei Mal, wobei er sich immer wieder verhedderte.

»Sind Sie sich ... äh ... sicher?«

Rick nickte und zeigte auf einen Punkt an der anderen Seite.

»Hierhin hatten mich meine Eltern mitgenommen, als ich klein war. Meine Mum liebte die Aussicht auf das Meer. Besonders, wenn die Wellen an die Felsen peitschten, weil auf dem Meer irgendwo ein Sturm herrschte. Es hat sie darin erinnert, dass der Mensch nicht die größte Macht dieses Planeten ist, auch wenn wir uns das gerne immer wieder und wieder einreden.«

Louise schluckte. Sie erinnerte sich an die Artikel, die sie über Donna Wyndham gefunden hatte und wie lobend alle in Brighton von ihr gesprochen hatten. So hatte Archie an seiner verstorbenen Frau gehangen, dass er diesen Ort für seine letzte Ruhestätte ausgesucht hatte. Er wollte nur nah bei Donna sein.

Louise wurde bewusst, wie sehr sie ihren knurrigen, missmutigen, ständig übellaunigen Nachbarn vermisste. Nie wieder würde sie ihm Suppe bringen. Nie wieder würde er sich darüber echauffieren. Nie wieder würde sie ihm einen Tee kochen und die netten Gespräche mit ihm genießen.

Nie wieder! Die Zeit war endgültig vorbei.

Sie biss sich auf die Unterlippe, um die Tränen, die sich in ihren Augen sammelten, zurückzuhalten. Tief atmete sie durch und schluckte wieder.

Langsam schritt Rick auf den Rand der Klippe zu. In seinem Rücken spürte er eine leichte Brise, die seine Locken in die Augen fallen ließ. Unter normalen Umständen hätte er sich darüber aufgeregt, doch in diesem Augenblick war er dankbar dafür. Eine äußerst günstige Konstellation, um Asche im Meer zu verteilen, der Wind würde ihm die Arbeit deutlich erleichtern.

Für einen Augenblick hielt er inne. Mit geschlossenen Augen stand er auf dem Felsen, die Urne mit beiden Händen umschlossen.

»Mach's gut, Dad«, flüsterte er. Eine Träne löste sich aus seinen Augenwinkeln und rann über seine Wange.

Beherzt drehte er an dem oberen Teil der Urne, doch nichts geschah.

Einen Arm hatte er um den Bauch des Gefäßes gelegt, die andere Hand an den Verschluss. Seine Fingerknochen stachen weiß hervor, sein Gesicht spannte sich an.

Wieder passierte rein gar nichts.

Bigsby räusperte sich.

»Sie müssen daran drehen, Sir.«

Rick fuhr herum. Sein Gesicht hatte die Farbe einer reifen Tomate angenommen. Er rollte die Augen.

»Nein, nicht doch, Mr Bigsby. Ich muss nur mal dran drehen? Da wäre ich nicht drauf gekommen, vielen Dank für Ihren Hinweis.«

»Er will nur helfen, Wyndham!«, rief Louise giftig dazwischen.

Prompt schaltete sich Nora ein.

»Rick braucht keine Hilfe, er schafft das auch allein. Nicht wahr, Darling?«

Der Erbe ignorierte alle Kommentare. Angestrengt widmete er sich wieder dem Verschluss der Urne, der sich keinen Millimeter bewegte.

Unauffällig warf Bigsby einen Blick auf die Uhr. Nora hatte ihr Smartphone rausgeholt und filmte die fruchtlosen Versuche ihres Verlobten.

Die Minuten zogen ins Land, und Louise wurde ungeduldig. Knurrend sah sie in den Himmel.

»Hey, Wyndham! Meinen Sie, dass Sie die Sache heute noch über die Bühne bringen? Ich bekomme langsam Hunger.«

»Es wird nicht schneller gehen, wenn Sie da nur dumm rumstehen«, knurrte er zurück.

»Okay!«

Sie trat einen Schritt vorwärts und langte nach der Urne. Die Aktion traf Rick so dermaßen unerwartet, dass er ins Straucheln geriet und sich dabei an dem Aschebehälter festkrallte, um nicht vom Rand der Klippe zu rutschen.

»Loslassen, Louise, sofort!«

»Aber du bekommst es ja nicht hin, den Deckel zu öffnen, also gib her!«

»Nein!«

»Doch!«

»Niemals!«

»Jetzt hör doch auf, so verbohrt zu sein, und gib mir endlich das Gefäß!«

Die beiden zogen an dem ovalen Behälter wie zwei Kinder, die sich um ein Spielzeug stritten.

»Vielleicht kann ich ja mal nachschauen, wie sie sich öffnen lässt«, schaltete sich Bigsby zögernd ein und griff ebenfalls nach der Urne. Die drei bildeten ein undurchdringbares Knäuel aus Armen, Beinen und durcheinanderrufenden Stimmen.

Nora hingegen stand abseits und filmte das Trio unaufhörlich.

»Darling, Vorsicht!«, rief sie dazwischen, »du bist nicht richtig im Bild.«

Immer lauter schrien Rick, Louise und Bigsby kreuz und quer. Noras Kameratätigkeit gönnten sie keinen Funken Aufmerksamkeit. Sie trat einen Schritt nach vorn, um näher am Geschehen zu sein.

Rick hatte den Bauch der Urne fest im Griff, daneben packte Louise ebenfalls zu. Bigsby hatte seine fleischigen Finger um den glänzenden Deckel gelegt und zog das Gefäß ruckartig in seine Richtung.

Dann geschah es. Mit einem stumpfen »Plopp« öffnete sich der Verschluss.

Rick, überrascht davon, dass der Widerstand fehlte, strauchelte zurück. Mit der offenen Urne in seinen Händen drehte er sich einen halben Meter um die eigene Achse, verzweifelt nach Halt suchend.

Archie rieselte durch die Luft. Korn um Korn hatte er sich zu einer bizarren Wolke zusammengefunden, die über ihren Köpfen tanzte.

Im Flug sah Nora das Unheil auf sich zurasen, doch war sie unfähig, sich zu bewegen. Erstarrt wie eine Wachsfigur stand sie da, als sie der graue, fein pulverisierte Inhalt des Aschegefäßes umhüllte.

Entsetzt schlug Louise die Hände vors Gesicht. Bigsby, der den Deckel hielt, erstarrte mit weit aufgerissenen Augen zur Salzsäule. Rick, der seinen Sturz nur kurz vor dem Boden abfing, warf einen ungläubigen Blick in die fast leere Urne. Langsam sah er von unten nach oben.

Vor ihm stand Nora, eingehüllt in Archies Asche. Das graue Pulver war überall. Auf ihren blonden Haaren, dem schulterfreien, pinkfarbenen Seidenkleid, dem Telefon in ihren Armen und auf ihrem Gesicht.

Die drei sahen sich an, niemand sprach ein Wort. Im Hintergrund brachen sich die Wellen tosend an den Felsen. Über ihnen zogen ein paar Möwen ihre Kreise.

Nora war die Erste, die das Schweigen beendete.

Aus den Tiefen ihrer Lunge stieß sie einen nicht enden wollenden Schrei aus, der die Möwen in der Luft aufschreckte und in alle Richtungen vertrieb.

»Nicht einatmen!«, mahnte Louise, »Sie atmen Archie ein!«

Mit schreckerfüllten Augen sah Nora sie an, doch sie schrie nur noch lauter. Panisch zappelte sie herum und schlug sich die Asche von ihrem Körper.

»Nicht bewegen, Nora, bitte nicht bewegen, Schatz«, versuchte Rick sie zu beruhigen, doch diese Versuche waren nicht von Erfolg gekrönt. Sie schrie wie am Spieß und sprang über den Boden wie Rumpelstilzchen. Das Handy hatte sie fallen lassen.

Louise hob es auf. Ein großer Riss zierte das Display, doch die Aufnahmefunktion lief immer noch. Sie hielt auf die schreiende, zuckende Nora und filmte weiter.

»Was machen Sie da?«, raunte Bigsby ihr zu.

Louise zuckte mit den Schultern.

»Die Follower wollen etwas Außergewöhnliches sehen. Außerdem hat sie doch selbst gesagt, dass das Licht im Moment ideal ist.«

»Um Himmels willen, bleib jetzt stehen, Nora, bleib doch einfach mal still stehen.« Rick war von der Situation ebenso überfordert wie seine mit Asche überzogene Verlobte, die, sich immer weiter im Kreis drehend, über den Boden sprang.

Seufzend drückte Louise Bigsby das demolierte Smartphone in die Hand.

»Hier, halte Sie bitte mal. Ich kann das nicht länger mit ansehen.«

Mit großen Schritten näherte sie sich Nora. Ohne ein weiteres Wort zu verschwenden, holte sie aus und verpasste dem panisch schreienden Model eine Backpfeife.

Schlagartig hielt Nora inne.

»Au, was soll das? Wir werden Sie verklagen«, beschwerte sie sich mit Verzögerung und rieb sich die rechte Wange.

Louise zuckte mit den Schultern.

»Dann machen Sie doch, verklagen Sie mich, alles ist besser, als Ihr fürchterliches Gejaule zu hören.«

Unter der grauen Staubschicht verfärbte sich Noras Gesicht rot. Sie ballte die Fäuste und baute sich auf den Zehenspitzen stehend vor Louise auf. Erst jetzt fiel ihr auf, wie klein Nora in Wirklichkeit war. Auf allen Fotos sah sie größer aus, mindestens ein Meter achtzig, doch von dieser Größe war sie weit entfernt. Louise schaute an ihr herunter. Sie verkniff sich den Drang, Nora vor die Stirn zu schnipsen, auch wenn der Anblick verlockend war.

»Nora, Louise. Aufhören!« Rick zog seine Verlobte zur Seite und trennte die beiden Frauen voneinander. Er biss sich auf die Unterlippe und wandte sich Rat suchend an Bigsby.

»Was machen wir jetzt?«

Der Notar hustete und kratzte sich am Kopf. Eine Strähne stand frech von der glatt gebürsteten Frisur ab.

»Nun, wir sind an dem Punkt angekommen, an dem Mr Wyndham Senior seine Überreste verstreut haben wollte.«

Mit dem Finger deutete er auf die offene Urne in Ricks Hand. »Die Asche befindet sich nicht mehr im Behälter, ergo würde ich sagen, dass die Aufgabe erfüllt wurde.«

Laut räuspernd meldete sich Louise zu Wort.

»Mag sein, dass sich die Asche nicht mehr in der Urne befindet, aber – und ich sage es mit dem größten Respekt vor Ihrer Arbeit, Mr Bigsby, denn schließlich bin ich kein Experte – ist es nicht so, dass Archie in seinem Letzten Willen explizit erwähnte, dass seine Asche im Mittelmeer verstreut werden soll?«

Bigsby nickte.

»Das ist korrekt.«

»Und, ich wiederhole noch mal, ich bin kein Experte auf diesem Gebiet, aber sind die Haare und Kleidungsstücke von Miss Paxton hier vorn nicht alles andere als das Mittelmeer?«

Rick verdrehte die Augen.

»Was soll das, Louise?«

»Shh, mich interessiert, was der Experte dazu sagt.«

Abermals nickte Bigsby langsam. Zögerlich warf er Rick einen Blick zu.

»Das ist auch korrekt, Miss Moore«, antwortete er nach einer kurzen Pause.

Aufgebracht riss Rick die Arme hoch. Aus der Urne rieselten ein paar Partikel Archies in die Luft.

»Oh, jetzt hört doch aber mal alle auf!«

»Nein, Sir. Miss Moore hat schon recht. Wir sollten den Letzten Willen des Verstorbenen respektieren, und Sie müssen zugeben, dass ihm Miss Paxtons Kleidung als letzte Ruhestätte höchstwahrscheinlich nicht zugesagt hätte.«

Louise konnte sich ein zufriedenes Grinsen nicht verkneifen. Die drei drehten sich um und sahen Nora an.

»Was schlagen Sie vor, Mr Bigsby?«

Der Notar seufzte. Diese Situation war für ihn vollkommen neu. Zwar arbeitete er schon lange mit Leuten aus diesen Kreisen und hatte so manches merkwürdige Verhalten erlebt, aber dass eine Frau von der Asche eines verstorbenen Mandanten eingehüllt wurde, nein, das hatte er bisher noch nicht zu Gesicht bekommen.

Aber jeder wartete auf seine Reaktion. Wie immer, wenn die reiche und besserwisserische Klientel sich in die Bredouille manövriert hatte, kam er ins Spiel. Dann sollte er alle Probleme lösen. War ja mal wieder klar!

»Ich würde sagen, Sie klopfen Ihre Kleidung aus, Miss Paxton.«

Vor Entsetzen riss Nora die Augen auf, als die Gewissheit sie traf.

»Wollen Sie damit sagen, dass das wirklich die Asche eines Toten ist?«

Louise schnalzte mit der Zunge.

»Wow, Sie merken aber auch alles. Was haben Sie denn gedacht? Dass Archie uns mit einer Handvoll Zigarettenasche quer durch Europa reisen lässt?«

Würgend verzog Nora das Gesicht zu einer angewiderten Grimasse.

»Kein Problem, Darling, wir helfen dir.«

Rick stellte sich neben seine Verlobte und tätschelte ihr den Rücken. Mit jeder Berührung löste sich eine graue, wolkige Schicht aus dem seidigen Stoff ihres ehemals glänzenden, jetzt stumpf anmutenden Kleides.

»An Ihrer Stelle würde ich nicht zu viel atmen«, warf Louise ein, woraufhin sie von Nora einen furchterfüllten Blick erntete.

»Oh, mein Gott, ich habe einen Toten eingeatmet!«

Sie schlug sich die Hand vor den Mund, zog sie aber gleich wieder weg und spuckte angewidert Aschepartikel aus.

»Jetzt reg dich nicht auf. Wir klopfen hier ein bisschen und da ein wenig, und schon ist alles gut. Siehst du?«

»Das sagst du so einfach«, winselte sie mit Tränen in den Augen, »du hast keinen Toten in deiner Lunge!«

»Nein, ich habe nur die Überreste meines Vaters auf dich ausgeschüttet, was nebenbei bemerkt auch nicht der Plan gewesen war.«

»Stimmt! Es war nicht nur ein toter Mensch, sondern mein Schwiegervater. Ich kannte ihn nicht, und jetzt habe ich ihn eingeatmet!«

»Nun, ich würde sagen, dass ihr zwei euch dadurch nähergekommen seid, als mein Vater und ich es jemals waren.«

Rick schenkte ihr ein aufmunterndes Lächeln.

»Ich möchte hier weg, Darling!«

Eine dicke Träne rollte über ihr Gesicht. Sie hatte die Lippen schmollend eingedreht und wirkte wie ein dreijähriges Kind, das sich die Knie beim Wettlaufen aufgeschlagen hat. Bei beiden Männern verfehlte dieser Gesichtsausdruck seine Wirkung nicht. Schützend legte Rick die Arme um ihre Schultern.

»Wir gehen auch gleich, sobald Mr Bigsby eingewilligt hat, dass die Aufgabe erledigt ist.«

»Ich denke, wir können das jetzt gelten lassen«, antwortete der Notar und lächelte dabei milde. »Wenn Sie keine Einwendungen mehr haben, Miss Moore, schlage ich vor, dass wir uns zurückziehen.«

Louise rümpfte die Nase. Nora hatte mit ihrer Kleinmädchenmasche bei den Männern gewonnen. Egal, was sie gesagt hätte, alles wäre abgeschmettert worden.

Zögernd gab sie nach und nickte.

»Von meiner Seite gibt es keine Einwände mehr.«

Bigsby klatschte mit überschwänglicher Begeisterung in die Hände.

»Sehr gut! Dann ist es offiziell, ich darf Ihnen, Mr Wyndham, gratulieren. Sie haben alle Aufgaben erfolgreich erledigt, die Ihnen Ihr Vater erteilt hat. Ich werde alles Notwendige veranlassen, damit Sie so schnell wie möglich Ihr Erbe erhalten.«

Rick kaute auf der Unterlippe und nickte stumm. Nora, die an seiner Brust klebte, quietschte vergnügt auf. Schmerzhaft zuckte er zusammen und rieb sich das Ohr.

»Wir haben gewonnen, Darling? Gewonnen? Wir sind reich?«

Innerhalb von drei Sekunden wandelte sich Nora vom sterbenden Schwan zur Partymaus. Fasziniert sah Louise zu.

»Noch reicher«, murmelte sie augenrollend, »reich wart ihr bis eben auch schon.«

Nora ignorierte den Kommentar, nur Rick warf ihr einen kurzen, traurigen Blick zu. Er öffnete den Mund, als ob er etwas sagen wollte, schloss ihn aber sofort wieder.

Im Gegensatz zu seiner Verlobten blieben seine Freudensprünge aus.

Louise biss sich auf die Lippe. Grimmig wandte sie sich dem Notar zu.

»Können wir jetzt gehen, Mr Bigsby?«

Ohne auf eine Antwort zu warten, drehte sie sich um und stolperte den Weg über die Klippen zurück.

Bigsby nickte und folgte ihr.

Eine Weile schlichen sie stumm hintereinanderher. Louise sah sich nicht um, ihre Lippen waren zu einer dünnen Linie gepresst. Bigsby mochte das Schweigen nicht. Generell wurde es ihm unbehaglich, wenn Menschen in seiner Gegenwart nicht sprachen.

Seine Neugierde wuchs aber ins Unermessliche. Zu gerne hätte er erfahren, was auf der Reise zwischen der jungen Frau und dem frischgebackenen Millionenerben vorgefallen war. Leider machte Louise keine Anstalten, in dieser Hinsicht auch nur ein Wort zu erzählen.

»Selbstverständlich werde ich veranlassen, dass Sie Ihr Honorar bekommen, so wie es Mr Wyndham Senior sich gewünscht hat.«

»Aha.«

Selbst nachdem sie Rick und Nora außer Hör- und Sichtweite gelassen hatten, war sie nicht in Plauderlaune.

Louise kickte einen losen Stein durch die Luft und beobachtete, wie er auf den Felsen auf und ab hüpfte, um dann in einer Spalte zu verschwinden.

Bigsby seufzte. Er griff in die Tasche seines Jacketts, um nach einem Bonbon zu suchen. Seine Finger ertasteten nur ein paar Münzen, die hier auf dem Kontinent wertlos waren, und etwas Glattes.

»Oh, da fällt mir ein, dass ich beinahe vergessen hätte, Ihnen etwas zu geben.« Er kramte in seiner Jackentasche und zog einen zerknitterten Umschlag hervor.

»Was ist das?«

Verwirrt nahm Louise den Brief entgegen und betrachtete ihn von allen Seiten.

Für Tracy stand auf der Vorderseite. Sofort erkannte Louise die Handschrift ihres alten Freundes. Auf der Rückseite war ein rotes Siegel aus Wachs. Sie kniff die Augen zusammen, um es sich genauer anzusehen. Zwei Wolfsköpfe, die sich gegenseitig anbrüllten.

»Mr Wyndham hat mich gebeten, Ihnen diesen Brief zu geben, wenn wir am Ziel angekommen sind.«

Ungläubig fuhr sie mit den Fingern über das harte, unebene Wachs. Tausend Gedanken schossen ihr durch den Kopf. Archie hatte *ihr* geschrieben? Einen Brief? Warum?

In ihrem Hals wurde es eng, und sie schluckte hart, um den Kloß loszuwerden, der wieder dicker wurde.

»Es tut mir leid«, brummelte der Notar verlegen, »ich hatte den Brief vollkommen vergessen. Bis gerade eben.«

»Kein Problem«, winkte sie ab und zwang sich zu einem Lächeln. In ihrer Brust breitete sich ein warmes Gefühl aus. Ein Brief von Archie. Damit hatte sie nicht gerechnet.

»Vielen Dank, Mr Bigsby.«

»Wollen Sie ihn nicht öffnen?«

Louise überlegte.

»Später vielleicht. Er wird mir wahrscheinlich eh wieder nur mitteilen, dass ihm meine Suppe niemals geschmeckt hat. Aber bis dahin möchte ich einfach daran glauben, dass er mich vielleicht doch ein kleines bisschen gemocht hat.«

Sie seufzte laut und verstaute den Umschlag in ihrer Hosentasche.

»Das habe ich heute schon mal gehört«, murmelte er.

»Wie bitte?«

Er winkte ab.

»Nichts, Miss Moore.«

»Ist das doof?«

Bigsby schüttelte den Kopf und legte ihr eine Hand auf die Schulter.

»Nein, das ist es absolut nicht. Und falls es Sie interessiert: Ich bin davon überzeugt, dass er Sie gemocht hat. Er hat viel von Ihnen gehalten. Ich kannte Archibald Wyndham, seit ich als junger Anwalt von der Uni in die Kanzlei gekommen war. Er hätte niemandem eine solche Verantwortung übertragen, von dem er nicht hundertprozentig überzeugt gewesen war. Im Gegenteil, hätte er Sie weder gemocht noch geschätzt, dann wären wir uns nie begegnet. Glauben Sie mir, Mr Wyndham war wahrhaftig nicht sehr umgänglich oder freundlich. Aber in dieser Hinsicht gradlinig.«

Bigsby kletterte weiter über die Felsen. Louise sah ihm nach. Sie dachte an die letzten Tage mit Rick. Was sie alles zusammen erlebt hatten. Brighton, Saint Michel, die merkwürdige Party auf dem Gutshof der von Frankenheims, den Rauswurf aus dem Flugzeug in Frankfurt, das Trampen nach Barcelona, den Kuss.

Diesen einen, umwerfenden Kuss! Allein der Gedanke daran schnürte ihr die Kehle zu. Sie schloss die Augen und schob die Erinnerung an die letzte Nacht tief in das Archiv ihrer Seele. Nie wieder wollte sie daran denken. Wozu auch? Rick redete nicht mehr mit ihr, Karen sei Dank. Außerdem hatte er seine Nora. Wer konnte schon mit dieser Frau konkurrieren? Sie jedenfalls nicht.

Louise würde zurück in die Heimat fliegen und sich um die Scherben ihres Lebens kümmern. Sie brauchte eine neue Stelle, denn nach dem, was geschehen war, würde sie nicht bei Karen angekrochen kommen und um ihren alten Job bitten. Das Thema *Women's Comfort* war ein für alle Mal erledigt.

Die Zukunft lag ungewiss vor ihr. Wenigstens war sie Franks Schulden endlich los. Es war an der Zeit, dass sie ihr Leben zusammen mit Peanut und Butter neu ordnete. Gott, wie sie die beiden Tiere vermisste.

Letztendlich würde sie einsam und allein sterben. Ihre Katzen würden ihr das Gesicht wegfressen, und niemand würde sie vermissen. Zeit, dass sie es sich eingestand: Sie war eine verrückte Katzenfrau fürs Leben!

Am Hotel angekommen, schüttelte Bigsby Louise die Hand.

»Es war mir eine große Freude, Sie kennenzulernen, Miss Moore. Vielleicht melden Sie sich mal und erzählen, wie es Ihnen so ergangen ist, das würde mich wirklich freuen.«

Louise erwiderte den Händedruck.

»Ja, das mache ich ganz bestimmt mal. Mich würde es auch sehr freuen, von Ihnen zu hören.«

Bigsby lächelte, und seine von der Sonne geröteten Pausbacken strahlten mit seinen freundlichen Augen um die Wette. Bevor er sie verließ, erteilte er ihr noch einen Ratschlag.

»Lesen Sie den Brief, Miss Moore.«

Sie nickte und winkte ihm nach.

25

Louise saß auf der Kante des Bettes. Neben ihr lag der grüne Koffer unangerührt auf der anderen Seite. Leicht hatte er gelitten in den letzten Tagen. Über den großen Arsenalaufkleber prangte jetzt ein Riss. Louise mutmaßte, dass ein Fan von Tottenham Hotspur seine Aggressionen nicht im Griff gehabt hatte. Oder der Koffer war nur vom Gepäckband gefallen. Gedankenverloren knibbelte sie an den losen, abstehenden Rändern des Stickers. Sie schaute auf die Uhr. Zu früh. Es würde noch mindestens eine halbe Stunde dauern, bis das Taxi zum Flughafen auftauchte.

Am liebsten wäre sie jetzt schon in den Flieger nach Hause gestiegen. Je mehr Flugmeilen sie und Rick Wyndham trennten, desto besser. Ihre Gedanken kreisten in einer Tour um die vergangenen Tage.

Genauer gesagt um die letzten Stunden, bevor sie diese Insel betreten hatte. Was war nur los mit ihr? Warum sah sie ständig, wenn sie ihre Augen schloss, Rick Wyndhams Gesicht vor sich? Weshalb machte sie sich bloß so viele Gedanken darüber, was er von ihr hielt? Er war ein Idiot. Von Anfang an. Hatte sie zwischendurch ernsthaft angenommen, dass er sich geändert hatte? Pah!

Und dann diese Nora. Was für ein Name! Noooraaa! Passte zu ihr. Das klang genauso überheblich, wie sie war.

Sie war perfekt für Rick und dessen Ansichten. Zwei Menschen, die sich gesucht und gefunden hatten.

»Werdet doch glücklich in eurer oberflächlichen reichen Instagram-Welt!«

Verbittert schluchzte Louise. Sie warf sich aufs Bett und biss wutentbrannt in die Tagesdecke. Ihre Augen füllten sich mit Tränen. Sie wollte nicht weinen. Schon gar nicht wegen eines Typen wie Wyndham.

Das Vibrieren des Telefons riss sie aus ihren Gedanken. Ein Blick aufs Display offenbarte ihr, dass es mal wieder Karen war, die versuchte sie zu erreichen.

Louise stieß einen wütenden Schrei aus. Kurz überlegte sie, den Anruf wegzudrücken wie die anderen zuvor. Doch sie musste sich ihrer Chefredakteurin stellen. Außerdem brannte sie darauf, eine Antwort auf ihre Frage zu bekommen. Sie drückte den grünen Knopf und presste das Telefon fest an ihr Ohr.

»Was hast du dir dabei gedacht, Karen?«

Ohne Vorwarnung blaffte sie die Redakteurin an. Nie zuvor war sie einem Chef gegenüber laut geworden. Sie zuckte vor ihrer eigenen Courage zusammen.

»Auch dir einen guten Tag. Ich nehme also an, dass du den Bericht schon gelesen hast.«

Entgegen Louises Befürchtungen blieb Karen ruhig.

»Bericht ist gut. Du meinst, diese Fantasieerzählung, unter die du meinen Namen gesetzt hast? Ja, die habe ich gelesen! Was fällt dir eigentlich ein? Ich habe nicht ein Wort davon verfasst. So einen Mist hätte ich niemals geschrieben. Ich bin furchtbar wütend auf dich.«

Am anderen Ende der Leitung hörte Karen geduldig zu.

»Bist du jetzt fertig?«, fragte sie nach einer kurzen Pause.

»Nein«, motzte Louise, »aber wenn ich jetzt alles auf den Tisch bringe, was mich seit Jahren stört, dann verpasse ich meinen verdammten Flug und muss noch einen weiteren Tag auf dieser verfluchten Insel aushalten. Das möchte ich nicht. Also halte ich jetzt die Klappe.«

»Süße«, Karen seufzte laut auf. Louise stellte sich vor, wie sie am Schreibtisch saß und sich die Nasenflügel rieb. »Ich weiß, dass du frustriert bist, aber ich hatte keine andere Wahl. Es tut mir leid, wenn ich dich damit überfallen habe. Aber eigentlich ist alles, was in diesem Bericht steht, von dir. Aus deinen E-Mails und unseren Telefonaten.«

»Wie bitte? Das ist Betrug, Karen, *Betrug!*«

»Ich verstehe wirklich nicht, warum du dich so aufregst. Ich habe dir einen Gefallen getan. Nachdem ich mit Nora Paxton telefoniert habe, dachte ich, dass …«

Louise setzte sich aufrecht hin.

»Du hast was? Du hast mit Nora telefoniert? Wann denn das?«

»Sie hat mich sofort kontaktiert, nachdem sie mitbekommen hatte, für welches Magazin du arbeitest. Sie meinte, dass wir eine gute Kollaboration starten könnten. Sie liefert ein paar *juicy* Informationen über Rick Wyndham, wir bringen die Geschichte groß raus, nennen im Gegenzug ihren Namen und verlinken ihr Instagram-Profil, dafür bekommen wir die Exklusivrechte für die Hochzeit. Zumindest für die Print-Ausgabe. Ich habe sogar ein paar komplett exklusive Bilder rausschlagen können, die sie nicht auf ihrer Seite veröffentlichen wird. Ist das nicht großartig?«

»Nora hat nichts dergleichen erwähnt! Aber zumindest du hättest mich warnen können, dass in Palma am Anleger eine ganze Armee von Journalisten auf uns warten würde. Das hat mich völlig überrumpelt.«

»Also hör mal, Louise. Erstens habe ich versucht, dich zu erreichen, aber du bist schwerer ans Telefon zu bekommen als die Königin von England, und zweitens hatte ich mit den Journalisten am Hafen nichts zu tun. Das war Nora, nicht ich. Ich war dagegen, ich hätte viel lieber auch diese Geschichte ganz und gar exklusiv für unser Magazin gehabt. Aber sie war der Meinung, dass es wichtig sei, die Presse zu informieren. Sie wollte so viel Aufmerksamkeit wie möglich für ihren Verlobten generieren. Sie hat mir gesagt, dass Rick zwar finanziell ein guter Fang und in seinem Job auch recht erfolgreich sei, aber er habe keine Ahnung, wie man mit Social Media noch erfolgreicher werden könne. Sie war der Überzeugung, dass Rick wirklich an sich arbeiten müsse. Dass er so bessere Karten in der Hand hätte.«

»Was erzählst du da?« Verwirrt rieb sich Louise die Stirn.

»Ich gebe nur wieder, was Nora mir gesagt hat. Ich möchte, dass du ein Interview mit ihr führst.«

»Karen, ich habe gekündigt!«, grummelte Louise, und die Redakteurin am anderen Ende lachte laut auf.

»Was? Wann denn das?«

»Na, heute Morgen auf der Fähre. Ich habe dir eine Nachricht geschickt.«

»Du meinst die SMS? Das sollte eine Kündigung sein? Die nehme ich nicht an. Machst du jetzt das Interview, ja oder nein?«

»Nora ist nicht die Bohne an Ricks Karriere interessiert. Im Gegenteil, sie will ihn nur für ihren persönlichen Vorteil ausnutzen. Glaube mir, ich habe sie kennengelernt.«

»Also heißt das jetzt, dass du das Interview nicht führen willst? Louise, ganz ehrlich, willst du überhaupt noch für uns arbeiten?«

»Nein, Karen, deshalb habe ich ja auch gekündigt! Und ich werde dir auch noch einen Brief schicken. Aber ich komme nicht mehr zurück!«

»Soso.« Karens Stimme wurde kälter.

»Warum hast du in meinem Namen so einen Schrott verfasst?«

Louise hörte, wie ihre Chefin scharf die Luft einzog.

»Schrott? Wieso Schrott? Du hast doch genau das alles mir gegenüber erwähnt.«

»Nicht, damit es im Internet steht, Karen! Alles, was ich dir gesagt habe, war *off the record!* Ernsthaft, wie kannst du nur denken, dass ich einen Menschen so vorführen würde? Dass er von der Fähre gefallen war, ist mir doch nur so rausgerutscht, es war niemals dazu gedacht, veröffentlicht zu werden!«

»Jetzt hör doch auf! Denkst du, dass niemand wusste, wer da ins Wasser geplumpst ist? Schätzchen, wir leben in der Zeit der Smartphones und Social Media Accounts. Öffne doch zur Abwechslung mal wieder deinen Twitter Account. Der Hashtag lautet: Millionär geht baden. Die Memes und GIFs sind überall verbreitet. Denkst du allen Ernstes, dass ich das nicht auch ohne deinen Hinweis rausgefunden hätte? Ehrlich?«

»Oh.«

Louise fiel wieder ein, wie die Passagiere auf der Fähre das Schauspiel mit den Handys gefilmt hatten. Sie war davon ausgegangen, dass die Entfernung zu groß gewesen war, um zu erkennen, wer da aus den Fluten gerettet wurde. Zumindest hatte sie es verdrängt.

»Und meinst du nicht auch, dass ich auch ohne deine Hilfe mitbekommen hätte, dass du dich an Bord der Fähre als Nora Paxton ausgegeben hast, um zu Rick zu gelangen?«

»Ähm …« Louise wurde warm. Das Blut schoss ihr in den Kopf und rauschte laut in ihren Ohren. Sie hatte vergessen, wie sie dem Schiffsjungen die Geschichte aufgetischt hatte, dass sie mit Rick Wyndham verlobt und darüber hinaus eine weltweit bekannte Mode- und Lifestylebloggerin sei.

»Wie hast du das erfahren?«

Karen lachte laut auf.

»Du warst in den letzten Tagen wirklich nicht sonderlich häufig online, oder? Ein junger Mann, der an Bord des Schiffes arbeitet, hat ein Bild mit dir gepostet und daruntergeschrieben, dass er Nora Paxton getroffen und seine Freundin jetzt mit ihm Schluss gemacht habe, weil sie das Foto unglaubwürdig fand. Er hatte im Internet gefragt, ob ihm jemand erklären könne, wo der Fehler lag. Übrigens war das auch der Grund, warum Nora uns kontaktiert hat.«

»Ich hatte nicht nachgedacht.« Ertappt stammelte Louise vor sich hin. Sie fühlte sich schuldig, dass der nette Junge jetzt wieder auf dem Singlemarkt fischen musste, nur weil er zu freundlich und zu gutgläubig gewesen war. Anderseits, was sagte es über die Beziehung zwischen ihm und seiner Freundin aus, wenn sie ihn aufgrund dieser Verwechslung verlassen hatte?

»Ist jetzt auch egal.« Karen riss sie aus ihren abschweifenden Gedanken. »Ich hätte dich gerne den Artikel schreiben lassen, aber die Zeit drängte, denn Nora wollte unbedingt, dass wir jetzt schon digital veröffentlichen, sonst hätten wir die Exklusivrechte für die Hochzeit nicht bekommen.«

»Und ich wollte dir noch mitteilen, dass ich überhaupt keinen Artikel über Rick Wyndham und seine Familie verfassen werde. Niemals. Weißt du, es gibt Dinge, die sind wichtiger, als ein paar gedruckte Wörter in einem Magazin zu veröffentlichen. Freundschaft. Familie. Integrität. Es tut mir leid, aber ich kann nicht mehr für dich und das Magazin arbeiten. Nichts davon passt in mein Leben. Ich wollte immer etwas schreiben, was eine große

Wirkung auf Menschen hat, doch so etwas hätte ich nie verfasst. Niemals. Ich verlange von dir, eine Stellungnahme zu veröffentlichen, dass ich nicht die Verfasserin dieses Textes bin.«

Karen schnaubte verächtlich in den Hörer.

»Sorry, Schätzchen, aber das ist unmöglich. Dein Vertrag bei *Women's Comfort* erlaubt es uns, deinen Namen zu benutzen. Oder deine Texte ohne deinen Namen. Wie auch immer, aber die Marke Louise Moore gehört uns, solange der Vertrag läuft. Du kannst ihn auch nicht einfach per SMS kündigen. Sei froh, dass wir dich nicht auf eine Vertragsstrafe verklagen! Du hast zugesichert, dass du einen Artikel verfasst, und hast es nicht eingehalten. Ganz ehrlich, Schätzchen, so geht das nicht.«

»Dann verklag mich doch!«

Wütend beendete Louise das Gespräch. Der Ärger kroch in ihr hoch, vom Magen bis in die Fingerspitzen. Sie holte aus und schmiss ihr Smartphone mit voller Wucht an die Wand. Das Display traf hart auf den kalten Beton und knirschte verdächtig. Wütend schrie Louise auf. Sie sprang vom Bett hoch und stampfte in die Richtung, in der das Telefon auf dem Boden lag. Ohne sich zu bücken, sah sie schon, dass der Bildschirm in tausend Teile zersprungen war. Anstatt es aufzuheben, kickte sie es ein weiteres Mal davor. Sie würde ein neues benötigen, wenigstens lief sie so nicht Gefahr, dass sie heute noch einmal von Karen belästigt wurde.

Auf dem Holzboden breitete sich ein glänzender Tropfen aus. Louise schaute an die Decke, doch dort war alles trocken. Es dauerte einen Augenblick, bis sie realisierte, dass es ihre Tränen waren, die auf den Boden tropften. Warum war die ganze Welt so unfair? Louise hätte sich am liebsten ins Bett gelegt und die Decke über ihren Kopf gezogen. Ignoriert, dass es Rick, Nora und Karen überhaupt gab. Insbesondere NoraLovesStyle, dieses hinterhältige Biest. Nie wieder wollte sie von denen hören. Nie wieder!

Ein zaghaftes Klopfen an der Tür riss sie aus ihren Gedanken. Sie wischte sich die Tränen weg und zog die Nase hoch.

»Ja?«

»Miss Moore? Ihr Taxi ist da.«

Ohne sich umzusehen, war Louise in das Auto eingestiegen. Sie setzte sich ihre Sonnenbrille auf und ließ sich auf den Rücksitz fallen.

»Schlechten Tag gehabt?«

Der Taxifahrer beäugte sie durch den Rückspiegel. Louise zuckte nur unbeteiligt mit den Schultern und sah aus dem Fenster. Ihr war nicht nach einem Gespräch zumute. Schon gar nicht mit einem Fremden.

Die Landschaft zog an ihr vorbei, da erinnerte sie sich wieder an den Brief, den Bigsby ihr gegeben hatte. Sie zog ihn aus der Hosentasche und betrachtete den Umschlag mit dem schweren, roten Wachssiegel.

Gedankenverloren knibbelte sie an dem harten Wachs. Die Krümel sammelten sich unter ihren Fingernägeln. Seufzend riss sie das Kuvert auf und zog den Brief heraus.

Meine liebe Tracy,

Selbst in seinen letzten Worten sprach er sie mit dem falschen Namen an. Typisch Archie Wyndham.

(Ich weiß, dass das nicht Ihr Name ist und Sie Louise heißen, aber für die guten alten Zeiten hoffe ich, dass sie mir vergeben werden, dass ich Sie weiterhin Tracy nenne. Außerdem verdrehen Sie immer so herrlich die Augen, wenn Sie mich diesen Namen sagen hören.)

Louise lachte auf, und der Taxifahrer sah in den Rückspiegel.

Ich wollte diese Gelegenheit nutzen, um Ihnen Danke zu sagen. Sie sind eine unnachgiebige, sture, nervtötende Person, die nicht kochen kann. Jetzt denken Sie wieder, dass ich unhöflich bin, womit Sie recht haben.

Ohne Ihr Talent, kein Nein zu akzeptieren, wäre mein Leben in den letzten Jahren anders verlaufen.
Ruhiger? Vielleicht. Aber auch deutlich trauriger und eintöniger.
Nein, ich mag Ihre Suppen nicht. Sie schmecken alle gleich. Manche zwar etwas salziger als andere, aber grundsätzlich sind sie immer grässlich! Was ich damit sagen will, ist Folgendes: Bitte kündigen Sie nie Ihren Job, um ein Bistro zu eröffnen. Ich meine es ernst, Tracy: NIEMALS! Indem Sie dieses Vorhaben unterlassen, erweisen Sie der Menschheit einen großen Dienst!

Seufzend schüttelte Louise den Kopf.

So. Höchstwahrscheinlich schütteln Sie jetzt schon wieder den Kopf und runzeln die Stirn. Mrs Cooper aus dem Erdgeschoss kennt für diesen Fall einen Spezialisten, der Ihnen Botox besorgen kann. Ich habe mir sagen lassen, das wäre für diese Probleme das Mittel der Wahl.

Reflexartig griff sie sich an die Stirn und untersuchte ihr Spiegelbild im Seitenfenster des Wagens auf Falten.

Du liebe Zeit, Tracy! Sie haben keine tiefen Runzeln, jetzt konzentrieren Sie sich endlich mal für fünf Minuten! Sie sind schlimmer als ein Eichhörnchen auf LSD.

Das war Archie. Unausstehlich bis zum Schluss. Und darüber hinaus.

Es ist an der Zeit, dass Sie Ihre Belohnung bekommen. Sie haben meinen Sohn begleitet und ihn hoffentlich bis ans Ziel getrieben. Falls er vorher aufgegeben hat, dann geben Sie sich nicht die Schuld. Die Geschichte zwischen uns ist kompliziert. Doch das haben Sie in der Zwischenzeit bestimmt selbst erfahren.

Sie waren immer von Neugierde getrieben. Ich kann mir sehr gut vorstellen, dass Sie Rick sofort nach unserem Verhältnis gefragt haben. Und er wäre nicht mein Sohn, wenn er nicht das Schlechte aus seiner Kindheit zum Besten gegeben hätte. Nein, so eine treffsichere Gelegenheit hat er sich nicht durch die Lappen gehen lassen, da bin ich mir sicher.
Wissen Sie, Tracy, ich bin nicht bitter, doch manchmal hätte ich die Welt gerne so wie Sie gesehen. Nachdem meine Frau verstorben war, hat mich das Leben und alle Menschen darin überfordert.
Jeder hat von mir erwartet, dass ich einfach so weitermache. Doch so läuft das nun mal nicht. Donna war die ideale Ergänzung für mich. Das Yin zu meinem Yang, wenn Sie so wollen. Ohne Sie war ich nur ein halber Mensch. Ein halber Vater. Nicht nur der Junge war sensibel, ich war es auch.
Dem lieben Gott sei gedankt, dass er seiner Mutter in so vielen Dingen ähnlich ist. Er hat ihre Augen. Und ihren Sinn für die bildenden Künste. Was mich ärgert, ist, dass er dennoch eine Eigenschaft von mir übernommen hat.
Von allen Merkmalen, die ich der Welt gegeben habe, hat er meine Sturheit geerbt! Viele Eltern sind stolz darauf, wenn ihr Nachwuchs einen kleinen Zeh hat, der dem ihren gleicht, sie wissen schon, unwichtige Kleinigkeiten lassen das Herz tanzen. Doch warum es ausgerechnet das sein musste, bleibt mir ein Rätsel. Dennoch wäre es wünschenswert gewesen, wenn er mehr von meinen besseren Attributen abbekommen hätte. Meinen Sinn für Humor zum Beispiel.

Louise schüttelte leicht den Kopf. Archie hatte unrecht. Zusätzlich zur Sturheit hatten seine Gene in Sachen Arroganz ganze Arbeit geleistet.

»Sie haben Ihrem Sohn mehr als nur einen kleinen Zeh vererbt, Archie«, murmelte sie vor sich hin.

Wie dem auch sei, Tracy. Ich hoffe, Sie haben erkannt, dass er ein guter Junge ist. Nicht leicht zu verstehen, das gebe ich gerne

zu, aber er hat das Herz am rechten Fleck. Dafür hat seine Mutter schon gesorgt. Und egal, wie ich mich bemühte, ich habe es nie aus ihm herausbekommen.
So jemanden wünsche ich mir in Ihrem Leben. Hören Sie auf, nach den falschen Männern zu jagen. Diese Freds dieser Welt sind es nicht wert, dass Sie Ihre Zeit und Energie aufzehren. Von mir bekommen Sie genug Geld, um sich von den Fesseln der Vergangenheit zu lösen. Die einzige Bedingung, die ich habe: Hören Sie auf, nur einen weiteren Gedanken an Menschen zu verschwenden, die es nicht wert sind! Kümmern Sie sich um diejenigen in Ihrem Leben, die Ihrer würdig sind.
Rechnen Sie, Tracy, ich habe Ihnen mehr vermacht, als Sie benötigen, um diesen Affen namens Fred loszuwerden. Verwirklichen Sie Ihre Träume! Kündigen Sie bei dieser Zeitschrift für degenerierte, gelangweilte Scheintote und verwenden Sie Ihre Zeit lieber für etwas, das von Belang ist. Ihre Geschichten sind so außergewöhnlich, wie sie es selbst sind. Schreiben Sie die auf. Seien Sie glücklich, und bitte, ich kann es nicht oft genug betonen, lassen Sie die Hände von der Kochplatte! Nichts Gutes ist jemals dabei herausgekommen, wenn Sie in der Küche gestanden haben.

Herzlichst, Ihr Nachbar Archie Wyndham

PS: Bitte werfen Sie einen Blick auf meinen Jungen.

Wieder flossen bei Louise die Tränen. Nie hatte sie Archie etwas so Nettes sagen hören. Sie vermisste den alten Mann mehr, als ihr bewusst gewesen war.

Sie schluchzte laut. An einer roten Ampel drehte sich der Taxifahrer besorgt um und reichte ihr ein Taschentuch, das sie gerne nahm.

»Alles in Ordnung, Miss?«

»Ja, danke sehr. Alles ist in bester Ordnung.«

Lautstark putzte sie sich die Nase. Die Mundwinkel des Fahrers zuckten angewidert.

»Der Brief scheint sie sehr mitgenommen zu haben.«

Die Ampel sprang auf Grün, und hinter ihnen hupte es. Langsam setzte sich das Taxi in Bewegung.

»Es ist nichts«, winkte sie ab, »nur ein paar Zeilen eines verstorbenen Freunds.«

In Kurzform erzählte sie dem Taxifahrer die Geschichte von Archie, Rick, der Reise und Nora.

»Sie mögen Ihren Freund aber wirklich sehr.«

Louise runzelte die Stirn.

»Ja, ich habe Archie tatsächlich sehr gemocht.«

Der Fahrer schüttelte lachend den Kopf. Im Rückspiegel sah sie seine munteren Augen.

»Nein, ich meine nicht diesen Archie. Seinen Sohn! Diesen Rick. Sie mögen ihn sehr.«

»Ähm, nein?!« Hatte er ihr nicht zugehört? »Rick ist unausstehlich. Vor allem wenn diese Nora dabei ist. Vielleicht habe ich zwischendurch gedacht, dass er ganz okay sei. Aber nein, das ist er nicht. Absolut nicht. Nein, nein. Er denkt, dass er das Zentrum des Universums ist, erhebt sich über seine Mitmenschen. Der Kerl hat fast schon einen Gottkomplex. Wie kommen Sie darauf, dass ich ausgerechnet diesen Typen mag?«

»Sie haben ein schlechtes Gewissen.«

»Wie bitte, was?« Scharf zog sie die Luft ein.

»Sie haben sein Geheimnis verraten und fühlen sich schlecht. Deshalb reden Sie sich jetzt ein, dass sie ihn nicht ausstehen können.«

Schmollend verschränkte Louise die Arme vor ihrer Brust und starte aus dem Fenster.

»Ist auch egal«, murmelte sie, »er verzeiht mir eh nicht.«

»Blödsinn!« Inbrünstig schlug der Fahrer mit der Faust auf die Hupe und gestikulierte wild fluchend. Ein kleiner Corsa hatte ihm die Vorfahrt genommen und sich genau vor die Kühlerhaube seines Mercedes gesetzt.

»Sie müssen sich richtig entschuldigen«, fuhr er mit milder Stimme fort. »Und ihm Zeit geben. Dann wird sich alles fügen.«

Misstrauisch knirscht Louise mit den Zähnen.

»Sind Sie Psychologe?«

Herzhaft lachte er auf.

»Nein, ich bin ein positiv denkender Mensch. Allerdings bin ich auch der Meinung, dass wir unser Schicksal ab und an selbst in die Hand nehmen müssen. Sicher, es ist manchmal leichter, sich zu verkriechen und zu sagen: ›Oh, die Welt ist so böse und schlecht zu mir‹, als selbst aktiv zu werden, aber auf diese Weise werden wir nie eine dumme Erfahrung in etwas Gutes verwandeln. Meinen Sie nicht?«

Still knibbelte Louise an ihren Fingernägeln und starrte aus dem Fenster.

»Und wenn er meine Entschuldigung nicht akzeptiert?«

Er zuckte die Achseln.

»Dann können Sie sich immer noch selbst bemitleiden. Aber Sie haben es versucht!«

»Mh.«

In Gedanken versunken knibbelte sie weiter, bis das Nagelbett sich rot verfärbte.

Der Taxifahrer summte eine Melodie zu einem Lied im Radio. Louise stutzte. Sie erkannte den Song. Vor ihrem inneren Auge erschien Archie, der ihr zuschrie: *Endlich hast du es kapiert, Tracy!* In diesem Moment wurde ihr klar, was zu tun war.

Sie tippte dem Fahrer auf die Schulter.

»Drehen Sie bitte um, ich muss noch mal zurück!«

26

»Endlich fühle ich mich wieder wie ein Mensch.«

Nora hatte eine fast schon obszön lange Zeit im Badezimmer verbracht. Ein Schwall stickig heißer Luft kam aus dem gefliesten Raum, als sie die Tür öffnete. Mit einem Handtuch umwickelt, betrat sie das Schlafzimmer der großen Hotelsuite. Rick lehnte sich an die Balkontür und ließ den Blick über die Landschaft schweifen. Vor dem Balkon stand eine Handvoll Mandelbäume, die, so stellte er es sich vor, im Frühjahr die schönsten Blüten trugen. Jetzt waren sie kahl.

Nackt und hilflos sahen sie aus, die Äste, die sich bei jedem Windzug leicht hin und her bewegten. Rick aber hatte keinen Blick für die Besonderheiten der mallorquinischen Natur. In Gedanken war er woanders. Sobald er die Augen schloss, sah er Louise vor sich stehen.

Er verstand nicht, wie er sich in dieser Person so hatte täuschen können. Warum sie sein Vertrauen so missbraucht hatte.

Er erinnerte sich daran, was sein Vater ihm in seiner Kindheit immer gesagt hatte: »Junge, du kannst den Menschen nur vor den Kopf gucken. Vertraue niemandem, dann wirst du nicht enttäuscht!«

Er faltete den Brief, den er in der Zeit, in der Nora im Bad gewesen war, gelesen hatte, zusammen und steckte ihn fein säuberlich zurück in den zerknüllten Umschlag. Antworten hatte er nicht gefunden, nur mehr Fragen. Archie erzählte von dem Tag, an dem er Donna kennengelernt hatte. Sie hatte ihm Schokolade gebracht. Laut seines Vaters war es das leckerste Getränk, das dieser je getrunken hatte. Aber das lag nicht am Kakao, sondern an der Frau, die ihn zubereitet hatte. Was wollte ihm der alte Mann damit sagen?

Je länger er darüber grübelte, desto weniger ergab alles einen Sinn. Wann sollte Louise den Artikel geschrieben haben? Sie waren fast rund um die Uhr zusammen gewesen. Hätte er nicht etwas davon mitbekommen?

Außerdem hatte sie viel zu viel Talent, um über diesen Celebrityblödsinn zu schreiben. Weshalb hatte sie die Pressemeute am Hafen überrascht, wenn sie das alles inszeniert hatte? Nein, es passte nichts zusammen.

»Bist du in Gedanken schon am Strand?«

Nora strich ihm mit der Hand zärtlich über die Schulter. Durch die Berührung stellten sich seine Armhärchen auf. *Wie konnte ein Mensch nur so kalt sein? Wie ein Fisch,* fuhr es ihm schaudernd durch den Kopf. Er steckte den Umschlag in die Hosentasche.

»Was? Nein. Ich meine ja. Da fällt mir gerade ein, es könnte beim Check-in am Flughafen vielleicht etwas schwierig werden.«

Sie stutzte.

»Wieso?«

»Lange Geschichte«, brummte er, ohne den Blick von den Mandelbäumen abzuwenden.

»Ich finde es großartig, dass du es deinem alten Herrn so richtig gezeigt hast«, flötete Nora und wechselte das Thema. »Das Geld hast du dir verdient. Ich bin immer noch der Meinung, dass er es dir ohne diese Spielereien hätte überlassen sollen. Immerhin warst du sein Sohn.«

Sie schlang ihre langen, knochigen Arme von hinten fest um Ricks Körper und presste sich an ihn. Ein Hauch ihres blumigen Parfums stieg ihm in die Nase, als sie ihren Kopf auf seine Schulter legte. Der Geruch bereitete ihm Kopfschmerzen.

»Ich weiß nicht, Nora. Ich war vielleicht sein Sohn, aber kein guter. Jedenfalls kann ich mich nicht daran erinnern, wann ich ihn das letzte Mal getroffen habe, ohne eine Gegenleistung dafür zu erwarten.«

Er wand sich aus der Umarmung, die ihm das Gefühl gab, innerlich zu Eis zu erstarren.

»Wie meinst du das? Ich hatte nicht den Eindruck, dass es ihn sonderlich gestört hätte. Der alte Mann hatte genug.«

»Mag sein. Aber es ist schade, dass ich ihn nicht besser gekannt habe. Wir haben so viele Jahre nebeneinanderher gelebt, ohne auch nur den Hauch einer Ahnung zu haben, was in dem anderen vorgeht. Ich habe viel über ihn erfahren in der letzten Woche. Dinge, die er mir nie erzählt hatte, aus welchen Gründen auch immer. Die Sache mit meiner Schwester zum Beispiel.«

Nora runzelte die Stirn.

»Du hast eine Schwester?«

Verdutzt sah Rick sie an.

»Ja, sicher. Stand doch bestimmt auch in dem Artikel. Josephine Garde. Meine Halbschwester aus Frankreich.«

Nora schüttelte den Kopf.

»Ich weiß nichts von einer Schwester. Heißt das, dass du dein Erbe teilen musst?«, entfuhr es ihr, und er sah sie an. Ihre Augen waren schreckgeweitet, und sie schnappte hörbar nach Luft.

»Beruhige dich. Niemand muss irgendwas teilen«, brummte er sie an. »Merkwürdig, dass Louise nichts davon geschrieben hat, wo sie doch sonst alles gegeben hat, um mich öffentlich vorzuführen.«

Nora zuckte teilnahmslos mit den Schultern.

»Der Artikel hat dich nicht vorgeführt, Darling. Manchmal ist es jedoch notwendig, hier und da ein paar Details von sich preiszugeben, wenn man im Gespräch bleiben will. Ob das nun alles stimmt oder nicht, ist nicht wichtig. Ich kann nichts Verwerfliches daran finden.«

Rick hielt inne und musterte Nora misstrauisch, die sich aufwendig mit dem Handtuch Strähne für Strähne die Haare trocken tupfte.

»Ich mag aber nichts von mir preisgeben, und ich will auch nicht im Gespräch bleiben, was auch immer das heißen soll.«

»Du bist genauso langweilig wie diese Louise.« Nora seufzte. »Ich musste sogar selbst mit ihrer Redakteurin sprechen, damit diese dämliche Zeitschrift endlich etwas über uns veröffentlicht.«

»Du hast *was* getan?«

Fassungslos griff sich Rick in die Haare.

»Darling, warum bist du so laut? Unsere Hochzeit ist immerhin das größte Asset, das ich für meinen Account habe. Wenn ich das nicht ordentlich auf allen Kanälen und Medien promote, dann verliere ich an Wert.«

»Die Hochzeit ist für dich also ein Geschäftsmodell, verstehe ich das richtig? Und dafür hast du Louise missbraucht? Was hast du ihr geboten, damit sie darauf einsteigt?«

Nora wickelte sich das Handtuch zum Turban um den Kopf und setzte sich an den Schminktisch. Mit geübten Griffen trug sie das Make-up auf.

»Reg dich ab, Darling! Ich habe mit dieser Louise nichts zu tun gehabt. Wieso hätte ich mit der auch sprechen sollen? Ich habe bessere Kontakte. Auf einer Party habe ich Derek kennengelernt, er ist der Herausgeber von diesem *Women's Comfort*. Kennst du das Blatt überhaupt? Absoluter Schund, wenn du mich fragst, aber sie haben eine treue Leserschaft. Nicht zu unterschätzen. So etwas sollte man sich immer warmhalten. Er hat für mich den Kontakt zu dieser Karen Bolder hergestellt. Sie war sehr begeistert, als ich ihr ein paar Geschichten erzählte. Sie hätte gerne selbst die Story geschrieben, aber irgendwie fühlte sie sich ihrer Reporterin verpflichtet, die aber nichts eingereicht hat.«

Das ganze Zimmer drehte sich vor seinen Augen, der Boden wurde weich wie Gummi. Es dauerte einen Augenblick, bis Rick bewusst wurde, dass ihm schwindelig war und sich nicht der Raum drehte. Langsam setzte er sich auf die Bettkante. Er räusperte sich. Sein ganzer Hals war trocken.

»*Du* steckst dahinter? Wirklich?«

Nora kontrollierte ihr Spiegelbild und griff zum Telefon. Der Riss auf dem Display war ein Souvenir ihres Ausflugs auf die Klippen.

»Warum regst du dich denn so auf? Du hast doch sonst nichts dagegen gehabt, wenn ich die Presse oder ein paar Paparazzi bestellt habe. Weshalb ausgerechnet jetzt?«

»Dir geht es immer nur um die Außenwirkung, richtig? Hauptsache, du kannst Klicks generieren für deine dämliche Seite, sonst ist dir nichts wichtig.«

»Du hattest nichts gegen meine ach so dämliche Seite, als ich einen Deal mit dem Reiseveranstalter gemacht habe und wir für drei Tage auf die Seychellen reisen konnten.«

Nora sah ihn nicht an. Zu beschäftigt war sie damit, das perfekte Selbstporträt von sich zu schießen.

»Mir ging es nie um die kostenlosen Reisen, im Gegenteil, die kann ich gut selbst bezahlen. Ich bin mitgeflogen, weil du es dir gewünscht hast, Nora! Oder soll ich besser sagen: weil du es von mir verlangt hast? Ernsthaft, es war nicht leicht, meine Termine für diesen Trip zu verschieben. Weißt du, was hinter meinem Rücken erzählt wurde? Dass ich nur mit meinem Schwanz denken würde und mir die Mitarbeiter ganz egal seien.«

Nora zuckte mit den Schultern.

»Und? Was kümmert es dich, was ein paar neidische Loser von sich geben?« Kurz warf sie ihm einen gleichgültigen Blick zu, bevor sie ihren Mund zu einem Entenschnabel verzog und sich wieder ihren Fotos widmete.

»Ich habe diese Firma mit aufgebaut. Wenn ich Aufträge verliere, weil ich durch die Weltgeschichte reise, dann bedeutet das, dass Menschen ihre Arbeitsplätze verlieren. Ich kann und will nicht einfach so die Jobs unserer Mitarbeiter aufs Spiel setzen.«

Nora runzelte die Stirn, soweit es das Botox erlaubte. Verblüfft ließ sie das Handy sinken und starrte Rick an.

»Seit wann bist du so ein fürchterlicher Moralapostel?«

»Seit wann bist du so kalt wie ein Fisch?«

»Ich bin nicht kalt, ich weiß nur, um welche Angelegenheiten ich mich zu kümmern habe und wo ich hingehöre. Im Gegensatz zu dir. Was ist mit dir auf dieser Reise passiert?«

Rick schürzte die Lippen und drehte sich zum Fenster. Die Zweige des Mandelbaums wiegten sich langsam von einer Seite zur anderen. Als würden sie ihm zuwinken.

»Wir müssen reden, Nora.«

27

Louise rannte durch das Foyer des Hotels. Ihr Gepäck hatte sie im Kofferraum gelassen, der Fahrer hatte ihr nur lachend nachgesehen. Ihre Kleidung war für sie nicht wichtig. Wäre sie fort, müsste sie dies halt auf eine weitere lange Liste setzen.

In diesem Moment gab es nur eine Sache, die sie unbedingt erledigen musste: Mit Rick sprechen!

Was sie ihm sagen wollte, wusste sie selbst nicht. In ihrem Kopf spielte sie verschiedene Szenarien durch. Eine Reihe davon beinhalteten Nora und wie diese im hohen Bogen in den Pool flog. Doch so lustig sie den Gedanken fand, Gewalt war niemals eine Lösung, ermahnte sie sich selbst.

Der Marmorboden des Hotels war rutschig. Sie schlingerte mit den glatten Sohlen ihrer Sneakers über die Oberfläche. An einer Säule hielt sie sich fest, um die Richtung zu wechseln und dabei nicht das Gleichgewicht zu verlieren. Hart traf sie mit Bigsby zusammen.

»Miss Moore! Ich dachte, Sie seien am Flughafen?«

Dem Notar war die Brille halb von der Nase gerutscht, und er rückte sie mit beiden Händen wieder in die waagerechte Position.

»Ja, nein, ich meine, ich wollte ...« Louise stotterte und wurde rot. Zu gerne hätte sie sich selbst eine schallende Backpfeife gegeben. Wenn sie vor Bigsby nicht in der Lage war zu reden, wie sollte sie dann vor Rick ein Wort herausbekommen?

»Was ich sagen will, ist, ich muss noch mit Rick sprechen.«

Überrascht blinzelte der Notar sie an.

»Mr Wyndham? Der ist nicht mehr hier. Er ist vor etwa einer viertel Stunde abgefahren.«

Louise spürte, wie ihr das Blut in den Kopf schoss.

»Was? Aber sein Flug sollte doch nicht vor morgen gehen! Wo ist er denn hin?«

Bigsby zuckte mit den Schultern.

»Das hat er mir nicht gesagt. Nur dass er sofort zum Flughafen muss.«

»Allein?« Louise krächzte und räusperte sich. »Ich meine, er ist ohne Nora gefahren?«

Bigsby nickte. Er machte einen neutralen Eindruck, wie immer, doch für den Bruchteil einer Sekunde meinte Louise in seinen Augen Genugtuung aufblitzen zu sehen.

»Miss Paxton ist nicht mitgereist. Mit Verlaub, sie hat sehr schlechte Laune, wenn ich das sagen darf.« Er zwinkerte ihr zu.

»Ich muss zurück zum Flughafen, Mr Bigsby. Sofort!«

Hektisch drehte sie sich auf dem Absatz ihres Turnschuhs um. Die Sohle rutschte quietschend über den Marmorboden, und Louise verlor den Halt. Mit den Händen versuchte sie, die Säule zu erreichen, doch die war außer Reichweite. Der Länge nach flog sie auf den kalten Boden.

Sofort eilten zwei Mitarbeiter des Hotels herbei, um ihr zu helfen.

»Alles in Ordnung, Señora? Der Sturz sah gefährlich aus.«

»Ja, ja, nichts passiert«, murmelte sie und rappelte sich umständlich wieder hoch.

Im Normalfall wäre es ihr hochgradig peinlich gewesen, aber dafür hatte sie jetzt keine Zeit: Sie musste zurück zum Flughafen! Sie rutschte über den glatten Boden, wie eine Kuh, die versehentlich auf einen zugefrorenen See geraten war und auf dem Eis versuchte, vorwärtszukommen. Immer wieder ruderte sie mit den Armen, um das Gleichgewicht zu halten.

»Warten Sie, Miss Moore, ich komme mit!«

Bigsby wackelte hinter ihr her in Richtung Tür.

»Wieso wollten Sie eigentlich unbedingt mit zum Flughafen?«

Louise zupfte an ihrer Bluse und sah den Notar ratlos an.

»Ich weiß nicht«, gab dieser achselzuckend zu, »mir war ein wenig fad. Außerdem bin ich vor Nora Paxton geflohen, die mich angeschrien hat, dass sie mich verklagen wolle.«

Er seufzte schwer.

»Darf ich Ihnen ein Geheimnis verraten?«

Louise nickte.

»Sicher, Mr Bigsby.«

»Nun gut. Ich habe viele Jahre für die Familie Wyndham gearbeitet. Sie wissen schon, als Anwalt, Notar, Fußabtreter. Alles, was eben angefallen ist. Ich hätte nicht gedacht, dass es eine Person auf dieser Welt gibt, die noch schwieriger ist als Archibald Wyndham der Zweite.«

»Sie meinen Rick?«

Er schüttelte den Kopf und lachte keuchend.

»Nein, ich meine seine Verlobte. Zugegeben, ich habe Rick Wyndham nicht für einen angenehmen Menschen gehalten, doch auf eine gewisse Art und Weise ist er doch ein netter Zeitgenosse. Finden Sie nicht auch?«

Louise verdrehte die Augen und sah aus dem Fenster.

»Sie sind der Zweite heute, der mir das sagt.«

»Ach wirklich? Wer denn noch?«

»Archie. In seinem Brief.«

»Ach ja, genau. Der Brief. Also haben Sie ihn schon gelesen. Wissen Sie, auch wenn er mich nicht immer besonders freundlich behandelt hat, kann ich nicht behaupten, dass ich ihn nicht gemocht habe. Archie meine ich.«

Bitter lachte Louise auf.

»Archie war zu niemandem freundlich. Jedenfalls nicht auf den ersten Blick. Ich habe mich jahrelang um den alten Mann gekümmert, weil ich Mitleid mit ihm hatte. Er hatte niemanden auf der Welt, und ich dachte, dass sich niemand um ihn scheren würde. Aber wenn ich eines auf dieser Reise gelernt habe, dann ist es, dass Archibald Wyndham die Menschen positiv beeinflusst hat. Es gab so viele Leute, denen er wichtig war, die sich um ihn gesorgt haben, die ihn zu schätzen wussten und ehrlich mochten. Er war vielleicht allein, aber einsam war er nicht.«

Bigsby nahm seine Harry-Potter-Brille in die Hand und kontrollierte mit einem zugekniffenen Auge die Sauberkeit. Beim Anblick der schmierigen Gläser verzog er angewidert den Mund und zückte ein weißes Taschentuch aus seinem Jackett. Louise bemerkte, dass er das Fett der Fingerabdrücke mit dem Tuch weiter verteilte, anstatt es zu entfernen.

»Miss Moore, ich denke, Sie haben recht mit Ihrer Beobachtung. Sir Wyndham war niemals so einsam, wie Sie vielleicht den Eindruck hatten. Jedoch liegen Sie in einer anderen Sache falsch.«

Louise strich sich eine Strähne aus dem Gesicht und klemmte sie hinters Ohr.

»Was da wäre?«

»Er war auch nicht allein. Er hatte Ihre Gesellschaft. Und Sie hatten auch einen großen Anteil daran, dass er sich nicht einsam fühlte. Tatsache ist, dass Sie Ihren Anteil des Erbes in jedem Fall erhalten hätten, selbst wenn Rick gar nicht angetreten wäre. Er fand aber, dass Sie einen guten Einfluss auf seinen Sohn haben würden, und ich muss sagen, er lag mit dieser Vermutung goldrichtig.«

»Moment mal, wollen Sie mir damit sagen, dass ich so oder so zweihunderttausend Pfund bekommen hätte, selbst wenn ich in London geblieben wäre?«

Grinsend zwinkerte Bigsby ihr zu.

»Gemein, oder? Sie hatten von Anfang an die Wahl und wussten es nicht.«

Mit offenem Mund schüttelte Louise mit dem Kopf.

»Verdammt noch mal, Archie! Er kann von Glück sagen, dass seine Asche jetzt im wahrsten Sinne des Wortes in der Luft hängt. Ich verspüre gerade den Drang, vor seine Urne zu treten!«

Bigsby bearbeitete die Brille mit dem Tuch. Zwischendurch kontrollierte er das Ergebnis mit einem zugekniffenen Auge. Unzufrieden schnalzte er mit der Zunge.

»Kann ich verstehen, Miss Moore. Aber hat die Sache nicht auch etwas Gutes?«

»Was soll denn Gutes dabei rausgekommen sein? Meine Chefin hat in meinem Namen einen zum Teil erfundenen Enthüllungsartikel veröffentlicht, Rick ist sauer auf mich, und Annie wird höchstwahrscheinlich auch niemals wieder mit mir sprechen wollen. Außerdem habe ich meine Katzen eine Woche lang bei meinem Mitbewohner gelassen. Ich bin noch nicht mal sicher, ob er wirklich richtig verstanden hat, dass er die auch füttern soll. Also könnte es durchaus sein, dass ich in meine Wohnung zurückkomme und umziehen muss, weil die Leichen meiner beiden Katzen durch das gesamte Haus stinken und mich der Vermieter rauswirft. Aber klar, ich habe zweihunderttausend Pfund geerbt, da sind Arbeitslosigkeit und unter der Brücke zu schlafen gar nicht mehr so schlimm.«

Louise zog scharf die Luft ein. Erst jetzt wurde ihr bewusst, dass sie während ihres Monologs nicht geatmet hatte. Im Rückspiegel beobachtete der Taxifahrer das Schauspiel. Er sagte nichts.

Bigsby setzte sich seine Brille wieder auf und stopfte das Taschentuch zurück ins Jackett. Im Sonnenlicht waren die Schlieren zu erkennen, die er mit dem Tuch von einer Seite auf die nächste verteilt hatte.

»Ihr Name darf nicht verwendet werden, wenn Sie nichts dazu beigetragen haben. Wenn Sie einen Anwalt benötigen, der sich der Sache annimmt, bin ich gerne gewillt, mich für Sie darum zu kümmern.«

»Danke, Mr Bigsby, aber ich befürchte, dass Sie zu teuer für meine Verhältnisse sind. Bedenken Sie, dass ich zwar geerbt habe, davon aber die Schulden meines nichtsnutzigen Ex-Freundes bezahlen muss. Da bleibt nicht mehr allzu viel übrig, vor allem, da ich jetzt ohne regelmäßiges Einkommen bin und das Wohnen in London in den letzten sieben Tagen bestimmt nicht günstiger geworden ist.«

Er zuckte mit den Schultern.

»Solche Fälle kann ich nebenbei übernehmen. Meistens reicht es, wenn ich persönlich einen Anruf bei dem Verlag tätige oder ein gesalzenes Schreiben aufsetze, damit sie eine Richtigstellung schreiben. Was die anderen Punkte auf Ihrer Liste angeht, ich bin mir ziemlich sicher, dass Mr Wyndham Junior sich beruhigt hat, und was seine Tante betrifft, ich habe einen sehr guten Draht zu Annie. Ich habe sie bereits angerufen und ihr die Sache erklärt. Sie ist Ihnen nicht böse. Warum auch, Sie konnten doch nichts dafür.«

Louise seufzte.

»Ich wünschte, es wäre so leicht, Mr Bigsby. Ich habe wahrscheinlich am Telefon ein Detail verraten, was ich nicht hätte tun sollen. Es war mir alles so herausgerutscht, immerhin habe ich nicht damit gerechnet, dass sie damit aufmachen würde. Ich schätze, ich war einfach nur etwas naiv.«

»Möglich. Aber selbst wenn, jeder hat ein Recht darauf, ab und zu schlechte Entscheidungen zu treffen. Wichtig ist nur, dass wir alle daraus lernen. Haben Sie daraus gelernt, Miss Moore?«

»Sie klingen manchmal wie Yoda, hat Ihnen das schon mal jemand gesagt?«

»Yoda? Ist das diese Entspannungsübung aus Japan?«

»Aus Indien. Und nein, Yoda ist eine Figur aus *Krieg der Sterne.* Sie meinen Yoga.«

»Ach so. Ich befürchte, dass mir meine Auftraggeber weder die Zeit für populärkulturelle Filmuniversen noch für körperliche Ertüchtigungen gewähren, deshalb verzeihen Sie mir, dass ich mich weder mit dem einen noch dem anderen besonders gut auskenne.«

Bevor Louise etwas erwidern konnte, stoppte das Taxi.

»Wir sind am Flughafen. Ich werde hier auf Sie warten, für den Fall, dass Sie doch wieder zurück zum Hotel gefahren werden möchten.«

Louise kletterte aus dem Taxi und starrte auf die gläserne Abflughalle vor ihr.

Bigsby stellte sich neben sie und legte ihr freundlich eine Hand auf die Schulter.

»Gehen Sie ruhig, ich kümmere mich um das Gepäck.«

Nervös kaute Louise auf ihrer Unterlippe und blickte Bigsby zaghaft lächelnd an.

»Danke«, flüsterte sie und lief los. Die ersten Schritte langsam, dann schneller, immer schneller, bis sie durch die sich automatisch öffnenden Türen ins Innere rannte.

In der Halle blieb sie stehen und drehte sich um die eigene Achse. Sie wusste nicht, wo sie ihn suchen sollte. An ihr drängten sich Touristen mit ihren Koffern vorbei. Ein junger Mann in Jogginghose und einem falsch herum aufgesetzten Basecap überrollte sie fast mit seinem überdimensionalen Fahrradkoffer, den er auf einem Gepäckwagen vor sich herbugsierte. Erschrocken wich sie zur Seite und murmelte leise eine Entschuldigung.

»Pass doch einfach auf, wo du stehen bleibst«, keifte er sie feindselig im Vorbeigehen an.

Louise ballte die Fäuste und spürte, wie der Ärger in ihr hochkochte.

»Pass du lieber auf, wo du deine Karre hinschiebst. Ich habe Neuigkeiten für dich: Mach zwischendurch mal die Augen auf, dann siehst du auch Hindernisse! Ob du Pfeife es glaubst oder nicht: Ich habe hinten nämlich keine Augen, du Hornochse!«

Der Typ zuckte unter seiner Kappe zusammen. Ohne sich umzudrehen, machte er mit der linken Hand eine Faust, reckte sie nach hinten und ließ den Mittelfinger stehen.

Louise keifte weiter.

»Ja, genau. Verschwinde bloß! Du Idiot!«

»Louise?«

Sie fuhr herum und schluckte hart. Die Stimme erkannte sie sofort. Rick!

»Louise, was tust du hier?«

Sie strich sich eine Strähne aus dem Gesicht und sah auf den Boden.

»Ich, äh, ich wollte nach Hause fliegen, dann bin ich zurück zum Hotel gefahren, um mit dir zu reden, doch du warst nicht mehr da, also, äh, bin ich mit Bigsby zusammen wieder zurück zum Flughafen gefahren. Dann hat mich dieser Kerl mit seinem Gepäckwagen fast überfahren, ich habe mich beschwert, und den Rest kennst du ja.«

Louise schaffte es nicht, Rick in die Augen zu sehen. Sie wusste nicht, was sie ihm sagen sollte. Im Grunde wusste sie nicht mal, warum sie überhaupt hier war und nicht direkt nach London zurückgeflogen war, wie sie es ursprünglich vorgehabt hatte.

»Oh. Okay.« Rick trat vor ihr auf und ab. Eine Hand hatte er in der Hosentasche vergraben, mit der anderen griff er sich in das lockige Haar.

»In Ordnung«, murmelte Louise, »du bist hier, ich habe dich gefunden. Schön.«

»Ja, schön.«

»Sehr schön.«

»Okay.«

»Ich ... ich gehe dann mal wieder. Viel Spaß mit den dreißig Millionen.«

»Fünfzehn.«

»Wie bitte?«

»Es sind fünfzehn Millionen Pfund.«

»Und die anderen fünfzehn?«

»Bekommt Josephine. Ich habe Bigsby alles in die Wege leiten lassen.«

»Oh ... warum?«

»Weil es das Richtige ist, hat mir jemand gesagt.«

Rick lächelte leicht.

»Gut. Sehr gut. Also dann. Ich gehe jetzt.«

»Ja, gut. Ich meine, mach es gut.«

»Ja. Du auch.«

»Okay.«

»Okay.«

Louise drehte sich um und schlurfte zur Gepäckaufgabe. Nach ein paar Metern schlug sie sich die Hand vor die Stirn und schlich in die entgegengesetzte Richtung an Rick vorbei zur Tür, wo Bigsby mit ihrem giftgrünen Koffer stand.

»Ich habe mein Gepäck vergessen.«

Nervös kicherte sie und verdrehte theatralisch die Augen. »Ich Dummerchen.«

Rick lächelte höflich und sah ihr nach. Louise spürte seinen bohrenden Blick in ihrem Rücken. Mit jedem Schritt, den sie auf Bigsby zuging, wuchs ein Gefühl des Ärgers in ihr. Was machte sie hier? Lief sie etwa einem Mann hinterher? Hatte sie das nach Frank nicht nie wieder tun wollen?

Ihre Augen wurden klein und die Lippen schmal. Einen Meter bevor sie Bigsby erreichte, drehte sie sich um und stampfte mit lauten Schritten auf Rick zu.

»Moment mal, was machst du eigentlich hier?«

Er wurde rot, was die Sommersprossen auf seinen Wangen optisch zum Glühen brachte. Die Sonne in den letzten Tagen hatte die Punkte zum Vorschein gebracht. Er biss sich auf die Unterlippe und fuhr sich wiederholt durch die Haare.

»Nun, ähnlich wie du, ich bin zum Flughafen gefahren, um mit dir zu sprechen, doch niemand konnte oder wollte mir Auskunft geben, ob du bereits eingecheckt hattest. Dann wollte ich ein Ticket nach London kaufen, doch ich stehe auf einer No-Fly-Liste und darf in Europa derzeit in kein Flugzeug steigen. Offensichtlich haben sie mir den Vorfall in Frankfurt doch übler genommen, als ich erwartet hatte. Also hatte ich mir überlegt, dich anzurufen, aber ich habe nur die dumme Mailbox erreicht, doch dann habe ich dich hier streiten hören, und der Rest ist Geschichte.«

Louise trat einen Schritt auf Rick zu.

»Ja, aber worüber wolltest du mit mir sprechen?«

»Mit Nora ist Schluss. Sie macht meinen Kakao nicht schokoladiger. Ich wollte herausfinden, ob du ihn vielleicht ... schokoladiger ... machst.«

Louise runzelte die Stirn.

»Wie bitte? Ist das irgendein merkwürdiger Fetisch, den ich nicht kenne, Wyndham?«

Rick winkte ab.

»Egal. Sie mochte auch *Crazy Time* und die *The Evil Saints* nicht, da wusste ich, dass es keine Zukunft hat. Worüber wolltest du mit mir sprechen?«

Zaghaft kam er ihr einen Schritt entgegen. Er war ihr jetzt so nah, dass sie seine Atmung und die Wärme seines Körpers spüren konnte.

»Ich, äh, ich weiß es nicht. Ich wollte mich entschuldigen. Für alles. Für den Artikel. Rick, ehrlich, ich hatte keine Ahnung, dass Karen das alles über dich schreiben würde. Ich hätte es niemals zugelassen.«

Rick griff nach ihrer Hand und drückte sie zärtlich.

»Ich weiß. Mach dich nicht fertig, du hattest keine Schuld, es war Nora, die die Informationen an deine Redakteurin weitergegeben hat. Mir tut es leid, dass ich an dir gezweifelt habe und nicht zuhören wollte.«

Louises Herz sprang so laut gegen ihren Brustkorb, dass sie befürchtete, Rick könnte es hören. Sie schluckte und biss sich auf die Unterlippe. Langsam hob sie den Blick und sah direkt in seine Augen. In ihrem Magen kribbelte es. Die Hummeln schwirrten wieder umher.

Louise fühlte sich so mutig wie nie zuvor in ihrem Leben. Sie schloss die Augen und küsste ihn auf die Lippen.

Überrascht sah er sie an, den Mund halb geöffnet.

»Sorry, Rick. Ich wollte ...«

Eh sie zu Ende sprechen konnte, hatte er seine Arme um ihre Hüfte geschlungen und sie an seinen Körper gezogen. Als sich ihre Lippen trafen, was es wie eine Explosion von tausend Feuerwerksraketen. Sie presste sich an ihn und erwiderte den Kuss mit Leidenschaft.

»Und wie kommen wir nach Hause, Wyndham? Jetzt, wo Fliegen anscheinend keine Option ist?« Atemlos sah Louise ihn an, nachdem sie ihre Lippen voneinander gelöst hatten. Rick strich ihr zärtlich eine Haarsträhne aus dem Gesicht.

»Hmm, ich habe mir sagen lassen, dass ein Roadtrip über den Kontinent um diese Jahreszeit sehr viel Spaß machen soll.«

Er grinste sie schelmisch an und umarmte sie ein wenig fester.

Louise schürzte die Lippen.

»Gute Idee, aber wir müssen noch jemanden mitnehmen.«

Sie ließ den Blick von Ricks sattgrünen Augen ab und sah über seine Schulter. Bigsby stand in einer kleinen Ecke neben der automatischen Schiebetür und sah diskret zur Seite.

Rick zuckte die Achseln und drückte Louise einen schnellen Kuss auf die Lippen.

»Soll mir recht sein. Er kann fahren, denn mit dir am Steuer werden wir sterben.«

Louise boxte ihn leicht in die Brust.

»Und wenn du fährst, dann werden wir von anderen Verkehrsteilnehmern umgebracht.«

»Dann hätten wir das geregelt. Wir können beide nicht Auto fahren, also übernimmt Bigsby diese Aufgabe. Wir hingegen sitzen auf dem Rücksitz und, na ja, lernen uns besser kennen.«

»Nur, wenn du mir versprichst, nicht wieder von einer Fähre zu fallen.«

»Wenn du mich ablenkst, wird mir nicht schlecht, das weißt du doch.«

Wieder küssten sie sich minutenlang und vergaßen die Welt um sich herum.

Epilog

Ein Jahr später

»Guten Morgen, mein Schatz. Schau, ich habe dir etwas mitgebracht.« Rick hob die Hände. In einer war die Brötchentüte und mit der anderen wedelte er mit einer Zeitschrift.

»Mietenwahnsinn zwingt Londoner in die Knie«, stand in großen Buchstaben auf dem Cover.

»Zeig her!«

Louise, die eben noch mit verschlafenen Augen an ihrem Kaffee genippt hatte, war hellwach. Sie sprang auf und riss ihm das Magazin aus den Händen.

Zärtlich fuhr sie mit den Fingern über das hochglänzende Deckblatt.

»Meine erste Cover-Schlagzeile«, flüsterte sie, und die Emotionen drohten sie zu überwältigen. Sie schluckte. Andächtig schlug sie die Zeitschrift auf, bis sie fand, wonach sie gesucht hatte: ihren Artikel.

»Mietenwahnsinn zwingt Londoner in die Knie, eine Reportage von Louise Moore«, las sie vor und grinste übers ganze Gesicht. »Reportage, steht hier! Ich habe eine Reportage geschrieben!«

Rick beugte sich vor und drückte ihr einen Kuss auf die Stirn.

»Ich bin stolz auf dich«, raunte er ihr ins Ohr. »Ich wusste immer, dass du mehr draufhast, als für dieses Käseblatt zu schreiben.«

Seufzend riss Louise ihren Blick von der Zeitschrift los.

»Apropos: Karen hat mich angerufen und nach dir gefragt.«

Rick goss sich Kaffee in seinen neuen Becher mit der Aufschrift *Bester Bruder der Welt* ein und setzte sich. Verblüfft sah er Louise an.

»Warum?«, wollte er wissen.

Sie zuckte mit den Schultern.

»Offenbar hat sich Nora wieder verlobt, und sie hat ihre Nummer verloren. Sie hofft, dass du den Kontakt herstellen könntest.«

Rick verschluckte sich.

»Ich habe seit einem Jahr nichts mehr von Nora gehört, ich wusste noch nicht mal, dass sie heiraten wird.«

Louise nickte.

»Ja, einen Typen namens Luigi Terrazzi. Ein Modeblogger mit einem eigenen Kanal. Luigi4Fashion.«

»Na, das hört sich doch an, als hätte sich da das perfekte Paar gesucht und gefunden. Freut mich für sie. Es ist schön, jemanden zu haben, der die Schokolade noch schokoladiger macht.«

Zärtlich lächelnd griff er Louises Hand und küsste ihre Finger.

»Moment!«

Sie zog ihre Hand weg und sah ihn auffordernd an.

»Was ist denn?«, fragte er verblüfft.

»Du hast mir nie erzählt, was es mit diesem dämlichen Satz auf sich hat. Immer wenn ich dich in den letzten zwölf Monaten danach gefragt habe, hast du gesagt, du würdest es mir später erzählen. Ich finde, jetzt ist der passende Zeitpunkt.«

Rick seufzte und rollte mit den Augen.

»Okay, Miss Moore. Es ist nicht leicht, Ihnen etwas abzuschlagen, wenn Sie so beharrlich sind.«

Er stand auf und verließ die große, weiße Küche.

Kopfschüttelnd sah sie ihm nach und grinste.

Mit einem zerknitterten Umschlag in der Hand kam er zurück. Schon vom Platz aus sah sie das kitschige, rote Wachssiegel der Wyndhams auf der Rückseite.

»Ich könnte dir natürlich erzählen, wo ich diesen Satz herhabe, aber am besten liest du es einfach selbst.«

Er reichte ihr das schwere Papier. Sie öffnete den Umschlag. Sofort erkannte sie Archies schwungvolle Handschrift.

Mein lieber Sohn,

wie ich sehe, hast Du uns alle überrascht und den Weg bis ans Ziel geschafft. Das heißt, ich habe insgeheim gewusst, dass Du es meistern würdest, denn Du bist mit mir verwandt. Ich weiß, ich war nie der Vater, den Du Dir gewünscht hattest. Glaube mir, wenn ich die Möglichkeit hätte, die Zeit zurückzudrehen, würde ich es tun. Du bist wie Deine Mutter. Jede Kleinigkeit an Dir hat mich an meine über alles geliebte Donna erinnert. Ich konnte Dir nicht in die Augen schauen, ohne sie vor mir zu sehen. Ja, ich weiß, es wäre natürlich die Aufgabe eines Vaters gewesen, sich mehr um Dich zu kümmern und die Erziehung nicht an Nannys, Deine Tante Annie und diverse Lehrer in den unterschiedlichsten Schulen weiterzureichen. Wärst Du dann von weniger Internaten geflogen? Wer weiß.

Ich habe Deinen Werdegang in den Jahren, in denen wir uns nicht mehr gesprochen haben, verfolgt. Denk ja nicht, dass ich Dich aus den Augen gelassen hätte. Nein, das habe ich nie.

In den letzten Tagen wirst Du über meine Vergangenheit gehört haben. Keine Ahnung, ob Du ein Leben, wie Deine Mutter und ich es geführt haben, spannend gefunden hättest. Wir haben bei Weitem nicht so viele Trips um den Globus unternommen wie Du. Seychellen? War ich seit den Achtzigern nicht mehr. Aber wir hatten dennoch unsere Abenteuer.

Dafür war es mir ein großes Bedürfnis, dass Du Louise Moore kennenlernst. Was hältst Du von ihr? Sie kann einem den letzten Nerv rauben, nicht wahr? Um Deiner Gesundheit willen hoffe ich, dass Sie niemals für Dich gekocht hatte. Alles, was sie in den Topf geworfen hat, ist ein weiteres Mal gestorben. Doch sie ist ein feiner Mensch mit einem warmen Herzen. Besonders ihr Blick, wenn ich sie Tracy nenne, bereitet mir eine teuflische Freude. Die ersten Jahre hat sie mich immer wieder verbessert. Inzwischen hat sie sich ergeben und rollt höchstens mit den Augen.

Bitte gönne mir diesen Spaß. Ich habe sonst nichts mehr, was mir Freude bereitet.

Aber zurück zu Louise. Sie gehört zu unserer Familie. Für mich ist sie wie eine Tochter. Eine, die sich von meinen Gemeinheiten niemals abschrecken ließ. Sie ist geduldig, wortgewandt, belesen und spricht fließend zwei Fremdsprachen – Französisch und Sarkasmus. Einzig die Wahl ihrer Lebenspartner zeugt nicht von Geschick.

Bevor Du fragst: Ja, Josephine ist meine Tochter. Aber sie ist anders. Sie braucht mich nicht. Das hat sie nie. Dennoch ist sie ein bedeutender Teil vor mir, und entschuldige bitte, dass ich nie den Mut hatte, Dir von ihr zu berichten. Zu Beginn habe ich mich geschämt, denn Donna ist erst kurz zuvor beerdigt worden, und was hättest Du von mir gedacht? Dass ich Deine Mutter vergessen habe? Dass ich Dich ersetzt habe? Nichts von alledem wäre die Wahrheit gewesen.

Außerdem waren Christine und ich niemals im romantischen Sinne einander zugewandt. Es war rein körperliche Anziehungskraft. Und nun hast Du mehr Informationen über Deinen alten Herren bekommen, als Dir lieb war, doch weißt Du, was? Da musst Du jetzt durch. Dies ist der letzte Brief, den Du jemals von mir erhalten wirst, und ich bin mir nicht sicher, ob ich ein weiteres Mal den Mut aufbringe, mich hinzusetzen und alles zu beichten.

So. Wo war ich stehen geblieben? Ach ja, die Liebe. L'amour! Sohn, ich wünschte, Du hättest eine beispiellose Person in Deinem Leben.

Egal, ob männlich, weiblich oder was für Geschlechter sonst heutzutage existieren. In meinem Alter komme ich da nicht mehr mit. Doch es sollte auf jeden Fall jemand sein, der Dich besser macht.

Ein Mensch, der das Glück in Dir erweckt. Irgendjemand, bei dem Du lachen kannst, so laut und grässlich wie nie zuvor. Eine Person, die Dich versteht.

Donna, Deine Mutter, war dieser spezielle Mensch für mich. Willst Du erfahren, wann ich wusste, dass ich mit ihr mein Leben verbringen wollte? Ich war nach Brighton gekommen und hatte mich in ihrem Café verirrt. Der Tag war kalt und stür-

misch, es regnete Bindfäden vom Himmel. Deshalb bestellte ich eine heiße Schokolade, um mich aufzuwärmen. Donna hat sie mir an den Tisch gebracht. Sie war ganz und gar nicht begeistert von mir und hat mit ihrer Meinung nicht hinter dem Berg gehalten. Sie hielt mich für einen aufgeblasenen, geldgierigen Idioten. Wie dem auch sei, sie brachte mir den Kakao, und es war das bezauberndste Getränk, das ich jemals gekostet habe. So eine Schokolade habe ich nie zuvor gekannt. Alles lag daran, dass sie im Raum war. Durch ihre Anwesenheit wurde die Flüssigkeit schokoladig. Sobald sie durch die Tür hinausging, war es wieder ein normaler Kakao. Da wurde mir klar, dass sie in mein Leben gehört. Es hat allerdings noch viele Heißgetränke gebraucht, bis sie dieses Gefühl auch für sich erkannt hat.
Bis heute weiß ich nicht, was ihr Geheimnis war, aber seit ihrem Tod war ich nicht mehr in der Lage, eine heiße Tasse Schokolade anzurühren. Nie wieder!
Ich kenne Deine Nora nicht und erlaube mir kein Urteil. Dennoch möchte ich Dich um eine Kleinigkeit bitten: Stelle Dir die eine Frage, macht diese Frau Deinen Kakao schokoladiger? Ich werde Dir keinen Ratschlag geben, was Du zu tun oder zu lassen hast. Du wirst es schon selbst herausfinden.
Dein Vater

Ende

Danksagung

Ein Buch zu schreiben, sei eine einsame Angelegenheit, haben sie gesagt. Stimmt nicht, und deshalb wird es Zeit, dass ich mal ein paar »Danke schön« in die Welt entlasse.

Eigentlich schrieb ich an einer ganz anderen Sache, als ich plötzlich eine kurze Szene von Rick Wyndham mit der Urne im Arm vor mir hatte. Das hat mich nicht mehr losgelassen, also habe ich mich hingesetzt und die Geschichte aufgeschrieben.

Mein größter Dank gilt allen, die mich während des Schreibprozesses unterstützt haben. Mit ehrlichem Feedback, Ideen und Pep Talks.

Hierzu zählt meine Autorentruppe auf Instagram und im Schreibnacht-Forum.

Vielen Dank an meine drei wundervollen Testleserinnen Isabell H., Sophia B. und Nicole M. Ihr wart die ersten drei Menschen, die Ricks und Louises Geschichte zu Gesicht bekommen haben. Eure Anmerkungen und Kommentare haben alles runder gemacht.

Dann wäre da Birgit Förster, meine großartige Lektorin bei Piper Digital, die genau die richtigen Fragen an den Text stellt. Vielen Dank für die tolle Zusammenarbeit.

Vielen Dank auch an Alexa Kim von A&K Buchcover für das »Verreisen mit Urne«-Cover, und danke an alle, die damals auf dem Instagram-Account für das Design abgestimmt haben.

Einen lieben Gruß an Christiane Bauer und das gesamte Team von Piper Digital, die mit mir die spannende Reise auf dem Weg zur Veröffentlichung gegangen sind.

Was wäre das Leben ohne echte Freundschaften? Schon eher langweilig. An Steffi und die Münster-Gang Bianca, Lydia, Isa, Sabine und Peer: Danke, dass ihr mich ab und zu aus meiner

Schreibhöhle rausholt und mir zeigt, dass es da draußen auch noch eine Welt gibt.

Außerdem möchte ich meiner Familie und ganz besonders meinen Eltern danken, die mich immer in allem unterstützt haben und dabei schonungslos ehrlich und kritisch blieben.

Last, but not least! Danke an alle meine Leserinnen und Leser für eure Unterstützung.

PS: Sollte jemand *Crazy Times* von den *The Evil Saints* hören wollen, dann tut es mir leid. Song und Band sind frei erfunden. Genauso wie zum Beispiel das süße Dörfchen St. Michel oder das *Firefly Inn* und *Annie's Café* in Brighton.